내 삶의 초록
비타민

김석희 수필집 ①

내 삶의 초록
비타민

선우미디어

책을 엮으면서

    강산이 네 번이나 바뀌는 긴 세월 동안 의업에 종사하면서 나는 굵직한 삶의 체험을 다양한 색깔로 겪게 되었다. 촌각을 다투는 응급환자의 긴박함 속에서 한 생명을 구하기 위해 조바심으로 가슴을 태우기도 했고, 때론 샘솟는 듯 넘치는 엔돌핀의 바다에서 수영하며 행복한 보람을 찾기도 했다.

    생명이 있는 대자연의 만물이 겨울의 깊은 잠에서 깨어나 소생하는 새봄에 그간 써온 글들을 한 데 묶으려고 고르다보니 계절이 바뀌었다. 설렘 반, 기대 반으로 오는 기쁨 뒤엔 속까지 낱낱이 보여주는 겨울나무처럼 나를 적나라하게 벗기는 것 같아 다소 부끄러운 마음도 감출 수 없다.

    의대 재학중(1965) 나는 박목월 선생의 추천으로 첫 시집 『오선지의 연가』를 상재하면서 문단에 데뷔하였다. 그렇지만 문인으로 활동하기엔 버거울 만큼, 분주 다사한 고된 의사 생활에 발목이 잡힌 채, 내게 있어 본업은 어디까지나 산부인과 전문의로서 의업에만 몰두해 왔으며, 한때는 문예지 포스트모던에서 수필가로도 등단(1992)한 바 있다. 그 뒤 두 번째 시집 『금강초롱』(1995)을 내놓으면서 과분하게도 한국문학 예술상을 받게 되자, 그 감격으로 내가 숨을 곳을 찾아야만 했다.

    내게 있어 글쓰기란 커다란 축복이다. 마음의 평화로움이 넘칠 때마다 다소곳이 노트북 앞에 앉아 때론 밤이 깊도록 글쓰기에 몰입했지만, 창작 자체란 어디까지나 자신과의 길고도 외로운 싸움이었다. 글쓰기는 의창(醫窓)에 비춰지는 다양한 삶으로 인하여 자칫 메말라지는 내 삶의 활력소이며 삶을 아름답게 승화시키는 노력이기도 하다. 또 올바른 가치관 정립과 가치 있는 삶을 꽃피우고자 하는 몸짓인 것이다. 비록, 문학과 미술을 전공하지는 않았지만 샘솟듯 넘치는 의욕과 식을 줄 모르는 열정으로 나는 새천년이 시작되면서 서양화 첫 개인전『물소리 바람소리 전』(2000년)을 개최한 바 있다.

이번에 펴내는 책에는 나의 그림을 곁들였는데 책을 읽는 이에게 잠시 쉬었다 가는 쉼터로서의 역할을 기대한다. 이 그림들은 화단의 문고리를 잡은 후 나름대로 꾸준히 그려온 작품이다.

그동안 살아오면서 아름다웠던 추억들과 잊혀지지 않아 가슴에 묻어 두었던 자전적 이야기들을 한꺼번에 쏟아내면서, 지금까지 나를 있게 한 나의 영원한 친구이자 반려자인 그대(백근식)에게 이 책을 바친다.

그는 나로 하여금 의사로서, 시인과 수필가로, 그리고 화가로서 아울러 한 가정의 어머니로서 일할 수 있도록 배려해 주었다. 그가 없었다면 모든 것이 불가능하였을 것이다. 그는 나의 든든한 기둥이기에 넓은 지붕으로 감싸준 그의 공으로 돌리고 싶다. 일상에서 여울지는 내 작은 이야기들이 독자의 가슴을 훈훈하게 덥혀 주며 한 줄기의 따스한 여운으로 남을 수 있다면, 한 날 동시에 발간되는 세 권의 수필집『내 삶의 초록 비타민』『내 삶의 푸른 비타민』『내 삶의 보라 비타민』은 행복의 바다로 노를 저어가는 데 막힘이 없을 것이다.

끝으로 이대문인회에서 인연을 맺은 문우들의 응원에 감사하며, 선우미디어 정성에 고마움을 전하면서 모두에게 천주님의 은총이 가득하길 기원한다.

2006년 초여름 아우라지 꽃벼루 동산에서

소당(素塘) 김 석 희

내 삶의 초록
비타민

김석희 수필집 ❶

제1부 개화성

강가의 서정 / 10 F · 53.0×45.5 cm

제3부 시간여행

회고 / 15 F · 65.0×53.0 ㎝

강변의 노래 / 8 F · 45,5×37,9 ㎝

1

개화성

흑장미 빛
깊은 골짜기
나 어둠에서 방황할 때
한 아름 꽃다발 안고
문 두드리는 그대여

싱 그런 향기
풋풋한 내음
구슬로 영롱한 휘파람 소리
솔잎같이
늘 푸른 가슴이여.

그대 어둠 밝히고
눈부시게 떠올라
커튼을 열면
가득히 쏟아지는 기쁨인 것을
넘치게 고이는 행복인 것을

- 저자의 시 「아침」 일부

개화성(開花聲)

꽃이라 이름하여 어여쁘지 않음이 이 세상에 어디 있으랴마는, 깨끗지 못한 흙탕물에서 신선처럼 피어올라오는 연꽃의 아름다움은 오히려 신비스럽기까지 하다. 그러기에 탁한 연못도 깨끗하게 정화시키며 맑고 우아한 꽃을 피워내는 연꽃의 아름다운 자태는 고달픈 중생을 구원하는 부처의 상징이 되었고, 유학자들은 그 청아하고 고결한 자태를 군자의 모습이라 칭송하였다.

연잎에 맺힌 투명한 이슬(하로) 방울이 도르르 굴러 내리면 어디선가 가냘픈 바이올린 선율이 들릴 듯도 한데, 쟁반 같은 넓은 이파리 사이로 수줍은 듯 봉긋이 꽃대로 밀며 솟아올라 고고한 자태로 피어나니 절로 화폭에 담고 싶게 하는 연꽃은 그 누구의 화신인가 애달픈 전설이 떠오르기도 한다.

한때는 화가의 문턱에 서서, 홍익화우회(弘益畵友會) 회원들과 어울려 주말마다 서울 근교로 야외 사생을 자주 갔었다. 시골길을 걸으며 무슨 소재를 택할까 고심 중에 우연히 넓게 펼쳐진 연못에 만개한 연꽃의 무리를 보았다. 좁은 생활의 테두리 안에서 늘 반복되는 진료실에만 있다가 그림 같은 대자연을 만나니 놀랍고도 반가운 마음에, 돌연 옛 친구를 만난 듯 차마 그 자리에서 발을 떼지 못했다. 너른 연꽃 밭은 초록색의 일렁이는 파도로 바다를 이루었고 수줍은 듯 이곳저곳에 고개를 내민 연분홍 봉오리들은 한 폭의 동양화를 연출하였다.

이 연꽃을 캔버스(30호)에 유화로 담았는데 제9회 한국여성미술공모전에 출품하여 동상을 받았다. 그런데 서양화 개인전에서 이 작품을 관람하신 대한산부인과 개원의협의회 회장 L박사께서 특별히 소장하고 싶어하여 기꺼이 기증하였다.

마치 딸을 출가시키고 가끔 그리워하는 것과도 같은 심정이랄까……. 문득 그 작품이 보고파도 화집에만 남아 있을 뿐이어서 언젠가 수채화로 업그레이드시켜볼 양으로 한 번 더 연꽃을 보러 야외로 나가리라 마음에 두고 있었다.

그러던 차에 「연꽃 축제」 소식을 접하게 되었다. 진료실에서 환자 차트를 보다가도 자꾸 연꽃이 오버랩 되고 이 절호의 찬스를 놓칠세라 설레기 시작했다. 연꽃의 바다로 헤엄치기도 전에 마음이 씻겨지는 듯하고 그곳으로 벌써부터 온통 연꽃의 향기로 가득 차서 세파에 찌든 탁한 마음은 한순간에 훨훨 날아갈 듯 싶었다.

연꽃 축제란 내게 새로운 체험이었다. 이럴 때 환자 진료는 뒷전이요, 병원 문을 잠시 내리고 나는 점심시간을 이용하여 서울 강북구에서 분당으로 달렸다. 길이 막혀도 연꽃들이 부르는 무언의 합창은 그대로 비타민이 되었다. 막상 찾아간 곳은 분당 외곽인 성남시 중원구 하대원이었고, 연꽃 축제를 알리는 큰 현수막이 펄럭이고 있었다.

현장에 도착하여 보니 너른 전시장엔 세계 각지에서 수집한 연꽃들이 제각기 고유한 특색으로 아름다움을 뽐내고 있는 게 아닌가. 색깔과 크기와 꽃들의 맵시도 다양해서 연분홍빛이 화사한 홍련과 연보랏빛 수련(睡蓮) 외에도 중국과 인도가 원산지인 노란 연꽃도 특이하였고 종류도 다양해서 어느새 황홀경에 접어들었는데 연이어 쏟아지는 탄성으로 시간의 흐름도 잊고 말았다.

사진작가들도 몰려와 삼발이 다리를 세우고 망원렌즈를 들이대며 작품사진을 찍느라 부산하였다. 한 옆으론 정자가 있어 더욱 운치가 있었는데 그 주위엔 일부러 가꾼 듯 메밀밭의 하얀 꽃들이 눈부셨다.

같이 간 동생과 한바퀴 둘러본 뒤 양지바른 병원 뒤뜰에서 나도 한번 키워보려고 봉오리가 맺힌 연꽃을 한 아름 분양 받았다.

집으로 오면서 내내 앞으로는 우리 집 정원에서도 연꽃을 넉넉히 볼 수 있으리라 생각하니 뿌듯했다.

뒤뜰 상추밭에서 함지박만한 큰 수반에 흙을 옮겨 담고 분양해 온 연꽃나무를 그 위에 사뿐히 올려놓았다. 유난히 햇빛을 좋아한다기에 양지 바른 곳에 자리를 정하고 5~6cm만 남기고 물을 부었다.

그후 나의 일과는 짬나는 대로 뒤뜰에 나가 분홍빛 조그마한 연꽃 봉오리가 어떻게 변모하는지 관찰하는 것에 비중을 두게 되었고 색다른 기쁨을 얻게 됐다. 처음엔 새 환경에 적응 못해 다소 몸살인 듯 시들시들하더니, 날로 싱싱해지는 모습이 신통하기도 하고 하루 이틀이 지나니 어느 결에 처음의 흙탕물이 기적적으로 맑아져 투명해졌다. 연꽃 스스로 자정능력을 보여준 것이다. 말로만 듣던 연뿌리의 놀랄만한 정화력은 경이로움 그 자체였다. 주위의 오염된 환경도 깨끗하게 정화시키는 신비로운 마력을 가졌음을 현실 체험으로 터득한 셈이다.

앞으로 이 수반에서 30여 송이의 연꽃들이 계속 핀다하니 올해부터는 멀리 교외로 나가지 않아도 우리 정원에서 어여쁜 연꽃을 눈이 시리도록 실컷 보게 되지 않을까…. 그저 흐뭇했다. 그리고 잘 자라준다면 가까운 친지에게 나도 다시 분양해주어 기쁨을 그 몇 배로 나누고 싶은 생각에 행복의 엔돌핀이 샘솟는 것 같았다.

오래 전부터 우리 조상들은 삼복더위엔 연못가에서 연꽃을 구경하며 피서놀이를 즐겼다고 한다. 깨끗하지 않은 수렁 밭에서 티끌 하나 없이 피어나는 연꽃을 봄으로써 세속에 오염된 마음을 씻는다 하여 세심(洗心)놀이라고도 했다.

연꽃은 한 꽃받침에 꽃봉오리가 두 송이씩 피어나기에 연꽃 앞에서 빌면 부부 금실이 좋아진다 했고, 연밥엔 씨가 많아 풍요와 다산을 상징하니 아들을 많이 낳을 뿐 아니라 잘 익은 연밥의 씨는 500년 이상 생명을 유지한다하여 낳은 아기도 장수한다고 민속신앙으로 굳게 믿었다.

선비들은 이 연못 정자에 줄지어 앉아 하심주(荷心酒)를 돌려 마시는 풍류를 즐겼다 한다. 이 돌림 술의 술잔은 연잎을 그릇처럼 오목하게 둘러싸 술을 담고 구멍이 뚫린 연대로 빨아 돌려 마신다하여 그로써 연꽃처럼 세속에 때 묻지 않는 일심동체를 다졌다고 한다.

더욱 놀라운 것은 연꽃이 필 때 터뜨리는 개화성(開花聲)을 듣는 멋도 빠질 수 없었다 하니 옛 문인들의 풍류와 낭만을 미루어 짐작하게 한다. 동트기 전 이른 새벽에 낚배를 타고 연꽃 사이로 들어가 숨을 죽이고 기다린다. 먼동이 틀 무렵 '퍽! 퍽!' 여기저기서 수많은 연꽃들이 꽃잎을 틔우면서 둔탁한 소리를 낸다.

연꽃을 터뜨리며 내는 개화성(開花聲)을 들으면서 시(詩) 한 편 쓴다면 이만한 낭만과 기막힌 풍류를 또 어디서 느낄 수 있을 것인가! 나도 연꽃을 직접 기르면서 꽃들과의 대화 속에 빠져 보리라.

7~8월은 연꽃이 만개하는 계절로 경향 각지에서 연꽃 축제가 줄을 잇는다고 하니 전통 여가 이용에 큰 몫을 할 것 같다. 아산 인취사의 백련시사(白蓮詩社), 천안의 세계 연꽃 축제, 전주의 덕진 연꽃 예술제, 무안 연꽃 축제, 남양주 봉선사, 강화 선원사, 김제 청운사, 서울 봉원사의 연꽃 축제 등 줄줄이 이어진다고 한다.

특히 올해로 4회째 맞는 무안 연꽃 대축제는 전남 무안군 일로읍 복룡리에서 펼쳐지는데, 10만 평이나 되는 저수지의 수면이 온통 아름다운 백련으로 가득 채워진다 하니 얼마나 장관일까. 지름이 1m가 넘을 정도로 넓게 펴진 연잎의 바다가 장관을 이룬다기에, 호남선의 일로까지 기차표를 왕복예약하고 나니 스케치 여행을 앞두고 설레는 나의 마음은 벌써부터 무안으로 달리고 있다.

그렇다. 진흙 속에서 자라지만 더러움에 물들지 않고 어디에도 오염되지 않으며, 속은 소통하고 밖이 곧으며, 또 멀어질수록 꽃향기가 향기롭고 진흙 속에서 연분홍색 청정한 꽃을 피우며 우뚝 솟은 기품은 깨끗하여, 순결하고도 청아한 자태는 꽃 가운데 군자(君子)로 능히 군림하고도 남을 만하지 않을까.

이처럼 연꽃은 오염된 수질을 자연 정화할 수 있는 여러해살이 수생식물이다. 굵고 짧은 땅속줄기에서 많은 잎자루가 자라서 물위에서 잎을 편다. 꽃은 5월에서 9월에 이르도록 꽃자루 끝에 한 개씩 정오경에 피었다가 저녁에 오므라들며 3~5일간 되풀이하여 핀다.

물 밖으로 웅장한 잎과 맑고 순박한 꽃을 피워 올리는데 특히 불가에서 귀하게 여기는 백련(白蓮)이 소담스럽게 장관을 이루는 전남 무안군의 회산백련지(回山白蓮池)엔 우윳빛 고운 느낌으로 소복한 귀부인의 자태 그대로일 것이다.

또한 지저분한 진흙 수렁에서도 더러움에 물들지 않고 청정하게 피어난다고 해서 불교에서는 해탈의 상징으로 빛과 극락세계를 상징하는 꽃으로 귀히 여기는 까닭에 부처가 앉아있는 대좌에도 연꽃을 조각하며, 극락세계의 다른 말을 연방(蓮房)이라고도 불렀다. 중국 송나라 유학자 주돈은 흙탕물에서도 맑고 깨끗하게 피고 그 향기는 멀어질수록 더욱 맑아 군자(君子)라 했고, 프랑스의 인상주의 화가 모네도 말년에 수련 연작을 발표하면서 화가로서의 열정을 불사르기도 했다.

요즘 우리는 전국적으로 매일 40명이나 되는 꿈을 잃은 사람들이 자살을 택할 정도로 힘들고 시끄러운 세상에 살고 있다. 노조파업은 끊어질 새 없이 잦고, 돌연 작고한 현대의 재벌총수의 투신자살도 충격이요, 부모가 자식을 높은 아파트 창문 밖으로 함께 몸을 던지질 않나, 돈에 눈이 먼 카드회사 직원이 개인정보를 마구 팔아 넘기질 않나, 정치인들의 수백 억 비리는 우리를 깊은 허탈감 속에 빠트리고 있다.

카드를 마구 남발하게 한 그 죄는 누가 책임질 것이며, 끊임없이 이어지는 기업들의 해외탈출은 어떻게 막을 것인가. 또한 새 정부의 경제대책을 과연 기대할 수 있겠는가… 이러한 위기로부터 어떻게 잘 탈출할 수 있을지 불안한 마음이 앞선다. 눈만 뜨면 신문 사회면을 덮는 크고 작은 게이트로 온 세상이 시끄러우니 오염되고 변질된 수질을 맑고 깨끗하게 자연 정화할 수 있는 연꽃이 우리에게 시사하는 바 크다.

연꽃의 놀라운 정화력을 겸비한 수준 높은 정치적 지도자가 언제쯤 우리 앞에 혜성처럼 나타나줄지… 모두의 희망이 아닐 수 없다.

연꽃의 대화 /10 F · 53.0×45.5 cm

샴쌍둥이

얼마 전 이란인 샴 쌍둥이들이 분리수술이 실패하여 애석하게도 모두 생명을 잃게 되었다. 머리가 붙은 채로 오랜 세월 힘겹게 지낸 것만도 갸륵하고 측은한데, 자매간에 서로 마주 볼 수만 있기를 그토록 소원했다지만, 많은 지구인들의 가슴에 찬물을 끼얹은 듯 참담한 비보였다. 워낙 난이도 높은 수술이어서 실패할 확률이 컸다지만 차일피일 미룬 것이 26세나 되었는데, 너무나 애처로운 일이다.

이를 계기로 불현듯 산부인과 전공의 시절이 뇌리를 스친다. 30여 년 전이니 까마득한 옛날 일이다.

무식하면 용감하다고 했던가. 눈코 뜰새 없이 바쁜 전공의 1년차 시절, 한밤중 남산같이 배부른 경산의 산모가 방문했다. 너무 배가 부르면 일단 쌍둥이가 아닌가 의심하게 되지만, 진찰상 선둥이와 후둥이가 서로 얽히지 않아 분만이 수월한 위치에 있었고 물론 샴 쌍둥이도 아님을 확인하고 정상분만 준비를 했다.

입원 당시 진통의 빈도도 잦아 곤히 잠든 2년차를 깨우자니 미안하기도 하고 이미 나도 많은 체험을 했기에 나 혼자라도 무난히 잘 될 것 같은 예감이 들었다. 좋은 기회가 왔다싶어 나의 단독무대(?)로 분만을 성공적으로 수월하게 끝내게 되었다. 혼자 첫경험으로 해냈다는 그 쾌거는 어디에도 비할 바가 아니었다.

수련의 규칙상 정상 분만은 1년차의 몫이요, 그외 횡위, 둔위 또는 다태 임신같은 비정상 분만은 2년차 소관이었다. 결국 나는 월권행위를 한 셈이었다.

아니나 다를까. 다음날 아침 1소대를 이끌고 주치의 회진시간이 되었다. 난데없이 배가 푹 꺼진 쌍둥이를 분만한 새 산모가 누워있질 않은가. 간밤에 무슨 일이 있었던가. 아무 연락도 못 받은 4년차 전공의를 위시한 모두의 시선이 다 내게로 집중되었다. 무슨 배짱으로 간밤에 2년차도 안 깨우고 혼자 처리했느냐고 4년차 치프(Chief)를 위시하여 층층시하로부터의 질책이 시작되었다. 아, 그때의 막막함이란 쥐구멍이 어디 있는가. 사면초가였다.

층층시하 눈총을 받았지만 마음 한견에는 나도 당당히 혼자서 해냈다는 어디에 견줄 바 없는 뿌듯함과 스릴 만점인 사건이었다. 생애 처음으로 개복수술을 집도했을 때의 쾌거 못지 않은 흐뭇함이 전신을 휘감았지만 사실 지금 생각해도 김배짱(?)다운 소행이었다.

이제는 아득히 먼 옛날의 잊을 수 없는 추억이 되고 말았지만, 우리나라의 샴 쌍둥이가 최근 싱가포르에서 성공적인 분리수술을 받았다. 그런데 그보다 힘든 고난도 수술도 무리 없이 성공할 만큼 우리의 의술이 선진국 수준인데, 왜 샴쌍둥이 분리수술은 꼭 싱가포르까지 가야만 하는가. 그것에 대한 불만이 의사로서 그냥 넘길 수 없는 일이다.

최근 중국 시장에 밀려 우리나라 상품의 판매실적이 자꾸 하락하고 있는데, 아시아권에서라도 의술만은 우리가 누구보다 한발 앞서가야 하지 않겠는가, 왜 싱가포르에 밀려야 하는가. 정부는 소홀히 넘기지 말고 안테나를 곤두세워야 한다. 이 때문에 싱가포르는 이란인과 우리나라의 연이은 샴쌍둥이 분리수술로 전 세계의 관심을 끌었다. 지난번 이란인 샴쌍둥이 수술을 한 래플즈병원의 로비엔 전 세계에서 몰려든 수백 명의 기자들로 북적거렸다 한다. 이번 한국인 샴쌍둥이 수술 때도 한국의 언론사는 물론 AP, UPI, AFP, 교토 등 주요 통신사 기자들이 대거 현지로 몰려와 분리수술 성공소식을 전 세계로 타전했다.

이러한 현실에 우리나라 정부는 크게 충격을 받아야 한다. 싱가포르의 창이 국제공항에서 불과 20분 거리에 있는 래플즈 병원은 설립된 지 불과 2년밖에 안된 우리나라 중소도시의 조그마한 종합병원에 불과하다고 한다. 그러나, 계속 적자운영에 허덕이는 우리나라 종합병원의 현실과 비교할 때, 올해 1분기(1~3월)만도 155억 원의 엄청난 수입을 올렸다니 우리 정부는 날카로운 자극을 받아야할 것이다. 싱가포르 정부가 나서서 의료메카로 만드는데 선두자로 앞장을 선 때문이다.

싱가포르는 해마다 15만 명의 외국인 환자들이 찾아와 이들로부터 벌어들이는 치료비만도 3500억 원에 달하며 약 10년 후엔 100만 명의 환자를 유치해 2조천억 원의 수입을 목표로 한다고 한다.

그런데 우리는 어떤가. 매년 1만 명의 환자들이 선진국의 수준 높은 의료서비스를 받기 위해 해외로 빠져나간다 하니 두 나라의 병원 산업간의 경쟁력 차이를 보여주는 단적인 지표가 된다. 우리가 무엇이 모자라서 이렇게 뒤쳐져야 하는가. 또 무엇이 이런 격차를 만들게 했는가 감별진단(?)을 해야 한다.

이번 샴쌍둥이 수술 성공으로 가장 큰 이익을 본 곳은 바로 래플즈병원이다. 이 병원을 운영하는 래플즈그룹의 주가가 수술 성공 직후 8.8.%나 폭등했다는 사실이다. 더불어 아시아의 의료메카(중심지)라는 이미지를 세계인들의 뇌리에 확실히 각인시켰으며, 이란인도 한국인도 자국의 의료서비스를 마다하고 찾아간 나라라는 사실 하나만으로도 전세계를 상대로 막대한 홍보효과를 거두고도 남았다는 사실이다. 거꾸로 우리는 우리 스스로 자국의 수술능력이 그곳보다 못하다는 것을 스스로 인정한 듯한 분위기가 조성되어, 국제적인 홍보기회를 스스로 차버린 꼴이 되고 말았다. 우리 몫으로 챙겨야할 국부(國富)를 스스로 싱가포르에 갖다바친 꼴이 된 것이다. 우리의 실력으로 스스로 성공했다고 세계 만방에 타전했으면 얼마나 좋았을까.

이것은 평범한 의사의 신분으로도 참으로 부끄러운 일이다. 우리도 자꾸 부딪쳐서 많은 경험을 쌓아야 할진대, 왜 다른 나라에 샴쌍둥이 수술 기회를 빼앗겨야 하는지 우리 정부의 노력이 매우 중요하다고 본다.

국가의 진로를 모색하고, 미래를 헤쳐나갈 방법을 찾아 밤낮없이 안테나를 가동하고 있는 국가지도자가 있느냐 없느냐의 차이가 이를 좌우한다고 본다.

우리 주위엔 중국이라는 떠오르는 큰 별이 군림하고 있지 않은가. IMF도 얼마나 잘 견딘 우리가 아니었던가, 어느 정도 참을 건 좀 참아야 하는데, 많은 우리 기업들이 노사문제로 지치고 힘들다고 하지만 하나 둘씩 짐을 싸서 인건비가 싼 중국으로 이사를 가니, 결국 회사는 부도나고 일자리는 갈수록 줄어들고, 모든 경쟁력은 중국에 밀리게 되니 보통 문제가 아니요, 대단한 골칫거리가 되었다.

따라서 경쟁력이 뛰어난 저가제품을 쏟아내면서 막중한 라이벌로 등장한 중국을 우리는 견제해야함에도 불구하고 우리의 위정자와 정책당국자들은 무감각인 듯 탁상공론만 일삼으니 답답하고 딱한 일이다.

전 세계의 돈과 인재를 빨아들이는 아시아의 블랙 홀 중국, 바로 이 중국은 타국과 경쟁하기 위해선 기존의 IT산업 외에 고부가가치를 창출하는 의료나 교육 서비스를 발전시켜 주변국의 돈을 끌어오도록 결론을 내렸다 한다. 즉, 의료서비스 개발을 위한 정부의 과감한 투자덕분에 모든 것이 가능했던 것 같다. 우린 그들의 의료산업을 본받아 몇 배 더 노력해야할 것이다.

싱가포르 고촉동(吳作棟) 총리는 이란인 샴쌍둥이 수술이 실패하자 래플즈 병원장에게 직접 편지를 보내 이번 실패로 기가 꺾여선 안 된다면서 따로 격려를 아끼지 않았다고 한다. 이처럼 고난도의 수술에 성공하는 환경과 노하우가 따로 있었던 것이다.

이와같이 정치 지도자가 의료강국을 만드는데 기여한 바가 놀랍도록 크다. 자국민의 75%에 대한 의료 서비스는 국, 공립 병원에서 담당케 하고, 민간 의료기관에 대해서는 각종 규제들을 과감히 없앴으며, 외국인 유치에 사활을 걸어 모든 의료서비스는 별 다섯의 호텔 수준으로 격상시키니 파크웨이 병원그룹은 지난해 외국인 유치 등으로 2200억 원 이상의 수입을 올렸다. 뿐 아니라 미래를 내다본 정부는 세계굴지의 제약회사를 유치하는데도 성공하여 제약 단지를 따로 조성했다는 것이다.

우리정부는 원가를 무시한 보험수가로 모든 병, 의원들이 경영에 힘들어하는 이때, 정부는 의료투자에 인색하지 말아야 하며, 현실화된 재정이 바탕이 되어 적절한 투자와 연구가 이루어져야 진정한 병원의 기능을 할 수 있음을 깊이 인식해야 한다. 갈수록 세계는 좁아지고 나라간 장벽도 허물어져가고 있는 이 시기에 의료시장의 개방에 앞서 국내 의료시장이 보다 경쟁력 있고 탄탄한 인프라를 조성하도록 뒷받침해줘야 할 것이다. 그래야 외국병원과의 경쟁에서 이겨나갈 수 있다.

싱가포르 정부는 일찍이 '의료와 생명과학 산업만이 미래의 싱가포르 경제를 먹여 살릴 것'이라고 내다보고 병원산업을 육성하기 위한 전략을 세우고 실천에 옮겼다 한다. 우리 정부는 쓸데없이 그저 만만한 1차 병원인 우리를 지나치게 규제하다니 무슨 발전이 있겠는가. 우리들이 갈고 닦은 의술은 다 썩고 있질 않은가! 그들은 민간 의료기관들에 대한 규제를 과감히 폐지하고, 외국의 초일류 병원을 유치하기 위해 병동을 내주고 거액의 연구비까지 지급했다는 것이다.

첨단 산업분야도 마찬가지로 육성시키고 있는 이러한 정부의 노력으로, 1인당 국민소득이 8년째 1만 달러의 고개에서 헤매고 있는 우리나라에 비해서, 그들은 벌써 3만 달러 시대를 향해 치닫고 있다. 국가 지도자의 리더십 차이는 이처럼 무서운 결과의 차이를 백일하에 극명하게 나타내고 있다.

싱가포르 정부는 미국 최고의 병원으로 평가받는 존스 홉킨스 병원에게 국립대 병원 한 병동을 통째로 내주고 인터내셔널 메디컬센터를 설립하였으며, 여기에 4개의 생명과학 연구소를 제공하고 70억 원의 연구비를 따로 별도로 지원했다. 그러니 미국의 새로 개발된 첨단 암 치료법이 미국과 동시에 이뤄질 뿐 아니라,

의사도 본원이 있는 볼티모어에서 파견되며 수시로 양국간에 이뤄지는 영상회의를 통해 치료방침이 결정된다고 한다.

이처럼 싱가포르는 국가적 차원에서 의료수준 향상을 위해 외국 초 일류병원을 적극 유치해 오는 한편, 민간병원으로 하여금 외국인 환자를 활발히 끌어올 수 있도록 자유로운 병원 투자와 마케팅을 허용하는 정책을 실시하고 있다. 또 외국 명의(名醫)가 오면 두말없이 면허를 내주며, 최첨단 의료장비인 PET.CT(70억 원)를 가동하여 전신에 있는 0.5cm이하의 초기 암도 찾아내는 정밀 방사선영상 장비로서 동남아시아 일대를 대상으로 암진단 마케팅에 나설 기대로 부풀어 있으며, 이 PET.CT 진단의 세계적 석학인 로드힉스 교수를 호주 멜버른 암센터에서 초빙해 고용했다. 그리하여 샴쌍둥이뿐 아니라 세계 각국에서 환자들이 줄을 지어 몰려드는 것이다.

요즘 민간단체가 주최한 광복절 집회에서 인공기와 김정일 초상화가 불태워진 것과 관련해 북쪽은 대구 유니버시아드대회에 불참하겠다는 협박이 있었다. 자기네는 우리에게 잘못한 것이 한두 개가 아니요, 이루 다 열거할 수도 없이 무궁무진한데 이에 노대통령이 직접 유감을 표시한 것은 그들의 억지주장에 한국의 대통령이 무릎을 꿇은 거나 다름없다고 여기저기서 비난의 목소리가 높기만 하다. 우리나라의 권위를 스스로 하락시킨 책임은 누가 질 것인가.

잔디 하나 변변치 못한 나라였지만 박세리를 선두로 한국의 여자 골퍼들이 세계를 재패하고 있듯이, 우리도 싱가포르 못지 않게 노력하면 되지 않을까. 우리의 샴쌍둥이는 우리 손에서 살리자.

우리의 의술로도 세계를 주름잡도록 정부가 긴 안목으로 앞장서는 지혜가 필요하다. 그리고 고난도 수술에 임하는 의료진에게 보다 많은 혜택이 오도록 국가에서 강력하게 뒷받침을 해줘야 한다. 더불어 한층 업그레이드된 차원 높은 대우로 지극히 보호해줘야 전문직 의사가 일할 맛이 나지 않겠는가, 의사를 무시하면 스스로 자멸의 길을 걷는 거나 다름없을 것이다. 누가 국민의 건강을 지킬 것인가.

땀 흘려 고생하고 노력해도 이 나라엔 그만한 처우가 없다면 누가 미련하게 한국에 남겠는가. 부유층의 환자들도 점차 해외로 빼앗기게 될 뿐더러 탄압만 한다고 해결될 일이 아닌 것이다. 의료산업에 글로벌 시각을 투시해야할 중대한 시점에 와 있다고 본다. 의료강국은 정치지도자의 능력 여하에 달려있기 때문이다.

(2003.)

청계천 명물

파리엔 세느 강이 흐르고 서울엔 청계천이 흐른다. 아름답고 푸른 도나우 강이 유럽의 여러 나라를 굽이쳐 흐르고, 맑고 활기찬 청계천은 서울의 공기 청정기이며 에어컨이 되었다.

청계천 복원공사는 2003년 7월 첫 삽을 뜬 후 2년 2개월만에 새 모습으로 변모되어 서울의 명물 1호가 된 셈이다. 행여 흡연자들이 꽁초를 물 속이나 옹벽 돌 틈에 넣어 환경을 해칠까 우려하여 청계천 산책로는 국내 최초의 야외 금연구역으로 만들었다.

청계천에 새로 놓인 다리 22개를 소재로 작가들은 소설을 쓰고 시인은 불후의 시 한 구절을 남기고 성악가는 아름다운 멜로디로써 우리 하늘을 수놓을 것이다. 많은 다리 중에서 자기 취향에 맞는 소재를 골라 소설집 '맑은내(淸溪) 소설선(小說選)'이 나온다고 하는데 파리 센강이 '미라보다리'와 '퐁네프다리'로 또 시인 아폴리네르 영화 「퐁네프의 여인들」 덕에 유명해졌듯이 청계천에도 본격적으로 새로운 문화가 생산될 것 같아 기대가 크다.

청계천이 도심 속 휴식공간으로 자리 잡도록 낚시나 물고기를 잡는 행위를 오는 10월부터 금지된다. 최근 장마로 물이 불어나자 잉어가 떼를 지어 거슬러 올라오고 있는데 생태계 보전을 위해 낚시를 하면 과태료를 부과시킨다고 한다.

또 수영을 하거나 애완견 동반 산책 등 쓰레기 투기, 음주 및 소란행위도 모두 과태료가 부과된다. 싱가포르 시내가 깨끗한 것은 각종 과태료가 비싸서 그렇듯이 우리도 과태료는 의식하지 말고 자기 집처럼 깨끗하게 보존해야겠다.

지난 7월말 서울지역에 장맛비가 내리면서 복원공사중인 청계천에 물이 흐르자, 한강에서 청계천 쪽으로 팔뚝만한(50~60cm) 잉어 수백 마리가 거슬러 올라왔다고 한다. 황학동 근처 성북천과 청계천이 합류하는 무학교 근처에서 잉어 수백 마리가 한강 지류를 따라 거슬러 올라온 모양이다. 복원하기도 전엔 이렇듯 아름다운 풍광을 어느 누군들 예상이나 했었을까.

청계천이 복원된 후 청계로의 7월 풍속(風速)이 작년보다 50% 빨라졌다니 그만큼 통풍이 잘되면 오염물질이 잘 흩어져 도시가 보다 쾌적하게 될 것이다. 맑은 물이 항상 흐를 경우 거대한 공기 덩어리가 이동하여 도심 열섬 현상을 완화하는데 큰 역할을 함으로써 도심의 에어컨 제조기로 등장한 셈이다.

따라서 복원 전후의 바람길 변화를 비교 분석한 결과 하천공간에서는 평균 초속 0.9m, 최대 3m의 찬 공기 협곡풍이 불게 되어 청계천 산책로에서는 항상 피부로 느낄 정도의 미풍이 불고, 셀 경우 나뭇가지가 흔들릴 정도의 바람도 불게 되어 바람의 계곡이 새로 생긴다고 한다.

이렇듯 청계천 복원은 하늘의 축복이요 백번 잘한 일 같다. 도시개발이나 환경복원에도 의미가 크지만, 상인들에겐 전망이 좋아지니 청계천 뷰(View, 경관)가 주는 가치는 무한대로 지대할 것이며, 도심 속 휴식공간으로서 걷거나 조깅하기, 줄넘기, 자전거 타기 등 각박한 도시생활에 찌든 시민들에게 즐길 거리를 제공하고 정서를 되살려 심성을 순화시키는데도 큰 역할을 하리라 꿈을 꾸니 서울의 명물1호로 손색이 없을 것이다.

얼마 전만 해도 서울이 현대도시로 정비되면서 청계천엔 오, 폐수가 흘러들고 쓰레기가 쌓여 하수도로 비하된 곳의 대명사였다. 따라서 흉물로 치부되었기에 '깨끗한 내'라는 뜻에서 붙여진 '청계천(淸溪川)'이란 이름이 얼마나 무색했던가.

그런데 우리나라 강물이 거의 대부분이 서쪽으로 흘러들어 바다로 가는데, 이 하천만은 반대로 서쪽에서 동쪽으로 흘러 옛 문헌에는 그 물 기운이 가히 명당수(明堂水)라 유능한 인재가 나오리라는 기록이 있었단다. 그런데 홍수가 나면 하천이 범람해 역대 임금들은 둑을 쌓고 폭을 넓히면서 치수에 힘쓰기도 한 청계천이다.

수많은 역사적 사연 속에 콘크리트를 이고 누웠던 청계천이 복원 사업으로 제 모습을 드러내면서 하루 12만 톤의 물이 도심으로 흐르게 되면서 서울의 명물로 당당하게 출현하였다.

자연이 살아 숨쉬는 도시를 만들자는 합의가 결국 청계천을 소생시킨 셈이 된다. 북악과 인왕, 남산 등 여러 골짜기의 물이 청계천으로 모아져 한강으로 흘러가듯이, 서울을 아끼고 국가를 사랑하는 모든 시민들의 한결같은 마음이 한곳으로 모아져 갈등 없는 사회가 되었으면 좋겠다.

청계천 복원 전에는 집쥐와 고양이정도뿐이었지만, 미세먼지와 일산화탄소의 감소로 공기가 맑아지자 요즘엔 각종 새(쇠오리, 황조롱이, 흰뺨 검둥오리, 백로 등)와 물고기(메기, 버들치, 잉어, 피라미, 송사리, 미꾸라지 등)들의 서식지로 변하고 있다 한다.

뿐 아니라 일조량의 개선과 함께 하루 16만 대가 통행하던 청계고가도로가 사라짐에 따라 자동차배출가스(벤젠, 톨루엔) 같은 오염물질도 줄었다고 한다. 청계고가를 철거하기 전 여름철 평균기온보다 5도(度) 이상 높았던 청계천지역 온도가 복원 이후엔 3도 이상 내려갔다는 것은 이를 증명한다.

서울시는 2005년 10월 청계천 복원을 기념해 제3회 '하이 서울마라톤 대회'를 연다고 한다. 언젠가 제1회 아줌마 마라톤대회에 출전했던 나의 경험을 살려 한번 더 도전해봐야겠다.

청계천 8가와 9가 사이엔 온국민이 함께 참여하는 세계 최초의 야외타일벽화가 있다. 나도 작년에 두 작품을 보내 참여한 바 있다. 온 국민이 참여하는 화합의

벽화이기에 청계천 명물중 보물로 자리매김할 것이 분명하다.

나도 나의 수채화 중에 호랑이 그림을 디카로 찍어 인터넷으로 신청했다. 그 뒤 서울시 홈페이지에 접속하여 「그림타일 위치 찾기 프로그램」에 들어갔더니 'LU328, LU308'에 내 작품이 자리하고 있었다. 무척 반가웠다. 총 2만 개의 그림타일이 채워져야 하는데 아직 작품이 미달된 것은 홍보부족과 불경기 때문일 것이다. 어서 꽃 그림을 추가로 더 그려 보내야겠다.

꿀벌이 가장 좋아하는 것은 꿀을 따기 위한 꽃일 텐데 그림 중에서는 무슨 꽃 그림을 가장 좋아할까 하는 영국 과학자들의 실험에 따르면 고흐의 작품 「해바라기」가 꿀벌이 가장 좋아하는 명화였다고 한다. 영국 퀸즈메리대학의 라스 치트카 교수는 꽃에 대한 전혀 기억이 없는 꿀벌을 실험실에서 키우면서 벌들에게 다양한 화가의 그림을 보여주었는데, 그 결과 고흐의 해바라기 그림엔 146번 날아가 15번 내려앉고, 고갱의 꽃병에는 81번 접근해서 11번 내려앉았다.

꽃은 꿀벌에게 꽃가루와 꿀을 제공하는 식량원이기 때문에 꽃그림에 대한 미적 선호도가 생겨난 때문이라 한다. 하여튼 세계 최초의 청계천 명물인 야외타일벽화에 영원히 남을 그림모집이 아직도 미달이라 하니, 꿀벌도 좋아하는 해바라기그림을 그려 보내면 어떨까.

오는 10월 2일엔 청계천 따라 달리는 '하이 서울 마라톤대회'가 있다하니 인터넷 홈페이지(www.hiseoulmarathon.co.kr)를 통해 신청하여 맑아진 청계천 도로를 나도 신명나게 뛰면서 감상해야겠다.

고베의 교훈

　지진을 미리 감지할 수 있고, 또 그 예후로 재앙을 사전에 다소나마 미리 예견, 방지할 수 있다는 것은 얼마나 신비스럽고 다행한 일인가.

　유럽에서는 지진이 발생하려면 외양간이나 초지에 매어둔 황소가 하늘을 바라보고 울어댄다고 하며, 또 중국에서는 물에서 거북이들이 떼를 지어 좌우로 갸우뚱거리며 기어 나와 지진이 일어날 조짐으로 예측했다고 한다.

　지금(1995. 1. 17) 충격을 주고 있는 일본 고베의 대지진이 있기 전에 우리나라 동남해에서도 이상하리만치 고기가 잡히지 않았다는 사실도 놀라운 것이다. 일본엔 70여 년마다 대지진이 일어난다는데 이번엔 간사이(關西) 지방에서 발생했다. 지난해 발생한 LA의 대지진과 날짜와 요일 뿐 아니라 그 강도까지도 일치했다 하여 우연치고는 야릇하다지만, 불과 3일만에 또 강도 높은 여진이 계속되고 폭우까지 쏟아져 세계의 이목을 집중시키고 있다.

　따라서 전 일본을 공포의 분위기로 이끌 뿐만 아니라 코리아타운이 있는 고베 시에도 피해가 커서 지진발생 일주일이 지난 현재 총 5천 명 이상이 순식간에 생명을 잃었고 그중 우리 교민도 130여 명이나 희생되었다 하니 애석한 일이다.

　삼국시대 이래 조선조에 이르기까지 왜구들이 우리나라 해변과 내륙 깊숙이 쳐들어와 백성들을 번번이 괴롭힌 것은, 지진이 잦아 그 재앙을 피하고자 우리나라를 빼앗으려는 의도가 아니었을까. 그러니 그 옛날부터 일본은 지진의 온상지였었나 보다. 그에 비하면 바로 이웃인데도 우리는 얼마나 다행인가. 지진 발생 빈도로 보아 축복 받은 국민이라고 자부할 수도 있다.

하여튼 아무리 유아기 때부터 평소에 지진에 대한 예비훈련을 철저히 쌓았다 하더라도, 대자연의 가공할 위력을 지닌 엄청난 재앙 앞에서도 절서정연하게 흐트러짐 없이 겸허하고 세련된 모습으로 받아들이는 그들의 의연한 태도에 더욱 감동을 받았다.

집주인이 묻히자 애견이 짖어대어 3일만에 할머니를 구하는 장면을 TV에서 보았다. 말 못하는 동물도 은혜를 저렇게 갚다니 눈물겨운 일이었다. 함께 매몰된 집더미 속에서 언제 올지 모르는 구조대원을 기다리며 노래까지 불러주면서, 언제 죽음이 올지도 모르는 극한상황인데도 주위사람들의 마음을 노래로 안정시켰다는 성숙된 모습의 그 보도는 오히려 존경스러워 더 뜨거운 감동을 준다. 나의 경우라면 그렇게 할 수 있었을까.

참으로 대단한 국민인 듯하다. 칭찬의 소리가 세계 여러 곳에서 자자하니 오히려 얄밉기까지 하다. 지난 로스앤젤레스 지진 때의 약탈, 방화의 대혼란과 비교가 되니 몸에 밴 정연한 질서의식이 온 세상의 심금을 울리게 하나보다.

우리 국민은 정이 많다하고 일본인은 의리가 두텁다고 한다. 어떠한 국민성의 차이일까! 뭐가 더 좋을까. 오랜 문화적 관습으로 다듬어진 인품의 차이일까! 어찌하여 양보와 질서가 그토록 체질화되었을까 신기하고 놀랍기만 하였다. 그러니 취사 선택하여 그들의 장점은 우리의 것으로 익혀 간직하고 싶다.

자기 집에 불이 났어도 뛰쳐나가 발을 구르지 않고, 가족을 잃었어도 울부짖지 않는 의연한 침착함은 어디서 나오는 걸까. 우리 같으면 벌써 사재기가 극성일텐데, 직접 대참사의 현장을 보고 온 사람에 의하면, 생필품 가게에서는 필요한 물건을 5개 이상 사지도 팔지도 않았다고 한다.

또한 급수차가 오면 생수병이나 주전자 하나만을 들고 모두가 줄을 서서 받았으며 자신의 것마저 나누어 먹고 마시는 모습을 보여 주었다 하니 배울 점이 한두 가지가 아니다. 즉 '같이 살자'는 집단 공동체 의식의 현장이 뚜렷했었다고 한다. 정말 무서운 일본인답다. 그러나 배울 점은 익혀야 하지 않겠는가.

허술한 교육비 낭비에 말도 많고 탈도 많아 최근 교육개혁의 목소리가 높아지고 있다. 대재앙에 대처하는 일본인들의 모습을 대하면서 우리도 필요 없이 많은 학원은 줄이고 될 수 있는 한 학교에서 해결하도록 윤리와 인성교육을 함께 가르쳐서 실추된 윤리교육을 다시 일으켜 세워야 한다.

또한 입시 위주의 암기식 교육은 시정하고 능력 위주의 일인 일기의 기술교육에 더 비중을 두어 인격을 쌓은 문화시민 양성하는 개혁이 절실함을 느꼈다.

교육 자체가, 지나간 문화를 집대성하여 후세에게 전달해 주는 것이지만, 오늘날과 같이 초급속도로 변화하는 시대에서는 그들이 배운 지식을 사회에서 활용할 수 있는 능력을 육성해 줘야한다.

재난은 예측할 수도 없고, 누구에게나 예외가 없는 법이어서 일본의 지진재해를 거울삼아 우리도 생각을 달리 해야겠다고 느껴진다.

이번 지진이 일본인에겐 전화위복의 기회가 될 수도 있다는 생각이다. 즉, 지진이 잦은 일본에서는 이로 인한 피해를 줄이기 위해 건축을 우리보다는 훨씬 견고하게 짓는 게 일반화되어 있는데, 어떤 지진에도 자신 있을 정도로 버틸 수 있다고 일본의 자존심을 걸었던 신간센이 어이없게도 이번에 무너지고 철도가 엿가락처럼 휘어지자 그들은 인재라고 겸손해 하고 있다.

그들은 지금도 견고한 제품들을 이를 계기로 앞으론 얼마나 더 견고하게 만들까 짐작이 가고도 남는다. 우리의 성수대교는 지진도 아닌데 무너져 내렸다.

똑같은 지진이 우리 나라에서 일어났다면 허술하게 지어진 건물과 다리가 우수수 무너져 내리지나 않았을까 부끄러운 생각이 든다. 일본의 잦은 지진이 모든 건축물이 견고하도록 자극하여 선물로 안겨준 것 같다.

이를 계기로 우리는 어떤 재난도 극복할 수 있는 치밀한 대책을 마련하여야

할 것이며, 우리도 세계인이 우러러보는 국민성을 길러, 다시는 성수대교와 같은
참사가 발생하지 않도록 만사를 내일같이 성실하고 소중히 다룰 때 발전이 있을
것이다.

(1995.)

옛날 옛적에 / 20M · 72,7×50,cm

어머니와 발가락 일흔 개

'어머니'처럼 포근한 단어가 이 세상에 또 있을까.

어머니란 이름은 듣기만 해도 가슴이 따뜻해지고 저며지면서 벅차오르는 말이다. 그 무엇과도 비교가 안 되는 풍성한 이름이요 무궁무진한 사랑을 통째로 쏟아도 한없이 모자라는 그 마음은 퍼내도 퍼내도 자꾸 고이는 무한한 샘물이다. 어머니란 세상에서 가장 신비로운 존재가 아닐까.

영국문화원이 전세계 비영어권 102개 국가에서 실시한 설문조사 결과 가장 아름다운 영어단어로 어머니(Mother)가 뽑혔다고 하는데 이는 너무나 당연한 일이다.

여자는 약하나 어머니는 강하고도 위대하다. 누군가 말했다. 어머니의 귀는 늘 열려있는 레이더요, 팔은 비단방석이고 등은 포근한 침대이며 무릎은 꽃방석이며 가슴은 아낌없이 퍼주는 보물창고라고. 우리가 소스라치게 놀랬을 때도 절로 나오는 말이 어머니요, 전쟁터에서 부상당한 군인도 끝내는 어머니를 찾지, 결코 의사를 찾지 않는다. 부르기만 해도 마음의 안식처요 힘의 원천이요 다소나마 위안이 되고 콧잔등이 시큰해지기 때문이다. 자나깨나 자식걱정에 편할 날이 없는 어머니의 존재는 누구에게나 영원한 마음의 안식처다.

요즘 하나도 많다고 출산을 기피하는 저출산 추세지만, 나는 우리 어머니의

7남매중 맏딸이다. 내가 어느새 이순이 되었지만 어머니를 바로 이웃에 모시고 지내게 되어 궁금한 마음에 자주 뵐 수 있으니 행복이 따로 없다.

선친께선 오빠와 띠동갑이요, 큰딸인 나는 미수인 친정어머니(88세)와 띠동갑이다. 돌아오는 미수엔 어머니가 깜짝 놀랠 정도의 이벤트를 마련하여 그 여운이 오래도록 가슴속 깊이 흠뻑 적셔지도록 해드리고 싶다.

차일피일 미루다가 막상 효도 좀 하려 하면 타계하여 후회스러운 일이 흔히 많건만, 이번 가을엔 써프라이스! 하면서 울 엄마를 기쁘게 해드릴 꿈을 꾸는 것만으로도 난 지금 행복하다.

언제이던가 아마도 여고시절이었을 것이다. 조금씩 늘고 있는 새치를 뽑아드리면서 마음 한구석 아파했던 기억이 잊혀지지 않건만, 이제는 나도 가끔 염색을 해야 할뿐더러 모녀가 노년기를 향하여 달리는 동창생이 되었으니 어머니의 은발은 세월의 아픔을 그대로 내게 전해준다.

사실 10m를 씩씩하게 못 걸으실 만큼 엄마는 무척 노쇠해지셨다. 작년까지만 해도 질 좋은 인삼을 직접 당신이 고르시겠다고 강화까지 나들이 가셨는데 지병인 당뇨와 그 합병증으로 날로 기력이 약해지니 그 모습이 우리를 슬프게 한다.

어머니는 우리집에서 걸어서 5분 이내 거리에 사신다. 신호등만 없다면 불과 3분에도 가능할 만큼 극히 가까운 거리에 계신다. 내가 우리 막내를 낳을 그 나이에 엄마는 이미 7남매를 낳으시었고 막내 낳고 백일도 안되어 6·25한국전쟁을 겪으셨다. 장녀인 나는 우리 형제 중에서 엄마의 삶의 무게를 누구보다 많이 간접 체험하였다.

최근 대북사업의 중심이 되다가 일일관광까지 가능해진 경기도 개성이 나의 고향이다. 6·25한국전쟁이 끝나면서 초등학교 3학년에 입학했는데 반장이었던 나는 학예회 때 입을 옷이 마땅치 않자 엄마가 손수 재봉틀에 앉아 예쁜 원피스를 밤새워 만드셨던 모습이 왜 그런지 잊혀지지 않고 뇌리에 남아있다. 아주 어린 기억으론 개성 남대문에서 아버님이 병원을 개원하셨는데, 오빠가 1등 하면

서울 구경시켜준다고 굳게 약속하셨기에 온가족 모두 아버님을 따라 서울구경을 하게 되었다. 결국 오빠 덕에 난 유치원에 들어가기도 전 서울 구경에 신바람이 났는데, 마치 시골사람이 뉴욕에 온 것처럼 보이는 모두가 신기했고 한강에서 생애 처음으로 타본 보트놀이는 호기심과 무서움으로 점철되기도 했다.

내가 8살 때 겪은 6·25는 지금도 생생하게 잊혀지지 않는 장면이 뇌리에 남아 하늘에선 B29가 자주 폭격을 했다. 지난해 대박을 터트린 영화 「태극기를 휘날리며」는 그 당시 실제 상황이기도 했다. 그 와중에도 친정어머니는 연년생인 우리 7남매를 이산가족 없이 하나도 잃지 않고 무사히 남하했으니 그 공덕은 기적에 가까워 드높이 치하할만하다.

세월은 흐르고 흘러 요즘엔 한 아이도 힘들다고 안 낳으려는 추세라 범국가적인 문제가 되었지만, 32세 젊디젊은 주부 초년병의 우리 어머니가 한 살에서 열 살까지 일곱이나 되는 고만고만한 어린것들을 어찌 다 관리하셨을까. 어머니의 힘은 진실로 위대하고도 거룩하여 그 큰 은덕을 우리 7남매는 결코 잊지 못할 것이다.

예상치 못했던 큰 전쟁을 겪어야 했던 어린 시절, 생필품 부족으로 초등학교시절 운동장에 줄지어 서서 외국서 온 구호품을 나눠 받기도 하고 교실도 없는 노천에서 열악한 초등학교 수업을 받기도 했다.

밤에 자다가 깨보면 엄마는 희미한 불빛아래서 식구들의 구멍난 양말 속에 헌 전구를 넣고 꿰매시는 모습을 너무 자주 볼 수 있었는데 그럴 때마다 일흔 개의 발가락 터진 구멍을 메꾸려니 하루도 바느질 쉴 날이 없다는 푸념을 하시곤 했다. 어린 나이 때부터 어머니의 바느질 솜씨를 곁에서 익힐 수 있었는데, 재미가 여간 솔솔한 게 아니어서 그래서인지 여고시절 양재반 반장을 한 것도 전부 어머니 덕인가 한다.

어린 시절 비교적 부유한 가정에서 태어난 우리 어머니는 한껏 멋내고 찍은 여고시절의 귀한 사진을 아직까지 간직하고 계신다. 그 당시 교내 백일장에서

1등 하여 칭찬 받았던 이야기는 내가 잘 알고 있고, 세브란스 의전시절 우리 아버지가 어머니의 매력에 반해 날마다 개성 호수돈여고 정문 뒤에 숨어서 어머니를 몰래 훔쳐보았다는 사실도 나는 너무 잘 알고 있다.

머지않아 어머니 생신이다. 마음 같아선 환상적인 멋진 곳으로 얼마든지 구경시켜 드릴 수 있는데, 집 떠나 외식하면 지병인 당뇨에 적절치 못하다고 굳게 믿고 옹고집으로 무조건 사양하시니 어쩔 도리가 없다. 또 나 자신이 바쁘다는 핑계로 자주 찾아 뵙지 못하니 송구스러울 때도 사실 많다.

한 가지 자랑스러운 것은 어머니께선 무섭게 알뜰하여 오히려 지나칠 정도라 어느 땐 오히려 누가 알까 조심스러울 때도 있다. 스타킹 발바닥 올이 풀려 망가지려고 할 때 조기에 수선하면 새것처럼 원상복귀 되는 수가 많다. 산부인과 의사로서 내가 개복수술을 할 때 사람의 배도 예쁘게 꿰매는데 이런 것쯤이야 조족지혈(鳥足之血)이건만, 남편은 버리지 뭘 꿰매느냐고 말리곤 했다.

하지만 나의 이런 습관은 음으로 양으로 받은 우리 엄마로부터 바느질 솜씨가 몸에 배인 것이 아닌가 한다. 조금만 수선하면 금방 새것이 되어 재활용이 가능해지는데 그냥 두고 지나칠 수가 없는 것이다. 사실 나는 아무도 모르게 집에서 바느질을 많이 하는 편이다. 가끔 터진 옷을 수선할 때면 바느질하던 우리 어머니의 옛 모습을 떠올리곤 한다.

사실 공부보다도 나는 오히려 바느질에 더 자신 있다. 결혼 초기에도 시어머님 저고리 동정 달기와 치마주름 접기는 늘 내 몫이었고, 우리 3남매를 키우면서 자그만치 세 아이 옷은 80여 벌이나 손수 만들어 입힐 정도로 나의 바느질 솜씨는 일가견이 있었다. 만약 내가 의사가 되지 않았다면 오히려 의상 디자이너가 되어 더욱 빛을 발하지 않았을까 상상해보기도 한다. 그래서인지 여고 동창생들 중에는 나의 의대지망을 잘 몰랐는지 의상학과로 착각하고 있는 친구도 있을 정도였다.

어머니께서는 생필품이 턱없이 부족했던 한국전쟁 시는 물론, 그 이후에도 알뜰히 가정을 꾸리셨기에 우리 7남매의 성공적인 삶이 가능했던 것이다. 의사이신 아버지 곁에서 반 간호사로 내조하면서 얼마나 바지런하고 알뜰하게 가계를 꾸려나가셨는지 맏딸인 나는 세부적인 것까지 잘 알고 있다.

전쟁의 그 험한 고난의 언덕에서 고생 안한 사람은 아무도 없겠지만, 아버지를 먼저 안전한 곳으로 대피시켜놓고 혼자 7남매 거느리며 겪어야 했던 눈물겹게 고생한 이야기 등, 필설로 다 표현 못할 하많은 고통의 세월은 장편소설을 써도 몇 권을 쓸 수 있다고 말씀하셨다. 여고시절 백일장에서 1등하신 실력으로 자서전적 소설을 쓰실 만도 한데 아직도 깨알 같은 글씨로 가계부를 정리하시니 그저 놀라울 뿐이다.

중요행사는 물론 하루 세 번씩 혈압과 식전 식후 혈당까지 빠트림 없이 꾸준한 기록은 아무도 못 말리는 몸에 밴 탓이라 해도, 이번 미수생신엔 7남매의 깜짝 이벤트로 즐거움 가득한 삶을 누리시도록 묘안을 짜내야겠다.

행복에의 초대

요즘 명치 아래만 물에 담그는 반신욕이 화두로 떠오르고 있다. 매스컴의 홍보와 무궁무진한 정보의 산실인 인터넷의 위력은 일상생활에 무시할 수 없는 중요한 비중을 차지하고 있지만, 때마침 웰빙 바람을 타고 반신욕에 관한 관심이 지나칠 정도인데 이 열풍은 목욕문화가 발달한 일본에서부터 유래되었다고 한다.

우리나라 『동의보감』에서도 "머리를 차게 하고 발을 덥게 하라"고 하였으니 몸의 절반만을 물에 잠기는 건강목욕법이다. 하반신의 체온이 높아지면서 따뜻해진 혈액이 전신을 돌아 혈행이 좋아지기 때문에 신진대사가 활성화되어 체내의 노폐물을 땀과 함께 몸밖으로 배출시킨다는 이론인데 온몸을 다 담그지 않아도 오히려 충분히 심신을 안정시켜서 전신에 더 좋은 효과를 미치게 한다는 것이다.

사실, 이미 오래 전에 반신욕을 알고 있었지만 절실히 느끼지 못한 탓에 무심히 지나쳐 버렸었다.

언젠가 헬스센터 욕실에서 자주 만나는 한 선배는 두 팔을 욕실밖에 내놓고 눈을 스르르 감은 채 명상에 잠겨 있곤 했다. 그 선배는 반신욕의 중요성을 내게 강조하였지만, 필요성을 모르던 문외한이었던 나는 오히려 반만 잠그고 있으면 손해보는 것같아 어깨까지 푹 잠긴 채 전신목욕을 애용했다.

헬스센터에서 아침 일찍 운동을 마치고 바삐 출근해야 하는 내 형편에 이른 아침부터 한가하게 반신욕을 하는 그들이 오히려 유별나 보였었다. 홀로 격조 높게 목욕하는 양 과시하는 몸짓 같아 거부감도 느껴졌다.

지난 봄, 여고 동창회에서 우리 동기들의 합동 회갑잔치 축하연이 있었다. 그곳에서 30년 만에 옛 친구와 반갑게 상봉하였는데 그녀는 너무나 팽팽한 피부를 유지하고 있었고 건강미가 넘쳤다.

평소 나도 동안(童顔)이라는 말을 듣고 있지만 그 친구는 립스틱을 바르지 않아도 입술이 촉촉이 붉게 물들어 있었는데 우리 몸 표면에 털이 있어야 할 곳엔 전보다 더 울창해지며 머리숱도 여전히 많아졌다면서 알고 보니 바로 오래 전부터 실행해온 반신욕이 그 비결인 듯했다.

그 친구의 귀띔은 나로 하여금 반신욕의 매력을 더욱 돋구어 주었고 그에 대한 관심은 날이 갈수록 부풀어지면서 나도 모르는 사이 애호가가 되었다.

이를 계기로 지난겨울 이후 꾸준히 주 5회 정도로 최근들어 누구보다 더 애용하게 되었다. 하지는 상체보다 5~6도 낮아 31도 정도인데, 심장엔 부담을 주지 않으면서 심장위치 아래부터 따스한 물 속에 잠그고 있으면 거짓말처럼 전신이 빠른 속도로 더워지기 시작하고 땀방울이 송송 맺히게 된다.

결국, 가장 손쉽게 접근할 수 있는 웰빙생활법이 반신욕이라 할 수 있는데, 스트레스가 심한 현대인은 머리와 가슴에 열이 많아 상반신이 비교적 뜨겁다는 것이다. 반신욕은 상대적으로 차가운 하반신만 집중적으로 따뜻하게 함으로써 하체의 말초혈관을 확장시켜 구석구석까지의 혈액순환과 기의 흐름을 원활히 해주고 조화롭게 도와주게 된다.

내가 의사가 아니라 해도 혈액은 심장에서부터 말초혈관까지 산소와 영양과 호르몬을 운반하는 역할을 하는데 심장은 최종적으로 모세혈관까지 영양을 전달한 후 유해물질인 독소와 침전물을 회수하여 심장으로 되돌아가는 정맥순환으로 이루어짐은 모두 아는 사실이다. 그러므로 인간의 모든 질병은 혈액의 흐름이 정체되거나 약해지거나 막히는 데서 시작된다고 해도 과언은 아니다. 이렇듯 반신욕이 전신의 혈액순환을 원활히 해준다는 것은 건강한 육체를 유지하는데 큰 의미가 있다고 본다.

반신욕으로 인하여 저절로 솟아 흐르는 그 땀방울을 분석해 보면 더위에 못 견뎌 억지로 솟는 사우나에서의 땀과는 그 성분의 농도가 판이하게 다르다고 한다.

하여튼 반신욕은 피로 회복제로도 최고이다. 나의 일과는 병원의 근무를 마치고 피곤한 몸으로 라틴 스포츠를 하거나 화실에서 그림(수채화)을 그리거나 아니면 서예를 하든지 휴일엔 가끔 필드에 나갔다 오기도 한다. 그리고 가사일로 어쩌다 김치라도 담근다든지 부엌일에 매달리다보면 피로가 엄습해 오곤 했다. 이럴 때 반신욕은 이 모든 피로감에서 훨훨 탈출하게 하는 유일한 돌파구가 되어 주곤 했다. 경험하지 않고는 안 믿어질 정도로 판이하게 색다른 경험을 체험하게 되니 저절로 애용하지 않을 수 없게 되었다.

처음 시작할 때는 30여 분이 심심하고 아까워 FM 라디오를 틀어놓고 읽을 거리를 잔뜩 갖고 욕실로 들어가는데, 나도 모르게 환상적으로 행복해지는 바람에 그만 깜박 단잠 속으로 빠져들기도 한다.

어느 날, 25시 불가마 찜질방 욕탕에서 반좌욕을 하고 있었는데, 깜빡 졸았던가 읽고 있던 다이제스트를 그만 순간적으로 물 속에 빠뜨리고 말았다. 깜짝 놀라 잽싸게 건졌는데도 다 젖어 못쓰게 된 일도 있었다. 요리책은 싱크대에서 잠깐 레시피를 읽다가 기름 묻은 손이 미끄러워 설거지 통속에 풍덩 빠뜨린 일은 있었지만, 반좌욕하다가 나도 모르게 밀려오는 졸음실수로 또 책을 한 권 더 빠뜨렸으니 이제는 졸지 않으리라 다짐하며 정신을 차리게 되었다.

그런데 집에는 욕실 덮개가 있으니 설사 꾸벅 졸아도 물 속에 빠뜨릴 염려는 전혀 없다. 가까운 마트에 가면 예쁜 꽃무늬 덮개도 많고 판매경쟁이 심해 예쁜 온도계까지 덤으로 붙어온다.

금수강산의 산수가 수려한 우리나라도, 이제는 물 부족 국가로서 물을 서로서로 아껴 써야 되는 상황이지만, 생각보다 물 소모량이 많은 것도 아니며, 오히려 이 정도의 물의 소모는 만병통치의 효과로 볼 때 이를 상쇄하고도 남음이 있지 않을까.

그런즉, 이제 나도 모르게 반신욕 예찬론자가 되고 말았다. 쓰고 난 물은 화장실이나 바닥청소로도 쓰고, 때론 큰 빨래를 미리 담가둘 때 사용하기도 하고, 여과장치가 된 경우엔 자동으로 소독이 되므로 언제나 청결함을 유지시키니 매번 물을 갈 필요도 없다.

반신욕, 이와 같은 열풍은 언제 불어도 좋다. 여러 모로 좋은 웰빙건강법이라 생각되므로 누구에게나 꾸준히 체험해 보기를 권장하고 싶다.

로마여 안녕

여행은 언제나 사람의 마음을 들뜨게 한다. 출발하기 전날 짐을 꾸리는 마음은 풍선처럼 팽팽히 부풀어오르고 마음이 설레어 제대로 잠조차 오지 않는다.

위대한 작가는 불현듯 번뜩이는 영감을 얻고, 일상에 지친 사람들에게는 활력을 되찾아 주는 게 여행이 아닌가 싶다.

'여행' 두 글자가 주는 삶의 여유는 먼지 낀 우리 마음을 비워주고 삶을 관조할 수 있는 여백을 새로이 안겨주는 마력이 있어서 낯선 곳에서 자신의 존재를 진지하게 되돌아 볼 수 있는 기회가 된다. 거창한 해외여행이 아니더라도 일상에서의 탈출은 무료한 생활 속의 오묘한 비타민 역할을 한다.

나에게 있어 여행은 우선 진료실에서 벗어나니 좋고, 퇴근 후 부엌에서 오늘은 무엇으로 할까 식단을 걱정할 필요가 없어서 좋다. 여행지에서 무궁무진하게 이어지는 볼거리, 먹을거리, 들을 거리로 흥미롭고 이게 바로 삶의 기쁨이려니 하면 행복이 따로 없다.

사실, 결혼 35주년(산호혼식)을 기념하여 캐나다의 록키산맥으로 낭만적인 기차여행을 계획했었다. 그런데 그곳에선 때맞춰 유행하던 사스(SARS) 때문에 동양인의 입국을 허용하지 않았다. 여행예정 10일 전에 미리 입국하여 그간 사스로 이환되는지 아닌지 보균자 여부를 확인한 후에야 인사이트 투어에 합류할 수 있다는 전갈이 왔다. 우리 나라엔 사스가 없었음에도 불구하고 캐나다에서 너무 까다로운 조건을 내세우는 바람에 포기하고, 그 대신 로마를 선택하였다.

20여 년 전 첫번째 로마 여행은 거리 전체가 그대로 박물관이요, 르네상스문화의 극치라 할 수 있는 신비스러운 예술작품으로 큰 감동을 받았었다. 두 번째 로마 여행은 우리나라와 이태리의 화가들이 공동 개최한 「한국·이태리작가 오늘의 상황 로마초대전」 때 의사가 아닌 화가로 참여하면서 전시회를 마친 후에 주로 미술관과 박물관만 관람했었다.

이번 세 번째 방문은 세계적 미항(美港)인 나폴리와 카프리 섬, 시칠리아 섬까지 망라한 이태리 남부 관광이어서 오래 전부터 꿈꿔온 여행이었기에 새로운 설렘으로 다가왔다.

그 옛날 이 도시에서 융성했던 르네상스의 흔적이 회화, 조각, 건축을 통해 고스란히 여기저기 남아 있어서 내내 감동으로 여행하였다. 거대한 고대문명의 유적과 르네상스시대의 찬란한 작품들, 거리 곳곳에 진귀한 예술품들이 무궁무진 산재되어 있었다. 조상을 잘 둔 그들이 부럽고 그저 놀라워 우리문화의 상대적인 빈약함에 자존심만 땅에 떨어지는 것 같았다. 우리 조상의 목조 예술품들은 불타고 없어진 것이 많아 후세에 길이 남기기엔 역부족인지라 돌이 풍성했던 그들의 지리적 조건이 마냥 부럽기도 했다.

시칠리아 섬은 리즈 테일러가 리차드 버튼과 신혼여행을 왔을 정도로 환상적이어서 절로 탄성이 나오게 하는 절경의 연속이었다.

지금 나는 로마의 별세계에 와 있다. 보름간 인사이트 투어의 마지막 날로서 하이라이트의 저녁초대가 있는 날이었다. 인사이트 투어(Insight tour)는 국내의 일반적인 패케이지 여행과 달리, 세계 각국에서 모인 관광객들끼리 함께 어울려 여행하는 국제적 모임이다. 한국말은 전혀 통하지 않아 다소 답답할 때도 있지만, 여행코스가 다양하고 도시가 바뀔 때마다 새 현지 가이드가 전문적인 설명을 해주니 도움이 컸다. 일률적으로 쇼핑을 유도하는 우리나라식 패케이지 투어의 폐습이 없는 상품이어서 장점도 많았다. 우리와는 코드가 달라서인지 보름간의 여행 중 한국사람은 한번도 볼 수 없었고 시골 구석구석 어두운 뒷골목까지 면밀하게 볼 수 있었다.

우리 가이드는 체코계 오스트리아인이다. 그는 유창한 영국식 영어로 속사포로 설명하니 청취력이 약한 나는 두 귀를 쫑긋 세우고 귀담아 들어야 했다. 그렇다고 다 들리는 것도 아니어서 언어 장벽에서 오는 긴장감으로 은근히 쌓이는 스트레스는 무시할 수가 없었다. 남편은 영어연수의 좋은 기회라 생각하자고 했지만, 버스를 가득 메운 그들 대부분은 거의 다 영어권에서 왔기 때문에 자유롭게 영어를 구사하였지만, 특히 문화와 정서의 차이 때문에 도대체 무슨 뜻인지 몰라 농담을 해도 함께 웃을 수가 없을 땐 평소에 영어공부 좀 해둘 걸… 후회도 하였다. 아! 그때의 답답하고 민망함이란 겪지 않고는 모른다.

하여튼 모처럼 귀한 시간 틈내 왔으니 자유시간 이용하여 구석구석 로마를 탐색하고자 지도 한 장 펴들고 거리로 나섰다.

로마시내엔 지하철이 2개뿐이고 두 선이 서로 중앙에서 교차하는데 그 역이 바로 떼르미니역이다. 세계 각국에서 모인 다양한 피부 색깔의 관광객들이 떼르미니역 가까이에 있는 우리 숙소에 모였는데, 바로 인근에 한국 식료품점 '서라벌'이 있어서 무척 반가웠다.

2003년 9월 27일 여행이 시작되려는 첫날 하필 로마시내가 정전이 되어 깜깜해지는 일이 있었다. 세계는 모두 로마로 통한다는데 로마도 정전될 때가 다 있나싶었다. 알고 보니 이태리와 스위스는 프랑스에서 전력을 공급받는다고 하니 이태리 단독으로는 전기사정이 원활치 못한 때문이다.

지도를 펴들고 낯선 지하철로 이곳저곳을 낱낱이 헤치고 다녔던 로마시내가 지금도 눈에 선한 것은 그만큼 즐거운 고생을 했기 때문이다. 도대체 본토인과는 영어가 전혀 안 통하고 지나는 관광객들에게만 그나마 가능하였다. 영어는 전혀 몰라도 아쉬울 것 없다는 그들만의 오만함은 아니기를 바랄 뿐이다.

특히 한번도 가본 일이 없던 폼페이는 궁금증으로 가득했다. 페리호로 저녁에 시실리섬을 출발하여 흔들리는 이층침대에서 밤바다를 헤치고 북상하니 이른 새벽 나폴리 항구에 도착하였다. 나폴리 가까이에 폼페이가 있는 줄 몰랐다. 거대한 화산 폭발로 일순간에 도시 전체가 화석이 되어버린 2000년 전의 고고학의 보물을 그대로 보여주고 있는 유적지가 바로 폼페이가 아니던가.

드디어 폼페이에 첫발을 디디고 나니, 듣던 바대로 가슴이 선뜩하고 순간 겸허한 마음으로 숙연해진다. 순식간에 덮친 6m 높이의 뜨거운 화산재로 도시 전체가 거대한 유적지가 되어버린 폼페이! 앉아있던 자세 그대로, 꾸부리거나 엎드린 형상 그대로 화석이 되어버린 영혼에 우리는 너무 애처로워 발을 떼지 못하고 애잔한 마음으로 멍청하게 서 있었다.

바로 2000년 전 고대도시로의 시간여행이었다. 수많은 고고학의 보물이 여기 저기 산재되어 있었고, 로마 귀족들의 방탕하고 타락했던 휴양지였음이 벽화에 남겨진 온갖 야한 그림들과 낙서에서 짐작케 하였다.

원래 이곳은 벌써 기원전 6세기경부터 고대도시가 있었다고 한다. 그러다가 BC 3세기부터 로마의 지배하에 들어갔는데, 62년에 한차례 지진이 일어나 도시가 반쯤 파괴되었으나 17년 후(79. 8. 24) 사화산이었던 베수비오산이 다시 갑자기 엄청난 규모의 대 폭발을 일으켜 이름 그대로 '폼페이 최후의 날'을 맞게 되었다. 저주받은 땅이라고 아무도 접근하지 않은 채 1700여 년의 긴 세월이 흘러간 어느 날 우연히 세상에 드러나게 되었는데, 현재 3/4정도만 발굴되었을 뿐 경비 부족으로 더 이상 발굴이 정지되고 있다한다.

발굴을 통해 드러난 당시의 모습은 동시대 다른 도시에 비해 대단히 발전된 양상을 보이고 있다. 다양한 건축양식, 인도와 차도의 구별된 거리, 개선문, 사우나 탕(냉, 온탕), 상수도, 온수공급, 제빵 기계 등 아름다운 모자이크로 바닥과 천장까지 예술품이 그대로 보존되어 있었다. 2000년의 긴 세월이 흐른 지금도 저렇게 아름다울 수 있을까 기가 찰 정도였다. 폼페이 박물관에서 더욱 진귀한 모자이크

작품들을 보자 그 당시의 찬란했던 문화를 미루어 짐작할 수 있었다.

우리 일행은 총 43명이었다. 동양인은 우리 부부 뿐이요, 그중 미국인이 거의 반이었고, 나머지는 캐나다, 호주, 뉴질랜드, 독일, 영국, 아일랜드인들이었는데 3, 4일이 지나자 무식하면 용감해진다고 틀리든 말든 열심히 그들과 부딪혀 얘기 나누다보니 친해지는 사람이 점점 늘게 되었다.

사실 처음 만났을 때는 다소 서먹서먹했지만 그 중엔 너무 정이 들어 E-Mail도 교환하고 서로 본국에 초대도 하며 가까운 장래에 다시 만날 것을 약속하면서 헤어짐을 아쉬워하는 사람도 생겼다. 특히 호주에서 온 순박한 아르만도 부부와 무척 친해졌다.

마지막 밤을 장식하는 디너파티에서 일이다. 무대 위엔 우리가 익히 알고 있는 이태리 가곡을 열창하고 있는 성악가의 얼굴이 갑자기 찡하게 다가왔다.

보름동안 한국인은 전혀 본 일이 없었는데, 무대 위에 서서 「축배의 노래」를 열창하며 「살루떼」를 선창하는 저 성악가가 어쩐지 한국인 같았기 때문이다. 너무 반가웠다. 그래도 혹시나 실례라도 하면 어쩌나 싶어 몹시 궁금했지만 참고 있었다. 그녀는 성량이 매우 풍부한 미성으로 관중을 사로잡고 있었는데 본토인처럼 능숙한 이태리어로 「로마여! 안녕」을 불렀는데 내 콧등이 시큰해졌다. 저 노래가 끝나면 '혹시 한국인이 아니냐'고 물어보려고 했다. 그런데 그녀가 우리에게 가까이 오더니 '혹시 한국사람 아니냐'고 먼저 묻질 않은가. 너무 너무 반가워 두 손을 꼭 잡아주면서 우린 포옹했다. 그렇게 우린 서로 한국인임을 멀리서도 미리 알아차린 것이다. 여기 이국 땅 멀리 낯선 로마에 와서 무려 보름만에 한국사람을 만날 수 있게 되다니!

분위기가 무르익자, 헤어지기 섭섭하여 흥겨운 음악에 맞춰 어깨춤을 추기 시작했다. 그리고 회원들은 내가 버스 내에서 행했던 매직 쇼를 못 본 이를 위해 다시 한번 보여주길 간청했다.

마술은 호기심과 궁금증이 많은 이에게 사물을 보는 사고력을 발달시켜준다.

또 생활의 즐거움을 안겨줄 뿐 아니라 혹시라도 무료한 시간을 효과적으로 이용하여 긴장감과 강렬한 시선을 순식간에 한곳으로 집중시키는데 이보다 더 좋은 처방은 없다고 본다.

나는 기회는 이때다 싶어 그간 한국서 익혀온 마술을 시범해 보였다. 모두를 즐거운 시선으로 나의 일거수 일투족에 몰입하게 되니 나 또한 국제적인 보람을 느낄 수밖에… 우리 일행 중엔 자그만치 의사가 5명이나 되어 의사끼리 너무나 잘 통했다. 미국 플로리다주에서 왔다는 소아과의사 닥터 탐은 내게 말했다. "닥터 킴! 산부인과 의사 그만하고 인제부터는 마술사로 나가세요. 그게 더 멋지잖아요?" 하고 윙크를 했다. 난 스마일로 답했지만 국제적인 모임에서 내가 즉흥적으로 마술쇼로 주목을 받게 될 줄은 정말 몰랐다. 마술을 보이면서 영어로 계속 멘트를 해야 했지만 중간쯤 "수리수리 마수리… 얍!"은 한국말로 마무리했다. 박수가 요란하였다.

이태리 일주를 끝내면서 가만히 눈감고 회상해본다. 세계적으로 도로를 건널 때 붉은 신호등인데도 막 건너가는 사람은 한국인과 이태리인인데 한국인은 성질이 급해서, 이태리인은 그냥 재미로 건넌다는 우스개 이야기가 있다.

다소 불친절함, 거리에서 흔히 볼 수 있는 장엄한 스케일의 성당들, 거리를 활보하는 들고양이들, 아파트 발코니 창가의 예쁜 꽃들, 시야를 좁히는 안내를 댄 멋진 장식의 말과 관광용 마차, 느티나무만큼 큰 부채선인장, 그 선인장 끝에 매달린 달콤한 붉은 열매, 너무 흔하게 눈에 띄는 피자간판들, 거리마다 산재되어 있는 역사 깊은 유적들, 아름다운 나폴리, 중세 마차가 다니던 조그만 사각돌길, 맑은 하늘이 지금도 눈에 선하다.

폼페이 최후의 날을 기억하면서 한바퀴 쭉 돌고 나니, 내게 최후의 날이 온다해도 아름다운 시칠리아 섬과 나폴리의 기암절벽을 스치며 환호했던 것만으로도 후회는 조금도 없으리라 느껴졌다.

퀴즈 유감

일요일이면 불암산 줄기 끝자락에 있는 야트막한 야산에 남편과 함께 가벼운 등산을 하는 것이 주요 일과이다. 푸른 소나무 숲이 울창하여 신선한 공기가 도시의 찌든 때를 훌훌 떨어버리게 하니 그럴 때마다 우리는 서울서 이만큼 좋은 주택지가 어디 있을까 스스로 감격해 하면서 우리 아파트 예찬론을 펴기도 했다. 천천히 다녀오면 두 시간 남짓 걸리는데 오는 길에 약수터에도 들르면 아침운동 코스로 안성맞춤이다.

등산을 다녀온 뒤엔 TV 퀴즈프로를 보는 재미가 여간 쏠쏠한 게 아니다. 의사 체면에 공연히 망신만 당할지도 모른다는 생각에 망설이고는 있지만 시청하면서 나도 한번 나가볼까 하는 충동이 일기도 한다. TV 속으로 들어간 듯 남편과 함께 풀어보는 재미가 제법 쏠쏠하다. 어느 날 나도 내 직업을 감추고 한번 도전해 볼까 하는 용기가 나기도 한다.

몇 년 전 같은 이대문인회 회원인 드라마작가와 방송국에서 우연히 만난 적이 있다. 우리 함께 퀴즈프로에 나가보자는 뜻에서 갑자기 즉흥적으로 여의도 방송국에 들러 예선시험을 보았다. 50문제가 출제되었는데 창피스럽게 예선에 떨어지고 말았다. 주관식 문제는 비교적 쉬웠는데도 내가 틀린 것은 '나들목'이 영어로 무엇인지 도무지 알 길이 없었다. 종이 땡 치고 나서야 겨우 애매하게 생각이

나다니…. 차가 드나드는 인터체인지가 순 우리말로 나들목인 줄 몰랐었기에 그래서 난 불합격의 고배를 이미 마신 경험이 있다.

어느 날 남편이 "러시아 여행 후 뭔가 내가 판이하게 달라졌는데 그게 뭔지 알아맞히면 내게 거금을 주겠다"고 했다. 그런데 상금이 대단한 거금이었다. 필경 못 알아맞히리라 싶어서 자신 있게 거금을 걸었으리라.

요즘 내 통장이 잔고가 별로 없어 아슬아슬한데 이 기회에 좀 만회해야 살림에 보탬이 될 것 같아 기분이 좋았다. 난 기회는 드디어 왔다 싶었다. 가끔 레스토랑에서의 남편의 알뜰한 주문이 가끔은 못마땅할 때가 있다. '짠돌이, 왕소금'이라고 놀리면 그는 즉시 반응하는데 "당신처럼 필요 없는데도 괜히 쓰고 후회하진 않거든? 그래도 쓸 땐 나만큼 화끈하게 쓰는 사람 어디 있으면 나와 보라고 해!" 하면서 으스대곤 했었다.

며칠을 두고 나는 머리를 짜냈다. 그 정답이 무엇인지 반드시 알아 맞춰야 하는데 도무지 그게 무엇인지 알 길이 없다. 힌트를 달라는 내 말에 그저 웃기만 했다. 내게서 무슨 허점을 새로 발견했나 기분 나쁜데 웃는 걸 보니 무슨 장점이 새로 나타났는가 생각이 나질 않았다.

"아빠가 내게 퀴즈를 냈는데 도무지 알 길이 없다"고 딸에게 넌지시 도움을 청했으나 그애도 전혀 떠오르는 게 없단다. 3일간 진료실에서 환자를 보다가도 언뜻언뜻 그게 무엇일까 궁금했다. 질문만 던지고 자기는 시침 뚝 따고 있으니 나만 속이 탔다.

지난번의 러시아여행은 전적으로 고행이었다. 다소 예감했었지만 막상 당하고 나니 여행사들의 상도덕에 다시 한번 환멸을 느꼈다. 그래야 오래도록 뇌리에서 사라지지 않고 남는다고 러시아여행 다녀온 사람들의 한결같은 결론이었다.

'내가 여행 체질이므로 반년만에 해외에 나갔다 오니 기분이 좋아진 것'이라는 말에 남편은 틀렸다며 뭔가 확 달라진 것을 말하라고 했다.

그는 지금 '땅콩'이라는 죽마고우와 함께 잠시 아우라지에 가 있다. 다른 두

친구와 합세했다면서 기분이 무척 좋다. 그래서 그 백만원짜리 정답이 무엇이냐고 전화로 캐물었다.

남편은 바로 '김석희가 역시 철의 여인!'임은 재확인했다는 사실이 퀴즈의 정답이라면서 야릇한 미소를 던졌다.

초저녁 9시만 되어도 남편은 졸려 쩔쩔 매는데 지난번 러시아여행을 다녀와서는 시차적응이 안되어 그런지 밤1시가 되어도 잠이 안 온다는 것이다. 그런데 나는 귀국한 그 날로 출근하여 오후부터 멀쩡하게 환자 진료하고, 운동하고 화실에 가서 그림도 그리고 그뿐인가 노트북에다 또 뭔가 글도 밤새워 쓰고 왕성하게 에너지가 넘친다는 것이다. 그러니 "역시 우리 마누라는 강철이요, 너무 건강하니 그래서 자기가 너무 너무 행복하다"는 게 바로 퀴즈의 답이라고 했다.

아, 허무하다. 난 또 퀴즈를 못 맞춘 것이다. 그렇지만 남편의 퀴즈가 나를 행복하게 한다. 그래서 "자주 더 나를 해외로 데리고 나가면 더 활기가 넘칠 거"라고 했다. 그러나 남편은 장거리는 정말 이젠 끝이라고 했는데 러시아 여행은 정말 고행이었다.

러시아 대륙은 세계 제일로 크면서 덩치마저 좀 큰 차가 배당되었으면 얼마나 좋았을까. 한결같이 마을버스 수준의 작은 차로 마이크도 고장나고 에어컨도 안 나오는 한국서 수입한 중고 고물차였다. 각자의 가방까지 스스로 챙기면서 시내 관광을 다니려니 얼마나 고생이 많았었는지…. 그뿐인가 워낙 짐은 모두 뒤진다기에 누추하게 보이고자 일부로 가장 헌 가방을 갖고 다녔다.

비행기로 모스크바에서 상트페테르부르크로 이동하는 불과 1시간 10분 사이에도 우리의 짐을 다 열어본 흔적이 역력하여 몹시 기분이 상했다. 아무 가방이나 순식간에 여는 기술은 대단하다고 하며 공항에서 일하는 직원들이 그래서 제일 인기직업이라니…. 그러나 이제는 모두가 뇌리에서 지워지지 않는 잊을 수 없는 추억이 되고 말았다.

장땡이를 위하여

매년 이른봄마다 나에겐 중요한 연중행사가 있다.

바로 장떡을 만드는 일이다. 내 고향 개성에서 '장땡이'라고 부르는 장떡은 이북 5도민, 그중에도 특히 개성사람들이 즐겨먹는 반찬이다.

자투리시간을 요긴하게 활용하면 하루를 25시간으로 늘릴 수도 있다. 그러기에 환자를 진료하다가 뜸한 틈새를 이용하여 입원실 옆 부엌에서 장땡이를 만들고 있는데 간호사가 쪼르르 달려왔다.

"원장님! 뭘 하세요? 환자가 여러분 기다리는데요."

그녀가 보내는 호기심 가득한 시선은 내 손에 머물러 있다.

"이게 뭔지 알겠어? 우리 고향 음식 장땡이라는 거지."

"원장님, 고소한 냄새가 병원 복도까지 솔솔 배어 나오고 있어요."

어린 시절 먹던 습관이 뿌리깊이 박혀있는지 어쩌다 눈에 띄는 장땡이는 개성사람이라면 이산가족 상봉 이상으로 무척 반긴다.

친정에서는 무심히 보았었는데 결혼 후, 양가 모두 고향이 개성이어서 시어머님께서도 연중행사로 꼭 만드시니 우리 집에서는 이제 전통반찬으로 인식되었다. 남편은 지나치게 좋아하여 애호음식 No.1으로 손꼽고 있다. 조금씩 아껴서 먹고 보물단지처럼 여기며 애지중지한다. 물론 해외여행시에도 몇 개 따로 준비함은 잊지 않았다.

나는 시댁어른들이 즐기셔서 한겨울에는 개성식 순대를 하여 친척에게 나누어 드리고, 한여름엔 땅속 깊이 묻어두었던 노랗게 잘 익은 짠무를 꺼내 집집마다 조금씩 나누어 먹는다. 나는 이런 일이 즐거워서 하건만 친정어머니는 "늘 바쁜 사람이 또 무슨 노느매기 잔치를 벌리느냐"면서 딸 걱정을 한다.

이번 봄에도 장땡이를 만들어 처음으로 큰이모님(92세), 작은 이모님(85세), 그리고 외숙모님(87세)께 조금씩 소포로 부쳤더니 너무나 감격스러워 하셔서 엔돌핀이 절로 솟아난다.

의사 수필가들의 모임인 박달회에는 장땡이를 무척이나 좋아하는 분이 두 분 계시다. 서울시 의사회장 H박사와 대한피부과 개원의협의회 회장 Y박사님이 시다. 우리는 공통분모가 두고 온 고향 개성이니 만나면 고향얘기가 끝이 없다. 처음 장땡이 선물을 받으실 때는 "산부인과 진료로 바쁠 텐데 언제 이런 음식을 만들 시간적 여유가 있느냐"며 감탄하셨지만 이제는 은근히 기대하는 모습이 역력하시다. 올해는 한 해 쉬어볼까도 싶었지만, 그분들의 기대를 저버릴 수 없어 만들기로 하였다. 그런데 차일피일 미루다가 그만 시기를 놓치고 말았다.

장땡이는 시기가 중요하다. 음력 2월쯤이 적기이다. 올해는 2월에 윤달이 들어 있었다. 그래서 두번째 2월에 만들려고 미사 드리러 갈 때 성당에서 메주 한 덩어리를 구입하려니 윤달엔 메주를 담그는 게 아니란다.

이럭저럭하다보니 음력 3월이 되고 말았다. 그만 발등에 불이 떨어진 셈이다. 할 수 없이 대전의 살림꾼 여동생에게 SOS를 쳤다. 동생은 갓 담근 간장 물은 뽑지 않은 진한 된장을 그대로 항아리째 소포로 보내주었다.

<장땡이 레시피>
1) 3월경(음력 2월) 잘 띄운 메주 한 덩어리를 깨끗이 씻어 물기를 말끔히 닦는다.
2) 메주를 조그마한 항아리나 유리그릇에 담고, 메주가 겨우 잠길 정도로 소금물

을 자작자작하게 붓는다. 짜지 않게 소금간을 신중히 한다.

3) 3~4일이 지나 메주가 적당히 소금물에 퉁퉁 불으면 달걀 정도 크기로 손으로 잘게 쪼개어 도로 소금물에 넣고 햇빛이 잘 드는 곳에 뚜껑을 덮지 않고 일광욕(?)을 시키면서 30여 일 놔둔다. 야간엔 항아리 뚜껑을 닫는다.

4) 이렇게 만들어진 맛있게 된 된장을 건져 소쿠리에 받쳐서 된장국물을 제거한 후 큰그릇에 담고 두 손으로 잘게 조물조물 부순다.

5) 된장 분량의 약 1/10 ~1/7정도의 찹쌀가루, 고춧가루 약간, 다진 고기 또는 멸치가루, 다진 마늘, 파, 통깨를 넣고 골고루 잘 섞어 치댄다.

6) 적당한 크기로 예쁘게 빚어 채반에 널어 어느 정도 꾸덕꾸덕 하게 표면이 마르면 찜통에 젖은 면행주를 깔고 진열하여 찐다.

7) 쪄낸 장땡이를 채반에 널어 뒤집어가며 골고루 말려 냉동실에 보관하였다가 한두 개씩 꺼내 밥 뜸들일 때 같이 찌거나, 참기름 발라가며 석쇠에 살짝 구워 식탁에 낸다.

여름에 밥맛없을 때 굴비와 곁들이면 개성 송악산이 눈에 선하여 고향냄새가 절로 나니 둘이 먹다가 한 사람이 쓰러져도 모를 최고의 별미가 된다.

맛의 비결이라면 주인공은 메주이지만 조연으로 들어가는 찹쌀가루는 너무 많이 들어가면 장땡이가 질기게 되어 실패작이 된다. 마늘과 통깨는 무조건 많이 넣을수록 맛이 좋으니 아낌없이 넣고, 고기가 필수적이 아니니 멸치 내장 뽑고 믹서에 갈아 가루를 적당히 조금만 넣어도 상관없다.

이렇듯 정성들여 만든 장땡이를 나는 지금 예쁘게 포장하고 있다. 지난해 송년회 때 우리는 한 해를 무사히 잘 보낸 것에 대한 감사로 건배를 올렸다.

9988-234(99세까지 팔팔하게 살다가 2~3일 아프다 죽기), 개나발(개인과 나라의 발전을 위하여), 개나리(개인과 나라의 이익을 위하여) 등을 외치면서 새해를 맞이했다. 그중에서도 '장땡이를 위하여!'라고 강조하면서 술잔을 부딪치던 그 모습, 그 그림들이 눈에 선하다.

(2004. 1.)

외팔 원숭이

지구촌 여기저기서 밀레니엄 축제로 흥청거리더니 2000년도 어느새 벌써 3주가 지나가고 있다.

오늘 아침뉴스엔 영화 「삼손과 데릴라」의 데릴라 역으로 유명한 할리우드의 육체파 여배우 헤디 라마가 미국 플로리다주에서 숨진 채 발견되었다고 했다. 왕년의 화려했던 은막의 생활에서 추한 노년의 모습은 결코 보이기 싫어, 숨어살다가 최후를 맞은 것이다.

얼마 전 일본의 섬 규슈에서의 하우스텐버스의 추억이 가슴속에 맴돈다. 그것은 다까나까 공원에 있는 어느 외팔원숭이의 슬픈 이야기로 시작된다. 그 야생원숭이도 화려(?)했던 자기 생애를 마감할 때는 아무도 모르게 숲 속 먼 곳으로 조용히 사라졌기 때문이다.

원숭이는 모성애가 어느 동물보다 강하다고 한다. 비시비실 앓던 새끼원숭이가 어느 날 어미 품안에서 죽었다. 그런데 그 새끼를 유난히 예뻐하던 어미는 죽은 후에도 슬픔을 이기지 못한 채 죽은 새끼를 매일 안고 다녔다고 한다.

매일 일정시간이면 먹이를 먹으러 숲에서 나오는데, 원숭이 사육사가 차마 바라보기 애처로울 정도로 죽은 새끼를 품에 꼭 안고 다니기에 가여워 결국 어미원숭이에게 마취 총을 쏴서 새끼를 빼앗아 묻어주었다고 한다. 그런데 마취에서 깨어난 어미는 새끼의 시신을 찾으려고 돌아다니다가 자기들끼리 어찌 알았는지 그 새끼 무덤 앞에서 며칠을 식음을 전폐하며 슬피 울다가 결국 새끼 따라 함께 죽었다고 한다.

보통 원숭이의 수명은 20년, 8개월 되면 성인이 되고 궁둥이가 붉어지면 성인으로 간주된다. 목욕을 안 해 이가 많은데 짬만 있으면 서로 이를 잡아주며 잡은 이는 버리는 게 아니라 아예 먹어버린다고 한다. 먹이는 양손으로 쉬지 않고 입의 양볼 속에 불룩하게 일단 넣고 이 단계로 천천히 도로 꺼내 소처럼 다시 되새김질로 씹어 넘긴다고 한다.

이러한 야생 원숭이들이 무리 지어 살고 있는 규슈 나가사키의 다까나까 공원에는 현재 2천여 마리의 원숭이가 살고 있는데 애당초부터 사람들이 먹이를 준 것은 결코 아니었다.

산밑 농가에 내려온 야생원숭이들의 농작물 피해가 막대하기 때문에 고심 끝에 묘안을 세운 것이 일정한 시간에 먹이를 주는 일이었다. 아침 8시 (A그룹)와 낮12시 반 (B그룹)과 오후 4시경 (C그룹)에 주게 되었다는데 이상한 원칙을 발견했다고 한다.

원숭이 사료는 밀, 고구마 또는 산열매인데, 하루 세 번 줄 때마다 A그룹은 1천여 마리, B그룹은 5, 6백 마리, 그리고 C그룹은 4, 5백 마리의 원숭이들이 각기 다른 보스의 지휘하에 일사불란하게 내려와 약 1시간가량 먹이를 먹고 리더십이 막강한 보스의 지휘하에 도로 산으로 들어갔다.

리더는 잘생겼고 힘이 세며 반드시 수컷만이 독점하는 것은 아니다. 그 용맹성과 권위가 뛰어나 보스의 명령에 절대 복종하면서 규율을 절대로 어기지 않는다는 사실이다. 총지휘자가 따로 있어 세 그룹의 보스끼리 일정한 룰을 정한 모양인지 하루 두 번 나오는 법은 절대 없다고 한다.

참으로 신기하였다. 그리고 시계도 없을 텐데 매일 틀림없이 일정한 시간에 일정한 야생원숭이 그룹만이 보스를 앞세우고 한번만 나타난다는 사실이….

이러한 특성을 이용하여 이를 관광상품으로 개발했다고 한다.

그런데 재미있는 것은 일정한 시간이면 반드시 식사하러 산에서 내려오던 원숭이들이 언젠가는 A, B, C 세 그룹이 한 마리도 내려오지 않았다는 것이다. 원숭이들 간에 무슨 데모를 했는지 종일 한 마리도 얼씬거리지 않아서 가득 관광객을 이끌고 간 가이드마다 그날은 원숭이로부터 톡톡히 망신(?)을 당했는데 5년 동안에 이런 일이 두 번 있었다고 한다.

야생원숭이의 특성을 알아야 사람이 다치지 않는다고 한다.

첫째, 원숭이와 눈을 맞추며 똑바로 쳐다보면 안 된다. '어디 한판 해 볼래?'의 뜻으로 알고 덤빌 수가 있기 때문이다. 둘째, 음식을 주지 않는다. 한꺼번에 떼로 몰려들면 피해를 받을 수가 있다. 셋째, 모르고 바나나 등 주다보면 옷을 잡아 다니며 더 달라고 매달려 옆의 지팡이로 잘못 건드렸다가 수백 마리가 한꺼번에 달려드는 통에 어느 관광객은 실신하여 응급실에 실려간 일이 있었다고 한다. 가방을 보이면 먹이가 들어있는 줄 알고 쉽게 빼앗아 가므로 주의를 요한다. 또한 야생 원숭이의 똥은 악취가 심해 조금만 밟아도 종일 고약스런 냄새가 가시질 않는다.

한 보스 밑에 부두목이 있는데 절대적 모계사회이며 아버지는 누군지 모른다고 한다. 임신기간은 3~4개월이며 요즘이 짝짓는 시기라 더욱 예민해서 잘못 건드리면 크게 당한다는데, 보스가 먼저 식사하고 예의상 기다렸다가 먹는데 보스는 꼬리를 치켜들고 위풍당당하게 걷거나 높은 바위 위에 위엄 있게 앉아서 두루두루 주시하고 있는 자태가 누가 봐도 보스임을 금방 알아차릴 수 있다.

어느 날 보스로 군림하던 한 원숭이가, 수백 마리의 무리를 이끌고 산아래 있는 작은 민가의 기찻길에 나타났다. 자기의 용맹성을 무리들 앞에서 뽐내기 위해 달리는 기찻길 위에 서서 폼잡고 버티다가, 달려오는 기차에 치여 왼팔이 절단된 사고가 발생했다.

이를 발견한 사육사가 동물병원에 급히 입원시켜 한 달간 치료해서 도로 자연

속으로 보내주었더니, 역시 예전의 보스의 자리를 그대로 확보한 채 계속 무리를 이끌고 하루 한번씩 외팔로 나타났었는데, 요즘은 그 모습이 보이지 않은 지 2년 정도 되었다고 한다.

아마도 자존심이 강한 보스여서 자기의 마지막 늙고 약해진 추한 모습을 무리들에게 보이지 않으려고 숲 깊숙이 들어가 죽었을 거라고 추측한다. 이렇듯 원숭이도 늙으면 스스로 깊은 숲 속으로 들어가 아무도 모르게 자취를 감추나보다.

일본은 네 개의 큰 섬으로 구성되어 있는데, 매년 1cm씩 가라앉는다는데도 본토인은 전혀 의식 않고 감각 없이 산다. 4계절 계속 영상의 따뜻한 섬 규슈는 일본서 물가가 가장 싸서 살기 좋은 곳으로 알려져 있다.

남미 삼바축제, 독일의 맥주축제, 홋카이도의 눈축제(유끼마츠리)가 세계 3대 축제라면, 노보리 뱃츠, 아따미와 더불어 뱃부의 온천은 일본의 3대 온천의 하나로 손꼽힌다. 새 천년 연초에 남편과 함께 일본의 유럽이라는 하우스텐버스 나들이를 다녀왔다.

우리에겐 산소(山所)가 있지만 일본에는 산소가 없다. 그 대신 가족의 납골묘가 있는데 형편이 어려우면 절에 모시고 그나마 못하면 집에 모신다고 한다.

규슈시내엔 땡땡 울리는 전차가 다니고 있어 동화 속에 와 있는 듯 했다. 치즈 카스텔라와 짬뽕, 녹차케이크가 유명하다. 학생들은 교복은 입되 두발은 자유이다. 머리를 무지개 빛으로 염색하건 말건 귀나 코를 뚫어도 무방하다고 한다.

400여 년 전 서양문물이 가장 먼저 들어와 네덜란드와 자매결연을 맺고 오늘날 저토록 아름답게 하우스텐버스를 만들어 관광객을 유치하니 그 아이디어가 자못 부럽기만 하다. 또 차폭이 훨씬 좁은데도 양보운전을 고수하여 거리에선 전혀 클랙슨 소리를 들을 수도 없으니 얼마나 배울만한가 우리 현실이 부끄럽다.

가까운 거리는 모두 자전거를 이용하며, 떼지어 자전거로 등교하는 학생들의 모습이 너무 보기 좋았다. 70%가 맞벌이라 탁아소가 발달하고 고기보다 과일이 더 비싸다. 우리나라 국화인 무궁화도 볼 수 있어 반가웠다.

택시는 회사마다 기본 요금이 다르며 문은 자동으로 열리고 닫힌다. 본사가 교토에 있는 MK택시의 유봉식 회장은 재일교포의 긍지를 심어준 인물이다. 입사자격은 대졸자로서 200:1의 높은 경쟁률로 입사하면 영국으로 어학연수를 보내줄 뿐 아니라 복지시설이 잘되어 있다. 무이자로 20년 상환 주택을 제공받으며, 회색 T와 자주색 타이를 매므로 한눈에 알 수 있다.

24시간 편의점에서 현금 출납기로 전기세도 낼 수 있고, 일본 자체가 전세라는 것 없이 모두 월세다. 시골 어디에도 자동 판매기 천국인 일본은 꽃이름과 포장지 컬러만 누르면 꽃이 각각 포장되어 나올 정도이며 물론 브래지어나 속옷도 다 해결된다. 전기세가 무척 비싸며 커피는 종이컵은 드물고 거의 캔이어서 환경오염이 문제되며, 우리의 정서와는 달리 꿈에 후지산이나 독수리 또는 보라색 가지를 보면 길몽으로 친다고 한다.

어떤 사람이 보라색 가지(채소)를 문 독수리가 후지산 꼭대기에 앉아있는 길몽을 꾸고 복권을 여러 장 샀는데, 운 좋게 줄줄이 당선(15억?)되는 바람에 그 복권을 판 그 가게 앞에는 다음날 200m나 길게 복권을 사려는 사람들이 장사진을 이루었다고 한다.

일본은 언제 와 봐도 늘 거리가 깨끗하여 얄밉도록 부럽다. 교통질서를 준수하는 그들의 모습이 놀랍고 너무나 친절하여 오히려 부담스러울 정도다. 원폭의 수치를 이겨내고 그곳에 기념관을 만들어 관광객을 부르는 상술, 음식양은 감질날 정도로 작은 듯하나 결코 배고프지 않으며 대신 음식찌꺼기의 배출이 적다.

우리는 이제 과거의 역사만 미워만 할 게 아니라 그들의 장점은 배워 우리 것으로 흡수하여 하루빨리 그들보다 앞설 날이 오기를 진심으로 기대해본다.

(2000. 1.)

매화꽃 필 무렵

추위에 떨며 인고의 긴 겨울을 견디어낸 봄꽃들은 어딘지 애틋한 여운을 준다. 그 중에서 매화는 이른봄 흰색 또는 연분홍색으로 은은하게 향기를 발산하는 꽃으로 어딘지 가냘픈 아름다움이 있다.

하루해가 뉘엿뉘엿 저무는 저녁 8시, 남녘엔 꽃소식이 들리는 이른 봄이라지만, 엘리뇨 현상인지 완연하던 봄기운이 돌연 꽃샘추위가 되어 맹위를 떨치는 3월 13일 금요일이었다.

변화 없는 매일의 일상생활에서 탈출, 낯선 곳으로 여행한다는 기쁨에 진눈깨비가 오면 어떠랴. 어지럽게 난무하는 창밖의 눈을 바라보며 나는 무박2일의 남쪽나라 봄나들이에 나섰다. 활짝 만개한 매화를 눈이 시리도록 바라보며 야외 스케치할 생각에 내 마음은 부풀대로 부풀었다.

봄꽃은 모두 아름답다. 하지만 진달래나 벚꽃과 달리 매화는 독특한 운치가 있다. 특히 매화천국이라 불리는 전남 섬진강변 섬진마을엔 사람의 넋을 앗아가는 명소로 유명하다 하여 벌써부터 한번 가보려고 아껴둔 곳이 아니었던가.

바보가 따로 없다더니 이 나이까지 나는 부끄럽게도 매화꽃과 매실은 전혀 별개인 줄 알았다. 그리하여 매실은 매실나무에서 따로 열리는 줄 알았는데, 오늘에야 비로소 매화꽃이 지고 난 자리에 매실이 열린다니 새삼스럽게 미소가 감돈다.

매실이라면 말만 들어도 침이 나올 정도로 새콤하다. 매실의 이 신맛은 유기산(5%) 때문으로 갈증을 멎게 하는 가장 우수한 식품으로 망매지갈(望梅止渴)이라는 말까지 생겨났다.

옛날 위나라의 조조가 행군중 길을 잘못 들어 방황하던 중 갈증에 시달린 병사들이 기진맥진했다. 그때 조조가 저 산너머에 매실밭이 있다는 말에 병사들은 군침을 삼키고 산을 쉽게 넘었다고 한다.

매실을 먹으면 침이 많이 나오는데, 침이 솟아나와 갈증을 멎게 한 데서 생겨난 말이다. 침이 많이 나오면 침 속의 유효성분 중 파로틴이라는 홀몬이 당뇨병 예방이나 동맥경화나 뼈의 발육에도 좋다고 한다.

서양에서 가장 신 과일이 레몬인데 반해 동양에서는 바로 매실이다. 매실 속의 유기산은 비타민 C의 파괴를 방지하며 칼슘의 체내흡수를 돕고 살균력이 특히 강하다. (ph 2.7)

뿐 아니라 피로의 주성분인 유산을 에너지로 변화 연소시킴으로써 유산의 생성을 감소시켜 피로해소에도 효과가 높다고 한다. 옛 중국문헌에도 매실이 항암식품으로 기록되어 있다고 하며, 일본사람들이 매실장아찌(우메보시, 梅干)를 애용하는 이유가 되기도 한다.

무박 2일의 여행 스케줄은 내 생애 처음이다. 지난밤 밤새도록 버스에서 불편한 잠을 잤지만 새벽에 지리산 유황 온천에서의 휴식은 너무도 달콤하였다. 남으로 남으로 달려온 이곳 전남은 완연한 봄이요, 산채나물에 구수한 된장국과 금상첨화의 고로쇠 약수와 더불어 일품이었다.

전남 광양시 다압면 도사리, '섬진마을'이라 불리는 이 일대는 매년 3월이면 하얀 매화로 뒤덮여 장관을 이루었다. 흡사 때늦은 눈 속에 파묻힌 듯 하였다.

이 마을의 매화 재배면적은 해마다 늘어나 이제는 매화꽃 하나만으로도 훌륭한 관광지 역할을 제공한다. 온 동네를 하얗게 물들인 매화는 인근 야산과 강변까지도 펼쳐져 있어 꽃나라를 이루었다. 60여 년 전부터 한 그루 두 그루 심은 것이 현재 12만 평이나 되는 매화단지를 조성하게 되었다.

섬진마을, 일명 삼박재 골짜기를 가득 뒤덮은 매화군락은 얼핏보면 마치 벚꽃이 핀 것 같지만 매화를 벚꽃과 비길 순 없는 것이다. 매화에는 청매와 홍매가 따로 있어서 청매나무엔 너무나 희다못해 푸른빛이, 홍매나무엔 연분홍빛이 돌아 꽃이 피기 전 봉오리가 맺힌 모습부터 그 격조가 높았다.

섬진마을의 매화는 산중턱에서 내려다보는 경치가 가히 일품이다. 강가나 강 건너편에서 바라다보는 경관도 멋있지만 '무릉매화경'에 젖어보려면 산중턱에 올라가서 감상해야 한다고 한다. 하얗게 핀 매화 뒤로 유유히 흐르는 섬진강이 그림 같아 그냥 넋을 잃은 채 차마 떠나고싶지 않은 곳이었다.

내 생애 처음으로 매화꽃을 눈이 저리도록 실컷 감상할 수 있었음에 감사하면서, 일상의 권태로움에서 벗어나 낯선 곳으로의 떠남은 우리 삶에 새로운 활력소가 되어주니 생활을 윤기나게 하는 위력이 있다.

매화꽃이 지고 나면 바로 청매실이 주렁주렁 열린다니 연분홍 꽃잎들이 더욱 위대해 보였다. 아름다운 섬진강 새벽 안개와 백운산의 맑고 영롱한 아침이슬, 그리고 남녘의 화사한 햇살을 한껏 머금고 통통하게 과육이 오른 청매가 저 꽃송이마다 매달린다고 상상해 보라. 자연의 경이로움을 새삼 느끼게 된다.

섬진마을 청매실농원에는 윤기 나게 길들인 오지항아리 2천여 개가 관광객의 시선을 끄는데 압권이었다. 얼마나 많던지 감격하여 항아리를 배경으로 사진까지 찍고 싶었다. 매실은 용인자연농원에서도 키우기를 실패하였다 하며, 꽃은 피어도 결실이 제대로 안돼 연평균 13도C 이상의 따뜻한 남부지역에서만 재배가 가능하다고 한다.

청매실농원 앞으로 유유히 흐르고 있는 섬진강은 주변에 공장이 전혀 없어 폐수가 유입되지 않아 몇 년 전까지만 해도 강물을 그대로 떠서 식수로 마셨다고 한다.

강이 있어 더욱 경치가 수려한 이곳, 우리 나라에서 유일하게 제일 오염이 덜된 깨끗하고 아름다운 섬진강, 고박(古朴)한 향토서정의 시인 정두수(鄭斗守)의 대하 장편시 「섬진강」을 연상하면서 유장하게 흐르는 맑고 푸른 섬진강을 지긋이 내려다보았다.

섬진강은 전북 마이산에서 발원하여 임실과 남원을 거쳐 흐른다. 그 강을 끼고 광대하게 펼쳐진 매화꽃들의 잔치 속에 이 농원의 안주인인 홍쌍리 씨가 무공해 야채로 만든 점심식사는 매화꽃향기로 빚은 것 같아 더욱 일미였다.

일렬로 나란히 서있는 오지 항아리 사이에 시골 멍석을 넓게 펴놓고 하늘을 지붕 삼아 신선한 봄바람을 안주로 마시니 무릉도원이 따로 없었다. 다시 한번 와 보고 싶은 매화동산을 뒤로하고 아쉬운 발길을 옮겼다.

쎄콤의 위력

그날 따라 부슬부슬 가랑비가 흩뿌리고 있었다. 오후진료가 모두 끝나자 나는, 홀가분한 마음으로 퇴근길에 마트에 잠시 들렀다. 냉장고가 텅 비었기에 양손에 찬거리를 든 채 저녁 식단은 어떻게 꾸밀까 멋진 구상을 하며 아파트로 향했다.

3층 현관문을 열려고 키 단추를 누르는데 왜 그런지 열리지 않았다. 잘못 눌렀나싶어 다시 한번 시도했다. 그래도 닫힌 문은 아무 반응이 없었다. 왜 갑자기 고장 났을까. 순간 불길한 예감도 스쳤지만 과민반응은 날려보낸 채 그저 단순히 생각하기로 했다.

비밀번호를 다시 또박또박 차례로 눌러도 문은 요지부동이요, 아이스크림은 다 녹고 있는데 난감했다. 열쇠 수리공을 부르자니 비오는 날 빨리 올 것 같지도 않고, 비상키로 열자니 차안에 있으니 도로 주차장으로 내려가야 했다. 다소 미심쩍은 채 남편을 휴대폰으로 부르곤 관리사무실로 내려갔다. 3층까지 닿는 고가 사다리만 빌릴 수 있다면 다용도실 유리창문을 통해 한번 시도해봄직도 싶었다.

'이럴 때 용감하게 사다리를 한번 타 봐…?'

관리실에선 그렇게 높은 사다리는 없다 하였다. 열쇠고장이라 여기고 수리공을 전화로 부르는 동안 휘둥그래 놀란 남편이 급히 달려왔다. 이럭저럭 30여

분이 흘렀나보다. 눈치가 빠른 남편의 안색이 변하기 시작했다. 이것은 단순한 열쇠고장이 아니고 필경 안에서 누군가가 단단히 잠그고 있다는 것이다. 순간 온몸에 전율이 스쳤다.

안 믿고 싶었지만, 경험이 많은 열쇠공마저 한술 더 떠서, 언젠가 아파트 우유 투입구로 내시경을 넣어 문을 열어주려는 순간 안에서 강도가 쇠망치로 내려치는 바람에 친구 손목이 부러져 심한 골절상을 입었다 한다. 그러므로 아파트 문 열어주기란 생명을 무릅쓴 대단한 모험이라는 것이었다. 어쩌나, 불길한 예감이 전신을 휘감았고 떨리기 시작했다.

엄숙하고도 무거운 침묵이 흐르는 가운데 수리공의 심각한 얼굴표정을 지켜보면서 숨도 참은 채 우유 투입구로 서서히 내시경을 밀어 넣고 있는 그를 남편과 함께 주시하였다. 초긴장된 순간이 흘렀다.

아슬아슬 긴박한 순간이 시간이 지나고 드디어 안에서 잠겨진 문을 푸는데 성공했다. 용맹스러운 그 청년은 문을 여는 순간이 더 위험하다면서 갑자기 태권도 사범들의 기합소리보다 더 요란하게 "으얏!!" 하는 괴성과 함께 제자리에서 껑충 뛰면서 검도 유단자의 기본자세를 취하는 바람에 나까지 덩달아 뒷걸음치며 놀랬다.

아니나 다를까, 몇 명의 강도가 침입했었는지 온통 집안은 벌집 쑤셔놓은 듯 다 뒤집어져 있고 완전히 아수라장이었다. 매스컴을 통해 간접으로 보았을 뿐 이렇게 허망할 수가! 너무 황당하여 말문이 막혔다.

필경 모르긴 해도 그 떼강도들은 베란다 창을 통해 잽싸게 튄 것 같았다. '하마터면 혼자 무심히 문열다가 내가 고스란히 그들에게 붙잡혔을 뻔했지 않은가'라는 생각에 미치자 아찔했다. 하늘이 도와 그 위기를 모면했다고 생각하니 더욱 소름이 끼쳤다. 그때의 충격이란, 그들이 며칠 전부터 우리 집을 집중 탐색했으리라 생각하니 공포감이 밀려왔다.

이 방 저 방 들쑤셔놓은 가재도구들을 보면서 험상궂은 검은 손들이 스쳐지나

갔을 상상에 온갖 정이 다 떨어져 당장 이 집을 떠나야 되겠다고 생각했다. 막상 집을 내놓고 이사가자니 불암산 밑의 이 좋은 환경을 어디서 찾을 수 있을까 또한 진퇴양난이었다.

아침마다 베란다 창을 열면 한꺼번에 쏟아지는 신선하고도 청량한 공기를 어디서 다시 만날 수 있을까. 이름 모를 산새들의 지저귐 속에 하루해가 열리곤 했던 이곳을 단순히 그들 때문에 떠나야 하다니….

그리하여 소 잃고 외양간 고치기식이지만 이런 연유로 임시방편이나마 쎄콤장치를 하기로 했다. 그런데 습관이 안 된데다가 키의 분실과 서툰 조작으로 무장경찰들이 긴급도난 신고인 줄 착각하고 헐레벌떡 총을 메고 달려와 곤욕을 치른 일도 몇 번 발생했다.

이 세상에 우리 모두 아무 죄 없이 공평하게 태어났건만 왜 그들은 비굴한 행동을 해야만 하는가. 서로 주고받는 아름다운 사랑으로 더욱 값지게 우리 삶을 윤택하게 한다 해도 우리가 엮어가는 인생은 너무나 짧다.

아직 올바른 경제적 가치관이 부족한 청소년들에게까지 카드를 마구 남발하여 이로 인한 무절제한 소비로 이어졌고 결국 카드범죄로 번지고 있다니 이를 어찌 막을 것인가.

가정교육의 중요성은 재론의 여지가 없는 일이지만 입시위주의 고등교육 또한 심각한 청소년 문제이다. 자유롭게 뛰어 놀아야 할 초등학교 어린이들까지 학원 공부에 시달려 자살을 하지 않나, 섣불리 잘못된 수능시험예상발표로 지레 겁이 난 여고생이 음독자살을 시도한 일도 생겼다.

우리 모두가 날로 심각해지는 청소년범죄에 대하여 머리를 맞대고 다함께 고민해야 할 일이다. 화목한 믿음을 주는 그런 사회가 아쉽다.

고택에 묻어나는 추억 / 10 P · 53.0×40.9 cm

2

주말농장

되돌아오지 않는
메아리인 줄 알면서도
마른 나무 가지 활활 타오르는 불길처럼
혼자서 애태우던 음악회의 빈 의자
시인의 가슴 저며오는 아쉬움 흥건하다

세월이 약이라지만
잊을만 하면 돌아와 서성이는 그림자
나 이제 잊었노라
모르는 체 외면해도
퍼낼수록 넘쳐흐르는
샘물로 고여 오고
뭉게구름 피어나듯 그리움만 쌓인다

- 저자의 시 「나 이제 잊었노라」 일부

말띠 해를 맞는 소감

유구한 역사의 흐름에서 빠른 것은 세월뿐이다. 새 천년으로 접어든 지도 어느새 1년이 지나가고 있다. 세월의 속도는 지극히 주관적인 것이지만 날이 갈수록 초고속으로 흐르니 잡아매 두고 싶은 심정이다. 마지막 남은 달력 한 장을 바라보는 마음은 착잡하고 어느새 내가 여기까지 왔는가 스스로 놀라기도 한다.

나이란 한갓 숫자일 뿐 세어봤자 아무 득이 없는지라 벌써 전부터 잊고 지내고자 했다. 그렇게 세월은 흘러 낙엽은 아무말 없이 흙으로 돌아가고 한 해를 마무리하는 계절의 끝자락에 서고 보니 지나온 세월을 잠시 반추해보며 뒤돌아보게 된다.

철모르던 12살 초등학교 때 내가 맞이한 말띠해는 6·25전쟁 직후여서 온 세상이 삭막하기만 했다. 천장이 무너져 하늘이 보이고 다 허물어진 교실에서 수업을 받던 일이 아슴푸레 그려지기도 하는 어려운 시절이었다.

점심시간에 운동장에 줄지어 서있는 우리들에게 담임선생님은 미국에서 구호 식품으로 온 우유가루를 조금씩 나눠주시었는데 처음 느껴본 그 맛이 묘하게 달콤했다.

다음 24살의 꽃다운 나이에 맞이한 말띠해, 의사이신 아버님의 뒤를 이어

나도 여의사가 되겠다는 희망찬 꿈을 안고 행복의 꽃길을 달렸다. 자랑스런 이대의대 노란 배지를 달고 신촌행 버스에 시달리고 시험에 쫓기는 버겁기만한 의학공부였다. 그래도 짬을 내어 의대3년 재학중(1965) 박목월 시인의 추천을 받아 처녀시집 『오선지의 연가』를 출판하면서 문단에 데뷔하였고, 나도 머지않아 여의사 대열에 동참할 수 있다는 기대로 부풀기만 했다.

그 뒤 36세 때 맞이한 말띠해에는 드디어 산부인과 전문의가 되어 개인의원을 경영하면서 연년생이나 다름없는 세 아이들 키우느라 눈코 뜰새 없이 바쁜 생활인으로서 세월이 흐르는 속도도 감지 못한 채 정신없이 지냈다.

다시 세월은 흘러 반백의 문턱을 바라보는 48세엔 어느 정도 병원경영도 궤도에 오르게 되자, 아이들 입시공부에 나까지 시달리는 가운데 한편으로 화가의 꿈을 접을 수 없어 그림공부에 전념하기도 했다. 결국 인사동 조형 갤러리에서 서양화 첫 개인전(2000년)을 열게 되었다.

요즈음 인간 복제에 이르기까지 눈부신 첨단의학의 발달과 함께 평균수명이 길어지고 점차 노령화 사회가 되면서 실버산업이 빛을 보게 되는 이 시대를 살게 된 것은 다행스런 일이다. 하늘의 은총을 받아 건강하게 매일의 생활에 충실하며 의업에 종사할 수 있음은 매우 감사하게 생각한다.

가끔 나는 쓸데없는 생각에 사로잡혀 삼국시대나 이조시대에 태어나지 않았음을 천만다행으로 생각하며 미소지을 때가 있다. 그때 태어났다면 요즘처럼 여러 친지들에게 동화상으로 E-mail을 보낼 수도 없었을 테고 길을 걸으면서도 어찌 감히 휴대폰으로 정다운 이야기들을 나눌 수 있었겠는가. 이처럼 최첨단 정보화시대와 인간복제까지 가능한 과학문명의 세대에 살고 있음에 사실 더 이상 낙원은 없다고 생각하며 지내고 있다.

그런데 얼마전 지구촌을 경악시킨 911 여객기 자살 테러 같은 참혹한 사건만 없었으면 오죽이나 좋으련만…. 종교와 체제와 이념의 벽을 넘어 서로 이해가 부족한 때문이라 생각한다.

이렇듯 다시 한 해가 저무는 길녘에서 잠시 나의 삶을 뒤돌아보고 있는 이시간 FM음악이 정겹게 흐르고 지금, 변함없이 매사에 긍정적이고 낙천적이니 지금 이대로가 아주 행복한 시간이다.

누군가 타임머신을 타고 다시 20대 청춘으로 돌아가게 해준다 해도 난 결코 그 대열에 서지 않을 것이다. 다시 태어난다면 의학공부는 한번 겪어보았으니 다시 선택하지 않을뿐더러 다른 분야의 학문으로 변화 있는 새 인생을 가꾸고 싶다.

오는 2002년 여름엔 월드컵 세계대회가 우리나라에서 개최된다고 벌써 전부터 들떠서 웅성거리지만, 내겐 아직 못이룬 꿈들이 몇 개 남아있다. 차곡차곡 쌓여있는 스케줄 따라 마음은 시속100 km로 바삐 달리고 있는데, 그중 가장 중요한 것은 그간 쓴 글을 정리하여 회갑기념 수필집을 한 권 상재하려고 한다.

표지가 얼굴일진대 무슨 제목으로 어떻게 멋지게 포장할까 구상 중에 있다. 그리고 자그만치 60년이나 살았으니 내년 이후엔 덤으로 산다고 생각하고 나에게 주어진 모든 혜택 감사한 마음 하나로 이어져, 이 땅으로부터 받은 은혜의 일부나마 갚게 되기를 바라는 마음으로 자원봉사의 길로 여생을 보낼 생각이다.

나의 건강이 어디까지 버텨줄지 모르지만 앞으로도 힘 닿는한 부지런히 새로움을 향하여 정진하면서 성실하게 살고싶다.

얼마전 광화문 교보빌딩 한옆에 걸린 시구가 갑자기 떠올랐다. "울타리가의 감들은 떫은 물이 들었고, 맨드라미 접시꽃은 붉은 물이 들었다만, 나는 이 가을날, 무슨 물이 들었는고…"라는 글이다.

이제 한해의 끄트머리에 서서 이런 생각이 든다. 새해엔 나와 내 캠퍼스엔 맑은 녹차 빛으로 칠하리라. 그리고 국가적으론 전쟁이 없는 안정된 선진국을 이루었으면 좋겠다. 또한 가정적으론 좋은 배필 만나 우리 아이들이 행복한 결혼에 골인하면 더 이상 바랄 것이 없을 것이요, 양가 부모님, 그리고 사돈댁에도 건강과 행복을 진심으로 가득 기원해 드리고 싶다.

(2001. 12.)

봄은 산비람과 같이 / 15 F · 65.1×53.0 cm

봄을 기다리며

요즘은 '3텅시대'라고 한다.

3월 초하루, 오늘 아침 한국경제신문의 만화를 보며 나는 쓴웃음을 지었다. 국고는 바닥이 난 채 '텅' 비어 있고, 여소야대로 DJ 옆자리는 인준을 못 받은 채 총리자리까지도 '텅' 비어있으며, 날로 눈덩이처럼 불어나는 실직자들의 가슴도 썰렁하게 '텅' 비어있으니 '3텅시대'가 아닐 수 없단다.

지난달엔 경제살리기 국민운동으로 거국적인 금모으기가 있었지만 남녀노소 따로 없이 모두 자리를 박차고 일어나 뛰어야 될 판이다. 3일전 대통령취임식을 보면서 심각하게 생각했다.

70대가 젊은 열기 못지 않게 뛰니 80대(현대)도 경영일선으로 복귀하여 뛰고 온 국민이 긴장한 가운데 골문을 향해 뛰어야 하지 않겠는가.

당시 2천만의 우리민족이 일치 단결하여 죽음을 불사하고 일제에 항거 시위한 '3.1운동'이 있었던 오늘이, 바로 그 3.1절이다.

79년 전 일이라니 나조차도 기억이 없는데, 하물며 요즘 신세대에게는 역사의 한 페이지일 뿐 아무 감각도 없이 실종된 3.1절은 아닐까 쉰세대인 내가 은근히 염려되는 하루이기도 했다.

그때 그 의지를 살려 이 국난을 극복해야 할텐데, 중소기업 연쇄도산과 정리해고 여파로 올 들어 실업자가 하루 만 명꼴로 증가, 거의 100만을 육박했다니 놀랄만한 그 숫자에 가슴이 답답하다. 한숨뿐이다. 지난달에는 3,300개 회사가 도산했다니 상상하기조차 싫어진다.

눈만 뜨면 들리느니 부도요, 강도, 자살 등 사회가 험악하게 돌아가는 것만 같아 또한 불안하기 짝이 없다. 어제는 새마을 금고에 흉기를 든 강도가 침입했는데 어린 여사원이 재치 있게 비상벨을 누르면서 시간을 끌기 위한 기지를 발휘하였다. 정신없이 돈다발을 챙기다가 범인이 출동한 경찰과 격투를 벌인 끝에 잡혔다.

무심히 폐쇄회로를 보고있던 나도 조마조마했는데 어디서 그런 다부지고 대범한 용기가 샘솟았는지 그저 우러러 보일 뿐이다.

이제 바야흐로 얼었던 대동강물도 풀린다는 우수도 지나고 지금 산촌에는 봄기운이 아련하게 감돌고 있다. 엘니뇨현상인지 예년보다 봄이 더 성급하게 오고 있다 하나 우리들 가슴속엔 언제나 따스한 봄빛이 스며들게 될까 기다려진다.

드디어 만인이 그리워하던 금강산에 우리나라 톱스타(안성기)가 광고용 비디오를 찍고자 머지않아 북한으로 간다는 봄소식이 우리를 다소 기쁘게 하였다. 문화적 교류의 물꼬가 슬슬 터지나보다.

또 수일 전엔 북한 경수로 사업에 파견되는 기술자들과 함께 건설자재를 실은 임시여객선, 대원 카타마호(273톤급)가 시민들의 환송을 받으며 처음으로 속초항을 출항 북한의 양화항으로 떠났다.

뿐 아니라 북한의 고위관리가 가족을 대동하고 속속 귀순하는가 하면 귀순자들이 어느새 잘 적응, 크게 성공한 음식점이 있다하여 수일 전엔 소꿉친구의 권유로 일산에 있는 모란각엘 갔었다.

지하철 3호선 마두역 가까이 있는 북한식 냉면을 대하면서 전국을 강타하고 있는 이 I.M.F.한파가 언제쯤에나 씻은 듯이 말끔하게 사라지려나 고민스러웠다.

자연의 법칙은 어김없는 법이어서 겨울이 지나 봄은 벌써 가까이 오고 있지만, 우리 가슴속엔 언제쯤 따스한 봄빛에 물들 것인가 요원하기만 하다.

지난 수십 년간 피땀 흘려 이룩한 한국경제가 하루아침에 위기에 빠져 혹독한 시련을 겪고 있으니 희망의 봄은 도대체 언제 우리들 가슴을 시원하게 노크하게 될지 예측하기 어려운 상황이다. 봄기운에 맥을 못 추는 동장군의 위세처럼 어서 이 한파가 한풀꺾여 우리 경제에 새로운 봄바람이 불었으면 좋겠다.

우리는 전쟁의 폐허 속에서 맨주먹으로 일어나 불과 한 세대만에 한강의 기적을 이룩한 저력이 있다.

요즘 명퇴나 황퇴로 인한 실업자들이 등산로입구에서 등산복으로 대여받고 야호!로 시름을 달래는 가장들이 날로 늘고 있다고 한다.

D.J.T. 시대에는 등산(D)과 조깅(J)과 테니스(T)로 I.M.F시대에 걸맞는 운동을 해야한다는 우스개얘기가 있다. 적은 비용으로 알뜰하게 심신을 단련시켜서 어서 깊고 어두운 이 터널에서 빨리 빠져나올 수 있도록 우리 모두 최선을 다해 뛰고자 한다.

그리하여 항상 아이 엠 화이팅(I.M.F.)의 기세로 힘찬 도전이 있어야겠다. 비록 내원 환자수는 현저하게 줄었다 할지라도 그래도 개업의인 우리에겐 일할 터전이 있으니 다소 위로(?)가 되지 않겠는가.

만사는 생각하기 나름, 작은 기쁨에도 크게 감사하는 마음으로 지내고 싶다. 오늘의 이 위기가 전화위복되어 봉긋이 부풀어진 꽃봉오리처럼 모두의 가슴마다 희망이 가득 찬 꽃소식이 전해졌으면 한다.

(1998. 3.)

주말 농장

이른 아침 아파트 현관을 나서면서 하루일과는 바쁘게 전개된다. 나의 병원은 승용차로 대략 40분 정도의 거리에 있다.

의업을 천직으로 삼고 보니 병원 문을 들어서면서부터 환자들과 눈인사를 시작으로 종일 그들과 아픔을 같이하게 된다. 산부인과 전문의인만큼 한번 방문은 그대로 평생 단골로 이어져 거의 대부분이 낯익은 얼굴들이다. 때론 자매처럼 다정한 대화를 나눌 만큼 친분이 두터워진 분도 있고, 병세가 재발되었는지 이따금 보이는 얼굴도 있고, 새로운 얼굴도 보인다. 우선 문진으로 시작되는 나의 일상은 흐르는 시간에 차곡차곡 얹혀진다. 몸은 진찰실에 있어도 마음이 엉뚱한 곳으로 달려가고 있을 때가 종종 있다. 요즘 주요 관심사가 텃밭의 건강상태를 파악하는 일이다.

이런 현상은 지난 3월말 창동의 무수리 주말농장에 새 회원으로 등록하고부터다. 자연과 직접 체험할 수 있는 주말농장은 도봉산과 청계산 등 서울 외곽에 30여 개나 있다는 걸 뒤늦게 알았다.

날로 환경오염이 심각해짐에 사실 하루도 조용한 날이 없게 되었을 뿐 아니라 도저히 피하지 못할 현실이 되었다. 먹는 음식으로 장난치는 이에겐 정부차원에서 엄한 벌을 줘야 마땅하겠거늘, 요즘은 '쓰레기 만두' 소동으로 음식에 대한 불신감이 더욱 더 증폭되었다. 제조유통과정이 불투명한 가공식품은 물론이고 곡류, 야채, 식육 등 신선식품까지 못 믿겠다는 게 일반 서민의 정서가 아닌가. 항생제를 먹여 키운 닭과 돼지, 거세하고 호르몬제를 먹여 살찌운 소, 방부제를 뿌리고 왁스로 광을 낸 오렌지, 표백제로 씻은 새우, 우엉, 밤 뿐 아니라 고농도 다이옥신이 축적된 농어와 전어, 유전자를 변형시킨 옥수수와 감자… 등 아예 우리가 먹는 거의 모든 음식이 위험수준에 있다고 경고하고 있지 않은가.

주말농장은 수년 전부터 관심이 많았지만 차일피일 미루어오다가 드디어 나도 회원이 되고자 노크를 하였다.(http://agro,seoul,go.kr) '텃밭가꾸기' 코너를 클릭하면 농장 위치, 특성 등 자세한 정보를 얻을 수 있다. 선착순으로 모집했는데 3월 중순쯤 되자 행여나 마감될까 싶어 서둘렀다.

무수리 주말농장은 서울서 아주 먼 곳은 아니기에 부담 없이 찾아갈 수 있어 좋았다. 아늑한 전원에 맑은 공기, 지저귀는 새소리, 너른 벌판의 싱그러운 초록의 풀향기 잔치… 등 생명의 움트는 소리가 초록들판에 가득하였다. 주말농장은 일상의 스트레스를 확 풀어주었고 새로운 활력소를 안겨주었다.

특별한 농사지식이나 경험이 없어도 농장주가 터를 지키면서 재배방법을 가르쳐 주고 힘든 일은 거들면서 호미, 낫, 장갑, 물주는 농가구 등도 친절히 빌려주니 흐뭇하고 고마웠다.

회색 빛 콘크리트에 익숙한 도시민에게 자연의 진짜모습을 배우고 그 신비를 직접 느끼며 신선한 공기를 마시면서 자란 무공해 채소를 얻을 수 있는 좋은 기회였다.

4월초, 우리는 골고루 씨앗을 구입하여 파종하였다. 그리고 싹이 나오기를 소풍가는 아이처럼 고대하였다. 병원서 환자를 진료하다가도 마음은 도봉산 줄기의 무수리 주말농장을 맴돌았다. 어서 가 보고싶은 궁금증은 점차 일종의 병이 되었나보다. 산모가 사랑스런 눈빛으로 아기를 내려다보듯 거친 흙을 뚫고 나온 새싹이 너무나 대견스러워 할머니가 새로 손주를 본듯 뿌듯한 행복감도

만만치 않았다. 처음엔 새싹과 잡초조차 구별할 수 없는 신참 농사꾼이었지만 땀을 흘리며 가꾸는 재미에 빠져 있는 사이에 절로 터득해지니 사소한 것에도 기쁨이 되는 걸 깨달았다.

어느 때는 점심시간을 이용하여 식사도 거른 채 농장으로 달려가기도 했다. 한창 중앙버스 전용차로제 실시를 앞두고 공사가 한창이어서 가다 서다를 반복하니 잡초도 뽑아주고 물도 줘야하는데 병원에서는 환자가 밀렸다는 전화가 빗발치기도 했다.

이렇듯 채소를 가꾸는 일은 새로운 희망이요, 삼빡하게 신선한 자극제가 되었다. 농사에 대한 아무런 예비지식도 없는 문외한(門外漢)이지만 초록 들판에 서면 힘이 절로 솟는 것 같다.

내 손길을 기다리고 있을 목마른 채소들을 생각하니 뜨거운 태양아래 갈증이 심하다는 아우성이 들리는 것 같아 환자가 뜸한 시간에 빨리 달려가서 물을 실컷 뿌려주고 올 때면 내 마음 깊숙한 곳까지 냉수마찰을 한 것처럼 유쾌하였다.

비라도 오는 날이면 절로 기뻐서 하늘에 감사했다. 연이어 내린 봄비가 보배인지라 4월이 중순으로 접어들자 하얀 감자꽃대가 20cm나 솟아오르더니 몰라보게 자란 씩씩한 모습에 조금씩 다가오는 감격으로 적이 놀라기도 했다. 함께 자라는 쑥갓, 아욱, 깻잎과 상추를 솎아주고 남은 어린 채소를 병원 뒤뜰에 일부 옮겨 심었는데 처음에는 시들시들하던 잎들이 그 다음날 똑바로 꼿꼿하게 일어섰다. 생명의 신비로움에 새삼 경탄하였다.

멀리 뻐꾹새가 울고, 꾸르륵 꾸르륵 꿩들이 짝을 부르는 너른 들판, 우리의 작은 밭이 한눈에 쉽게 눈에 띄는 건 태극기 두 개를 X자(字)로 달아놓아 휘날리기 때문이다. 700여 개나 되는 조각 밭이지만 태극기는 우리 밭에서만 펄럭인다.

태극기를 심불로 정한 건 잘한 일이라는 생각에 괜스레 으쓱하였다. 최근 날로 후끈 달아오르는 한류 열풍으로 중국과 일본 등지에서도 영화 「태극기 휘날리며」가 인기 최고를 달린다는데 태극기는 언제 어디서나 애국심을 불타오르게 하는 마력을 지녔다.

이곳 주말농장에는 각자의 소유에 명패를 붙이는데 '알콩달콩 사랑밭'은 예쁘고 인상적이었지만 우리는 남편의 호를 따서 '백송 짱!'이라고 붙였다.

4월이 저만치 물러가던 어느 날, 그 동안 나 혼자 몰래 가꾼 밭을 써프라이즈! 하고자 남편과 함께 갔다. 멀리서도 휘날리는 태극기가 눈에 번쩍 띄어 반가웠다. 다행히 나보다 더 익숙한 솜씨로 채소를 솎아주는 그의 모습을 디카에 담으며 추억의 한 페이지를 장식했다.

어느 5월말, 비좁게 심은 탓인지 키가 1m가 넘게 자라던 감자포기가 쓰러지기 시작했다. 밭고랑 통로로 기울어지면 옆의 밭에도 피해를 주게 된다. 즉시 목재소에서 버팀목을 주문하고 망치까지 준비하여 팡팡 힘 있게 박고 끈으로 묶어주었다.

일주일 후 토요일 다시 갔는데 무참하게도 도미노 현상을 일으켜 한쪽으로 모두 쏠려 있었다. 또다시 바로 세우느라 혼자서 진땀을 흘렸다. 가을날 탐스럽게 주렁주렁 달려나올 감자를 생각하니, 상상만으로도 그 고생들이 한순간에 날아가는 것 같았다. 그러나 농사가 결코 쉽지 않다는 것을 새로이 깨달았다.

의사인 내가 언제 감자를 심고 가꾸어 보았는가. 감자줄기를 본 것도 내 생애 처음이다. 이제 감자가 많이 맺힐 것이라 믿으며 누구와 감자를 캐러 올 것인가 새로운 고민이었다. 여동생을 부를까, 동갑내기 친구를 부를까, 아니면 이대문인회 옹달샘회원과 놀러올까. 이런 그림, 저런 그림을 그려보는 것만으로도 내 마음은 행복의 바다를 헤엄치고 있었다.

미수를 앞둔 친정어머니만은 "지금 하는 일도 모자라 인제는 농사까지 짓느냐. 병나면 어쩌려구…" 걱정이 태산이시다. 아직도 어머니에겐 내가 어린이로 보이시는지. 그러나 이따금 어머게 연한 무공해 야채 뜯어다 드리는 재미가 쏠쏠하였다.

"얘야, 이제 또 상추 딸 때 안됐냐? 나 그렇게 연하고 맛있는 아욱은 첨 봤다.

언제 또 따냐? 상추도 말이다. 슈퍼에서 산 것보다 훨씬 고소하더라. 조금만 갖고 와라."

어머니의 전화를 또 받는다. 정말 요즘 나는 이 재미로 사는 것 같다.

옛날이야기 / 20 M · 72.7×50.0 cm

라이따이한과 베트남

    .

이른 아침, 눈을 뜨니 룸메이트는 벌써 창 밖을 내다보고 있었다. 어제는 종일토록 망망대해였는데 오늘은 육지인 듯 가물가물 뭔가 멀리 보이기 시작하더니, 어딘지 모를 바다 위 국경을 넘어서 베트남이 가까이 왔음을 감지하게 하였다.

멀지 않은 과거에 우리나라의 귀한 아들들이 이곳에 파병되어 장렬하게 산화한 곳이 아니던가. 서서히 메콩 강을 거슬러 올라 오전 8시경 드디어 호치민시에 도착했다.

어젯밤 선상에서 한국으로 쓴 엽서를 4층 선실 로비에서 부치면서 중간보고를 마치니, 더욱 기분이 '짱'이다. 일행들이 어느 틈에 편지까지 썼느냐고 내게 부러운 시선을 보내준다.

여객선에서는 컬렉트콜(Correct call)이 매우 비싸다 하여 호치민시로 나간 김에 서울로 전화를 하려하니, 친절한 현지가이드가 이 나라 공중전화에선 국제전화는 힘들다면서 자기 휴대폰을 빌려준다. 타국에서의 한국인의 따뜻한 동포애가 고맙기만 하다.

오전 관광을 끝내고 한국식당 '서라벌'에서 점심을 먹기로 한다. 한국 떠난 지 6일만에 처음 대하는 우리음식이 이렇게 맛있을 줄 신토불이가 역시 우세함을 느낀다. 역시 우리 음식은 감칠맛과 함께 뒤끝이 개운해 힘이 절로 솟으니, 해외여행 끝자락엔 고향의 맛이 진하게 그리워짐은 어쩔 수 없다.

이곳 현지 가이드 홍부장은 처음 본 우리에게 원로 영화배우 모임인가, 현역 스타모임인가 하면서 농담부터 건넸다. 가수와 가이드는 박수를 먹고 산다면서 첫인사부터 웃겨준다.

이곳은 눈으로 여행하는 곳이 아닌 듯 경치는 별로 볼 게 없으니 마음으로 여행하는 곳인 것 같았다. 30만 명의 한국 군인들이 파병되어 전투했던 곳으로 맹호부대, 청룡부대, 비둘기부대 등 한국인들이 피를 흘린 곳이며, 그들의 피와 땀으로 경제발전의 밑거름이 되었음을 부인할 수 없을 것 같다. 한국이 단기간 내에 세계적으로 손꼽히는 경제성장을 이룬 점을 중시하여 베트남 제2의 도약은 우리나라의 경제성장이 모델 케이스라고 칭송하였다.

1975년 4월 30일 월남전이 끝나면서 사회주의 국가가 되었지만 정치적 수도인 하노이의 감시와 통치를 받고 있고 사유재산제와 종교의 자유는 다행히 있다 한다. 80년간 프랑스의 지배하에 프랑스화 되었으며 호치민시 중앙에 있는 프랑스공원엔 거지들이 대낮에도 여기저기 누워 있었다.

또한 위도상 북위 8도인 적도 근방에 위치한 호치민시는 연중 해가 뜨고 지는 시간이 매일 거의 일정하며, 인구 8,500만중 호치민 시민은 불과 80만 명이나 북쪽의 정치적 수도인 하노이시로부터 남쪽의 경제적 수도인 호치민시로 몰려든 시민들 때문에 1200만이나 된다고 한다. 베트남의 GMP는 $700, 호치민시는 $4,800이다. 빈부 격차가 대단히 심하다.

이곳 사람들은 베트남을 '비엔남'이라 발음하는데, 우리가 탄 관광 버스내부 정면엔 한글로 '마석'이란 글자가 보이는 게 아닌가. 호치민 시내를 달리는 이국의 관광버스 안에서 비록 거꾸로 걸려 있는 한글이지만 흐뭇했다. 한국에서 수입해 온 마석을 오가던 중고차의 행선지판을 뒤집어 사용하고 있는 것이었다.

지난해 10월, '백화점 셔틀버스 운행금지'가 대법원에 의해 확정 판결이 난 후 국내에서 남아도는 중고버스 일부가 이곳으로 수출되었기 때문에 친숙한 우리말이 씌어진 고급버스(?)를 접하게 되니 고향에 온 듯 반가울 수밖에 없었다.

베트남과 한국은 지구상에서 유일한 분단국가였음이 공통분모였다. 그런데 이를 예언함인가. 고려말 베트남의 한 왕자가 전쟁을 피해 개성과 철원 사이 화산으로 피신해 와 살았다고 한다. 공민왕이 이 왕자에게 '이용성'이라는 한국 이름을 친히 내려주었고, 지금까지도 이 화산 이씨(李氏)의 시조로 베트남 행사 때마다 초대된다고 한다.

호치민은 79세에 타계할 때까지 결혼도 하지 않은 채, 평생동안 오로지 베트남의 독립을 위해 온몸으로 투쟁한 독립투사였다. 그는 전국민의 가장 존경받는 인물로 시민들 지갑 속엔 거의 대부분이 호치민의 사진을 넣고 다닐 정도라 하니 그 인기 알고도 남음이 있다. 우리에게도 온 국민이 길이길이 아끼고 존경할 수 있는 지혜로운 대통령이 언제쯤 나오려나 기대해본다.

시내 중심부엔 장기간 프랑스 지배하에 있던 흔적이 여기저기 남아 있었다. 파리 노틀담사원과 대동소이하나 훨씬 빈약한 베트남 스타일의 노틀담 사원이 눈에 띄었고, 우리나라 포항제철이 세운 대형 다이아몬드 백화점도 있어 반가웠다.

이곳 호치민시는 메콩강 하류에 건설되었는데 지하 2m만 파도 물이 나와서 건물 세우기가 힘든 곳이라고 한다. 그래서 지하철은 불가하며 싱가포르 화교가 지은 33층 건물이 최고 높은 건물이라 한다.

시내 거리는 오물로 지저분하고 불쾌한 냄새 때문에 코를 막은 채 걸어야 했다. 우리나라 6·25 전후처럼 화장실이 따로 없어 아무 곳에서나 대소변을 보기 때문이다. 거리엔 그늘을 넓게 만들어주는 큰 가로수들이 줄지어 있었는데 나무이름을 '메'라고 불렀다.

도로에 다니는 차가 대부분 우리나라 차종이었지만, 마티즈는 한국의 두 배로 비싸서 일반인들은 구입하기 힘들고, 적절한 교통수단으론 오토바이가 최고의 자리매김을 하고 있었다. 장을 보거나, 등하교 때 등 대부분의 이동을 오토바이를 이용하는 듯 러시아워 땐 중국의 자전거부대처럼 아스팔트가 안 보일 정도로 오토바이가 홍수를 이루었다.

이 나라 사람들은 손재주가 특별히 좋아서 고장나도 스스로 수선하여 사용하므로 50년이 넘은 오토바이들도 있다고 한다. 혹시 골목의 수선집에 잠깐 맡겨놓는다면 1시간도 안되어 좋은 부속품을 헌것으로 감쪽같이 교체해 놓을 정도로 손재주가 비상하다고 한다.

18세가 되면 오토바이 면허를 딸 수 있고, 수많은 오토바이에서 뿜어져 나오는 불완전 연소로 매연이 심각했다. 한낮은 33도로 무더워(3월), 헬멧을 쓰면 더 덥기도 하려니와 적은 월수입으론 도저히 헬멧을 사기 어려운 실정이어서 경찰 외엔 헬멧을 쓴 사람은 아무도 없다. 연한 살색의 제복을 입고 헬멧을 쓴 경찰은 철저한 공산당원으로 짙은 갈색의 헬멧일수록 훨씬 더 무섭다고 했다.

오토바이는 시내에선 시속 50km 이상 낼 수 없으며 양보운전이 기본원칙으로 되어있어 무질서한 것 같아도 사고가 없다는 점이 부럽기만 하다. 모든 오토바이는 앞만 보고 달리므로 백미러가 필요치 않아 일부러 다 떼어버린 채 다니는 것도 특이하였다.

서민들은 125c.c. 이상은 못 타게 되어있다. 규율이 엄격한 탓으로 붉은 신호등 앞에서 정지하고 있는 오토바이를 보니 정지선에서 1cm도 벗어난 차가 전혀 없었다. 이 규율을 어기면 어디선가 순식간에 달려나온 경찰로부터 곤봉세례를 받기 때문이다. 아직 음주운전 단속이 없어 가끔 사고가 발생하지만 그 많은 오토바이수에 비하면 사고는 별로 없는 편이라 한다. 모두가 다 엄한 체벌 때문이다. 법은 지키기 위해 존재한다. 우리나라같이 술에 술 탄 듯 물에 물 탄 듯 허술하게 단속하는데 문제가 있는 것 같다.

공산치하에서 단련된 관습에서인지 준법정신이 투철한 것도 배울 점이다. 미성년자를 강간하면 즉시 총살이며, 작년에도 100명 가량 총살당했다고 하니 놀랐다. 게다가 포르노 영화를 상영하면 5년 징역이요, 이를 돕고자 망을 봐주다가

들키면 3년 징역, 같이 종사하는 직원들도 공동의 책임이 있으니 2년 징역이라 했다.

싱가포르처럼 법은 엄해야 할 것 같다. 길거리에서 매춘행위를 하면 즉석에서 잡아 교도소로 직행한다 하니 우리도 국가의 이미지 관리를 철저하게 했으면 좋겠다.

거리엔 인도에서 흔히 보던 릭샤 비슷한 자전거로 한 사람씩 태우고 다니는 씨클로가 눈에 종종 띄어 이국의 정서를 느끼게 하였고, 양귀비가 즐겨 먹었다는 망고스텐(1kg에 5$) 먹는 재미가 쏠쏠하였다.

현재 1주에 10회 한국 비행기가 들어오는데 KBS에서 베트남에 대한 기사가 방영된 이후 한국 관광객이 쇄도하고 있으며 현재 50여 개의 한국식당이 성업중인데 교포(15,000여 명) 사회에서 우리 대사관의 신뢰도는 낮다고 한다.

또한 이곳에서 생산되는 용안은 각종 한약에 중화제로 쓰이며 한국으로도 많이 수출하는데, 경제 사정으로 냉장고 보급율도 낮지만, 적도의 자외선과 적외선이 많아서 음식이 잘 상하지 않는다고 한다.

믿거나 말거나지만 쇠고기 등도 그냥 걸어두고 먹어도 전혀 상하지 않아 냉장고가 필요 없다니 믿어지지 않는다.

이곳에서 김우중씨는 그야말로 국빈대우를 받는다는데, 김회장이 베트남에 쏟아부은 열정은 지대하여 아직 어디 있는 줄 모르지만 아마도 이 나라에 있다는 소문이 있을 정도라 하니, 하여튼 한국의 이미지가 좋아 다행이다. 그래서인지 전쟁기념관엘 가면 미군들의 악랄한 현장만 모아 전시했고, 그 당시 같이 동참했던 한국군인들의 모습은 적군의 사진들에서 모두 떼어버려 제외되었으며, 우리나라 새마을 운동이 선진국 모델의 표상이라 제2의 도약의 시점으로 알고 엘리트들을 매년 1,000명씩 연수 교육차 한국으로 보내고 있다니 한국의 인기를 피부로 실감했다.

가무를 좋아하는 이곳 사람들에게 한국의 TV드라마 「보고 또 보고」가 인기이고, 「희나리」가 최고의 히트곡으로 인기 절정이다. 또 한국 음악만 나오면 젊은이들은 흥겹게 춤을 추며 제일 가고싶은 외국 1순위도 한국이라 한다.

대학입시에서 가장 경쟁률이 높은 학과도 한국어과요 우리와의 경제적 친밀도는 날이 갈수록 높아지고 있다. TV채널은 모두 네 개로서 싱가포르, 대만, 그리고 일본보다 우리나라와 정서가 비슷하여 한국 드라마를 더빙해서 매일 하루에 4시간씩 계속 방영되므로 그 시간엔 거리에 사람이 없을 정도라니 그 인기를 짐작할 수 있다.

이곳에선 한국남자는 다정다감하고 의뭉하며 유머 있고, 한평생 가정 위해 헌신하는 1등 신랑감으로 인식되어 최고의 인기를 모으고 있다. 이는 우리의 TV드라마를 통해 한국남성에 대한 이미지가 보통 이상으로 멋지게 각인되었기 때문이다.

경제권은 이 나라 화교들이 쥐고 있으며 공산치하에서 잘사는 모습이 겉으로 표 안 나게 하기 위해 외관상 보기엔 지저분하고 추하나 그 속엔 달러와 금이 많이 있다는 뜻이 된다.

경제적으로 어려운 이들은 육지로 걷고 걸어 국경을 넘었지만, 부유층들은 돈과 금을 들고 세계 각지로 보트피플(Boat people)이 되어 나갔는데 그들이 매년 고향으로 20억 불 넘게 보내고 있다니 그 애국심에 놀라게 된다.

이곳은 기후가 따뜻해 3모작이 가능하며 미국 다음으로 쌀수출국이다. 한쪽에선 모를 심고, 다른 한쪽에선 벼를 타작하는 모습을 한 시야에서 볼 수 있다. 게다가 자원도 무진장 많으며 토지가 비옥해 뭐든지 심으면 잘 자란다고 한다.

사이공 강은 신이 마지막으로 선택한 축복 받은 곳으로 강변 수심이 30m나 깊어 큰 무역선이 도시 한복판까지 들어올 수 있는 점 또한 특이하다.

글자는 중국 광동지방의 이두와 비슷하나 16세기 프랑스 주교 알렉산드로드 로데스가 라틴어로 월남 고유의 문자를 만들었다 한다. 교육열 또한 대단히 높아 호치민시에만 20여 개의 대학이 있을 정도이다. 또한 유교 문화권이라

신분상승을 위해선 배워야 한다는 인식이 팽배해 문맹은 불과 8%뿐, 길가의 거지들도 독서하는 모습을 종종 보게 된다. 군복무도 대학교에 입학만 되면 면제되므로 향학열이 자연 높아지도록 부추기고 있다. 호치민 자신도 중등학교 교사출신이다.

거리의 여성들은 모두 복면(?)으로 무장하여 오로지 보이는 건 두 눈뿐이다. 이곳 여성들은 백색 미인이 최고의 목표여서 조금이라도 햇볕에 타지 않으려고 손수건을 반 접은 삼각건이나 얼굴을 거의 다 덮는 마스크로 눈만 제외하고 다 가린 채 오토바이를 타고 다니며, 팔도 햇볕에 탈까 봐 어깨까지 올라오는 긴 장갑을 낀 모습들이 특이했다.

베트남인들은 유난히 단 음식을 좋아한다. 대체로 소식을 하며, 접시 하나 들고 군것질을 자주 즐기는 습성이 있는데, 길가에 나와 설거지를 하는 모습도 가끔 눈에 띄었다.

이오자이는 1970년대부터 노동에 부적절하다고 못 입게 하였지만, 현재는 여고생들이 유니폼처럼 입거나 일반인들은 예복으로 애용하니 옆선 사이로 살짝 보이는 속살이 매력적이다.

이 옷은 16세 때부터 성인으로 인정해서 입을 수 있으며 여고생은 순결의 상징으로 흰색을 교복처럼 착용하고, 20~25세에선 미색, 결혼하면 진한 원색으로, 중년이 되면 수를 놓아 화려하게 입는다.

우리나라에 테헤란로가 있듯이, 베트남에 대한 파스퇴르의 업적을 치하하여 '파스퇴르 길'도 있고 옛날 한국의 비둘기 부대들의 공적을 높이 사서 '따이한 길'도 있다하니 반가웠다.

베트남의 면적은 남한의 3.3~3.5배인데, 호치민에서 하노이까지 (1,600km) 기사 5명이 교대로 운전하면 3박4일 걸리는데, 사정이 안 좋아 버스 통로에 앉아 가면 2$씩만 받는다고 한다.

이곳은 태풍의 발상지일 뿐 태풍의 피해는 전혀 없으며, 쌀피는 새 모이로 수출하고 요즘 땅값이 계속 올라 부동산 경기가 호황이라고 한다. 낚시엔 오리발 미끼가 최고라면서 팔뚝만한 가물치나 웅어들을 낚는 일이 수월하다고 가이드는 신바람으로 설명했다.

이곳에서도 사람이 죽으면 소복을 하고 하얀 띠를 매는데, 남쪽에서는 프랑스 영향으로 오히려 밴드를 동원하여 악기를 불며 낙천적으로 명복을 빈다고 한다. 의료사업에서도 모두 무료로 보건소에서 해결한단다.

약혼식은 신랑이 과일을 바구니에 담아 붉은 보자기에 덮어 장인에게 드리고 절한다. 결혼식장은 거의 없었는데 두 달 전 겨우 한 곳이 생겼다고 한다. 보통 결혼식은 낮에 신부집에서 가족들이 모여 덕담 나누면서 식사하고, 저녁엔 친척과 친구들을 초대하여 음식점에서 간소하게 식사하는 것으로 끝맺는다고 한다. 신혼여행지로 선호하는 곳은 달란시인데 버스로 9시간 걸리고, 손님이 적어 비행기는 1주에 1회 운항한다.

이혼율은 매우 낮으나 미혼모가 많으며, 농경사회라 자식은 노동력의 기본이 되어 노후를 위해 자녀출산은 제한 없고 사후엔 자기가 생전 일했던 일터인 자기 논밭 한가운데 묻히길 좋아한다고 한다. 베트남 국화는 연꽃이며 택시 기본요금은 12,000동(1$=15,000동)이요, 버스요금은 2,000동이었다.

먼지 이는 흙길을 서너 시간 걸려 구치터널을 다녀오기로 했다. 그들이 파놓은 함정을 자세히 관찰하니 섬뜩했다.

우리는 이곳에 진출하는 기업들이 물건을 파는 데만 급급할 것이 아니라 보이지 않는 곳에서 차별대우를 받고있는 한인 2세인 라이따이한들의 마음을 추스르는데 조금씩이나마 신경을 쓴다면, 베트남은 장기적으로도 우리의 튼튼한 시장이자 좋은 이웃이 될 것이다.

어떤 인연

눈이 올라나/ 비가 올라나/ 억수장마 질라나
만수산/ 검은구름이/ 막 모여든다.
아리랑 아리랑 아라리요/ 아리랑 고개로/ 나를 넘겨주게.

가을의 문턱에 들어선 9월의 하늘은 쾌청하고 아리랑의 발상지인 정선의 아오라지로 향하는 마음도 하늘을 찌를 듯이 상쾌하였다. 서울을 출발하여 문막휴게소에서의 휴식을 제외하고는, 우리는 다 함께 메들리로 노래를 불러 차내엔 화음이 가득하였다. 한마디로 신바람 노래였다.

미처 새로운 노래가 떠오르지 않을 땐 동요나 찬송가까지 동원했으니 어지간히 설레었던 것 같다.

어찌 보면 촌스럽기도 하고 한편으론 그럴 듯하기도 한 새롭고도 멋진 동아리, 그 이름은 바로 '옹달샘'이다. 운명의 만남은 이렇게 시작되었고, 여기엔 묘한 사연이 깃들여 있으니 누가 짐작이나 할 수 있을까.

그것은 2년 전 어느 연말로 거슬러 올라간다. 이대동창문인회에서 제정한 제1회 이화문학상 수상식 겸 수필집 출판 자축파티에, 우리는 우연히 한 테이블에 앉게 되었다. 전생에 무슨 끈끈한 인연이 있었던지 바로 그날 지각한 사람들만

앉게 되는 마지막 원탁 테이블에서 우리는 서로 첫인사를 나누게 되었다.

처음엔 그저 덤덤한 미소로만 주고받으며 무심했었는데, 이어령 교수의 축사가 끝나고 식순에 따라 김길옥씨의 축가로 이어질 때, 바로 우리 테이블에서 축가의 주인공이 호출될 줄이야…. 자못 놀랍고도 자랑스러워 손바닥이 부르트도록 박수를 치며 좋아했다.

이를 계기로 화기애애한 대화가 무르익었고 그냥 헤어지기 서운한 나는 연락처를 정리하여 2차 미팅으로 다시 이어지도록 했다. 그토록 우린 이심전심이었을까. 전생의 부부인연도 아닌데 그 후로도 누가 먼저랄 것 없이 의기투합 흔쾌히 자주 어울렸고, 멋진 문필가 친구를 한꺼번에 얻게 된 나는 뿌듯한 마음에 노트북 컴퓨터에 주소록을 정리, 프린터로 뽑아 코팅해서 나눠주기도 했다.

깊은 산 속에 목마른 토끼들이 옹기종기 모여 있는 동화 속의 정경을 상상하며 동아리 이름은 '옹달샘'이 어떨까 나의 제의였다.

우리들의 우정과 필운도 옹달샘처럼 샘솟으리라 믿어 모두 찬성한 것이다. 우리는 못 만나면 보고파 눈병이 날듯 그리워하였고 그토록 바쁘면서도 짬내어 자주 만나기를 한마음으로 갈망하였다.

눈이 오면 눈이 와서 좋고, 장마철 하늘에서 양동이로 퍼붓듯 쏟아지는 폭우인들 어떠리…. 우리들이 가는 곳엔 으레 나는 운전기사요, 환자를 진료하는 우리 병원에서야 김 원장이지만 옹달샘에선 언제나 김 기사가 되어 운전석을 고수하였다.

서울 근교 어디든지 드라이브의 파수꾼 노릇을 도맡기도 했던 나는 때론 미사리의 야경에 취해 밤이 깊은 줄 모르고 드라마작가 조연경씨의 첫사랑의 추억에 마음 졸이며 가슴을 적셨고, 어느 땐 신촌의 밤거리를 누비며 오색가발(김길옥 선배는 은빛, 최혜숙씨는 코발트색, 조연경씨는 황금색, 나는 보라색)을 얹고 스티커 사진을 찍겠다고 한꺼번에 좁은 커튼 속에 들어가 고개를 들이대며 사춘기 소녀처럼 깔깔대기도 했다.

그뿐인가 홍사안씨의 안내로 재즈댄스로 몸매를 다듬겠다고 이대 앞으로 달려가 맨살을 드러낸 채 격렬한 율동에 맞추어 온몸을 떨기도 했다. 인사동 골목길을 누비며 그림에 취하기도 하고, 삼청동 수제비집에서 우리들의 작품을 서로 평하기도 하고 시집이랑 수필집도 서로 교환하였다.

영화와 음악에 조예가 깊은 최혜숙씨의 열띤 토론엔 난 늘 멍청하였고, 대학로를 산보하면서 새빨간 드레스와 빛나는 모자의 만년소녀 조연경씨 출판기념회엔 분위기에 도취되어 무대에서 흥겹게 춤도 추었다.

그외에도 노래방코스는 늘 기본이 되었고 이대동창문인회원이라면 모두 명가수인 듯 시간이 어떻게 흘러가는지 갈피를 잡을 수도 없이 너무 재미있어 자정 가까운 귀가시간이 우리를 늘 안타깝게 했다.

그렇게 우리는 자주 만난다. 이번엔 강원도 여행이란다. 정선아리랑의 발상지 아오라지에 들러 나룻배 앞에서 우리는 다시 동심에 젖었고 그리고 구절리 오장폭포 아래서 넋을 잃었다가 자개골 계곡에서 끝없이 이어지는 계곡미의 경이로움에 탄성이 절로 나왔다.

우리는 전생에 어떤 인연이었을까. 먼 훗날 다시 태어나면 우리 결혼해 부부로 살자고 김선배가 내게 청혼(?)하니 그럼 우리 남편의 라이벌이 생길 터이니 어떻게 하나? 새로 생긴 고민에 경인미술관 정원이 흔들리도록 모두 파안대소했다.

사실 나는 다시 태어나면 남편 아닌 다른 사람과 다른 인생을 달리 살아보리라 생각했었다. 어느 날 남편에게 슬쩍 의사를 타진해보았다.

"자기 말이야, 나 나중에 장기 기증하려고 하는데 괜찮겠지?"

"무슨 소리야, 그럼 난 어떡해? 눈도 없는 당신하고 어찌 살라구?"

"저 세상에 가서도 나랑 살려구?"

"그걸 말이라구 해?"

"이거 참, 내꺼두 내맘대로 못하게 생겼네."

"그럼! 물론이지. 당신 없으면 나 안되는 거 알면서 그래?"

그런데 이토록 일편단심인 우리 남편의 라이벌이 생겼으니 보통 큰일이 아니다. 하여튼 우리는 이런 농담도 서로 주고받으며 깨가 쏟아지게 향기로운 인연을 맺은 사이니 누가 이를 막을 수 있을까.

옹달샘에 꽃피는 우정 / 10 F · 45.5×53.0 cm

내가 본 오키나와

한 해의 마지막을 장식하며 외톨로 매달린 달력 한 장이 쓸쓸해 보이는 것은 덧없이 흘러간 세월 때문일까. 늘 그렇듯이 한 해의 마지막 모서리에 서있노라면 지나온 삶의 무게를 재조명하게 되고 세월에 떠밀려 가는 듯한 내 모습을 다시 뒤돌아보게 된다.

어느새 12월, 혹한이 계속되니 따스하던 시절이 절로 그립다. 그런데 남편이 불쑥 빅뉴스를 전해주었으니 그것은 저 남쪽나라로 겨울여행을 떠나자고 한다.

불쑥 던져준 그 한마디가 오늘따라 그의 뒷모습까지도 멋지게 보인다. 여행이란 말만 들어도 언제나 가슴을 설레게 하거늘, 가까우면 어떻고 먼 곳인들 어떠리. 그 말 한마디만으로도 세상이 내 품안에 들어온 듯 얼마나 기분 좋은 유혹인가! 그것도 연평균기온이 23도요, 겨울이라 할지라도 늘 16도정도의 아열대기후, 그 이름은 오키나와라 했다.

드디어 그날이 돌아왔다. 예전 같으면 벌써부터 짐을 싸놓고 달력의 검은 글씨를 어린아이처럼 헤아리며 기다렸겠지만, 요즘은 세련된 탓일까 기다리지 않는 척하면서도 기다리는 내가 지천명의 나이에 촌티라 할 수 있을까.

여하튼 일본열도의 남쪽으로 향했다. 우리나라 제주도처럼 남국의 나라에 온 듯 아름다운 산호초가 있는 에메랄드빛 바다, 초록이 풍성한 해안, 하이비스커

스와 부겐베리아 등 꽃들이 화려하게 섬을 수놓는 자연의 조화에 우선 마음을 빼앗기게 되니, 먼 나라로 향한 꿈을 꾸는 듯한 행복감을 안겨주기에 족했다.

누군가 말했다. 하루가 행복하려면 목욕을 하고, 일주일이 행복하려면 결혼을 하며, 한 달간 행복하려면 승용차를 살 것이고, 그리고 평생 행복하려면 정직하라고 했다. 그러나 여행이란 구상 자체만으로도 행복할 뿐 아니라 비록 꿈속이라 할지라도 여행이라는 한 마디 단어만으로도 환희 그 자체로 가슴을 마구 파도치게 한다.

여행은 인간만이 누릴 수 있는 특권이 아닐 수 없다. 우리에게 여행이라는 특혜가 없었다면 그 인생이 무의미할 듯싶다. 여행의 기쁨을 배로 누리려면 여행지에 대한 역사와 문화를 예습해야 하거늘, 관광이 주가 아닌 한겨울 부부동반 스포츠여행이기에 다소 무심히 생각하였다.

오키나와에 대하여는 일본의 최남단에 있는 항구도시이고 세계 제2차대전 때 전쟁에 가담했던 격전지로만 대략 알고 있는 정도였다. 그곳은 따뜻한 곳이기에 숏 바지에 시원한 여름 티만 준비했다. 바쁘기도 했지만 남국의 코발트빛바다라는 생각만으로도 무거운 겨울옷에서 해방된다는 가벼움 때문에 소홀히 생각한 탓도 있었을 것이다.

오키나와는 조그마한 섬이었다. 그런데 막상 도착해보니 남편과 나의 예상을 뒤엎은 날씨였다. 포근한 기온이긴 해도 스웨터 생각이 간절할 정도로 바람이 어찌나 센지 야자수 너른 잎들이 허리가 휘어지도록 너울너울 춤을 추었다.

서울을 출발하여 2시간만에 목적지에 닿았는데, 아마미 군도와 대만 사이에 무인도를 포함하여 약 160여 개의 작은 섬들의 행렬이 있는 곳이었다.

류큐왕조의 옛 수도 수리(首里)가 있고 태평양전쟁의 격전지인 남부지구, 미국화된 중부지구, 아름다운 경관에 둘러싸인 북부지구 등 지역에 따라 특징을 보였다. 강풍만 없다면 한겨울에도 따뜻하여 일본 유일의 아열대기후로서, 겨울에도 10도 이상이라 언제나 쾌적하다고 한다. 섬 주변엔 산호초가 발달하여 아름다운 경관은 관광객을 매료시키니 일년내내 거의 여행시즌이다. 해안에는 아름다운 아단나무가 줄지어 있고 초여름을 장식하는 데이지꽃이 붉은 자태를 자랑했다.

나하는 오키나와 남서부에 위치한 인구 30만의 정치 경제 문화의 중심지였고, 태평양전쟁 때 초토화되었으나, 종전(終戰)과 더불어 복구되어 지금는 아열대나무와 백색 건물들이 조화를 이룬 시가지가 되었다.

수리성터는 역대 왕조의 성이 있던 곳으로 당시는 동서 405m, 남북 270m, 총면적 62,700m^{2}의 웅대한 규모로 높이 5m, 두께 3m의 돌로 성벽을 쌓았다고 한다. 또한 이곳 수리 열대가든에는 400종의 열대와 아열대식물이 재배되어 있었고 난을 비롯한 150종의 꽃들이 아름답게 피어있어 낙원을 이루었다.

오키나와 남부는 태평양전쟁 최대의 격전지의 하나로 1945년 4월 미군상륙 이후 약 3개월 사이에 이 좁은 지역에서 군인과 일반인이 20만 명 이상 전사했다고 한다. 사탕수수밭이 펼쳐진 구릉지 도처에 전몰자 위령탑이 서있어 전쟁의 비참함을 말해주고 있었다.

백악의 석회암으로 둘러싸인 선인장 공원에서 난생 처음으로 무수히 많은 종류의 형형색색 선인장을 보고 놀랐다. 약 450종의 선인장과 다육질의 식물이 있었는데, 영화에서나 볼 수 있었던 높이 3~10m의 거대한 선인장 옆에 서서 더욱 왜소해진 나의 작은키를 느꼈는데 건조하고 황량한 사막에서나 봄직한 선인장들의 잔치가 이국적이었다.

오키나와엔 석회암이 널리 분포되어 있어 종유동이 많다. 특히 옥천동(玉泉洞)은 1967년 대학 학술탐험대에 의해 우연히 발견되었다는데 약30만년 전에 생겼으리라 추정된다고 한다. 총길이 5km에 90만 개가 넘는 종유석과 그 형태의 다양함이 동양에서 제일 길다니 여행자에겐 흥미로울 뿐이다.

현재 공개되어 있는 곳은 입구에서 약 800m뿐이며, 후끈후끈한 동굴내부는 에어컨시설로 너무 시원하였고, 자연이 만든 신비로운 경관이 차마 꿈속인 양

비경을 자아냈다. 70년대엔 관광객이 30만 정도였으나, 현재는 200만이 웃돌아 전 일본 관광객의 1/3이 넘고, 대만인이 1/3을 차지한단다.

비도 가끔 뿌렸지만 태평양전쟁시 우리나라 젊은이들이 바다 멀리 이곳까지 끌려와 억울하게 생을 마감한 것은 가슴 아픈 일이다. 우리 한국인 위령탑이 있는 마부니언덕에선 비에 옷이 젖는 것도 아랑곳없이 진심으로 묵념하면서 명복을 빌었다.

오키나와는 일찍이 류큐왕국(14세기) 때부터 지리적, 역사적 특성을 이용하여 중국, 조선, 일본, 동남아 등과 활발한 무역을 통해 번영하였으며, 일본과 대만 사이에 놓여있어 오랜 옛날부터 중국과 일본의 국경선이자 경제, 문화, 학술교류 의 교차점답게 일본의 전형적인 문화와 달리 독자적으로 뚜렷이 다른 남방문화의 전통을 엿볼 수 있었다.

17세기경 일본 본토의 식민지가 되면서 항거하는 반 본토항쟁이 끊임없이 이어지다가 2차대전말 전쟁이 절정에 이른 1944년 10월부터 오키나와 공격을 시작한 연합군은 1945년 4월 상륙하여 82일만인 6월 22일 마침내 연합군에게 항복하기까지 13,000명의 연합군과 25만 명의 일본인이 전사했다고 한다.

이런 비극적인 역사로 인해 오키나와인들의 마음속엔 본토에 대한 저항감이 아직도 남아있게 되었다. 15세기 중반에 꽃피었던 전성기에서 본토의 식민지가 되고 태평양전쟁의 체험, 미군통치, 일본복귀 등 파란만장한 역사 속에 본토대신 오키나와가 훼손당하고 2차대전 때도 희생양이 되었다.

전쟁은 우리를 비참하게 하고 마음까지 황폐하게 만든다. 6·25를 직접 겪은 나(당시 8살)로서는 다시는 겪고 싶지 않은 마음의 상처로 지워지지 않고 있다.

2차대전 후 1972년까지 오키나와는 미국의 관리하에 있었으며, 현재도 일본에 서 가장 큰 미군기지(5만)가 있는 곳이니 알만하다. 극동 최대로 일컬어지는 가데나 비행장이 있으며, 기지반환을 호소하기 위해 미국의 관계기관이나 미 의회의원과의 간담회를 통해 기지문제 해소를 촉구하였으며, 전쟁 희생자의 유골수집, 매몰 불발탄의 처리, 희생자 유족보상문제의 조기해결이 문제시되고 있다 한다.

결국 오키나와는 일본에 속하면서도 일본과 전혀 다른 독특한 남방문화를 갖고 있어 우리나라의 제주도 같은 곳이었다. 기차가 없으며 1년에 300명 정도가 독사에게 물려 그중 80%가 죽는다는 '하부'라는 끔직한 뱀이 살고 있는 섬이기도 하다.

아울러 연중 푸른 잔디, 눈부신 태양, 남국에 만발한 화려한 꽃들, 투명한 코발트빛 바다의 조화가 세계 3대 장수지역으로 일컬어지는 곳이다.

기네스북에도 오를 정도로 큰 규모의 대(大)줄다리기와 하아리 경기(배로 노 젓는 경기), 그리고 조상 숭배가 강하면서 잡신을 믿으며, 500원짜리 동전에도 있는 화려한 빙가타 의상이 나를 추억 속으로 매료시키는 곳이었다.

(1997. 겨울)

예비 할머니

꽃샘바람을 헤치고 밀려오는 바람이 제법 계절의 변화를 일깨워 주곤 한다. 봄은 역시 우리를 설레게 한다. 남녀노소 할 것 없이 누구에게나 희망을 안겨주니 기다려 보고픈 계절이요, 무언가 한줄기 소망이 꼭 이루어질 듯한 예감이 드는 것은 봄만이 우리에게 베풀어주는 계절의 특수성 때문인지도 모른다.

꽁꽁 얼었던 대지는 연약한 새싹들의 힘찬 고동으로 다시 뜨거워지고 내게도 새봄엔 어쩐지 큰 변화가 있을 것 같은 예감이 드는 것은 웬일일까?

생텍쥐베리의 「어린왕자」는 한 송이의 장미꽃에서 우주의 신비와 떨림을 느꼈다고 하지만, 난 오늘 아침 식탁에 올라온 봄나물을 바라보며 온 천지에 가득한 향기로운 봄의 정취를 느끼면서 봄 하늘을 내다본다.

하늘엔 애드벌룬이 부푼 가슴으로 떠 있고, 남쪽지방엔 벚꽃이 만개했다고 유혹이 대단하다. 그러나 나에겐 희망사항이 하나 있으니 꽃향기에 도취되어 봄나들이도 좋겠지만, 해가 바뀌고 봄이 오면 혼기가 꽉 찬 딸 생각에 은근히 긴장감이 감돌아 마음이 무겁기 때문이다.

세상을 살다보면 미리 예비해야할 사항들로 마음이 무거울 때가 있다. 태중의 어머니는 앞으로 새로 태어날 예쁜 아가의 환상만으로도 꿈에 부풀게 되고, 신앙의 깊은 경지에 있는 수도원의 예비수녀나 신부에겐, 평화로운 세계로의 초대 때문에 기쁨이 충만할 것이요, 결혼을 앞둔 예비신부나 신랑에겐 마음껏 펼칠 수 있는 꿈의 동산을 거닐 수 있어 행복할 것이다.

그런데 내겐 예쁘게 자란 토끼 같은 연년생 두 딸이 있다. 불과 작년까지만 해도 이토록 조급하진 않았는데, 막상 혼기에 접어들었는데도 별로 혼담이 들어오지 않으니 은근히 걱정이 된다. 이런 고민이 있게 되리라곤 예전엔 상상도 못했다.

제짝을 잘 물어오면 그것도 요즘은 큰 효도라는데, 도대체 우리 사위는 어떤 인연으로 언제쯤이나 나타나게 될까, 아무리 초고속 정보시대라 하지만, 눈만 뜨면 쏟아지는 우편물 속에 청첩장은 약방의 감초같이 꼭 하나씩 끼게 마련인데. 우리 사위후보는 어디 숨어 있어 이렇게 안 보이나 은근히 조바심이 나는 것이다. 요즘은 자나깨나 나의 가장 중요한 관심사가 되어버렸다.

똑같은 부모로서 자기도 책임이 있건만, 남편은 왜 신랑감 안 구하느냐고 나만 귀찮게 한다. 이젠 나처럼 손주가 보고 싶은 모양이다. 그리하여 모임에 나갔다가 화제가 손주 자랑으로 이어질 때면, 아직 손주가 없는 우리에겐 그런 영광(?)스런 대열에 낄 자격이 없다고 상대도 안 해준다. 손주가 생기면 자동으로 할아버지 할머니가 되는 셈인데, 나도 이젠 딸을 출가시켜 젊은 할머니 대열에 끼고 싶다.

눈이 마주치면 쌩긋 웃는다느니, 뒤뚱뒤뚱 걷다가 넘어진다느니, 엄마 아빠 하고 오물오물 말을 배우는 입이 그렇게 예쁠 수가 없다느니, 똥을 싸도 향기로워서 전혀 냄새가 안나 어쩌다 만지게 되어도 똥 같은 느낌이 전혀 없다니 정말 그럴까. 하여튼 할머니 된 친구들은 신바람 나게 떠드는 것이다.

옛날 경험 벌써 전에 다 잊어버린 나에겐, 최신 경험이 전혀 없어 도대체 실감이 안 난다. 백화점의 아기 옷 코너엔 깜찍한 옷도 즐비한데, 난 살수가 없다.

언젠가 아기 옷 앞에서 넋을 잃고 쳐다보았더니, 남편이 아기도 없는데 뭘 그렇게 열심히 보느냐고 이상하다고 했다. 사실 남편은 모르지만, 지난겨울 아기 모자가 너무 앙증스럽게 예뻐서 행여나 다신 그런 귀여운 모자 살 수 없게 될까 봐 아무도 모르게 사서 나만 아는 곳에 잘 두었는데, 잊고 지내다 우연히 장롱에서 눈에 뜨일 땐 슬며시 나 혼자 웃곤 한다.

그리고 우린 앞으로 손주 없는 사람 앞에선 설사 손주가 생긴다 해도 남들이 부러워하지 않도록 절대로 손주 자랑은 하지 말자고 남편과 약속했다.

소아과가 아니므로, 우리 병원에는 아픈 아기는 오지 않아 시끄럽게 울며 보채는 아기는 별로 없지만, 산부인과만 진료하는 까닭에 돌보는 사람 없다고 엄마 오는 길에 묻어오는 그런 어린아이가 하루에 열댓 명은 된다.

그런데 이상하게도 요즘 들어 함께 데리고 오는 환자의 아이들이 그렇게 예쁠 수가 없다. 너무 귀여운 아이는 데리고 놀면 세월 가는 줄 모르게 재미있을 것 같아, 하루만 여기 두고 가라고 하면 엄마는 잠시 허락하는데, 아기들이 고개를 설레설레 흔들거나 혹은 맛있는 과자 많이 사준다하면 여기 있겠다고 말하곤, 엄마가 병원 문을 나서면 금방 쏜살같이 따라 나선다. 그럴 때마다 모두 깔깔대며 웃곤 하였다.

하여튼 내 나이가 손주 볼 때라 그런지 애들은 대체로 모두 예쁘기만 하다. 그러던 어느 날 남편이 이상야릇한 얼굴로 현관문을 들어서며, 너무 어이없다는 듯한 표정을 지으면서 실없이 넋 나간 사람처럼 자꾸 웃었다. 이유인즉, 지하철을 타고 오는데, 자리가 없어 자기 혼자만 가운데에서 손잡이를 잡고 서 있었다고 한다.

그러다가 어느 아기가 자꾸 울었는데, 그 아기를 안고 있던 엄마가 갑자기 말하길 "야! 그만 울어, 저 할아버지가 이놈! 이노옴! 한다. 응?" 하더란다. 주위를 아무리 살펴본들 자기보다 나이 많은 사람은 눈을 씻고 봐도 전혀 없음을 알게 되자, 기분이 나빠 슬그머니 옆 칸으로 자리를 옮겼다고 했다. 거울 앞에 선 남편은 어이없다는 표정으로 "왜 내가 벌써 할아버지야? 정신나간 사람이 아니고

서야~ 원참!" 했는데 그때 받은 충격이 대단했음을 알 수 있었다.

큰딸이 보면 손주 보고픈 마음에 어서 할아버지가 되고 싶고, 늙는 건 싫으니 할아버지라는 칭호를 듣기 싫은 그 심리를 내가 모를 바 아니지만, 그러나 나는 이유가 어떻든 간에 어서 할머니가 되었으면 좋겠다. 내게도 튼튼하고 잘 생긴 그런 예쁜 손주 하나가 있다면 얼마나 좋을까! 영원히 늙지 않는 젊은 할머니는 될 수 없겠지만, 곱게 늙어 인품을 겸비한 우아한 그런 멋쟁이 할머니라면 빠를수록 얼마나 좋으랴!

나의 예비 할머니 시절의 종점은 어디쯤일까!

남들은 흔히 말하길 갈수록 태산이요. 시집 장가 보내고 나면 식구가 더 몇 배로 늘어나므로 놀러 다니지도 못할뿐더러 국제적인 가정부 노릇하랴 외국에까지 원정하여 손주를 돌보기도 하고 그저 무자식이 상팔자라고 말하기도 한다. 또한 오면 반갑고 가면 더더욱 반갑다고 해 애 있어봤자 더 고생이라고 위로하면서 현명한 젊은 부부들이 아예 분만을 마루고 있어 저출산이 사회적인 문제가 되고 있지만, 그래도 내가 예비 할머니의 칭호를 빨리 벗고픈 마음은 어디에서 이렇듯 샘솟는 걸까! 정말 우리 사위는 지금 어디쯤 있을까.

그리하여 정말 아기 똥냄새가 얼마나 향기로운가 맡아보고 싶다.

(1994.)

해외 배낭여행

예년보다 일찍 시작했던 장마가 잠깐 주춤한 채 하늘은 잔뜩 흐렸고 비는 아직 뿌리지 않고 있었다.

그간 긴 장마로 인해 거의 보름이 지나도록 우리는 산행을 못해 답답했는데, 비가 곧 올 듯한 회색 빛 하늘인데도 남편은 오늘따라 산에 가자고 나를 재촉하였다.

6월 마지막 일요일, 우리는 4.19탑을 지나 백련사 입구에 차를 세워두고, 한 손엔 우산, 한 손엔 조롱 바가지를 든 채 늘 그렇듯이 백련사를 향해 비탈진 숲길을 걷기 시작했다.

공해로 찌든 서울의 하늘아래 이토록 가까운 곳에 싱그러운 공기가 가득한 산이 있다는 것, 그 북한산 기슭에 조그만 산사(山寺)가 있어 우리 부부에게 백만 불의 산림욕을 선사하다니……. 이 자연의 풍요를 가까이 접하고 있으면서도 그 고마움을 모르고 사는 사람들이 은근히 많다는 것은 안타까운 일이라고 우리는 백운대 봉우리를 바라보면서 종종 얘기하곤 하였다.

연일 계속 비가 온 뒤라, 숲은 더욱 푸르고 공기도 더 맑아지고 내가 약수를 뜨는 사이 남편은 뿌옇게 흐린 북한산의 먼 하늘을 응시하더니, 수일 전 저 하늘을 가르고 해외로 배낭여행을 떠난 딸아이의 무사귀환을 바라는 한결같은 마음일까, 백련사 대웅전 앞에서 계속 절을 하더니 어느새 탑돌이를 하고 있었다.

그러니까 큰딸이 에어 프랑스를 타고 친구와 배낭여행을 떠난 지 3일이 된다. 불안하고 궁금한 마음 하나로 그토록 매일 전화를 기다렸는데, 드디어 전화벨이 울린 것이다. 산부인과의사인 내게 있어 한밤중에 울리는 전화소리는 대개 급한 산모의 구원요청이었지만, 혹시… 하고 수화기를 든 순간 난 돌연 정신이 번쩍 했다.

"엄마야?" 하는 그립던 딸의 목소리.

"야! 진아구나. 그래 지금 거기 어디냐?"

"이 전화 끊어지려구 해. 아직 영국인데 내일 부르셀로 떠나…"

그의 목소리는 몹시 다급했다. 아무리 딸의 이름을 불러도 아무 대답이 없었다. 겨우 꼭 한마디 말하곤 그렇게 쉽게 끊어지다니!…… 동전이 부족한 것 같았다.

꿈속에서 멋진 선물 받았다가 깨어난 후의 허전함같이 기다려 보아도 다시 들려오지 않는 그의 목소리는 내 마음을 애절하게 만들었다.

첫 여행지인 런던에 도착하자마자 전화하라고 신신당부했건만, 출국 3일 만에야 겨우 한마디뿐 제대로 나누지도 못하고 끊어진 채 또 닷새가 지나도록 아직도 무소식이라니… 그 짠순이가 그럴 줄 알았지만, 전화값까지 아끼며 구두쇠 작전을 펼 줄이야, 온 집안식구 앉으나 서나 그의 전화가 또 언제나 오려나 걱정이었다.

귀가한 후 남편의 첫마디는 "오늘도 진아 전화 안 왔나?" 였다.

불현듯 불길한 생각이 떠오를 땐 아찔하지만, 딸의 능력을 믿었기에 그의 의사대로 해외 배낭여행을 허락해 주자고 내가 남편을 설득시킨 죄가 있어 난 내색도 못하고 오히려 남편을 위로하며 태연한 척 하자니, 더욱 마음만 탔다.

지금쯤 딸아인 도버해협을 건너는 큰 유람선에서 망망한 수평선을 바라보며 무슨 생각에 잠겨 있겠지.

현지에서 해결한다고 아예 예약도 않고 무작정 떠났으니, 하루 이틀도 아닌 40여 일 동안 얼마나 고생스러울까… 조그마한 어깨에 맨 배낭은 또 얼마나 천근같이 무거울까, 영어를 어느 정도 구사해도 잘 안 통하는 유럽에서 의사소통은 무리 없이 하고 지내는지, 보고 싶던 곳을 계획대로 잘 찾아다니는지, 태풍이 휘몰아치는 바다 한가운데 종이배 하나 띄워놓은 듯 불안하기 이를 데 없었다.

또 기차는 놓치지 않았는지, 나라가 바뀔 때마다 국경을 넘을 땐 야간 열차를 이용한다더니 잠자리는 평안할까, 길을 잘 모를 땐 택시를 타라고 알려줄 것을⋯ 매일 일기는 기록하는지, 허리에 부착시켜준 만보기엔 얼마나 숫자가 올라가고 있는지, 다리는 붓지나 않았을까⋯ 하는 오만 가지 생각으로 시시각각 걱정이 태산이었다. 남편 따라 나도 끝까지 반대해서 보내지 말 걸⋯ 하고 후회도 해보았지만 딸은 출국한 지 벌써 일주일이 넘었다.

10kg이나 넘는 무거운 배낭을 메고 김포공항 대합실로 친구와 함께 경쾌한 걸음으로 들어가는 그의 뒷모습을 바라보면서 혹시나 하고 불안했던 엄마의 마음, 때로는 방정맞은 생각 때문에 아찔해지기도 여러 번, 낮엔 환자가 상담을 청해도 난 딸의 환상 때문에 일이 손에 잡히지 않아 멍청해지곤 했다.

패키지 투어의 단점을 조목조목 지적하면서 스케줄에 얽매지 않고 자유롭게 유럽의 여러 외국인들과 다양하게 사귀어 보겠다고 알찬 포부를 말하면서 머물고 싶은 곳에서 마음대로 오래 머물며 자유스런 행동을 만끽하겠다고 경제적이고 실속 있는 알짜배기 알뜰한 배낭여행을 예찬했던 그가 혹시 시행착오는 저지르지 않았을까 노파심이 앞서기도 했다.

그간 자기 나름대로의 교통과 숙식에 대한 치밀한 자료수집과 철저한 사전준비로 아무도 모르게 해외여행 적금을 저금해 놓곤, 왕복 교통비는 마련되었으니 잡비만 조금 도와주면 된다는 상상도 못했던 기특하고 당찬 딸의 큰 의지를 처음 접했을 땐 그 정성과 집념이 너무 놀라워 단 한마디로 무정하게 거절할 수가 없었다. 1년 전부터 거의 용의주도하고 면밀하게 세운 구상을 어찌 내가 한마디로 포기하도록 말할 수 있으리.

옛부터 자식이 사랑스럽거든 여행을 멀리 보내라고 했지만, 딸이라면 온실

속의 화초같이 티없이 곱게 기르는 것도 중요하나, 때론 깊은 산 속의 야생화같이 강인한 체력과 인내심뿐 아니라 독립심까지 길러야 하겠기에 어떤 어려움도 도전해 보겠다는 그 의지를 높이 평가하였다. 내가 그 나이 땐 상상도 못해 보았던 꿈이 아니었던가. 내가 이루지 못했던 꿈을 대신 이루고자 하다니….
한편으론 대견스럽기도 하여 감격한 것도 사실이었다.

미지의 세계를 알고자 하는 모험심과 어떤 어려움도 뚫고 나갈 수 있다는 젊음의 자신감 속에 그 조그만 가슴으로 미래의 푸른 꿈을 가득 안고 방대한 세계로 발돋움하려는 그 의지가 초롱초롱한 그의 눈매에 역력하였다.

출국 3일 전까지 강경하게 반대했던 아빠가 드디어 그녀의 용기를 높이 치하하면서 최종 승낙이 있던 날, 함박웃음을 가득 머금고 마냥 행복에 도취되어 있던 딸의 모습을 결코 전에는 본 일이 없었다. 그가 보고 싶을 땐 그때의 환희로 가득 찬 그의 모습을 기억해 보곤 하였다.

세계 경제대국으로 우뚝 선 가까운 일본만 보더라도 세계 도처에서 이미 고등학교시절부터 해외로 단체수학 여행시키는 모습을 종종 보면서 난 속으로 부러워한 일이 있었다. 10여 년 전 우리나라는 60세 이상의 노인에 한해서 겨우 해외여행이 가능하였던 시절이었다. 대만 학생들도 교복을 입은 채 단체로 여행 온 것이 눈에 띄곤 했었다. 우리나라의 경제사정상 사치풍조를 조장한다고 해외여행을 억제했던 일이 있었지만 국제적 경쟁시대에서는 남보다 한발 앞서 해외시장을 겨냥한 수준 높은 우수한 품질의 상품을 많이 생산토록 해야 할 것이다.

이런 의미에서 청소년들의 해외여행은 일찍부터 적극 권장되었어야 했다. 젊은 꿈나무들을 가능하면 일찍 해외로 많이 내보내 나날이 지구촌화되고 있는 오늘의 세계에서 우리 젊은이들이 세계 구석구석을 실제로 현장 체험을 통해 날카로운 자극도 받고 급변하는 국제 정세의 현장을 냉철하게 비판할 수 있도록 기회를 줘야 한다.

한국의 미래를 좌우할 그런 우리의 젊은이들이 어찌 한가롭게 최루탄이나 맞으며 데모를 할 것이며, 돈으로도 살수 없는 황금 같은 귀한 시간을 헛되이 낭비할 수는 없다.

프랑스는 건설적이고 생산적인 해외여행엔 국가에서 여행비를 일부 보조해 준다고도 하니, 국가적인 차원에서 우리나라도 유능한 젊은이들에겐 아낌없이 투자해야 할 것이다.

요즘 많은 젊은이들이 자유롭게 해외여행을 하면서 세계적인 문화유적을 참관하게 된 것은 참으로 좋은 일이다. 그러나 주최의식을 가지고 가슴을 펴고 어서 세계로의 눈을 크게 떠야 한다.

독일의 하이델베르크 고성(古城) 지하실 벽엔 계곡 암벽으로 착각한 듯 한국 여행객들이 지나치게 낙서를 해서 '꼬레안은 극성스러운 낙서광'으로 낙인찍혔다는데 너무나 부끄러운 일이다.

지난밤 꿈속엔 미소로 가득 찬 딸의 환한 얼굴이 반갑기만 했는데, 오늘은 제2신(第二信)이 어느 나라에서 오려나 자못 날 설레게 한다. 멀고 먼 이역만리 바다건너 들려오는 그녀의 낭랑한 여행이야기가 어서 듣고 싶어진다. 오늘은 어쩐지 딸의 전화벨이 울릴 것만 같다.

(1990.)

사랑을 샘솟게 하는 것들

사랑이란 무얼까. 서로 다른 성이 만나 활화산처럼 타오르고 이상 전류가 흐르면서 현란한 스파크가 반짝일 때 우리는 사랑이라 부르는데 주저하지 않는다.

성이란 무얼까. 그것은 무한한 사랑을 창조하므로 아름다운 것. 이 세상에 남자 없이 살 수 있을까, 또한 여자 없이도 살 수 있을까.

성이 없는 세상은 불꺼진 창이요, 곧 암흑이리라. 하느님은 참으로 묘하게 잘 어울리는 두 성을 만드셨고 서로 못 견디게 그리워하도록 불씨를 당겨 사랑을 샘솟게 만드셨다.

요즘 거리엔 오색 단풍이 찬란하여 무지개 빛으로 수채화를 그려놓고 있다. 노란 은행잎은 눈이 내리듯 흩날려 쌓여서 도로가 안 보이도록 샛노란 융단을 흠뻑 깔아놓았다. 사각사각 밟히는 낙엽의 촉감은 가을만이 느끼는 정취요, 연인들은 삼삼오오 어깨를 맞대고 감미로운 사랑의 대화를 나누며 노란 길을 걷는다. 흙 묻은 신발로 노란 융단 길을 걷기가 미안스러울 정도로 길이 곱고 낭만적이다.

연푸른 하늘엔 반쪽 낮달이 하얗게 떠있고 선명한 노란 은행나무 터널 사이를 상념에 젖어 걸어본다. 정경화의 바이올린 소나타가 떨리듯 들려오는 이 길을 걸으며 아스라이 흘러간 젊은 날의 고운 추억을 떠올리면서 사색에 잠겨 걷는다. 가을은 역시 낭만의 계절이다.

비바람으로 얼룩진 모진 풍파를 견디면서 이제 이 은행나무는 가을의 풍요로운 수확을 기다리고 있다. 그런데 새천년을 눈앞에 둔 깊어가는 세기의 마지막 이 가을, 우리들 가슴속엔 어떤 전류가 흐르고 있을까. 순수하고도 맑디맑은 신선한 감성은 어디에 저당 잡혔는지 날로 성도덕이 문란해지고 들려오는 소문이 때론 섬뜩하기만 하다. 10대들의 혼전 성경험이 점차 늘어나고 그나마 아무런 감각 없이 부끄럼 없이 스스로 자랑인 듯 무심히 떠벌리니 딱하기만 하다. 자기 스스로 자폭의 구덩이를 파는 청소년들을 바라보는 심경은 착잡하기 이를 데 없다.

개방적인 서구의 성문화의 물결이 거세게 불고 있고 산부인과 전문의로서 늘 그런 상담에 응하다보면 세상 모두가 빛의 속도로 대담하고도 과감하게 빠른 속도로 바뀌고 있음을 자주 접한다.

성은 끝도 없이 아름다운 것, 연인끼리 나누는 사랑의 기쁨은 곧 예술이요, 아름다운 그림을 보는 듯 황홀경에 빠지게 된다. 그 순간은 그대로 이 세상이 멸망한다 해도 하나도 아쉬울 게 없을 것 같은 행복감에 도취하게 한다.

부부가 때론 사소한 일로 미워지다가도 사랑의 예술 한 가지 몸짓으로 눈 녹듯 순간에 사라지는가 하면 때론 감미로운 자장가가 되기도 하고 만사가 그대로 풀어지는 해결사가 되어, 보이지 않는 끈으로 묶여지니 부부란 서로 격조 높게 사랑을 나눌 수 있는 영원한 반려자요 친구이기도 하다. 부부는 서로 같은 기쁨을 향유할 수 있도록 대화 속에 꾸준히 노력하여 합작 예술품을 만드는 것과도 같다. 일반통행이 되어서는 아무 의미가 없기 때문이다.

사랑의 행위는 감춰지듯 이뤄져야 한다. 어린아이는 어른 그대로 모방하므로 때론 평생 씻을 수 없는 큰 낭패를 당하는 수도 있다.

적합한 예는 아니지만 엄마가 대야로 뒷물하는 것을 무심히 보던 아이는 어느 날 냉면그릇에 엉덩이를 담그고 태연히 뒷물한다고 제스처를 해 웃고 넘길 수도 없게 된다.

아내는 낮에는 품위 있는 정숙한 주부지만, 밤이면 그녀의 남편을 멋지게 요리할 줄 아는 황진이가 되는 기교도 스스로 연구해야 한다. 설거지하면서도, 뜨개질하면서도, 때론 TV를 시청하면서 시도 때도 없이 아무도 모르게 케겔운동을 한다고 한들 어느 누가 알겠으며 그 누군들 막겠는가.

아름다운 밤을 찬란하게 장식하기 위한 꾸준한 노력 없이 행복이란 그대의 것으로 화려하게 장식되지 않으리라.

(1999.)

탱탱하게 익는 계절 / 10 F · 53.0×45.5 cm

이솝우화의 교훈

양치기 소년은 늑대가 나타났다는 거짓말로 번번이 재미를 느끼면서 마을 주민들을 우롱했다. 그런데 어느 날, 막상 거짓이 현실로 되었을 때는 아무도 더 속아주지 않아 결국 불행을 자초했다는 이솝우화가 있다.

화재경보기가 오작동이 자주 있었다는 그 핑계가 실제 상황에서 '화재경보'가 울렸는데도 지하철 근무자가 이를 무시하여 엄청난 사고가 일어난 것이다. 꿈에도 상상 못했던 일이 대구지하철에서 사상 최대의 방화 참사가 발생하였다. 설령 오작동이 자주 있다 해도 수백 명의 생명을 좌우하는 막중함을 망각한, 기본 직업 윤리를 모르는 안일한 근무 정신상태는 변명의 여지가 없다고 본다.

CNN은 이를 즉각 세계 각국으로 전송했고 국제적으로 우리는 망신을 또 당했다. 다리며 백화점이 무너지고 가스가 터지고 너무나 어이없는 일이 벌어진 것이다.

사실 현시대에 살고 있는 우리는 모두 쫓기듯이 바쁘게 살고 있다. 바쁘게 살았기 때문에 이만큼 살게 되었다고 말할 수도 있다. 하지만 이제 여유를 가지고 주변도 둘러보고 목표만이 아니라 각자의 위치에서 윤리 도덕적으로 책임을 질 수 있는 인품을 갖추어야 되지 않을까.

지난번 인터넷 대란이 그렇고, 전 국민을 대박 망상으로 몰아넣은 로또 복권에 대한 졸속행정이 그렇다. 국가는 어떤 파급효과가 있을지 한번이라도 깊이 생각했는지 궁금하다. 하루하루 날로 달로 국가를 한 단계씩 업그레이드시킬 수 있는 방안을 제시하여 전진한다 해도 급부상하는 이웃 중국과의 경쟁에서 이겨내기 어려운데 오히려 일확천금의 도박을 부추기니 열심히 땀흘리는 일반 국민들에게 허탈감을 줄 수도 있다.

이제 우리는 목숨 걸고 살아가는 나날이 된 것 같다. 지하철을 타고자 하면 손전등과 마스크, 방독면을 필히 준비해야 하다니 내부 구조상 쉽게 탈 수 없는 재료로 대치하려면 거금이 든다지만 눈만 뜨면 무슨 무슨 게이트로 정치인들의 억대 비리가 판을 치니 그들은 언제나 철이 들지 한심하다. 유독가스로 자욱한 지하철 내에서 휴대전화로 숨가쁘게 전해온 절규의 마지막 목소리에 한 가족 못지않게 가슴 저려오는 슬픔을 통감하였다. 그저 차가운 기계였던 한낱 전화기인 핸드폰이 한 가닥의 끈이 되어 영원한 이별의식의 매개체가 될 줄이야…. 유족들에겐 살아생전 어떤 위로로도 가슴에 내려 얹힌 그 큰 슬픔을 재울 수는 없을 것이다.

참극이 터진 다음날에도 지하철은 역시 붐볐다. 달리 마땅한 출퇴근 수단이 없기 때문인데 모두의 얼굴엔 불안감이 어려 있다. 언제 비명횡사할지 예측할 수 없지 않은가.

1999년 5월 20일, 태국에서 싱가포르로 향하던 호화유람선(선 비스타호)에서 불이 났다. 갑판 등에서 석양을 구경하던 승객 1,100여 명은 배 뒤에서 치솟는 연기를 보고 우왕좌왕 뛰기 시작했다. 배는 승무원들이 불의 진화를 위해 뿌린 물무게를 이기지 못하고 기울기 시작했다.

그때 선장은 물을 뽑아내느냐, 배를 포기하느냐를 결정해야할 기로에 섰다. 그는 '승객의 안전'을 택했다. 구명정과 시간이 충분하니 질서 있게 옮겨 타라고 안내방송을 했다. 승객들은 선장 스벤 버틸 하프젤의 차분한 안내방송에 마음을 진정하고 모두 질서 있게 구명정으로 옮겨 탔고, 선장은 배에 남아있는 승객이 없는지 수색한 후에야 맨 나중에 구명정에 발을 디뎠다고 한다. 그러고 배는 침몰했다.

우리는 어떠했는가. 지하철 기관사는 승객 안전을 최일선에서 책임진다는 점에서 배의 선장과 다를 바 없다. 하지만 대구의 1080호 기관사는 동력원인 전기가 나가자 전동차에서 마스터키를 뽑아들고 혼자 빠져나갔다. 이 열쇠만 꽂혀있었던들 적어도 객차 비상등은 켜져 있었을 것이며 전동차 문도 도로 닫히지 않았을 것이며 닫혀도 비상 개폐장치로 열 수 있었다는 것이다.

자주 발생하는 지진 때문에 일본에서는 초등학교 시절부터 수업 중에 대피연습을 자주 갖는다지만, 우리도 이를 계기로 전동차 비상 개폐장치를 사용하는 방법을 누구나 평소에 익히 훈련해야 되겠다.

이번 대구지하철 참사는 많은 교훈을 남겼다. 연소가 쉬운 내장재, 재난 훈련 부족, 취약한 대피 안내체계 등, 이를 질타하는 소리가 높지만 각자 자기가 선 자리에서 최선을 다한다는 윤리도덕만 확립되어 있었다면 이처럼 끔찍한 참사는 겪지 않았으리라. 우리는 각자의 직업윤리를 되새기며 자기가 서 있는 자리에서 모든 책임을 다하는 자세부터 배워야 할 것 같다.

4월의 바보

새천년 새해라고 뭐 별다른 태양이 새로이 떠오를 리 없건마는 신년 초 지구촌이 온통 흥분의 도가니로 휩싸였다. Y₂K 비상 속에 밀레니엄 축제로 들썩거린 때가 엊그제 같았는데, 지천명의 끝자락에 서고 보니 빠른 건 세월뿐이다. 이젠 시간이 빛의 속도로 줄달음질 치는 것을 절실하게 느낀다.

벌써 4월이라니… 그래서인지 봄은 성큼 우리 곁에 다가와 주위엔 꽃향기로 봄 내음이 물씬 풍기기 시작했다.

오늘은 만우절이다. 세상이 하도 어지러우니, 오늘 하루만이라도 저 활짝 핀 목련꽃처럼 웃음을 터뜨릴 수 있었으면 좋겠다. 선의의 거짓말로써 일년 중 이 날만은 남을 진저리나게 골탕먹여도 허용된다는 날이다. 한바탕 호탕스럽게 서로 웃고 나면 무료한 일상생활에 활력소가 된다지만 장난스럽게 속이면서 즐기는 고약한 날이기도 하다.

만우절(April Fool's Day), 곧 바보가 되는 날의 유래는 확실하지 않지만, 프랑스의 샤롤 9세가 1564년 1월 1일부터 새해를 시작하는 역법을 채택했는데도 사람들이 지키지 않고 그전까지의 신년 첫날인 4월 1일을 기념한 것이 그 시초라고 한다. 또 다른 설로는 예수 그리스도가 제사장 안나스와 빌라도 헤롯왕에게 끌려 다닌 날이라고도 하는데 그 유래야 어떻든 세계 유수 언론들은 유쾌한 거짓말로 일상의 찌든 사람들을 위로하는데 한몫 거두었다.

뉴스에 의하면 몇 년 전 일본의 아사히는 '정부산하기관 연구소가 속마음을 알아내는 기계를 개발, 하시모도 총리가 실험해 봤더니 각료 대다수의 겉과 속이 달라 사용을 중단시켰다'는 기사를 게재하여 사람들을 놀라게 하였다고 한다.

영국 파이내셜 타임스도 그리니치 표준시간을 기네스 시간으로 바꾼다는 기네스사의 가짜 보도자료를 엠바고까지 깨면서 보도하는 해프닝으로 각국의 독자들을 웃겼다는 것이다.

프랑스에서는 파리의 지하철 근무직원들이 파르망티에라는 역의 이름을 '감자'로 바꿨다. 18세기 후반 프랑스에 감자를 들여온 파르망티에를 기념한 행사였는데 갑작스런 역이름 변경으로 골탕을 먹은 사람들이 사연을 안 뒤에 해당자들을 야단치기는커녕 오히려 찬사를 보냈다고 한다.

우리나라에서는 2년 전 어느 컴퓨터 통신업체가 당첨축하와 함께 선물을 준다고 한 뒤 '선물은 웃음, 오늘은 만우절'이라는 메시지를 띄웠으나, 진짜 선물을 기대한 사람들의 전화로 북새통을 이루어 반나절만에 서비스를 중단했다는 일화는 만우절 유머조차도 용납 못하는 우리 국민이 관용과 미덕조차 없는가 싶어 씁쓸하다.

하여튼 정보의 혁명시대에 살고있는 요즈음, 예전의 통속적인 거짓말로 남을 골탕먹이기 위한 장난은 사라지고 대신 컴퓨터 화면에 '하드 디스크를 날려주마'라는 무시무시한 메시지를 보내는 것으로 바뀌고 있다 하니 격세지감을 느낀다.

만우절 하면 내게도 생각나는 사건이 하나 있다. 이젠 먼 옛날 일이라 기억의 농도가 희미해질 수도 있으련만, 내 생애에 있어 가장 고통스러웠던 시절에 당한 수모였기에 잊혀지지 않고 오히려 뚜렷하다.

막 의과대학을 졸업하고 인턴을 세브란스에서 힘들게 하던 시절(1967년), 시쳇말로 의사 중에 제일 꼬봉이라 온 동네 궂은일은 모조리 도맡아하게 되니 늘

고달픈 하루의 연속이었다.

낯선 대학병원에서 이틀에 한번씩 고된 당직으로 혹사당하고 있어서 희망사항이 있다면 오로지 꿀잠을 실컷 자보는 것 하나뿐이었다. 졸음은 쏟아지고 깊은 밤 응급환자는 마구 밀어닥쳤다. 병원복도를 단 몇 초라도 눈감은 채 걸을 때 행복했을 정도였다.

그 날도 당직일을 끝내고 겨우 인턴숙소에 도착하여 막 잠자리에 들었는데 따르릉! 전화벨이 울렸다. 그 당시 60년대엔 삐삐도 없었고 휴대폰은 상상조차 못한 먼 옛날이었다.

내과입원실 ×호실에 또 응급 신환이 입원했다는 비상연락이었다. 주섬주섬 옷을 입고 가운도 걸치는 둥 마는 둥 급하게 뛰어내려갔다. 그런데 웬걸! ×호실은 입원실이기는커녕 멀쩡한 화장실이었다. 그 허탈감이란… 그날 어쩔 수 없이 나도 미련하게 4월의 바보가 되었다.

만우절은 찌든 일상생활로 지친 사람들에게 하여금 잠시나마 현실을 잊게 하는 보약의 효과가 있을지도 모른다. 그러나 머지않아 있을 국회의원 선거(4월 13일) 열풍으로 요즘 골목마다 마이크로 인한 소음공해도 공해려니, 거짓 공약이 난무하니 어디 한두 번 속았어야지 또 다시 속으려 하는가. 게다가 정치인일수록 군입대 비리와 얽혔을 뿐 아니라 전과자도 제법 인터넷에 많이 올라와 있어 한편으론 낙선운동도 가세하니, 무감각에 지친 불감증으로 국민들은 외면한지 오래되었다.

그런데 이번 만우절에 112, 113, 119등 거짓 신고하는 사람은 통신망의 발달로 추적하여 벌금을 물린다고도 한다. 국가적 손실이 크기 때문이다. 이런 거짓말은 법으로 엄하게 다스려야 할 뿐더러 대대적으로 홍보해야할 것이다.

그뿐인가 최고의 영약(靈藥)으로 치는 산삼도 가짜가 범람하는 요즘 세상이다. 사실 산에서 캤다고 다 산삼은 아니다. 야생 꿩 등의 조류가 산삼씨를 먹고 배설해 자생한 산삼을 장뇌삼이라 부르고, 사람이 산에다 산삼씨를 뿌려 공들여 키운 삼은 산양삼(山養蔘)이라 하며, 인삼씨나 모종을 산에 심어 키운 삼을 장뇌삼이라 부르는데, 어제는 TV홈쇼핑을 통해 장뇌삼을 산양산삼이라 속여 6,000여 뿌리 14억 원어치를 1,500여 명에게 통신 판매한 만우절사기단이 경찰에 적발되기도 했다. 애교로 봐줄 만한 거짓말과는 아예 거리가 멀다.

유명 한의대 교수와 한의사가 뇌물을 받고 감정서까지 써주었다는데 이렇게 최하위로 추락한 상도덕 수준으로 어떻게 인터넷 쇼핑을 정착시킬 수 있는지 한심스럽다.

웃음의 정서가 부족한 이 타락한 세태에 모처럼 만우절(萬愚節)이니, 세상사 잠시 잊고 오늘 하루쯤은 4월의 바보가 되는 것은 어떨까.

웃음은 명약이기에.

가문의 영광

열대야가 계속되고 있다. 게다가 중구난방으로 터지는 부동산 대책이 난무하고 때 아닌 연정을 제의하면서 시국은 다시 어지러운데, 친구의 목소리가 전화선을 타고 흘렀다. 그와 나는 11년 지기 죽마고우다. 소꿉친구의 관심사가 내게로 향한 사연이 무엇인지 궁금하였다.

초등학교 3학년부터 중3, 고3, 세브란스 인턴까지 우리는 바로 11년 지란지교요 막역한 사이인데 그는 치과의사요, 난 산부인과의사다. 우리 둘은 천생연분인지 의사이기에 앞서 영화감상, 노래와 그림, 가야금과 골프 등 취미도 일맥상통하였다.

남달리 의욕이 넘쳐 치과의사 가족을 모아 덴탈코러스를 조직하고 그 단장하랴, 가야금 연주에다 성악 발표회, 진료하랴 바빠 쩔쩔 매면서 오히려 나만 보면 "쟤는 하고 싶은 게 무궁무진하게 많아 뭐든지 도전하려드니 어디서 그렇게 에너지가 넘치는지… 근데 요즘 또 무얼 배우는지…" 하며 동창회에서 내게 시선을 집중시켰다. 난 "차라리 파워 김이라 불러주렴" 하고 응수한다. 내 홈페이지가 www.powerkim.co.kr이기에.

하여튼 연일 가마솥 찜통더위가 맹위를 떨치고 있는 가운데 모두들 피서여행계획에 열 올리는 7월도 중순이다. 여기에 숨이 탁탁 막힐 정도의 열대야까지 겹쳐 기상이변 치곤 너무 심한 것 같았다.

출국 하루 전인데 좀 바쁘다고 하니, 오히려 나 때문에 만나는 일이라면서 만사 제쳐놓고 꼭 나와야 된다고 강조한다.

"네겐 가문의 영광인데 무슨 소리니?" 하며 급해 보였다. 갑자기 생뚱맞게 무슨 소린가 궁금해하는 순간, 뭔가 불현듯 뇌리를 스쳤다.

맞다. 그가 여고동창회 회장을 맡고 있을 때 내게 제의한 안건이 하나 있었다. 우리가 여고시절 다니던 교정에 '시비(詩碑) 세우기'인데 "넌 시인이니 네가 시한 편 써주면 우리보다 7년 선배님중 유명한 서예가(권오실씨)가 계시거든? 바로 우리나라 궁서체의 대가다. 그 선배님도 흔쾌히 승낙했으니 수여고 9회와 16회의 합작 예술품이 우리 교정에서 빛날 날도 머지 않았다 이거지…"라면서 한 톤 높인 어조로 흥분했다.

그의 회장 임기중 장학사업은 대단한 업적이거니와 우리 모두 힘을 합해 돕기로 했다. 그리하여 사랑스런 우리 수원여고 후배들이 모교를 오가며 자주 대면하게되는 멋진 시비를 하나 학교 교정 세워두면 길이 역사상에 남을텐데, 바로 김씨 '가문의 영광'이 아니겠느냐는 뜻이 내포되었다. 교장 선생님이 좋은 자리를 배정해 주셔서 너무나 감사한 일이라고 추가로 강조함을 잊지 않았다.

그러니까 약 50여 년 전의 일로 거슬러 올라간다. 그 당시 국내에서 제일 인기 있는 피서지는 대천 해수욕장이었다. 중학교 2학년 때 국어선생님의 여름방학 과제가 있었는데, 온 가족이 대천 해수욕장으로 가는 급행열차에서 겪었던 아슬아슬한 위기를 모면하던 상황을 기행문으로 제출했더니 구구절절 실감나게 잘 묘사했다고 국어 선생님은 교실마다 다니시면서 내 글을 읽어주셨다. 그때나 지금이나 우리 학교 교지 이름은 『청포도』인데 내 글도 교지에 자주 실렸다.

그 일 이후 글쓰기에 탄력이 붙은 나는 문예에 소질을 인정받아 이대 의대 재학시 처녀시집 『오선지의 연가』를 상재하였고, 그 당시 『시문학』지에서 박목월 선생의 추천을 받아 문단에 데뷔하였다.

나의 친정엄마도 여고시절 백일장마다 상을 빠짐없이 받았다고 아득한 옛시절의 아름다운 추억을 회상하시곤 했다. 언제였던가. 나의 모교 수원여고의 「청포도 신문」의 창간호(1996년)에 축시를 발표한 바도 있었기에 내게 초점이 맞추어진 것 같다.

오는 2006년 모교 70주년 개교기념사업의 하나로 시비(詩碑)를 제작하는 거사가 내게 주어졌으니 친구의 말대로 사실 대단한 영광이 아닐 수 없다. 막연한 꿈이었지만 이렇게 현실로 다가올지 여고시절엔 전혀 예상 못했던 일이었고 감격 그 자체였다.

몇 날을 고심하여 완성하였지만 더 나은 시상이 떠오르지 않기에 답답하고 아둔한 필력(筆力)을 탓하였다. 그러나 하얀 깃의 교복을 입던 여고시절, 꿈을 키워준 모교의 교정에 영원히 남을 시비의 주인공이 되었으니 어디에 비할 수 없이 잔잔한 기쁨이 밀려온다.

청포도의 꿈

金石姬 (제16회졸업)

밀려오는 새 역사 위에
우리― 팔달의 정기로 서있다.
젊은 날의 푸른 소망 슬기로 다듬어
새롭게 피어나라 아름다운 꿈이여!

힘차게 달려온 지성인의 요람
인내와 지혜로 갈고 닦아서
영원토록 이어 가리, 희망의 꽃길로.
청포도 동산엔

싱그라운 향기 가득하여라.
어둠 밝힌 초록등불 잔치여.

탐스럽게 익어 가는
청포도 송이송이,
강인한 열정으로 녹색의 꿈 펼쳐라.
재기 넘치고 활기차게
밝은 미래는 우리들의 것!
도약으로 전진하자, 청포도여!

응급차 소고(小考)

'가지 많은 나무 바람 잘날 없다'거나 또는 '무자식 상팔자'라는 말이 있다. 그런데 옛 선인들 말 치고 하나 그른 것 없다더니 해가 거듭할수록 그 깊은 맛을 곱씹게 된다. 그래서인지 요즘 젊은 세대들간엔 결혼을 기피하거나 한다해도 출산을 꺼려 사상 최초로 우리 나라엔 출생인구 비율이 감소되어 사회문제가 되고 있는 실정이다.

언젠가 40년 전만 해도, 가족계획 슬로건으로 둘만 낳아 잘 기르자로 제한하였었다. 국가 차원에서 복강경 피임술도 무료로 시술해주었으나, 그래도 넘쳐 나는 인구 폭발을 걷잡을 수 없어 30년 전에는 아들 딸 구별 말고 하나만 낳기로 다시 변했었다. 길거리에서 젊은 아버지만 봐도 정관수술을 권했고 예비역 훈련장에선 수술만 받으면 훈련도 면제할 정도로 범국가적으로 출산율을 낮추기에 전념하였다.

실로 격세지감을 느낀다. 이제는 집집마다 아기 하나 더 낳기 운동 캠페인이 벌어질 정도이니 그 시절엔 예상이나 했었을까. 새 천년이 되자 첨단의학의 눈부신 발달과 식생활 개선으로 점차 고령화 인구가 증가하는데다가 사교육비의 증가로 인한 지나친 가족계획의 결과 상대적으로 젊은 노동 인구가 줄어 인구 구조의 불균형이 초래되었으니 당연한 결과이다.

우리 친정어머님은 자그마치 무려 7남매를 키우셨으니 요즘으로 치면 표창장을 받아야 할 일이 아닐까. 조용한 시간이면 나는 같은 여성의 입장에서 우리 어머니의 일생을 뒤돌아보게 된다. 부잣집 외아들에게 시집와서 30대 초반에 6·25전쟁을 겪으시고 7남매를 헌신적으로 키우면서 겪은 무수한 고초를 장편소설로 쓴다면 수십 권은 족히 될 거라고 맏딸인 내게 종종 말씀하시곤 했다.

전쟁 직후 모두가 어려웠던 시절이었다. 자다가 무심히 눈을 뜨면 바느질 솜씨가 좋으셨던 우리 어머니의 모습이 한눈에 들어오곤 했다. 낮엔 아버지 일을 돕고 밤이면 흐린 전등불아래 발가락이 70개나 된다면서 구멍난 양말 속에 못쓰는 헌 전구를 넣고 우리 형제들의 양말을 깁고 계셨다. 그리고 운동회 때는 손으로 일일이 누빈 덧버선을 예쁘게 만들어 주시니 친구한테 자랑하면서 행여나 바닥이 닳을세라 살살 걷던 생각이 난다.

내 어머니를 보아도 나는 애는 많이 낳을수록 고생도 비례한다고 본다. 현명한 사람일수록 아기를 안 갖거나 적게 갖는 것은 당연지사다. 우리 어머니는 자식이 많음에도 불구하고 요즘도 홀로 당뇨병과 고혈압으로 투병하며 지내신다. 고령의 우리 어머니를 뵐 때마다 죄송스럽다. 비록 짧은 거리의 우리 아파트 근방에 모셔오긴 했어도 나 역시 직장과 내 살림이 있고 보니 만사가 여의치 않다.

오늘은 일요일, 밀린 가사 일로 종일 분주한데 전화가 따르릉 울린다.

"너, 바쁜 건 알지만 딱 20분만 나와 얘기할 수 없겠니?"

어머니의 간청이시니 하던 일 중지하고 부지런히 가보았다. 요즘 조선족 가정부를 소개해 드리겠다고 말씀드리니 일도 서툴고 비용도 만만치 않다시면서 가정부가 할 일이 따로 있고, 당신이 할 일이 따로 있으니 종일 대기시킬 만큼 일이 없으므로 금전적으로 아깝다고 거절하신다. 미수(米壽)에 손수 식사를 해드시니 저 세상 가신 뒤 우리 모두 후회하게 될텐데 모든 게 여의치 않은 현실이 답답할 뿐이다.

"자식이 많아 듣기 좋은 럭키 세븐인데 그런 걱정은 아예 할 필요가 없다"고

재차 말씀 드려도 "모두들 힘들어하는데 왜 자식들한테 폐를 끼쳐야 되겠느냐? 참고 지내겠다"고 하신다. 어머니는 아들과 함께 살고 싶어하신다. 나랑 같이 살자고 하면 "사위와 지내면 마음이 편치 않아 오히려 혼자 사는 것보다 불편하다"고 거절하신다.

종일 개미 한 마리 얼씬도 안하고 전화도 없고 초인종 누르는 이조차도 없어 벙어리처럼 아무 말도 못하고 오늘도 혼자 외로워했다는 우리 어머니, 그래서 노래방기기도 사다 드렸건만… 그것조차도 한때지 즐겨 부르시는 노래의 번호를 20여 곡 골라 눈에 잘 보이도록 큰 글씨로 코팅까지 해놓고 같이 노래를 부르자고 시도해 보았지만, 여기에서도 세태차이는 있어 재미가 없으신 모양이다.

남편이 언젠가 어머니를 뵙고 와서는 "장모님 아파트 문 여는 순간 환기시키지 않고 문을 닫고 사셔 노인 냄새가 가득 풍긴다"고 했다. 언젠가 우리도 늙을텐데 면 후일 나의 모습이 아닐까 하는 생각도 든다.

파출부라도 자주 부르면 좋건만 할 일이 많지 않다면서 더디 부르시곤 여기저기 쑤신다느니… 전화도 받을 힘도 없어 순간적인 저혈당으로 쓰러질뻔 했다느니… 10m만 걸어도 숨이 차니, 자동 전자혈압기는 오차가 많다고 우리 병원 진찰실의 수은 혈압기를 들고 오라는 등 투정이 많으시다.

어쩌다 자리에서 눈을 뜨면 하루 평균 두세 차례 창밖으로 앰뷸런스가 급히 앵앵거리며 지나간다. 어머님도 종종 들으시나보다. 오랜 세월동안 당뇨병을 앓으셨으니 합병증이 비켜갈 수 없는 터라 이러다가 어느 날 돌연 당뇨성 혼수로 의식을 잃게 되면, 어느 누가 알고 앰뷸런스로 자신을 병원으로 데려가겠느냐고 말씀하시니, 정말 어느 순간 현실로 다가올 듯 가슴이 아파진다.

세상에는 앰뷸런스 소리를 좋아하는 이 하나도 없을 것이다. 30여 년 전 큰 병원 산부인과 과장으로 근무할 때 한밤중에 응급 제왕절개수술이 있다고 나를 부르러 자주 왔었다. 그 당시 제발 저 소리가 그냥 지나가야지 우리 집 대문 앞에서 멈추지 말았으면… 했었다. 또 내가 산모 분만을 돕다가 부족한 혈액을 구하러 응급차를 급히 혈액원으로 보내게 될 때 조마조마했던 긴박한 심정들, 그 외에도 두 번이나 119로 아버님을 태우고 응급실로 향했을 때의 아슬아슬했던 여러 기억들이 필름처럼 뇌리를 스치며 돌아간다.

이제는 세월이 좋아졌다. 119의 귀한 도움을 받기도 했다. 갑자기 아무도 몰라본 채 무의식세계로 빠지신 아버님을 태우고 눈물범벅으로 거리를 달리면서 그때 나는 평생 갚지 못할 큰 은혜를 입기도 했다. 지금도 그 119기사의 친절함을 잊을 수 없다. 많은 훈련을 쌓은 듯 그들은 환자를 안전하게 옮기는 훌륭한 솜씨를 발휘했었다.

나 또한 시내에서 운전하다보면 어디선가 앰뷸런스 소리를 자주 듣게 된다. 이런 저런 이유로 앰뷸런스를 많이 타본 나로서는 가까이 접근해 오면 얼마나 급할까 내 마음부터 조마조마해서 핸들을 잡고 길 비켜주려고 먼저 서둘게 된다. 길이 꽉 막혀 꼼짝 못할 때는 이를 어쩌나 후사경을 보며 조바심 속에 관찰하게 된다. 앰뷸런스 소리 안 들리는 그런 평화로운 마을에서 살고 싶다.

사람은 죽는 복도 타고나야 한다지만 저세상 문 두드리게 될 때 누구나 앰뷸런스 신세 안 지고 조용히 평화롭게 하직하고픈 소망이 있지 않을까.

정 / 6F · 40.9×31.8cm

3

시간여행

그것은
하늘의 문 열고
하얗게 떨어지는 5월의 이야기.

두 볼에 고인 부끄러운 속삭임
내실(內室)에 젖어있는
꽃잎을 여는 수정 같은 미소(微笑)여

고이 고이 모아담은
색채 짙은 향기는
숨겨 두었던 꽃 마음 약속

- 저자의 시 「아카시아꽃」 일부

쾌속질주와 달님 선물

어느새 계절의 여왕이라는 5월이다. 그런데 환경 오염으로 인한 지구 온난화 현상의 영향인지 낮에는 한여름이요, 아침에는 봄철 같고 저녁 땐 늦가을 기온이다. 어제는 강원도에 폭설까지 내렸다니 하루에 4계절을 한꺼번에 겪는 것 같다.

그래도 시절은 어쩔 수 없나보다. 아름다운 꽃들이 앞을 다투어 연속해서 피어나고 4월이 이제 5월에게 화려한 꽃 잔치의 배턴을 넘겨주었다.

빠른 계절을 예쁜 꽃들이 찬미하듯 초고속 열차도 특급으로 봄을 실어 나른다. 바로 한 달 전 고속철도(KTX)의 성공적인 개통은 전국을 반나절 생활권으로 앞당겼으니 쾌거가 아닐 수 없다. 이 야심찬 대역사(大役事)로 전 국민이 더 빠르고 더 쾌적한 여행을 즐길 수 있게 되었으니 그 공로는 결코 과소평가될 수 없으리라. 이 고속철도는 지난 8년여 간 한국과 프랑스의 기술자와 엔지니어 1400명의 기술협력에 기인한 합작품으로 평가된다.

시속 300km로 100여 대의 고속열차가 날마다 국토를 달리고 있으니 하늘 높은 곳에서 내려다본다면 그 스피디한 쾌속질주에 가슴이 시원할 것이요, 하늘을 나는 새들조차 새로운 쾌속열차에 고개를 갸우뚱하며 신기해할 것 같다. 떼제베나 신간센 못지 않을 정도로 우리 고속철도 역시 쾌속질주가 부드럽다는 말도 들린다. 그런데 개통된 지 겨우 한 달인데, 벌써부터 개선할 점이 줄줄이

표면화되니 모처럼의 자랑거리가 걱정보따리가 되지 않을까 염려스럽다.

어린이날 공휴일을 이용하여 나도 고속철도에 첫 시승을 해보기로 했다. 당일 코스로 서울서 부산까지 왕복표를 예약하고 나니, 새벽 4시부터 일찍 서둘러야 하므로 그 시간이면 모처럼의 개기일식도 쉽게 볼 수 있으리라 기대하였다.

운 좋게도 이번(2004) 어린이날 새벽엔 4시 52분부터 6시 8분까지 무려 1시간 16분 동안 3년만에 둥근 보름달이 완전히 지구의 그림자에 가려지는 개기월식으로 밤하늘에 화려한 우주쇼가 벌어진다는 것이다. 게다가 니트(Neat)와 리니어 (Linear) 두 개의 혜성까지 동시에 한국 밤하늘을 수(繡) 놓을 것이라 한다. 아마도 하늘에서 어린이날 축하행사로 달님이 선물로 뿌려주려는가 보다.

어린이날 잔치에 덩달아 어른들까지 공휴일이니 오늘만은 동심으로 되돌아가 새로 건립된 영도대교도 거닐고 항구도시 부산에서 동래온천(허심청)도 즐기며 개기월식까지 볼 수 있다면 이보다 더 좋은 하루는 없을 것이다. 마음부터 설레었다.

새벽에 서울역에 당도하였다. 새롭게 변신한 서울역을 보고 깜짝 놀랐다. 그 옛 건물은 온데 간데 없이 사라지고 거대한 규모로 새 역사가 번듯하게 지어져 있어서 어리둥절하였다. 다시 한번 내 눈을 의심하면서 둘러보니 웅장한 새역사 옆에 초라하기 이를 데 없는 구역사가 말없이 서있었다.

경부선 고속철도 하행운임 시각표를 보니 열차마다 제각각 다르고 우리가 타고 갈 열차 83호는 광명, 천안, 아산, 대전, 동대구를 경유하여 부산엔 2시간 50분만에 도착하게 되어 있고, 일반실 10량과 특실 4량이 달려 있었다.

우리는 '거꾸로 좌석'의 배정을 피하기 위해 무려 한 달 더 전에 예약했고 일부러 순방향으로 특별히 부탁까지 했는데 단체예약(26명)을 얕보았는지 일행 좌석이 대부분 거꾸로 된 역방향이어서 우리를 서운하게 했다.

우리 회원들 대부분이 6,70대의 노인들이라 시속 300km로 거꾸로 3시간동안 달릴 수 없어 특실 비용을 추가로 내더라도 자리를 바꿔줄 것을 부탁했다. 다행히

대전부터는 순방향으로 앉아서 편안히 속도감을 즐길 수 있었다.

그런데 듣던 바 대로 독일이나 프랑스는 고속철도가 달리는 구간이 대부분 평야지대지만 우리의 경우는 구릉지나 산지 투성이여서 터널이 수없이 많았고 굴속을 지날 때는 윙윙거리는 소음과 그 공해가 심한 편이었다.

귀경할 때에는 특실자리가 없어 역방향으로 거꾸로 된 좌석에 앉아, 거의 3시간동안 산야를 뚫고 비호같이 뒤로 뒤로 달리니 터널 소음과 진동으로 우리가 느끼는 불쾌감과 피로감의 강도가 더욱 가중되었다. 어지러워하는 손님들이 생겼고 영상방송이 고장나서 미안하다는 안내방송이 나오고 있었다.

고속철도를 내가 직접 경험해 보아도 역시 잦은 고장 등 시정되어야 할 점들이 눈에 띄었다. 우선 거꾸로 된 좌석을 뜯어고치려면 무려 1280억 원의 거금이 추가된다 하니 얼마나 놀랄 일인가. 애초에 심사숙고해서 새마을호처럼 자동회전의자로 제작했으면 얼마나 좋았을까 아쉽고도 아까운 생각에 나라 걱정이 앞선다.

애초 KTX 도입과정에서부터 역방향 좌석 문제점이 여러 번 지적되었지 않았던 가. 그럼에도 불구하고 이를 묵살했던 졸속행정이 얼마나 근시안적이었나 가슴이 답답해진다. 날로 심각해지는 불경기에도 정부의 이런 무감각이 점차 신임도가 떨어지는 게 아닌가 싶다.

철도청은 여러 요인 중에서도 역방향 좌석이 고속철의 매력을 반감시키는 주된 이유임을 들어 역방향 좌석을 순방향으로 2006년부터는 좌석을 전면 개조한다고 한다. 그러나 그 많은 예산낭비를 또다시 어디서 메꿀 것인가. 씁쓸한 것은 나만의 생각은 아닐 것이다. 역방향에 대한 우리 국민의 강한 거부심리를 미처 예상 못했을 뿐 아니라, 더 많은 승객을 태울 목적에서 역방향을 고집한 행정편의주의가 아예 승객에게서 외면 당하는 결과를 초래하게 된 것을 시금석으로 삼아야 하겠다.

영혼을 울리는 메아리

'결혼은 해도 후회, 안 해도 후회, 후회하긴 마찬가지'라고 키에르케고르는 말했다. 하지만 이왕 후회할 바엔 현실 체험하고자 대부분의 사람들은 결혼을 선택한다. 그런데 가도 후회, 안 가도 후회스러운 데가 하나 있으니, 그곳은 바로 고대문명의 발상지요, 힌두문화의 요람인 신비의 나라 인도이다.

"해질녘 사원너머로 기우는 불덩이 같은 저녁노을, 이윽고 어둠이 깔리면서 스러져 가는 사원의 실루엣은 마치 웅장한 교향곡이 끝난 후 침묵 같은 그런 여운이었다"고 인도를 다녀온 법정스님은 가슴 저리게 감격했었다. 그러나 내게 있어 인도의 매력은 다른 데 있었다.

14번째 아기를 분만하다가 세상을 떠난(1631년) 왕비, 무무 타지마할을 차마 못 잊어 22년간 공들여 지었다는 세계 7대 불가사의의 하나로 손꼽는 타지마할 궁전! 하얀 대리석으로 지은 조형미 이전에 아내에게 향한 한 지아비의 애틋하고 절절한 사랑의 향기로 엮은 절묘한 예술품!

오로지 사랑하는 아내의 죽음 앞에 바쳐진 한 사나이의 애처로운 마음이 그토록 처절할 수 있었는지, 나의 궁금증은 출국일(2002년 2월 초)이 다가오자 설레던 마음은 더욱 박차를 가했다.

꿈 많은 세계여성들이 그토록 부러움의 시선을 보내는 아름답고 매혹적인 궁 속에서 영원히 잠의 세계로 들어간 그 왕비는 얼마나 행복했던 여인이었을까. 갈 때는 앞바람을 맞아 8시간 정도 소요되나 올 때는 뒷바람 덕택에 6시간 반 가량으로 단축되는 다소 긴 여정이었다.

인도! 우선 사람을 잘 따르는 온순한 인도코끼리가 연상된다. 또한 6m나 되는 원색의 화려한 실크를 휘휘 감아 왼쪽 어깨에 멋지게 걸치는 듯 흘러내린 곡선미의 인도여인 사리가 저절로 떠오른다.

뿐 아니라 한국문화에 적지 않은 영향을 끼친 불교, 그 불교의 시조인 부처님이 태어나시어 보리수 밑에서 참선을 하시고 성불한 땅, 불교의 성지로서 많은 유적지가 우리의 영혼에 메아리치는 가난하면서도, IT(정보기술) 산업의 뛰어난 발전으로 우리 나라 국비유학생도 100여 명 이상이 인도에 가있다는 정신적으로 부유한 나라로 알려져 있다.

10여 년 전 아프리카로 향할 때 잠깐 경유했던 인도는 아잔타와 옐로라 석굴로 주마간산 격으로 보았을 뿐, 베일에 가려진 채 무궁무진으로 호기심을 유발시켰던 나라였다.

인간 나이 60이 갖는 의미에 대해서는 동서양이 크게 다를 리 없거니와 '어떤 말도 순화해서 들을 수 있다'는 뜻의 이순(耳順)이라 칭한 공자(孔子)의 말을 빌리지 않더라도, 이성의 철학자 칸트도 인간이 이성을 완전히 사용하게 되는 시기는 지혜의 관점에서는 대략 60세라고 말한 것처럼, 2002년 임오년에 60번째 생일을 맞아 남편과의 회갑기념 인도여행은 매우 의미 있으리라 생각했다.

신비의 나라 인도는 국경에서 티격태격 심심풀이로 아프카니스탄과 다투질 않나, 때론 이슬람교와의 끊임없는 종교마찰로 치안이 불안정하기에 함부로 선뜻 떠나기란 그리 쉽지 않은 곳이다.

이집트문명, 메소포타미아 문명, 황화문명과 더불어 세계 4대 문명 발상지 중 하나인 인더스문명이 바로 인도가 아니던가. BC 2300년에 이미 전성기를 맞이했고, 17세기부터 서방국가의 잦은 침입으로 발이 묶인 뒤, 간디의 비폭력

불복종이라는 민족주의 운동이 전 인도를 하나로 묶어 마침내 뒤늦게 독립한 (1947) 나라가 인도다.

넓은 영토와 다양한 종교, 현재까지 아직도 줄기차게 이어져 내려오고 있는 카스트라는 신분제도에는 브라만, 크샤트리야, 바이샤, 수드라의 네 계급으로 나눠지며, 독립이후 파키스탄과 방글라데시라는 나라를 다시 분리 독립시켰다. 지금까지도 캐시미르지방 등에서 잦은 분쟁이 일어나는 등 불안정한 정세가 인도이기도 하다.

거대한 나라에 걸맞게 개성이 강한 인간들로 시끌벅적 조용할 날이 없고, 다양한 가치관과 생활방식이 소용돌이치고 있어 상상을 초월하는 일들이 예사로 일어나 우리를 당황하게 만드는 나라 또한 인도이다.

우리나라 국토의 33배요, 동유럽을 제외한 유럽보다도 커서, 중국에 이어 세계 두 번째로 많은 인구를 가지고 있을 뿐 아니라 언어도 무려 1,600여 개나 있는데 독립 후 영어를 추방하고 힌두어로 통일하려 했지만 맹렬한 반대에 부딪쳐 현재 힌두어 외에 공용어로 18종의 언어만을 채택하여 사용한다고 한다. 카스트제도하에 480년간 영국의 장기 지배하에 있었기에, 그나마 영어가 쉽게 통용되니 우리로선 천만 다행이었다.

그러므로 인도는 하나의 나라라고 결코 볼 수 없으며, 화폐의 단위는 루피로서, 1루피는 약 30원(물 한 병은 15루피)으로 환산하는데, 루피마다 18가지 여러 언어가 함께 뒤범벅된 채 표시되어 있어 복잡하다. 일반인이 달러를 받으면 외환관리법에 걸린다 하며 돈이 조금이라도 찢어지면 휴지나 다름없어 무용지물이 되지만, 루피에 구멍은 아무리 뚫려도 별 상관없다고 한다.

3년 전부터 우리나라 대우차가 히트를 친 이후 차가 갑자기 많아졌는데, 한국 차가 많아져 더 도로가 막힌다고 농담들을 한다기에, 슬며시 미소가 감도는 것은 해외에서 느끼는 애국심일 것이다. 지방 도로엔 신호등도 중앙선도 교통경찰도 없고, 바라나시에서는 도대체 살아있는 동물은 도로에서 다 볼 수 있을 정도로 코끼리, 낙타, 양, 돼지, 원숭이, 개, 닭, 그리고 쥐, 게다가 자갈을 물린 곰까지 다양하게 구경거리가 많아 동물원이 따로 없었다.

이곳의 소들은 어슬렁어슬렁 빈들빈들 사람들 사이로 의젓하게 돌아다니다가 길 한복판에 제멋대로 앉아 명상에 잠겨있기도 하는데, 소만은 신성시하고 있는 터라 혹시 운전 미숙으로 소를 다치게 하면 인명사고보다 더 엄중한 처벌을 받게 되어 대단한 주의를 요한다고 한다.

갠지스강의 일출을 보기 위해 바라나시로 향하니, 도로엔 온갖 동물들의 배설물로 정신을 차리지 않으면 순식간에 밟기 십상이다. 그러니 악취 또한 요란하고 폐차시켜야할 인력거, 릭샤, 오토바이, 자전거, 트럭, 승용차 등 온갖 낡은 차들이 클랙슨을 마구 빵빵 울리면서 제멋대로 사람들 사이로 질주하고 매연이 얼마나 심한지 마스크로 중무장해도 숨이 막힐 지경이다. 게다가 신호체제가 3,4분씩 너무 길어 일단 신호에 걸리면 으레 시동을 끄고 느긋하게 기다려야 한다.

버스마다 앞좌석에 조그만 신전을 울긋불긋하게 꾸며놓았고, 운전하기 앞서 하루의 무사함을 기원하는 기도를 드린 뒤 하루 일을 시작하며, 백미러가 없는 대신 반드시 조수가 손으로 지시도 하고 짐 관리도 하며, 과일 사기 등 관광객들의 잔심부름도 담당했다.

인력거를 타고 달리자니, 영양실조인지 뼈가 앙상하게 마른 인도인이 힘들게 끌고 있어, 그만 미안하고 마음이 아파 심신이 편치 못했다. 같은 인간인데 어찌하여 이곳 사람들은 이렇게 고생을 하면서 넝마 하나 깔고 길가에서 개나 소 옆에서 무감각으로 자고 있는 걸까 딱하기도 하고 숙연해지기도 했다.

그러니 가는 지역마다 풍기는 색깔이 다 달라, 미국에서 친구를 만나면 하루만 지나도 이야깃거리가 없어지는데, 인도에서 친구를 만나면 한 달간 만나도 이야기 거리가 모자라 무궁무진 끝없다 한다. 인도에서는 일주일간 여행하면 수필을 쓰고, 1개월 내지 3개월 여행하면 한 권의 소설을 쓸 수 있으며, 1년간 여행하면 인도 생활에 깊이 빠져들어 면역되어 아무 것도 쓸 수 없어진다는 말은 시사하는 바 크다.

이왕 인도에 왔으니 호기심이 발동한지라 사리를 한번 입어보기로 했다. 도대체 6~7m나 되는 긴 천으로 바느질 하나 없이도 어떻게 휘휘 감아 멋진 의상이 되는지, 한쪽 어깨너머로 흐르는 듯 떨어지는 곡선미가 어떤 연유로 나타나는지 실습을 해보려고 의상실로 들어갔다. 아무도 모르게 전형적인 화려한 옷감을 하나 골라 사들고 싱글벙글 숙소로 돌아왔다.

이마에 빨간 점, 티카를 립스틱으로 하나 찍고 거울 앞에 섰더니 갑자기 인도여인으로 변신한 나를 본 남편은 깜짝 놀라며 마구 웃어댔다. 그날이 바로 내 생일이었다. 인도로 출국하기 앞서 미리 조촐하게 회갑연을 치르고 왔지만, 진짜 만 60회 발렌타인데이인 내 생일을 인도의 하늘아래서 맞게 될 줄은 예전엔 전혀 예상 못했었다.

그러자 같이 여행 온 일행들이 벌써 눈치채고 생일 케이크와 와인 한 병을 사들고 우르르 우리 방으로 습격해 온 것이다. 졸지에 인도 사리를 입고 이마엔 빨간 점을 찍은 채 생일축하 합창을 듣게 되어 그만 감개무량하였다. 못 잊을 밤을 연출해준 여러분들께 감사함을 전하고 싶다.

이왕 인도의 사리를 입은 김에 용감하게 호텔 로비로 나갔다. 그런데 이게 웬일인가. 방금 밤늦게 도착하셨다면서 대한산부인과 개원의 협의회의 이준환 회장님과 맞부딪치게 될 줄이야! 상임이사회도 아닌데 회장과 부회장인 내가 인도 뉴델리에서 만나게 되다니… 이 회장님은 사리까지 입은 내 모습을 보고 더 놀래셨는지 안경너머로 동그란 눈이 더 휘둥그레진 채 웃느라 인사말도 잊고 있었다.

가끔 눈에 띄는 터번은 씨크교(3%)를 믿는 이들만 쓰는데, 몸에 난 털은 신성시해서 깎지 않아 수염도 길뿐 아니라, 터번 속에도 길게 자란 머리를 둘둘 말고 긴 천(5~6m)으로 끝없이 빙글빙글 돌려 감는다 했다. 그 착용법이 궁금하기에 일행한테 빌린 긴 머플러를 세 개나 모아 터번을 쓰고 있는 한 인도인에게 시범을 보여줄 것을 부탁해 보았다. 친절하게 응해주었지만 역시 길이가 모자라 시도 중 도중하차했었지만 신비스러운 볼거리가 그 외에도 많았다.

이곳의 석류는 알이 크고 너무 투명하여 보석같이 아름다워 차마 깨물기 아까울 정도인데, 너무 수분함량이 많아 자르는 순간 빨간 과즙이 주위로 튀어서 조심해야 되며, 시지 않고 맛있는데 변비해소엔 적격이라 했다.

큰 사원은 7천 명 내지 2만 명이 동시에 기도를 드릴 수 있을 만큼 드넓은 곳도 있었으며, 지극 정성으로 기도를 드리는 순박한 모습을 종종 볼 수 있었다. 동전을 내면 이마에 붉은 스티커를 하나 붙여주곤 합장을 하는데, 사원엔 반드시 신을 벗고 관람해야 하는 번거로움이 있어 탈이지만, 그대신 시원한 대리석을 맨발로 밟는 촉감도 특별하였다.

뉴델리보다 올드 델리엔 민속품이 더 유명하다. 보통 이슬람인들은 4명의 부인들을 둘 수 있다 하며, 한 부인당 4~5명의 자녀가 있어서 모두 합한 20명 가량의 자녀로 이룬 가내수공업이 발달될 수밖에 없다고 한다.

우리는 버스에서 모두 내려 20여 분간 배터리로 움직이는 차로 옮겨야 했다. 정부의 배려로 타지마할 궁 주위엔 공기정화운동 차원에서 일반 차의 통행이 금지되어 있었던 탓이었다. 그러니 더욱 호기심으로 다가왔다. 드디어 그림처럼 아름다운 궁의 모습이 보이기 시작했다.

아, 어쩌면 저렇듯 아름다울 수가 있을까… 완전한 예술품 그대로였다. 그 안에서 영원히 꿈을 꾸며 잠들고 있는 왕비는 얼마나 행복할까 하는 마음 언저리엔 우리 나라엔 왜 저런 관광자원이 하나도 없을까… 그들이 너무 부러웠다.

이 타지마할 궁을 건설하면서 동원된 인부들의 고행과 국민이 내놓은 혈세가 아름다운 타지마할에 함께 녹아 있음도 생각하였다. 그런데 역사의 아이러니, 후손들에게는 무진장 관광객을 부르고 있는 자원의 보고가 아니던가. 부처님의 자비로운 사랑이 쏟아져 내리고 있음을 느끼게 되니 그나마 다행이다.

사랑스런 아내가 묻힌 모습을 멀리서라도 보고싶어 그 궁이 반사되어 보이도록 왕방울 다이아몬드까지 기둥에 붙여놓고 멀리서 바라보며 그리움을 달랬던 왕의 애타는 심정을 그 왕비도 텔레파시로 느꼈을 것 같은 동화 같은 이야기가 바로 인도 그곳에 녹아 흐르고 있었다.

첫소식 / 4F · 33.3×24.2cm

천사표 여인

꽃샘바람이 불고있던 이른 초봄, 한껏 몸단장을 하고는 거리에 나섰다. 입춘우수가 지나서인지 조석으론 쌀쌀해도 낮엔 봄기운이 제법 자욱하여 어디선가 봄의 소리가 들려오는 듯했다.

그런데 두터운 옷을 벗자니 아직은 옷깃이 여며지는 2월말, 구 의사회 상임이사회에도 참석하고 봄기운도 마실 겸 집을 나선 것이다. 같은 길을 걷고있는 동료 닥터들에게 무언가 봄 선물을 나누어주고 싶었다. 무엇으로 할까.

『박달회』수필집이 불현듯 머리를 스쳤다. 해마다 연말이 다가와 송년회로 뒤숭숭할 즈음이면, 의사수필가들은 지난 한 해 동안 참참이 모아 두었던 옥고를 다듬어 의사동인지인 수필집을 발간하곤 했다. 어느새 27년의 성상이 바뀌었으니 새책의 얼굴을 대할 때마다 흐뭇한 보람을 느끼곤 했는데, 그렇게 수필집으로 한 해를 마무리하는 즐거움 또한 우리들만의 특권이며 생활의 비타민이다.

이름하여 새롭게 세상 빛을 보게 된『박달회』수필집은, 나오기 무섭게 우리 병원 환자에게 기꺼이 나눠주곤 했는데 무심히 나눠 주다보면 백여 권이 어느새 동이 나게 마련이라, 다 없어지기 전에 우선 동료 의사들에게도 나눠주고 싶었다.

환자 중에는 그 책이 발간되기도 전 초여름부터 언제 나오는가 보채기도 하므로 특별히 애정이 가는 환자에겐 따로 남겨 두었다가 주는 수도 있다. 때론 시도 때도 없이 불쑥 나타나 그 책이 아직 새로 나오지 않았는가 묻는 바람에, 그 수필집의 인기를 새삼스럽게 실감하기도 한다.

지난 연말에 출간된 따끈따끈한 새 수필집『올라와 내려다보니 결국 그 자리』열두 권을 비닐가방에 넣고 버스에 올랐다. 회장단과 상임이사들에게만 주기로 하고 여유 있게 더 담았다간 무거워 내 팔이 이를 감당하기 어려워진다.

우리 병원은 바로 버스정류장 대로변 1분 거리에 있다. 오늘 상임이사회 역시 불과 세 구역 떨어진 버스정류장 바로 가까운 곳이니 주차문제도 있고, 택시를 기다리자니 답답하여 버스에만 올라타면 이래저래 안성맞춤이었다.

버스에 오르니 마침 빈자리가 바로 출입구 옆에 있었다. 들고 온 짐을 좌석에 우선 올려놓고 선 채로 창밖의 변모하는 거리의 풍경과 행인들의 옷차림을 지긋이 내다보고 있었다. 역시 성질 급한 여인들의 옷차림엔 벌써 봄기운이 질펀하게 감돌고 있어 명청하게 마음을 빼앗긴 채 봄빛이 감도는 거리풍경에 도취되어 있었다.

낮 1시경, 갑자기 충돌의 위기가 발생했다. 빈 좌석도 있었건만 불과 3, 4분이면 곧 내려야되므로 무심히 서있었다가 돌연 급정거로 인해 균형을 잃어버린 나는 버스 안에서 하마터면 크게 넘어질 뻔했다. 의자에 앉아 있는 이들도 응급사태로 인해 앞좌석에 코방아를 찧기 십상이라 진동이 매우 컸다.

이를 어쩌나… 봄비가 온 탓인지 버스바닥은 다소 질펀했고 의자에서 한꺼번에 떨어진 내 새책들은 통째로 바닥으로 흩뜨려져 일부는 축축한 흙이 묻고 말았다. 주섬주섬 잽싸게 비닐 백에 담으면서 손수건으로 흙을 털자 벌써 목적지에 당도하게 되어 황급히 책을 들고 버스에서 내렸다.

회의를 마치고 동료 의사들에게 기꺼이 책을 한 권씩 나눠준 뒤 상쾌한 마음으로 다시 우리병원으로 되돌아왔다. 그런데 병원 진료실 문을 열려고 하니 아차! 열쇠 뭉치가 어디로 갔을까.

추적해보니 오늘 버스 안에서의 사고가 생각났다. 그때 급하게 내리면서 책만 주워 담고 열쇠뭉치는 못본 채 그대로 내렸음이 분명해지자 앞이 캄캄해졌다.

그 많은 열쇠를 어떻게 다 새로 만들어야 하나. 헬스센타 락커룸 열쇠, 차고열쇠, 볼링장 락커룸 열쇠, 병원 현관 열쇠, 아파트 열쇠, 승용차 열쇠와 세콤, 화실 열쇠, 원장실 열쇠, 인도아 락커 룸 키, 아파트 세콤 등 내 손때가 묻은 그 많은 키들의 모습이 눈에 선했다. 이를 다 새로 장만하려면 여간 힘든 일이 아닌데 새삼 나의 성급한 성격과 미련함을 탓해 보지만 이미 쏟아진 물이 아닌가.

게다가 6번인지 8번인지 버스번호마저 무심히 탔기에 기억도 나지 않아 우선 수유리 그린파크 쪽으로 급히 택시를 탔다. 숨차게 8번 버스종점 사무실에 도착하여 자초지종 보고하니 하루 일과가 모두 끝나야 버스내 수거물이 모두 모이니 그때 알려주겠다고 했다. 6번 버스도 부탁해 놓았다.

잃어버린 열쇠뭉치를 다시 찾는다는 것이 거의 불가능한 것 같아서 환자를 진료하면서도 마음은 그 사건뿐 도무지 일이 손에 잡히지 않았다. 종일 저기압이었기에 흐르는 시간도 지루하기만 했다. 다음날 아침 일찍 사무실로 연락해보니 혹시나 했는데 역시나 였고, 그런 수거물은 전혀 없다는 대답이었다. 혹시나 어느 맘씨 착한 사람의 눈에 띄어 다시 내게로 돌아오게 되지나 않을까 하는 허망한 꿈을 꾸다가도 이 각박한 세상에 누가 열쇠 따위를 찾아주겠나 실의에 젖어있었다.

접으면 1/3로 줄고 활짝 펴면 가운데 크레디트카드 한 장 정도 넣을 수 있고 양쪽으로 6개씩 12개의 고리가 매달린 명품로고가 새겨진 보라색 열쇠뭉치인데 내게로 와 줄 수 있을까 간절히 기도했다. 할 수 없이 이런저런 고생 끝에 우선 급한 대로 새 열쇠를 골고루 장만하였지만 내가 아끼던 보라색 예쁜 가죽의 그 열쇠케이스에 대한 미련은 끝까지 사라지지 않고 있었다.

그런데 간절하게 마음속으로 기도했기 때문일까. 하느님도 무심하지 않으셨는지 어느 날, 한 여인의 목소리가 나를 찾았다. 상담전화이거니 무심코 받았는데, 바로 보라색 열쇠꾸러미를 잃지 않았느냐고 묻는 반가운 전화일 줄이야. 정말 꿈을 꾸는 듯 너무 반가워 가슴부터 뜨거운 마음이 용솟음치기 시작했다.

어느 천사표 여인일까. 너무너무 고마웠다. 마침 자기 아들 초등학교 졸업식이라 아이와 함께 버스를 탔는데, 바닥에 뭔가 걸려서 주웠다면서 크레딧카드가 들어 있길래 은행에 조회해서 연락하게 되었다는 것이다.

이렇게 기쁘고 고마울 수가… 너무 반가워 그곳이 어디쯤이냐고 당장 받으러 가겠다고 말하니 금방 못 전해준 것이 오히려 미안하다며 외출하는 길에 우리 병원까지 갖다주겠노라고 한다. 얼마나 갸륵하고도 예쁜 마음의 여인인가. 천당은 이미 맡아 논 보증수표이리라 생각했다. 운전실기시험에 합격 통지서를 받은 것 이상으로 나의 행복감은 마냥 부풀어져 갔다.

그리고 그녀를 만났다. 이 아름다운 인연을 난 길이 잊지 않기로 한 것이다. 굳이 사양하던 그 천사표 여인에게 난 평생 무료로 자궁 암검사를 해 주기로 약속했다. 그녀의 암검사 결과를 집으로 연락해주면서 아직도 우리 주위엔 이렇게 훈훈하고 따뜻한 천사들이 많이 살고 있음에 나도 그 몇 배로 베풀며 살리라 다짐해 보았다.

그녀에게 신의 가호가 있기를 기원하면서….

(2001. 2.)

세기의 길목에 서서

요즘 매스컴마다 밀레니엄의 전야제라 하여 지구촌 사람들을 설레게 한다. 서산으로 지던 해가 2000년이 된들 뭐 다른 태양으로 새롭게 떠오르는 것도 아니건만, 그 물결의 파고가 제법 높아가니 나도 덩달아 쫓기는 듯 서둘게 되고 왠지 어수선하다.

그렇게 쉼 없이 뒷걸음으로 밀려가고 있는 한 천 년의 마지막 해! 그 끝자락의 겨울이 깊어가고 있는 문턱에 서니 깊은 상념에 빠지지 않을 수 없다.

벌써 전부터 시청 앞 전광판엔 새천년을 바라보며 남은 일수를 헤아려 본다고 서울 시민들이 함께 합창이라도 하듯 카운트다운하고 있어, 일구구구(1999) 가는 한 해가 유난히 더 아쉬운 듯하고 무언가 조급증으로 휩싸이게 하는데 한몫을 더하고 있다.

사실 밀레니엄이라는 단어조차 처음엔 생소하더니 이젠 아주 우리 삶 속에 자연스럽게 파고 들어와 익숙해졌다. 뿐 아니라 Y2k라 하여 컴퓨터의 숫자 인식오류 문제로 첨단의료기 관리차원에서 매일 컴퓨터가 필수적인 나이기에 또한 분주하고 뒤숭숭하다.

지금부터 1000년 전엔 어떠했었을까. 새로운 천년이 시작된다고 그때도 이렇듯 감격하며 수군거렸을까. TV도 라디오도 신문도 없었을 테니 무슨 방법으로 정보를 교환했을까.

각종 매스컴을 비롯, 첨단 정보혜택을 누리며 즐기는 나는 그때 태어나지 않았음이 얼마나 다행스러운지 모른다. 행복한 한 가지는 이미 저축한 셈이라고 말해도 될까.

앞으로 1000년 후엔 또 어떻게 이 세계가 변해있을까. 상상 불가할 정도로 무궁무진하게 환상적인 우주쇼가 펼쳐질 것이 명약관화하다. 인간의 능력을 넘나들 정도로 로봇과 컴퓨터가 최고도로 발전할 것이요, 천년 후의 세상에서 다시 살고자 냉동인간으로 있다가 소생할 사람도 있을 것 같다. 그러나 그들은 너무나 달라진 그 시대에 적응하지 못하여 '왕따' 당하게 될 것도 같다.

오늘은 금강산 여행이 시작된 지 만1년이 되는 날이다. 작년 11월 18일 금강호가 첫 출항한 이래 약14만 명이 금강산을 다녀왔고 배가 289회 출항했으며 가장 많이 사온 선물은 북한산 들쭉술이었다는 보도를 접한다. 그 14만 명 중엔 나도 획을 하나 그은 셈이다.

내 생애 살아서 결코 가볼 수 없을 거라고 체념했던 곳이었는데 설레며 북한땅을 밟던 그날의 그 감격이 아직까지 오래도록 흥건하고 질펀하게 내 가슴을 적시고 있지 않은가.

어제, 수능시험장 교문 앞에 걸린 현수막을 보면서 웃음을 금치 못했는데 '잘 찍어야 돼! 다쳐!' '난 알아요! 이 문제 답이 뭔지'라는 구호들은 모두 매스컴의 영향들이다.

요즘은 인터넷을 모르면 완전히 바보 취급을 당한다. 그래서 컴맹은 어디에도 설자리가 없게 되니 도대체 인간적 대우도 제대로 받을 수도 없어 낙오자 대열에 섞여지는 시대이다.

20세기는 TV의 출현을 빼놓을 수 없지만 더 나아가 21세기엔 아날로그는 사라지고 디지털 방송으로 전환된 TV의 완전한 혁명이 예고된다고 한다.

정보의 보고로서의 TV가 수동적으로 그냥 보는 기능을 초월해서 TV를 보면서 인터넷도 들어가고 채팅도 하면서 정보를 주고받는다는 것이다. 즉 과거의 바보 상자가 아닌 시청자가 직접 프로그램에 참여할 수 있으며 TV를 보는 중에도 다른 채널은 클릭해 두었다가 나중에 원하는 드라마나 스포츠 쇼 중계를 임의로 꺼내 볼 수도 있다하니 무궁무진하게 비약 발전되는 21세기가 점차 희한하고 환상적인 꿈의 세계로 펼쳐질 것 같다.

나는 지금 초청장 티켓을 주위 친지에게 보내느라 손놀림이 바쁘다. 3일 후면 내가 최근에 지은 시(詩)가 가요로 변신하여 처음 이 세상에 빛을 보기 때문이다.

무려 3,800여 명이 운집한 세종문화회관 대강당에 울려퍼질 나의 시인데 한경 애씨가 불러 널리 알려진 바로 「옛시인의 노래」의 작곡자 이현섭씨가 작곡하였다. 또한 「아베마리아」를 히트시킨 가수 김승덕씨가 분위기 있게 혼을 다해 노래를 부르게 될 것이다.

처음으로 내가 지은 노래를 작곡가와 함께 첫 대면했을 때 난 분만 후 첫아기를 대면하듯 가슴 깊숙이 묘한 울림으로 전율하였다.

사실 3년 전 연대 음대 강화자 교수가 8 · 15광복기념행사에서 역시 세종문화회관 대강당무대에 올라 가곡으로 불려진 일이 있었지만, 가곡은 일반 대중에게 널리 불려지지 않으므로 오히려 서민적인 가요로 불려지길 기대했었다.

나의 희망사항이 이렇게 빨리 이루어질 줄 전에는 정말 예상하지 못했다. 내 노래는 슬픈 애조를 띠며 의미 깊이 부를 때 떨려오는 묘미가 있게 된다. 노래 제목은 「나 이제 잊었노라」이다.

나 이제 잊었노라

김석희 작사, 이현섭 작곡, 김승덕 노래

잡힐 듯 닿지 않는 곳에
아련히 머물고 있는 그대

보이지 않아도 그대 향한 그리움 하나로
행복했던 젊은 날의 소박한 꿈이여

되돌아오지 않는 메아리인 줄 알면서도
마른나무 가지 훨훨 타오르는 불길처럼
혼자서 애태우던 음악회의 빈 의자
시인의 가슴 져며오는 아쉬움 흥건하다.
세월이 약이라지만
잊을만 하면 돌아와 서성이는 그림자.

나 이제 잊었노라 모르는 체 외면해도
퍼낼수록 넘쳐흐르는 샘물로 고여오고
뭉게구름 피어나듯 그리움만 쌓인다.

이왕 가요로 작곡된 바에는 여러 대중에게 널리 보급되어 여기저기서 내 노래
가 불려질 날을 상상해본다.
이렇듯 가는 1999년은 노래로 문을 닫고, 오는 2000년 새해도 노래로 문을
열게 될 것 같다. 그렇게 늘 즐거운 마음으로 베풀면서 지내리라.

시간 여행

무한한 가능성을 지닌 꿈의 무대, 그것이 바로 인터넷 세계다. 아이디어 하나만으로도 젊은이들이 세계적 신흥갑부 대열에 서게도 된다. 지금도 많은 사람들이 '성공'을 꿈꾸며 인터넷에 도전하고 있다.

갑부의 대명사 록펠러가 25년만에 수억 달러를 모은 것에 비하면, 요즘은 사이버 아이디어 하나만으로도 짧으면 수개월, 길어도 불과 2~3년만에 거부(巨富)의 방석이 예약되는 시대이다. 시시각각 발전하는 정보화시대엔 '빛의 속도'로 성공이 판가름나기도 한다.

이렇듯 엄청난 변화의 물결 속에 휩쓸려 우리도 얼떨결에 두둥실 실려간다. 어느새 나도 지천명의 연륜이 쌓이고 보니 지나온 세월이 파노라마처럼 전개되어 타임머신을 타고 과거의 역사 속으로 시간여행을 떠나고 싶을 때가 있다.

생각해보면 우리가 다니던 의대재학 시절엔 X-ray진단이 고작이었다. 초음파, CT, 그리고 MRI 같은 최첨단의료기가 일대 혁명을 일으킨 것도 옛이야기다. 흑백에서 칼라초음파로 급변하더니 더 나아가 3D초음파로 돌변하여 이제는 모체 뱃속의 태아얼굴까지 입체적으로 관찰할 수 있어 그 신비스러움이란 산부인과 전문의인 나로서도 놀라움이 극에 달할 뿐이다.

참으로 희한한 세상에 살고 있음을 피부로 느낀다. 그 신기함이란 이루다

열거하기도 번거롭고 시시때때로 적응하기도 버겁다. 컴맹이나 넷맹은 이제 어디고 설 곳이 없는 현실이다.

어느 가을날 나는 수천 년 전 청동기시대 고난의 삶을 살다간 민초들의 애환이 깃든 전북 부안의 고인돌 앞에 서 있었다. 순간, 타임머신을 타고 뒷걸음으로 먼 시간여행을 하는 듯 겸허한 경건함이 일었다.

우리나라에는 7천여 개의 고인돌이 산재되어 있다 한다. 국사 책에서나 보았던 고인돌을 실제로 대하면서 무덤에 누워 있는 주인공들이 궁금했다. 이들은 지금의 초고속 정보화시대를 상상이나 했었을까. 고대인들은 수천 년 지난 어느 가을 날, 같은 공간에서 한 여인이 그 앞에 서 있게 될 줄 상상인들 했겠는가 싶었다. 이제 새천년을 바라보고 있는 지금 감회가 새로운 것이다. 나는 지금 현시대의 사람인 것에 새삼 묘한 행복감에 젖었다.

우리가 도착한 전북 부안면 구암리 민가엔 한 집 울타리 안에 10여 개의 커다란 고인돌이 모여 있었다. 가장 큰것은 뚜껑돌의 길이가 6.6m, 너비 4.5m, 두께가 80cm인데 8개의 작은 돌들이 받치고 있었다.

모양은 타원형에 가깝고 가운데로 갈수록 두터워서 마치 거북바위처럼 보였다. 이런 '거북바위'들이 이곳 사람들의 삶 속에 자연스럽게 섞여 이 마을을 구암리 또는 거북마을이라 부르고 있었다. 청동기시대에 살던 사람들과 요즘 현대인이 살고있는 집들이 같이 어울려 한 울타리 안에 공존하니 시간여행이 절로 이루어지고 있었다.

요즘 우리 주위에는 날이 갈수록 기하급수적으로 늘어나는 게 있다. 그것은 어둠이 내린 서울의 밤하늘을 비행기에서 내려다보면 쉽게 알게 된다. 유난히 눈에 띄게 많아진 교회의 붉은 십자가가 바로 그것이다. 그만큼 인심이 날로 각박해지고 삶의 무게가 무거워진 탓인지도 모르겠다.

그런데 임진왜란 이후 불교가 중흥하면서 칠성각, 산신각 등 민간신앙들이 절 안으로 끌어들여지지만 이곳 내소사(來蘇寺)처럼 당산나무까지 들여온 것은 매우 드물다고 한다. 불과 300여 년 전만 해도 마을의 수호신으로 당산나무를 민속신앙의 모태로 삼은 것이었다. 해마다 정월보름이면 할머니 당산나무 앞에서 내소사 스님들이 제물을 준비하고 독경을 하며 이곳 마을 주민들과 함께 당산제를 지낸다고 한다.

할머니 당산나무는 내소사 입구 일주문 바로 옆에 있고 할아버지 당산나무는 내소사 앞뜰에 있다. 무려 수령이 950년이나 되는 당산나무 한 쌍이 우람한 모습으로 마을을 지키고 있는 것이다.

그외에도 마을을 수호하던 부락신으로 숙종 15년(1689)에 세워졌다는 머리에 망건을 쓴 할아버지장승은 상원주장군(上元周將軍), 할머니장승은 하원당장군(下元唐將軍)이란 글귀가 몸통에 새겨져 있었는데 농경문화가 발달했던 드넓은 부안 들녘의 마을 장승으로는 우리나라에서 가장 오래되었다 한다. 또한 솟대 끝엔 오리가 조각되어 육·해·공군으로 하늘도 날며 육지와 물에서 생활하는 오리조차도 예전엔 신비스러운 새로 여겼나보다.

지금은 사이버시대다. 정보의 홍수시대에 살고 있다. 하룻밤 자고 나면 마치 세상이 달라지는 듯 변화의 속도감이 무섭게 느껴지곤 한다. 가만히 있으면 어쩐지 나 혼자 뒤쳐지는 건 아닐까 은근히 불안하고 거침없이 쏟아내는 컴퓨터의 엄청난 정보량 앞에 주눅이 들곤 한다. 나날이 새롭게 알아야 할 것이 늘어나 이루 다 쫓아다니기도 고역이 아닐 수 없다. 정보가 너무 많아 어느 것이 값진 것인지 옥석을 가려야 하는 부담감이 예전엔 없던 새로운 스트레스이다.

통신의 발달로 이제 휴대폰은 필수품인 양 집집마다 핸드폰 없는 집이 없을 정도로 널리 보급되었을 뿐 아니라, 클릭 하나만으로도 자장면이 집에 도착하는 현실이 우리를 놀라게 한다. 또한 시속 300km의 고속철도는 서울 부산간을 2시간도 채 안 걸리게 하고, 문학팬들은 좋아하는 문인 홈페이지로 클럽을 결성하여 독후감과 정보를 교환하는 열린 마당에서 디지털시대적 문학소통의 장을 제공하기도 한다.

상황이 이쯤되고 보니 나도 내 시(詩)나 그림을 인터넷에 올려 시대의 대열에 어깨를 나란히 하고 싶어진다. 그리고 인터넷을 이용 전세계대상으로 사이버공간에서 의사 대 환자가 상담도 가능할 뿐 아니라, 차량 상태를 경고해주는 음성경보 장치가 있어 '차문이 열렸습니다'와 같이 '말하는 자동차'가 등장하는가 하면, 레인센서가 빗물의 양을 측정하여 와이퍼 속도까지 조절하고 주차시 전후방 코너에 있는 장애물도 탐지해 준다고 하니 시시각각 초고속으로 발전하고 있는 희한한 시대에 살고 있다.

1999년 10월도 중순이다. 지금 20세기 마지막 가을이 온산을 붉게 물들이고 있고, 풍악산 단풍이 절정이라고 난리다. 새로운 천년이 시작되면 과학은 또 얼마나 눈부시게 발달하려나….

체르노빌 같은 원전사고도 제발 없어야하지만 새로운 천년이 지나고 나면 세상은 또 어떻게 변해있을까!? 세상이 시끄러워 우리들의 영혼마저 지구 밖 다른 위성으로 피난 가지나 않게 될까… 시간이라는 차를 타고 미래 여행을 잠시 떠나본다.

작은 행복

남녘에는 매화축제가 한창이라니 이미 봄이 성큼 다가왔다. 섬진강 자락 모래밭너머엔 산수유 꽃이 활짝 피었고 백운산 자락에도 매화꽃이 구름처럼 너울거린단다.

이제 서울도 매화 향이 코끝을 스치는데, 정치판은 막상막하로 서로 잘못이 적지 않은 터에 대통령이 먼저 사과만 했었다면 국회는 헌정사상 초유의 대통령 탄핵안을 가결하지 않았을 거라는 등 설왕설래 시끄럽다.

정치권이 국민들의 속내를 제대로 읽어내지 못해서 이런 사태가 벌어진 것이다. 한국은 세계적으로 큰 망신을 했고 탄핵안 가결이라는 충격으로 서울에선 밤마다 촛불시위가 벌어지고 하루도 조용한 날이 없다.

그런데 오늘밤 테헤란에서 올림픽 대표선수 선출을 앞둔 축구경기에서 이천수가 골문을 두드린 쾌보를 전해주니 한 줄기 기쁨을 주었다. 실로 오랜만에 붉은 악마들의 함성이 이국의 하늘아래 울려 퍼지니 이른 봄 밤하늘의 반짝이는 보석이 되었다.

다행히 우려했던 것과는 달리 급강하했던 증권도 다시 안정세를 보이고 국민 모두 자기 자리를 잘 지키는 등 평온을 잃지 않고 있다.

우리는 원한다. 소시민들은 사회가 안정되고 치안이 확보되고 먹는 음식으로 장난치는 파렴치한이 없는 사회를 원한다. 맑은 공기 마시며 한강공원 같은 데서 휴일을 즐길 수 있다면 하는 지극히 소박한 행복을 추구한다. 또 새롭게 탈바꿈되는 청계천에서 사랑하는 연인과 가족끼리 오순도순 산책하다가 노을을 보며 느긋하게 취하는 휴식, 차 한잔 앞에 두고 음악도 듣고 애송시도 읊을 수 있는 그런 낭만을 갖기를 원한다. 이렇듯 모두 소박한 꿈을 먹고 산다.

때마침 국산영화 「태극기 휘날리며」와 「실미도」가 대박을 터트려 인기절정이다.

나는 태극기를 볼 때면 어린 시절(8세) 겪었던 그 시대의 참상이 또렷이 연상되어 다시 겪고 싶지 않은 슬픈 기억으로 되살아난다. 인민군들의 잔혹상을 어린 나이에 가슴에 깊이 새겼었다. 나는 그들의 만행을 뼛속 깊이 체험했지만, 요즘의 무감각한 신세대들에게 반공교육은 가정에서부터 앞장서서 실시해야 할 것이라 생각한다.

나에겐 올해 87세이신 친정어머니가 계신다. 그때 어머니는 지금 내 딸보다도 더 젊은 30대 꽃다운 나이에 7남매를 이끌고 그 험한 피난생활을 해야 했다. 7남매 모두 생이별 없이 굳건히 건사하였으니 보통 훌륭한 일이 아닐 수 없다. 요즘엔 아이 하나도 힘들다고 분만을 회피하는 추세인데 우리 7남매를 이렇게 멋지게 키우셨으니 기적이 따로 없다.

친구들 중에는 어머니가 이미 타계하여 안 계신 경우도 많아 연로하지만 어머니가 계신 나를 은근히 부러워한다. 이젠 내가 효도할 차례가 되었다. 어느 누구도 자기 앞일을 예측할 수 없지만 언젠가 하신 말씀이 불현듯 떠오를 때마다 안타까운 마음이 앞선다.

"제주도에 다녀온 지 거의 십 년이 되었는데 요즘엔 어떻게 변했을까…"

어머니가 언젠가 무심히 하신 말씀이 내 마음속 깊이 각인되어 있다. 시어머님은 칠순 때 제주관광을 모시고 다녀왔지만 그만 친정어머님은 기회를 놓치고 말았기 때문이다.

이제 꽃피는 4월이 되면 흐드러지게 유채꽃이 만발할 텐데 휠체어 챙겨서 봄나들이를 시켜드려야겠다고 다짐했다. 그런데 이번에는 어머니께서 긴 세월 당뇨병후유증을 앓고 있어 혹시라도 자식에게 누가 될까봐 극구 거절하신다. 왜 진작 못해 드렸는지…. 후회뿐이다.

제주도가 보고 싶다고 하셨다가도 마음이 돌변하여 TV로 실컷 봤다고 마음 쓰지 말라며 막무가내로 반대하신다.

세월이 더 흐르기 전 이러한 우리들의 소망이 이루어지도록 어서 스케줄을 짜야겠다.

(2004. 봄)

봄을 기다리는 마음 / 20 F · 72.7×60.6 cm

화가의 길

내가 그림에 관심을 두게 된 것은 아버지의 영향이 컸음을 부인할 수 없다. 아버님께선 인자한 성품의 이비인후과 의사셨다.

그분은 세브란스의전 시절부터 문학, 음악, 서예, 미술, 사진뿐 아니라 스포츠 등 다양한 취미생활을 하셨다. 부전여전일까 나 또한 비슷한 취미생활이 몸에 젖어서인지 소녀시절부터 아버지의 작은 친구 겸 비서(?)로서 그림자처럼 따라다니며 꿈을 키웠다.

가만히 뒤돌아보면 어린 시절 사과향이 짙은 호도나무 그늘아래서 아버지와 매일 탁구를 치던 일, 헌 전봇대로 정원에 높이 만든 그네에서 담력을 키우라고 힘차게 밀어주시던 아버지의 든든한 두 손, 그리고 예술사진 출품한다고 중학생인 나를 야외촬영대회까지 데불고 다니시며 병원 한구석에 암실까지 만들어 현상, 인화, 그리고 확대까지 시중들던 일이 주마등처럼 아련히 피어오른다. 어느새 만추의 서정이 물씬 풍기는 가을이다.

사실, 나는 이대 의대 3학년 재학 중 처녀시집을 출판하면서 박목월 시인의 추천으로 문단에 데뷔하였다. 그후 두 번째 시집을 상재하면서 분에 넘치는 한국문학 예술상을 받았지만, 그림에 대한 열정은 식을 줄 몰라 여러 화가들과 어울려 지난 10여 년간 각종 단체전에 출품하여 작품 활동한 바 있다.

화가의 길은 결국 어린시절부터 꿈꾸어오던 작은 소망이었기에, 새천년 새봄이 시작되는 결혼기념일(2000. 4. 26)을 택하여 인사동 조형 갤러리에서 「물소리 바람소리전」이라는 서양화 첫 개인전을 열게 되었고 자연스레 화가의 길로 입성하는 문을 두드린 셈이다.

먼 옛날 의과대학시절, 실험실에서 흰 가운을 입은 채 무심히 내다본 이대 캠퍼스에서, 그림도구와 캔버스를 메고 활보하는 미대생들이 왜 그리 상큼하고 멋있었는지 마냥 부러워했던 기억이 있다.

그 당시는 막연히 화가의 꿈을 꾸었을 뿐이었다. 먼 후일 의사가 된 후 미대로 다시 편입하면 어떨까 하고. 그후에도 화가의 꿈을 접어둘 수 없었는데, 이제 고난과 보람의 오케스트라인 의사의 길을 걸으면서 또한 화가로서의 첫 문턱인 개인전까지 열고 나니, 한국 미술협회 회원이 되는 영광까지 얻어 이 모든 자리가 그저 꿈같이 엮어지게 되었다.

뒤돌아보니 진료실에서 환자를 돌보며 틈틈이 짬을 내어 그림을 시작한 것이 어느덧 산천이 두 번이나 바뀌도록 여러 해가 흘렀다. 그리하여 홍익화우회 회원이 되면서 일요일마다 선후배 화가들과 어울려 서울근교로 야외사생대회에도 참석하였고, 때때로 격조 높은 화백의 사사도 받았지만 실은 뱁새가 황새를 따라가려는 무리한 도전이 아닌가 싶어 계면쩍기도 했다.

그림이란 세월을 거꾸로 흐르게 하는 마력이 있는 것 같다. 사사로운 잡념에서 벗어나 살포시 마음의 평정을 찾게 하므로 새근새근 잠든 아가를 고요히 내려다보고 있는 엄마의 평화로운 마음과도 흡사하다 하겠다. 또한 그렇듯 심혈을 기울인 그림을 지그시 바라보고 있노라면 그 자연 속에 내가 용해되어 무아지경이 되기도 하고, 산삼이라도 캔 듯 기쁨의 바구니 속으로 젖어들어 식사를 잊을 정도로 몰입할 때도 있고, 때론 예술의 경지에 조금씩 다가서는 묘한 행복감에 도취되기도 한다.

소박한 그림이나마 하나 둘씩 작품이 완성될 때마다 가슴속엔 기쁨의 강물이 흘렀고, 지난 십여 년간 차곡차곡 모아두었던 작품들을 우리 병원 복도에 전시했더니 의외로 대기실의 무료함도 없앨뿐더러 반응이 좋았다. 흐뭇한 표정으로 나의 그림을 감상하는 환자를 대할 때마다 그 그림에 얽힌 사연을 들려주기도 하고, 때론 화가인 환자로부터 찬사와 혹평을 듣기도 했다.

어떤 환자는 산부인과의원이 아닌 어느 갤러리에 와 있는 듯한 착각이 든다면서 남편까지 데불고 와서 감상하는 그들을 보면서 의사가 아닌 화가로서 뿌듯한 성취감에 보람도 느끼곤 한다.

자연은 싱그러운 아름다움을 무상으로 우리에게 나누어준다. 물소리, 새소리, 바람소리 그리고 들꽃들의 속삭이는 이야기들이 아름다운 시(詩)가 되어 자연의 교향곡으로 울려 퍼지기 때문이다. 그토록 아름다운 순간을 포착하여 캔버스에 옮기는 작업은 나의 삶을 더욱 향기롭게 하거니와, 식을 줄 모르는 나의 열정을 더욱 끊임없이 샘솟게 하기에 화가의 길 또한 사랑하는지도 모른다.

잃어버린 재봉틀

머지않아 가을이 오면 친정어머니가 미수(米壽)를 맞이하신다. 의학의 눈부신 발달, 그리고 식생활의 개선과 함께 각종 매스컴을 통한 건강상식의 보급도 한몫 거들어 그만큼 평균수명 또한 현저하게 늘어남에 따라 빠른 속도로 고령화시대에 진입했다.

이런 상황에서 미수정도야 대수롭지 않을지 몰라도 그래도 친정어머니가 안 계신 친구들은 날 부러워하니, 우리 형제들은 그만큼 행복하다. 게다가 매일 꼬박꼬박 혈압의 변화와 혈당 등 가계부도 벌써 수십 년째 빠짐없이 기록하고 계시니, 치매란 아예 우리 집 사전 주위엔 기웃거리지 않을 것 같다.

이런저런 일로 궁금할 때마다 우리 이웃에 사시는 친정엄마 아파트에 자주 들르는데, 노령에도 절약이 몸에 밴 탓에 남루해 보이는 헌옷만을 입고 계셔, 혹시 사위나 며느리가 보더라도 어울리지 않으니 아끼지 말고 예쁜 옷도 꺼내 입으시라고 나는 투정 아닌 잔소리를 한다. 돌아가시면 모두가 다 헛일이로되 아끼지 말고 열심히 입어 기분 좋은 여생을 즐기실 것을 강조하곤 했다.

그러던 어느 날, 부탁이 하나 있다고 조심스럽게 내게 타진하신다.

병원에 출퇴근하는 여의사로서 상주하는 가정부도 없이 늘 뭔가 바쁘게 살고있는 큰딸인 나를 옆에서 볼 때 당신 가슴으론 안쓰러운지 걱정이 끊이질 않는다는 우리 엄마는, 내게 부탁할 때마다 아주 미안해하시기 일쑤다.

　들고 보니 별것도 아닌 것이, 베란다에 놓인 조립식 낡은 선반이 누추해 커튼으로 가리고 쓰는데, 오랜 세월 햇빛에 퇴색하여 바람 불 때마다 펄럭거려 신경이 쓰인다고 하셨다. 그 옆에 일광욕시킨다고 간장과 된장 항아리 뚜껑을 열어놓으니 바람 따라 펄럭이는 낡은 커튼에 붙은 먼지가 옆의 간장과 된장 안으로 날아 들어가는 것 같아 기분이 나쁘다는 것이다. 그러니 맞바람 불어도 펄럭이지 않도록 고정시켜 달라고 부탁하셨다. 내가 당신 닮아 손재주가 뛰어나다고 철석같이 믿는 우리 엄마는 좋은 아이디어가 있는지 새 헝겊으로 갈았으면 더욱 좋겠다는 추가의 당부도 잊지 않았다.

　우선 뚜껑을 안 열고도 일광욕시킬 수 있도록 속이 환히 들여다보이는 유리뚜껑을 사러 항아리 집에 갔더니 어느새 이사갔는지 다른 가게가 자리하고 있어 헛걸음치게 되자, 만능 해결사인 인터넷바다로 들어가 헤엄치기로 했다. 그런데 얼마나 좋은 세상인지, 신청한 바로 다음날 물건이 도착하다니 대단한 위력을 실감하게 되었다.

　받자마자 곧 갖다드리니, 팔이 하나 더 있어도 모자라게 바쁜 네가 어찌 이런 데까지 신경 썼느냐면서 항아리 속이 훤히 들여다뵈는 유리 뚜껑을 보고 반가워하시는 모습이 순진 무구한 아기모습이었다. 이왕 나선 김에 어쩐지 지저분해 보이는 베란다 정리를 해드리려고 펜치, 드라이버, 망치 등 연장을 몇 개 챙겨서 어머니 댁으로 갔다.

　남자도 함부로 건드리지 못하는데 의사인 연약한 네가 뭘 하겠다고 덤비는지 그럴 시간 있으면 좀 쉬라고 만류했다. 하지만 두고 보시라고 나는 자신만만 오히려 재미있게 연장들을 사용했다.

　제왕절개술도 척척인데 이쯤이야 뭐 대수일까 난 문제없다고 생각하였다. 결국 조립식 선반을 차례로 분해해서 베란다 한쪽으로 이동시켜 원상복귀 시키니 아무리 맞바람이 불어도 펄럭거릴 커튼도 시야에 없을 뿐 아니라 조립식 선반이 한쪽 구석으로 옮겨졌으니 베란다도 더 넓어졌고, 맑은 가을하늘도 넓게 펼쳐져 그림 같고 피어오르는 뭉게구름 감상하기도 제격이었다. 기뻐하시는 모습에 더불어 좋아진 나는, 왜 진작 못해드렸나 후회와 함께 더 놀라게 해줄 심산으로 혼자 기분이 상기된 채 집으로 돌아왔다.

불현듯 좋은 아이디어가 떠올랐으니 새로 예쁜 커튼을 만들어 드리기로 했다. 허나 문제는 내가 애용하던 재봉틀을 요즘 잃어 버렸다는 것이다. 아파트가 비좁다고 자주 안 쓰는 물건은 버리든지, 아니면 창고로 쓰고 있는 병원입원실에 갖다 두든지, 택일하라는 남편의 잔소리 때문에 두 달 전쯤 병원으로 재봉틀만 떼어 차에 싣고 간 것이 화근이었다. 설마 35년이나 넘은 낡은 수재봉틀을 누가 탐내랴싶어 주차장 옆 층계 밑에 놓아두고 무겁다는 핑계로 잠시 후 2층 입원실로 갖다 둬야지 했건만, 잠시 차고(車庫) 문 열어 논 사이에 누구 손이 탔는지 없어지고 말았다.

아, 이럴 수가! 서운했다. 남편은 오히려 잘 되었다고 좋아했다. 내가 바느질한다고 자기랑 같이 시간 내주지 않은 것이 자못 불만이었는데 쓸 만큼 썼으니 그까짓 거 없어도 된다는 뜻이었다. 세 아이들 한창 자라던 미국 이민시절 패턴 사다가 그 재봉틀로 애들 옷도 70여 벌 손수 지어 입혔고 병원 입원실의 산모 이불과 요 시트도 밤새워 만들면서 애용했던 피아노 다음의 내 재산목록 1호가 아니었던가. 그 재봉틀만 있으면 내가 엄마네 커튼을 드르륵 드르륵 손쉽게 만들 수 있으련만… 아쉬워해도 할 수 없어 수선집에 가서 부탁해야 되겠다고 생각했다.

그러나, 웬걸 수선집 아주머니는 하필 시골에 가 일주일 후 돌아온다고 했다. 갑자기 내 머리를 스치는 묘안이 떠올랐다.

"아저씨! 잠간이면 되는데, 사실은 나도 이 재봉틀 쓸 줄 알거든요. 내일엔 시간이 없어 오늘 꼭 만들어야 하는데, 죄송하지만 제가 아저씨네 재봉틀을 30분만 사용해도 될까요?"

세탁소 주인아저씨에게 아주 정중하게 물었다. 내 말에 세탁소 주인이 깜짝 놀래면서 "산부인과 원장님이 바느질도 할 줄 하세요?" 하며 고개를 갸우뚱한다.

잠간이면 된다고 해서인지, 워낙 수십 년 단골인 내게 맘 좋은 그는 종일 써도 된다며 쾌히 승낙했다. 황송한 마음으로 나는 남의 재봉틀 앞에 앉게 되었다. 부지런히 레이스까지 주름접어 가며 예쁘게 커튼을 만들어 손잡이엔 튤립 방울까지 만들어 붙이고 나니 2시간이 순식간에 지나가는 것도 몰랐는데, 간호사가 휴대폰으로 나를 애태워 찾고 있었기 때문에 뒤늦게 알았다.

"원장님! 점심시간이라 잠깐 나가신 줄 알았는데… 환자가 지금 밀렸거든요? 지금 어디 계세요?"

환자 진료하는 것보다 오랜만의 바느질이 이렇게 재미있는 줄 미처 몰랐었다.

요즘도 친정엄마는 집에 오는 사람들에게 딸자랑에 여념이 없으시다. 새장소로 옮겨진 수납장과 예쁘게 아랫단에 레이스와 튤립 방울까지 매달린 내가 새로 만든 커튼을 보이며 자랑에 시간 가는 줄 모른다.

그래서 나는 오늘도 행복한 하루를 보낸다.

(2006.)

마술

마술은 호기심과 궁금증이 많은 이에게 사물을 보는 사고력을 발달시켜주며 동시에 스스로 만족할 수 있는 성취감을 느끼게 한다.

표현의 발달과 자신감을 갖게 하며 인내력을 키워주고 아울러 생활의 즐거움을 안겨준다.

마술사는 도구싸움이며 어떤 수준 높은 도구를 사용하느냐에 따라 초급, 중급 고급으로 나뉘는데 대부분의 마술도구는 수입품에 의존하고 있다.

배경 음악을 이용한 음악 마술도 있고, 마술을 통해 복음도 전하는 가스펠 매직(Gospel magic)도 있으며, 얼마나 많은 마술을 연기할 수 있는가가 중요한 게 아니라 한 가지만으로도 얼마나 수준 높게 할 수 있는가가 중요하여 미국의 어느 마술사는 담배 마술 한 가지만으로도 15년 이상 장기공연하기도 했다.

옛부터 왕이 심심할 때면 마술사를 초빙하여, 연미복을 입고 나타난 마술사에 겐 정중하게 인사를 하고 우레와 같은 박수로써 감사함을 표현했다고 한다.

마술엔 주문이 꼭 필요하다.

"수리수리마수리…" 주문을 걸면서 주먹을 쥐었다 폈다, 손을 상하로 또는 좌우로 잽싸게 옮기면서 동시에 "얍!" 기합을 주기도 하며 손가락을 비벼 소리도 낸다. 어떤 때는 재미있는 멘트를 섞어가면서 손가락을 펼 때 본인도 함께 놀라는 표정을 짓는다. 두 개의 고리로 마술을 시범할 때는 방향을 바꾸면서 상하로 또는 좌우로 왔다갔다 움직이면서 엄지와 검지손가락 사이로 잽싸게 당긴다.

알라딘 요술카드의 경우, 카드 셋 중에서 가운데 카드를 한 장 **빼게** 하여 바닥에 뒤집어 놓게 한다. 그리고 이에 앞서 나머지 카드 하나는 자기 주머니 속에 미리 넣어두거나, 친구 주머니 속에 살짝 넣어두기도 한다.

모든 마술엔 트릭이 장치되어 있다.

또한 생활의 즐거움을 주는 마술에는 3대 법칙이 있다.

첫째, 마술의 비밀을 절대로 아무에게도 알려주지 않는다.

둘째, 한 사람 앞에 두 번 이상 보여주지 않는다.

셋째, 실수는 안한 것만 못한 망신이므로 많은 연습 후에 실시한다. 그리고 결과를 미리 얘기해주지 않는다.

또한 마술을 하는 도중 관객들의 질문을 절대로 받지 않으며 누가 중간에 질문을 하든 말든 자기 마술만 진행해야 한다. 트릭이 탄로나기 쉬우므로 절대 자기 뒤엔 다른 사람이 없어야 한다.

마술을 전에는 쇼로만 했지만 직장에서나 모임, 소개팅, 토라진 애인의 얼굴에 갑자기 웃음을 선사하여 표정을 확 달라지게 할 수 있는 유일한 무기가 되기도 하고, 병원에서는 치매환자 차료에 효과적으로 사용되기도 한다. 가까이 하기엔 너무 멀 것만 같은 마술이 앞으론 우리 손안에서 좌지우지할 수 있게 되었다.

마술에 지대한 관심을 두었기에 마침 기회가 닿아 문화센터에 다니며 마술을 배우게 되었다. 얼마나 신기하고 스스로도 놀라게 되는지, 게다가 바로 청중 앞에서 멀쩡하게 트릭을 걸어 속일 수 있다는 통쾌함이 있어 묘한 재미를 더해주었다.

집에 돌아와 가족들 모아놓고 실습할 때도 우리 애들보다 내가 먼저 흥분이 되었다. 만사가 다 그렇지만 반복 실습으로 꾸준히 노력해야 성공하게 되니 구슬땀을 필요로 했다.

　언젠가 영국으로 인사이트 투어(Insight tour) 갔을 때, 여행이 끝나는 송별회에서 내가 외국인들 앞에서 극히 간단한 마술 세 가지를 시범해 본 일이 있었다. 그들은 모두 산부인과 의사 그만하고 마술사로 당장 바꾸라고 농담을 하면서 내게 박수갈채를 보낸 일이 있었다.

　시무룩한 표정으로 화가 난 애인 앞에서 돌연 마술로 그의 입가에 미소로 함박꽃을 피울 수 있으니 그 위력은 대단하다. 좀더 배우고 연마하여 빈손에서 비둘기가 날아오르도록 언젠가 고급 마술도 익히고 싶다.

정선 아리랑

나비 없는 동산에 꽃은 피어 무엇하며
나비 없는 이 강산에 돈은 벌어 무엇하리
아리랑 아리랑 아라리요
아리랑 고개로 나를 넘겨주게

정선읍내 물레방아는
사시장철 물살을 안고 빙글빙글 도는데
우리집의 서방님은 날 안고 왜 돌 줄 모르나
정선읍내 야먹모랫자락에 비오나 마나
어린 가장 품안에 잠자나 마나

지꾸팽이 삼년에 장땡이 한번 못 잡고
처가살이 삼 년에 웃방잠 한잠을 못 잤네
아리랑 아리랑 아라리요 아리랑 고개로 나를 넘겨주게

바람도 살랑 구름도 몽실
이내문전에 임도 살랑
아리랑 아리랑 아라리요 아리랑고개로 나를 넘겨주소

참깨들깨 나는데 아주야 까리는 못 노나
총각 색시 노는데 영감에 할멈은 왜 못 노나
아리랑 아리랑 아라리요 아리랑 고개로 나를 넘겨주게

시집온 지 사흘만에 바가지 장단을 쳤더니
시아버지가 나오시더니 엉덩이춤만 추네
아리랑 아리랑 아라리요 아리랑 고개로 나를 넘겨주소

저 건너 까칠 복상은 털 벗으면 곱고
중처녀 허리 맵시는 가늘어야 곱다.
아리랑 아리랑 아라리요 아리랑 고개로 나를 넘겨주게

곤드레만드레 늘어진 골에 당신은 나물 뜯고
나는 꼴비며 단 둘이 나가자
아리랑 아리랑 아라리요 아리랑 고개로 나를 넘겨주게

돈이라고야 생길랴거든 날구장창 생기고
임이라고야 생길랴거든 이별없이 생겨라
아리랑 아리랑 아라리요 아리랑 고개로 나를 넘겨주소

일강릉 이춘천 삼원주라 하여도
놀기 좋고 살기 좋은 곳은 동면 화암이로다
아리랑 아리랑 아라리요 아리랑 고개로 나를 넘겨주게

춘삼월에 피는 꽃은 할미꽃이 아니요
동면산촌 돌산 바위에 진달래 핀다
아리랑 아리랑 아라리요 아리랑 고개로 나를 넘겨주게

아우라지 뱃사공아 배좀 건너주게

싸리골 울동백이 다 떨어진다.
아라랑 아리랑 아리리요 아리랑 고개로 나를 넘겨주소

명사십리가 아니라며는 해당화는 왜 피며
모춘삼월이 아니라며는 두견새는 왜 울어
아리랑 아리랑 아리리요 아리랑 고개로 나를 넘겨주소

당신은 나를 알기를 흑싸리 껍질로 알아도
나는야 당신 알기를 공상 명월로 알아요
아리랑 아리랑 아리리요 아리랑 고개로 나를 넘겨주게

보구래 연쟁기 같다면 남이나 빌려줬다지만
번연히 알면서 달라는데 안 줄 수 있나
아리랑 아리랑 아리리요 아리랑 고개로 나를 넘겨주소

물운동천 광산 허가는 다달이 연년이 나는데
촌색시 잠자리 허가는 왜 안 나는가
아리랑 아리랑 아리리요 아리랑 고개로 나를 넘겨주게

친지 따라 우연히 강원도 정선으로 가을 나들이 갔다가 정선으로 향하는 계곡의 아름다움에 반하여 자주 가게 되었다. 첩첩산중에 S자 모양의 계곡을 따라 들어가면 백석폭포가 흐르고 좀더 가면 가리왕산 약수터가 우리를 반긴다. 약수로 목을 축이고 옥수수 한 개씩 물고 하모니카 불면서 아우라지로 향하면 그 맛이 또한 일품이다.

그곳엔 관광버스가 줄지어 들어오는 아우라지가 있다. 밧줄을 잡고 강을 건너는 뱃사공이 아리랑 노래를 구슬프게 들려주는 곳이다. 겨울엔 삽다리 위에 눈이 쌓여 그림같이 아름다운 산수화를 그리는 정선의 명물이다.

해외에 나가게 되면 외국인들은 어디서 왔느냐고 물을 때가 있다. 코리아라고 대답하면 아리랑이 우리나라를 대표하는 애국가인 줄 알고 "아리랑 아리랑 아라리요 아리랑고개로 넘어간다…" 하며 신나게 불러준다. 특히 스페인이나 터키에 가면 자주 듣게 된다. 그러나 나도 예전엔 아리랑이 이렇게 많은 줄 몰랐다. 특히 정선아리랑은 구슬픈 가락에 한이 서려 있다. 그들 따라서 이 노래를 한번 불러 보았더니 콧잔등이 괜스레 시큰해지기도 한다.

고려말 신생국가 이씨조선의 건국에 저항하면서 피신해온 충신들이 정선 깊은 산속에 숨어살면서 사약을 받을 날을 서러워하며 한 많은 생을 넋두리로 읊은 것 같아 정선아리랑이 들려오면 나까지 서글퍼진다.

옛 동산에서 / 1.5 F · 65.1×53.0 cm

터키에서 생긴 일

세상이 좋아져서 요즘엔 사철 구별 없이 온갖 과일을 손쉽게 구할 수 있게 되었다. 그뿐 아니라 멀리 해외에서나 맛볼 수 있었던 열대 과일조차도 가까운 슈퍼에서 만날 수 있어 이젠 지구촌이 하루 24시간 생활권내로 들어와 한마을임을 실감한다. 대단한 혁신이 아닐 수 없다.

아내가 입덧으로 고생하며 제철이 아닌 과일을 찾게 되더라도 이젠 남편의 걱정이 한시름 덜게 되었으니 얼마나 다행인가.

한겨울 서울의 한 마트에서 포도를 보았다. 그 순간, 한 송이에 거금 50만 리라를 지불했던 터키의 포도맛이 뇌리를 스쳤다. 그때 나는 환상적인 그 오묘한 맛에 취했었다. 터키 화폐는 우리나라에 비해 단위가 커서 두 송이에 100만 리라를 지불했으니 생애 처음으로 금값(?)의 포도를 시식했었다. 지중해성 기후 덕인지 신비한 그 맛을 잊을 수 없다. 터키에서는 맥주 1병에 400만 리라, 커피가 한 잔에 200만 리라, 생애 처음으로 거금을 주고 커피의 진수를 마신 거나 다름없어 흐뭇한 미소를 머금게 한다.

겨울 포도 한 송이에 얼마 전 터키여행에서의 갖가지 추억들이 샘솟듯 풀려 온다.

터키에는 우리와는 전혀 다른 축제가 있다. 그중 대표적인 게 희생제였다.

250만의 모슬렘들은 평생 사우디아라비아에 있는 메카로 성지순례 가는 것이 꿈이 최대의 소망이다. 이때가 되면 3~7일간의 황금연휴에 우리처럼 민족 대이동이 시작된다. 모두들 고향으로 모여드는데 성지순례 못간 사람들은 각 가정마다 1마리씩 양을 도살하는데 이때 약 2백만 마리가 도살된다.

신의 이름으로 양의 목을 자르고 피를 완전히 제거한 후 요리한다. 털은 양탄자로, 가죽은 구두와 옷을 만드니 터키엔 가죽제품이 많을 수밖에 없다. 고기는 1/3은 먹고, 1/3은 이웃 친척에게 주고 1/3은 가난한 사람에게 나눠준다.

소는 일곱 가정당 한 마리씩 잡아 7등분해서, 다시 3등분하여 위의 방법으로 골고루 똑같이 나누는 방식을 따른다. 정육점 주인들은 수고비만 받고 잘라준다. 대도시인들은 이때 고향으로 모두 내려가 고속도로가 막히고, 가구도 바꿔서 상거래가 왕성해지며 애들에게도 축제의 선물을 기꺼이 나눠준다. 옛날 앙고라(염소)가 많이 있던 지역이라 터키의 수도 앙카라도 이러한 연유로 그 어원이 유래되었다 한다.

그외에도 라마단 단식제가 있다. 노약자, 생리기간, 병자를 제외하고 한달 동안 해가 떠서 지는 동안만 단식을 한다. 단식월이 되면 곳곳에 큰 천막이 쳐있고 큰 회사에서 음식을 제공하는데, 단식 후 음식을 베풀면 이로써 축복을 더 받는다고 생각한다.

또 사탕축제가 있는데 축제기간인 7~10일간 누구든지 초인종만 누르면 사탕을 준다. 이들 축제는 모두 모슬렘 국가의 공통적인 축제다.

터키는 우리 남한의 8배 크기로 인구 7천만의 이슬람(평화와 복종의 뜻) 국가다. 우기라도 우리 나라 강우량의 1/2밖에 안되며 땔감이 없어 벌목하여서 점차 더 사막화되고 있다고 한다.

터키말로 꼬레는 한국을 뜻하며, 한국인을 꼬렐리라고 부른다. 그런데 유독 한국에서 외설스러운 목욕문화를 왜 터키탕이라 부르는지, 터키인들에겐 듣기 언짢다고 반문하는 이가 많다고 한다. 일본을 통해 왜곡된 탓인데, 이곳 목욕문화는 공간이 비좁아서 여탕과 남탕을 시간제로도 하며, 오일 마사지는 모두 남자가 하게 되어있다.

산촌을 지나 버스로 가는 길에 시골 재래시장이 궁금하여 차를 세웠다. 발길이 머문 곳에는 산같이 쌓여있는 그토록 많은 올리브는 내 생애 처음 보았다. 포도 두 송이가 100만 리라인데 지중해산 포도가 너무나 달콤해서 두 송이를 추가로 더 샀다.

이곳은 호수가 많은 나라인데, 동쪽엔 호수가 너무 커서 바다로 착각하게 된다. 평균수명은 짧고 앙카라 근방의 호수는 짜서 물고기가 살수 없으며, 30%의 바닷물과 70%의 호수물로 염전으로 이용한다고 한다.

차는 내부에 속도계가 24시간 자동기록이 되므로 88km 이상은 달릴 수가 없다고 한다. 이곳에선 LG와 기술제휴로 우리나라 냉장고가 잘 팔리고, 초등학교의 60% 이상이 모두 한국의 모나미 크레파스를 애용하며, 로만손 손목시계도 인기가 높다고 한다.

한국과 터키의 무역은 10:1로서 무역의 적자를 해소하기 위해 2002월드컵 이후 관광객이 많이 늘었지만 한국 가이드는 부족상태라 했다. 이 나라엔 한국 교민이 450~500명이 있는데, 대부분이 이스탄불에 있고 나머지는 수도인 앙카라에 있다.

삼면이 바다로 둘러싸인 반도이지만 수산업이 발달되지 않아 해산물이 육류보다 비싸며 해변엔 강태공이 많으나 해물치 정도만 잡는다.

터키어는 우랄 알타이어 계통으로 한국, 일본어, 헝가리어처럼 소리나는 대로 읽고 문장구조가 우리와 같아 배우기 수월한 편이라고 한다.

기독교는 예수님의 보혈로 원죄가 사라지지만 모슬렘은 원죄를 인정하지 않고 술도 안 마시며 돼지고기도 먹지 않고 고리대금을 하지 않으며 남편, 친척, 자식 외에는 여성의 몸매를 보여주지도 않는다. 이스탄불만은 터키에서 술 소비량이 가장 많은데 밀밭이 많고, 간판에 자주 띄는 UN은 밀가루공장이라는 뜻이다.

이슬람은 평화와 복종의 뜻으로 이슬람교를 믿는 사람을 모슬렘이라고 부른다. 모하멧이 25세 때 40세의 카디자와 결혼했는데, 동굴 속에서 신의 계시를 받았다. 10억의 모슬렘이 믿는 경전인 코란은 아랍어로 114장인데, 모하멧이 63세에 죽자 후계자는 4대 정통 칼리프로 나눠졌다. 단일국가로 모슬렘이 제일 많은 나라는 인도네시아다.

"가치 파라(돈얼마입니까?)"

"촉 파라(비싸네요)"

"욕 파라(돈 없어요 — 깎을 때)"

쇼핑할 때 쓰는 간단한 터키 말이 재미있어 기억해 보았다.

유대인인 사도 바울은 그리스와 터키전쟁의 원인이 된 사이프러스 섬에서 태어났다. 전도 여행시 군중을 모아놓고 사도 바울이 설교한 곳이 있었다. 그는 누구의 도움 없이 스스로 천막을 짜는 직업을 갖고 돈을 장만하여 전도사업을 했으며, 그는 처음엔 기독교인의 박해자였다.

교육 문제로는 초등과 중등이 8년제로 의무교육이다. 고등은 3년, 대학은 4~5년제다. 사립은 년 2~3천불 들고, 공립학교 중에는 사립과학고등학교가 있다. 터키의 GNP는 $3,000이나 이스탄불은 $ 6,000이다. 터키공화국 건국의 아버지인 모스타파케말은 거리 어디서나 동상마다 눈에 잘 띄었는데 화폐에도 그의 얼굴만 있었다. 그의 건국이념은 종교와 정치를 분리, 복장의 자유화, 아랍어로 된 문자를 알파벳으로 바꾸었고 온 국민의 존경을 변함없이 받고 있었다.

5년제 대학은 1년간 영어로만 강의하며 대부분 의대생들은 국가 공무원이다. 대부분 미국이나 독일계 병원에서 고급진료를 받기를 원하는데, 처방전 없이는 약을 살 수 없고 대부분 독일제 약을 사용한다.

내무부 장관도, 시장도, 여성일 정도로 여성이 남성보다 취업율이 높았으며 여성의 흡연율이 더 높다. 한국 유학생은 없고 외대 터키어 전공하는 학생들만이 연수교육하는 정도이다. 보스포러스 대학은 영어로 강의하는데, 인공위성을 통해 영국이나 독일 교수의 강의를 듣도록 한다.

　대통령은 상징뿐이고 수상을 중심으로 한 연합내각책임제로서 군의 권력이 세어서 녹지 등 자리 좋은 곳은 다 군인들이 차지했다. 터키는 시리아, 이라크, 이란, 소련 등 강국에 싸여있기 때문이며 군복무기간 18개월이다.

　터키의 결혼풍습이 궁금했는데 대도시는 자유결혼이나 대부분은 연애결혼을 한다. 신랑이 신부집을 방문하여 선을 본다. 신부는 녹차나 커피를 맛있게 타오는데, 맘에 안 들면 고추나 후춧가루를 물에 타오기도 한다.

　약혼식은 반지 두 개를 빨간 리본을 매어 주면 신부엄마가 가위로 자르면서 시작한다. 결혼식 전날 신부 친구들이 신부 손에 물들여주면서 촛불을 켜놓고 떠나보내는 노래를 불러 눈물바다가 된다고 한다.

　결혼은 공무원이 담당하여 테이블에 서로 마주앉아 서약서에 서명하면서 시작된다. 신부가 테이블 밑에서 신랑의 발등을 꽉 밟으면 박수를 치는데 신부가 주도권을 잡겠다는 뜻이 된다. 하객들은 금과 돈을 빨간 리본으로 매어 옷 여기저기 꽂아주는데, 옷 위에 이러한 선물들로 도배한 채 결혼사진을 찍는다.

　차는 백미러에 흰 손수건을 매다는데, 신랑만이 신부 허리에 빨간 리본을 맨 것을 풀 수가 있다. 처녀성을 상징하는 흰 손수건을 신부는 신랑에게 준다. 남자는 살집을 장만하고 신부는 부엌 살림만 준비한다. 숙명이거니 하고 참고 살기 때문에 유럽에서 가장 이혼율이 낮은 나라라고 한다.

　주위 국가 중에서 이스라엘이 터키 물을 사간다는데, 농산물과 육류는 싸고, 공산품 중에서 벤츠, BMW, 이태리차, 포드자동차 등은 비싸다. 포드자동차의 큰 회사도 터키에 있다. 중류층이 얇고 하류층이 넓다. 보통 5~6층의 아파트인데, 지하엔 아파트 관리인이 살고있어, 문고리마다 메뉴만 적어두면 관리인이 사다가 매달아두어 주부가 따로 시장에 가지 않는 게 특이했다.

　우리와 위도가 비슷해서인지 무궁화, 유도화, 소나무 많았고 서유럽보다 물가가 싸서 유럽 관광객이 많다고 한다.

파묵칼레(Pamukkale)는 목화의 요새, 또는 목화의 성이라는 뜻으로 산화칼슘이 녹아있는 뜨거운 온천수가 수백 년간 흘러 녹아 석회질이 쌓여 목화밭처럼 독특한 경관을 이루어 터키 제일의 온천휴양지가 되었다. 이러한 석회로 기묘하고 완만하게 이루어진 석회붕 위 곳곳에 온천수가 고여있어 사람들이 수영복 차림으로 가볍게 수영하거나 휴식을 즐기는데 멀리서 보아도 온 산이 하얗게 눈이 쌓인 만년설 같아 눈이 부셨다.

수영을 하려면 5월이 가장 좋다고 한다. 그리고 일몰이 시작되면 저녁놀에 불타는 해가 석회붕에 비추어 굉장히 로맨틱하단다. 반바지 차림에서 비키니 차림에 이르기까지 세계 각지에서 모인 관광객들이 맨발로 신을 벗은 채 즐기는 모습만 바라봐도 즐거운 볼거리가 제공되었다.

온천지대엔 유난히 무덤군이 많았는데 온천이니 자연히 병든 사람들이 많이 모여들고 죽게 되니 그럴 수밖에 없을 것 같았다.

노천극장의 그 규모에 놀라게 되었는데 지진대를 미리 감안해서 굵고 큰 돌로 만든 것이 아닐까.

저녁 디너 후 벨리댄스(배꼽춤) 관람이 있었다. 하늘거리는 핑크색 옷으로 잠자리 날개같이 화려한 치장을 하고 나타난 그림같이 예쁜 무희가 간드러지게 열정적으로 춤을 추어 넋을 잃고 바라보았다. 춤과 함께 200여 명의 관람객들 앞에서 시범을 보여주며 레슨을 하겠다고 우리 주위를 맴돌았다. 그런데 맨 앞줄에 앉아서인지 5명중에 영광스럽게도 내가 뽑혔다. 호주인, 미국인, 캐나다인, 독일여성 등 골고루 자기 소개를 했는데 동양인으로는 나 한 명뿐이어서 시선이 집중되었다.

그간 배워두었던 스포츠댄스의 실력을 발휘하여 한국인의 명예를 걸고 그녀가 하는 대로 따라 온몸을 흔들었더니 제일 잘 추었다고 박수갈채를 받았다. 이것은 잊지 못할 큰 추억이 되었다. 우리 일행들로부터 축하인사를 받고 나니 기분이 좋았다.

다음날 아침, 파묵깔레로 출발하려는데 누군가 어제 벨리댄스 스냅사진을 다섯 장이나 갖고 찾아왔다. 그 춤을 관람하는 동안에 마시는 위스키가 한 잔에 1200만 리라요, 석류 주스는 250만 리라니 디너쇼와 더불어 술을 팔려는 속셈이 없었던 것도 아니었다. 이 춤은 터키 관광 중 결코 빼놓을 수 없는 유명한 배꼽춤으로 오스만터키 제국시대에 무희들이 왕 앞에서 추었다고 한다.

이집트나 터키에서 흔히 관람되고 있는 벨리댄스의 기원은 무엇이었을까 궁금했다. 이집트는 결혼식 때 댄서를 초빙해서 신부 신랑 두 손을 배 위에 올려놓고 임신과 출산을 잘 하도록 기원한데서 유래되었다는 설도 있다.

터키는 일부 일처제이나 중동지역의 일부 다처제도하에서 모든 부인들은 동등한 대우를 받도록 되어있지만 부인 입장에서 볼 때 속옷바람으로 남편에게 어필하려는 안쓰러운 노력의 흔적이었다는 설도 있다. 또한 터키 전역에서 매년 보편화된 벨리댄스 콘테스트가 있는데 이곳에서 입상하면 취직이 수월하며 보통 얼굴은 가리므로 길에 다녀도 누가 출전했었는지 모른다고 한다.

장례문화가 또한 이색적이었다. 사람이 죽으면 무늬 없는 흰천으로 둘둘 감아 관에 넣어 모스코에 가서 제사지낸 뒤 메카 있는 방향으로 머리를 두고 묻는다고 한다. 히드리아누스신전을 관람한 후 사도 요한의 묘가 있는 곳으로 갔다. 그 묘가 터키에 있는 줄 예전엔 몰랐었기에 기념촬영을 하면서 성경공부를 다시 면밀히 해야될 것 같다고 느꼈다.

물은 '수', 찬물은 '똑수', 만두는 '만트'라 하여서 흥미로웠다. 석류는 한국보다 신맛이 적고 달아 더욱 투명한 것 같았다.

터키는 여러 강국 사이에 끼어서 주변 국가와 마찰이 없을 수 없는데 그리스는 400년간 터키의 지배를 받았으므로 그리스와 터키 사이는 한국과 일본처럼 다소 껄끄럽다고 한다. 같은 도시 하나를 놓고 그리스 측에선 콘스탄티노플, 터키에선 이스탄불이라며 각기 자기네 것이라고 현수막에 써놓고 경기할 때도 있다고 한다. 우리의 독도를 일본이 자기네 것이라고 우기는 것과 같다.

쿠사다시에서 국경을 넘어 그리스의 맘모섬에 들어가면 겨울엔 풍랑이 매우 심해 바로 요한계시록에 있는 대로, 계시 받은 곳이기도 하다.

또한 지중해의 사이프러스 섬 북쪽은 터키가, 남쪽은 그리스가 점령하고 있으며, 유프라테스강과 티그리스강 상류에 터키가 큰 댐을 건설해서 시리아로 자연스럽게 흘러갈 물의 양이 줄어 시리아와는 때아닌 물 분쟁도 발생되곤 한다. 3년 전 이주미르에 대지진이 있었다.

골프 인구는 거의 없고, 축구를 매우 사랑해서 축구 연습장이 무척 많다는 것도 특징이라 할 수 있다.

언젠가 한번 더 가보고 싶은 나라가 터키이다.

천하무적의 행진 / 10 F · 53.0×45.5 cm

신비의 아프리카

종종걸음으로 바쁘게 다니면서 우리는 무수히 많은 발자국들을 검은 대륙의 아프리카 평원에 차곡차곡 흔적으로 남겼다.

보름간의 아프리카 여행에서 돌아왔지만 한 달이 넘도록 아직도 내 몸에 훈장처럼 남아있는 건 그곳의 거센 모기에 물린 자국이요, 가슴에는 영원토록 지워지지 않을 그때의 신선한 감동과 감격이다.

무미건조한 일상생활에서 벗어나, 예전엔 느껴보지 못했던 전혀 다른 이국적인 분위기에 접해보는 새로운 시도는 내일을 위한 도약이요, 보다 큰 에너지를 충전시키기 위한 비상이 된다. 여행은 생활에 새로운 활력소를 넘치도록 심어주기 때문이다.

아프리카 여행을 꿈꾸어 온 것은 3년, 사실 벌써 전의 일이다. 여행은 시간과 건강, 그리고 경제적 여건의 삼박자 외에 좋은 친구와 더불어 향유할 수 있다면 더할 나위 없이 금상첨화이다. 그런데 이런 필요충분조건이 다 갖춰진 절호의 찬스가 왔으니, 바로 꽃샘추위가 전국을 강타하던 2월 마지막 일요일이었다.

뿐만 아니라 다년간 축적된 노하우를 가진 해박한 H부장이 함께 동행한다니 한결 든든하였다. 어느 분야에서나 깊이 파고 들어가 그 정상에 서려면 그 분야에 미쳐야 한다. 세계 80여 개국을 골고루 수회 여행한 베테랑인데다가 본인 말대로 저 세상에 가서도 여행사를 운영하여 평생토록 여행만 즐기겠다며 기염을 토하는 그는 곧 CEO가 되었다.

이번 여행에서 더욱 기대를 한 것은 아프리카 평원의 대탐험뿐 아니라 세계 최대 빅토리아 폭포의 장엄함과 인도까지 잠시 들를 수 있다는 보너스에 나는 출국날짜만 기다렸다.

동서 냉전체제의 붕괴로 상징되는, 변화와 개혁의 세계사적 흐름을 타고 요즘의 아프리카 대륙에서는 기내에서 양국의 두 대통령이 피살되었다. 또 대폭동으로 주민들도 피살되고 피난민들이 탄자니아로 줄을 이었다. 남아공은 342년간의 백인 지배를 종식시킬 만델라 집권이 확실시 예상되는 역사적인 총선이 있다. 이번엔 흑인이 최초로 투표권을 행사하는 등 세계의 이목을 집중되고 있는 곳이 아닌가.

다행히 우리가 여행 중에는 외관상으로 무척 평온하였다. 걱정이 많으신 친정엄마는 에이즈뿐만 아니라 풍토병이 들끓는 저개발국을 고생스럽게 왜 가려 하느냐고 극구 만류하셨다.

출국 일주일 전에 김포공항(그 당시는 김포공항이 국제공항이었음)에 가서 황열(Yellow fever)주사를 맞고 아프리카 도착예정일 3일 전부터 말라리아예방약을 미리 복용하는 등 동경하던 신비스러운 미지의 땅 아프리카 여행을 애인 맞듯 설렘으로 준비하였다. 또 수박겉핥기식이 아닌 구석구석 탐험하려는 의지로 「아웃 오브 아프리카」 비디오로 예습까지 하면서 예열된 열기를 가라앉혔다.

결국 싱가포르를 경유, 8시간만에 인도 봄베이에 도착했다. 케냐의 나이로비까지 6시간이 더 추가되는 기내에서 나는 『무궁화 꽃이 피었습니다』를 읽으며 지루함을 달래기도 했다.

서울발 싱가포르 에어라인은 시시각각 고도, 시속, 현 위치, 맞바람, 뒷바람의 풍속 등이 표시되는 스크린모니터는 깔끔하고 안락한 최신형이었다. 그런데 봄베이발 나이로비행 인도 비행기는 폐기 일보 직전인지 무척 불결하고 의자

바느질 틈이 터지고 파손된 채 소음과 진동이 심하고 우중충해서 비행 중 혹시 문제가 발생되지 않을까 조마조마한 가운데 아프리카에 도착했다.

해발 1,700m의 케냐의 수도 나이로비는 바람이 살랑살랑 불어서 우리의 가을 날씨처럼 신선하였고 공기가 무척 청량하여 기분이 상쾌했다.

깨끗한 시가지는 푸른 잔디가 윤기가 나고 유럽의 번화가 못지 않게 잘 정돈되어 있었다. 흰 와이셔츠에 정장을 한 새까만 피부의 흑인들, 라면 같은 꼬불꼬불한 머리를 여러 갈래로 길게 땋은 최신 헤어스타일의 반짝반짝 빛나는 검은 피부의 여성들, 출근길 분주한 모습에서 활기찬 도시임을 한눈에 느낄 수 있었다.

원주민이 살던 민속촌의 흙 토담집은 우리의 민속촌과는 한없이 격이 떨어져 기대밖이었다. 귀걸이용으로 뚫은 구멍이 얼마나 큰지 탁구공 뿐 아니라 달걀까지도 쉽게 통과할 정도로 마냥 늘어나 있었고 함께 사진 좀 찍자 하면 무조건 1불씩을 요구했다.

이왕 아프리카에 온 김에 이곳에만 있는 특식을 시식하고 가는 것도 큰 추억이 된다기에 가이드를 따라 카니발 식당으로 갔다. 통나무로 내부를 디자인하여 원두막을 연상하도록 꾸민 멋진 곳에서 킬리만자로 약수를 곁들여 마시며 아프리카 평원에서 뛰노는 온갖 동물들의 요리(기린, 악어, 얼룩말 등)를 골고루 시식할 수 있는 점이 특이했다.

식당에는 빨간 나비넥타이에 말쑥한 옷차림의 흑인들이 1m가 넘는 긴 꼬챙이에 바비큐로 익힌 럭비공보다 더 큰 고깃덩어리를 꽂아들고 손님 접시 위에 직각으로 세워놓고는 두 조각씩 잘라주면서 십여 개 이상의 여러 드레싱 중에서 골고루 선택하여 즐기라고 했다. 얼룩말살은 무척 질겼고 악어 목살은 너무 연하고 맛있어서 모두들 일품이라고 감탄하였다.

파인애플과 커피농장 등 끝없이 펼쳐진 케냐의 너른 평원은 아프리카에서 가장 번화한 도시답게 그 규모나 색채가 아프리카 그대로의 독특한 향기가 넘쳤다.

드디어 사파리 여행이 시작되었다.

보통 국립공원이나 보호구역에서 야생동물을 구경하는 것을 '사파리'라고 하는데 원래는 '여행'이라는 의미라고 한다. 광대한 초원, 너른 분지와 비포장의 흙먼지 모랫길, 제멋대로 자란 풀이 무성한 대평원에서 우리는 온갖 초식동물들을 볼 수 있었다.

예쁜 줄무늬의 얼룩말, 또 머리는 양의 모습이요 수염은 염소를 닮고 몸체와 꼬리는 영락없는 소의 모습인 세 가지 동물들의 합작품인 '누', 색이 곱고 연약해 보이지만 우뚝 선 뿔과 쉬지 않고 살랑거리는 꼬리와 함께 도망칠 때 점프하는 모습이 인상적인 가젤은 보통 사자가 즐기는 먹이라니 측은했다.

군단 병력으로 노도같이 달릴 때면 천지가 진동하는 버팔로의 검은 무리들, 그 앞에서 우리는 무서워 숨을 죽였다. 그런데 그들 중에는 반드시 리더가 있어서 질서정연하게 움직이면서 행동의 통일이 보였다. 그들이 우리를 향해 돌진해 올 수도 있다는 두려움 때문에 수백만 마리의 버팔로 앞에선 떠들지도 못하고 침묵으로 그들과 눈싸움만 하였다.

기린도 눈에 많이 띄었다. 키가 큰 나무 숲 속에서 긴 목을 흔들면서 한가로이 무리 지어 다니는데, 때론 왕따 당했는지 무리에서 벗어나 혼자 외로이 다니는 기린 한 마리가 쓸쓸해 보여 도와주고 싶어졌다. 어느 땐 우리가 가는 길을 막고 거리의 무법자로 갑자기 건너가기 때문에 부딪칠까 봐 사파리 차를 감속하거나, 먼저 보내놓고 기다렸다가 가야할 때도 있었다. 어찌나 롱다리인지 차 옆으로 스치고 지날 때 내다보면 넓적다리는 보이지도 않고 종아리만 보여 집에 있는 애들 생각이 순간 머리를 스치기도 했다.

큰 무리를 지으며 두 줄로 유유히 움직이는 코끼리 떼도 볼 수 있었다. 멀리서 처음 볼 때는 길고 검은 줄로 보였는데 점차 가까이 접근하면서 망원경을 통해 어미 다리 사이로 아장아장 따라오는 새끼를 좀 보려고 초점을 맞춰보았다. 그런데 맨 앞에 선 리더가 무슨 신호를 했는지 꼼짝도 않고 갑자기 올스톱 하는 바람에 10분 이상 기다려도 그대로 서 있기만 했다. 결국 포기할 수밖에 없었는데,

아마도 관광객이 많아 귀찮으니 진로를 바꾸자고 가족회의(?)를 한 모양이었다.

대체로 TV의 「동물의 세계」에서 보았던 모든 동물들을 거의 다 볼 수 있었으나 잡고 잡히는 약육강식의 현장은 수많은 날들을 잠복 탐험해야 가능하다고 한다.

사자는 이른 아침이나 해가 거의 서쪽으로 떨어질 무렵에만 먹이를 사냥한다고 한다. 며칠을 다니는 동안 우리는 좀처럼 보지 못했는데 약육강식의 잔인한 현장은 소름 돋는 비극임에도 사파리 여행중 그 생생한 현장을 목격하는 사람들은 큰 행운이라니 아이러니하다.

망망하게 펼쳐진 초원에서 동물을 찾아 헤매노라면 피할 수 없이 뒤집어쓰게 되는 흙모래먼지가 문제다. 5m 전방의 다른 사파리 차가 희미하게 보일 정도로 시야가 자욱하였다. 우리는 교대로 앞서거니 뒤서거니 공평하게 차에 나누어 탑승했는데, 종일 다니니 비포장도로에서 날리는 흙먼지로 얼굴마다 뽀얗게 분칠이 되었다. 머리를 만져보면 돌가루가 쌓여 서걱서걱 느껴져 유쾌하진 않았으나 아프리카에서만 경험할 수 있다는 유일한 축복이기에 나는 사파리 모자를 눌러쓴 일행들의 얼굴이 재미있어 비디오와 파노라마 사진기로 셔터를 계속 눌렀다.

탄자니아 고롱고로에서의 사파리 차는 큼직한 랜드로바였는데 한 대당 4명씩 탑승하여 좌석이 넉넉하여 사진 촬영이 수월하였다. 우리 일행은 네 대의 차에 나누어 탔는데, 차 위 뚜껑을 열고 올라서서 망망한 초원을 망원경으로 내다보며 누가 먼저 사자를 찾는지 내기를 했다.

우리는 사파리 차의 원주민 기사들에게 작전상 먼저 사자를 발견하는 기사에게 10불씩 더 주겠다고 하였다. 그 덕에 동물 냄새를 잘 맡는 기사의 열성으로 우리는 단시간 내에 더 많은 동물을 볼 수 있었던 것 같다.

홍학의 서식지로 유명한 나쿠루 호숫가의 홍학의 무리도 장관이었다. 호수의 주변엔 습기가 많아서 차가 가까이 갈 수가 없어 멀리서 망원경으로 보았다. 하얀 날개와 몸집, 붉은 머리, 까만 다리의 곧은 선들이 뭉쳐 수천 마리가 한데 어울린 모습이 한 폭의 아름다운 풍경화 그 자체였다.

썩은 고기와 뼈를 먹어치워 '초원의 청소부'로 불리는 커피색 반점의 얼룩 하이에나는 지저분한 생김새로서, 어둠의 장막이 내려질 무렵 검은 아프리카의 황야에서의 첫날밤, 사로바(Sarova) 라이언 롯지에서 처음 보았다. 롯지의 웨이터는 한번 노크는 코끼리, 두 번 노크는 하이에나, 세 번은 코뿔소 식으로 깊은 밤중이라도 방마다 노크해 줄 테니 노크 소리의 숫자를 듣고 해당되는 동물을 보고 싶으면 일어나 창문을 열고 베란다로 내다보라고 친절하게 설명해 주었다.

우리가 처음 묵었던 사로바 라이언 힐 호텔은 이름처럼 때론 숙소 주위에 사자가 나타날 때도 있다하여 좀 으스스했다.

황무지에 동굴을 파고 사는 회황색 사마귀멧돼지는 토끼만한 새끼를 데리고 일가족이 무리 지어 다니기도 하고, 두 개의 사나운 뿔을 가진 검은 코뿔소는 코끼리, 버팔로, 표범 그리고 사자와 함께 아프리카 야생동물의 빅 화이브(Big five)이다. 그중 사자를 찾는 일이 제일 힘들단다.

겨우 사자를 찾았는데 암놈에게 버림받은 할아버지 사자인지 혼자 숲의 그늘아래 누워 눈을 감은 채 꼬리만 땅을 툭툭 치고 있거나 포식했는지 배가 불룩 나온 채 벌러덩 누운 자세로 하품만 하며 일어나지도 않고 있었다. 혹시 새끼를 가져 몸이 무거운 게 아닐까 산부인과 의사다운 발상이었다. 먹이를 포식한 사자는 3일간은 사냥을 하지 않아 주위에 먹이가 많아도 관심 밖이며 임신기간은 110일 정도라고 한다.

대체로 사파리를 위해 묵는 롯지에는 전화가 없어 원주민이 일일이 방마다 노크로 모닝콜을 해주는데 때와 관계없이 아프리카 전지역에 통하는 인사말로 '잠보!'라고 말해 주면 순박한 얼굴로 반색을 하며 꼭 미소로 응해주니 그들의 순수한 마음씨를 읽을 수 있었다.

아침에 눈을 뜨면 청량한 공기를 뚫고 수백 마리의 아프리카 새들이 한꺼번에 열창하는 바람에 창밖이 꽤 요란스러워 케냐인이 노크하기 전에 저절로 깨지게 마련이었다. 롯지마다 말라리아 예방으로 천정에 매달린 원통모양의 망사 모기장이 특이하여 남편은 영화 「킬리만자로의 눈」에서 그레고리 팩이 잠자던 바로 그 모기장이라면서 정말로 사파리에 온 실감이 난다고 즐거워했다.

롯지에는 동물들이 물 먹으러 오는 모습들을 편안히 내려다 볼 수 있도록 물이 있는 웅덩이 주위에 지었는데 내가 코끼리를 비디오에 담으려고 베란다 문을 잠깐 열어놓은 순간, 기회를 포착한 흑백의 긴 털이 멋진 콜럼부스원숭이가 잽싸게 우리 숙소에 침입했다.

이 원숭이는 눈썹이 진하고 예뻤다. 그러나 순식간에 카메라나 핸드백을 슬쩍 갖고 도망가는 명수로서 일단 빼앗기면 찾을 길이 없단다.

그런데 이 원숭이가 옆방의 Y원장님 방에도 들어갔나 보다. 백을 안 뺏기려는 부인이 머플러로 투우하듯이 원숭이와 격투(?)끝에 겨우 쫓아냈는데 두 마리가 들어왔었는지 잠시 후 침대 밑에서 또 한 마리가 튀어나오는 바람에 놀라 큰 소동이 벌어졌다. 이것도 아프리카에서만 있을 수 있는 잊을 수 없는 사건의 하나였다. 그날 밤은 방마다 원숭이 때문에 난리를 겪었다.

해발 2,200m에 지어진 롯지에서 핫백 없이 잠을 자고 나니 등골이 저리도록 추워서 혼났다.

케냐는 자카란타의 나라라고 할만큼 9월에서 12월 사이 장기간에 걸쳐 피는 예쁜 보라색의 꽃이 무척 아름답다고 한다. 줄기는 오동나무처럼 견고하여 바로 그 세고비아 악기 만드는 재료로도 인기 있다 한다. 열대과일 패션나이트 (Fashionite)는 처음 보는 과일인데 과육 속에 석류처럼 투명하고 새콤한 씨가 희한하게 잔뜩 들어 있었다.

우리가 여행 중에는 우기가 막 끝난 후여서인지 3월인데도 개구리가 마이크를 대고 우는 것처럼 그 울음이 크고 시끄러웠다. 탄자니아에 온 첫날밤은 개구리합창 때문에 모두 잠을 설쳤다.

케냐의 나이로비에서 탄자니아의 수도 아루샤로 가기 위해 국경을 넘을 때

일이다. 우리 일행은 세 대의 사파리 차에서 네 대의 랜드로바에 나누어 타며 짐을 옮기는 과정에서 겪은 고생은 두고두고 잊을 수가 없다.

일본 관광객들은 땡볕에서 마냥 기다리고 있었다. 우리는 가이드의 기지로 국산 라이터를 한 뭉치 선물로 주자 원주민 사마이족들이 일본보다 늦게 도착한 우리를 먼저 통과시켜 주었다. 그런데 때가 꾀죄죄한 검은 피부의 상인들이 몰려들어 이를 피하려고 도망치듯 뛸 때의 그 아찔함은 지금도 소름이 끼치는 것 같다. 구름 떼처럼 몰려드는 원주민들의 귀는 귀걸이를 달기 위해 뚫은 구멍이 모두 얼마나 큰지 마냥 늘어나서 동물같이 징그러웠다.

우리는 달라붙는 그들이 무서워 차창 문도 열지 못하고 닫힌 좁은 공간에서 전날 밤 롯지에서의 강추위로 겨울 내복까지 입은 상태에서 땀을 삘삘 흘렸다. 이것이 바로 때아닌 아프리카식 사우나인 것이다.

그렇게 도착한 탄자니아에서 L교수님 방에는 수돗물까지 안나와 난리요, 우리 방 앞에서의 요란한 개구리합창은 오히려 봄의 교향악이라고 믿고 참기로 했다.

드디어 세계 7대 불가사의의 하나인 응고롱고롱 분지에 도착했다. 탄자니아의 수도 아루샤의 서북쪽에 위치해 있는데 '에덴의 동산' 또는 '노아의 방주'라고도 불리우는 데는 나름대로 이유가 있었다.

동서 19km, 남북 16km, 깊이 610km라는 세계 최고의 분화구이다. 서울시 크기보다 불과 90km 작은 539km의 분화구인 대평원에 기린을 제외한 아프리카의 모든 동물들이 서식하고 있단다.

그야말로 동물의 천국이니 에덴의 동산이 아닐 수 없다. 일기는 한국의 9월 날씨여서 서늘하고 시원한 바람이 솔솔 불어 동물들이 살기엔 최고인 것 같았다.

탄자니아의 수도 아루샤에서 응고롱고로 가는 중에 잠시 스콜을 만났다. 약 20분간 스콜이 지나고 나니, 새빨간 흙길이 더욱 단단해지고 그렇게 심했던 흙먼지 바람이 잠잠해졌다. 가이드가 탄 선두 1호차가 우리 앞에서 아무리 달려도 모래먼지가 날리지 않았다. 시야가 너무 맑은 탓에 우리는 특별한 행운에 도취되어 탄성을 질러댔다. 나이로비에서 뒤집어쓴 흙먼지로 얼굴은 분을 바른 듯 뽀얗고 머리는 온통 모래가루가 서걱거렸지 않았던가.

한 차례 소낙비가 지나고 곧 쾌청한 일기로 변하면서 동물들도 즐거운지 댄싱과 점핑을 멋지게 연출하여 볼만할 거라는 말에 응고롱고로로 달리는 우리의 마음을 더욱 부풀게 하였다.

옛날 아프리카 분할 회의를 할 때 독일의 빌헤름 황제가 영국의 빅토리아 여왕에게 "우리 나라엔 높은 산이 없다며 킬리만자로 산을 달라"고 한 이후 지금의 탄자니아에 인위적인 국경선을 만들어졌다는 일화가 있음도 알게 되었다.

탄자니아는 사회주의가 무너지고 바야흐로 민주주의로 이행되는 과도기에 처해 있지만, 콩고, 우간다와 더불어 아프리카의 3대 사회주의 국가였다. 우리가 한국에서 왔다고 했어도 김일성이 'OK'이냐고 안부를 물었다. 도대체 어느 쪽이 공산국가인지 모르고 있었지만, 88올림픽 때문에 국위선양되어 코리아를 많이 알고 있는 것 같았다.

이태리에서 2년 전 만들었다는 쭉 뻗은 고속도로 주위엔 대단히 크게 자란 열대 선인장들과 케냐처럼 커피밭이 즐비하였다. 케냐처럼 너른 초원에 드문드문 서 있는 아카시아 나무 사이로 누렇게 흙을 쌓아 피라미드같이 만들어 놓은 개미집들이 내 키보다 더 높았는데 특이한 풍물이었다.

고속도로를 시속 100km로 3시간이나 달려도 맞은편에서 오는 차가 대여섯 대일 뿐, 거의 우리들의 사파리차 네 대의 독무대였다. 우리 일행은 고속도로를 전세 내어 쓰는 듯한 착각에 싱글벙글 웃음꽃을 피웠다.

끝없는 평야가 시원하게 펼쳐져 있고 정면에 보이는 머루산을 향해 계속 달렸는데 왼편에는 킬리만자로 산이 구름에 반쯤 덮인 채 그 위용을 자랑하고 있었다. 킬리만자로의 아름다운 모습은 케냐에서 제일 잘 보이고, 등산은 탄자니아 쪽에서 한다고 한다.

길가엔 빨강 헝겊을 어깨에서 발끝까지 두른 채 뾰족하고 긴 지팡이를 든 깡마른 체구의 원주민 마사이족들이 2~3명씩 짝지어 걸어가는 모습을 가끔 볼 수 있었다. 처음엔 이곳 노인들이 관습상 붉은 색을 좋아하고, 몸을 의지할 목적으로 지팡이를 짚고 다니는 줄로 무심히 생각하였다. 그런데 젊은 사람까지도 들고 다니기에 이상하여 물었보았다.

우리나라 옛 할아버지들이 갓 쓰고 다니듯이 장식품이기도 하지만 위험이 닥쳤을 때 사나운 맹수를 무찌르는 무기로도 사용하는 것이라 한다. '마사이 전사'라는 의미라는 걸 뒤늦게 알았다. 사자도 붉은 옷을 입은 마사이족을 보면 무서워 슬슬 피한다니, 얼마나 용감무쌍한 남성들인가 새삼 놀랐다.

킬리만자로 산을 보기 위해 탄자니아에서 암보셀리로 가는 길에 케냐의 국경을 넘었다. 국경에 있는 어느 토산품에서 어느 사마이족과 이야기를 나누었는데, 내가 신고 있는 운동화가 어느 나라 제품인가 궁금해하였다. 나는 "메이드 인 코리아. 우리나라 운동화는 품질이 우수하고 튼튼해서 세계 각국에 수출하는데 이렇게 디자인도 훌륭하다"고 자랑하였더니 너무 부러워하였다.

몹시 남루한 그를 본 순간 마음이 약한 나는 그 마사이족의 주소와 발 사이즈, 어디 아픈 곳이 없는가 물었다. 관절염이 심하다면서 발목을 보여주는데 탱탱 부어 있었다.

사마이족은 일부 다처제인데 5남매의 가장인 34세의 그 원주민은, 전통적인 관습상 소 25마리의 값을 장인에게 주어야 부인을 사서 데려올 수 있는데 20마리 (한 마리 $150)만 주고 5마리는 외상으로 결혼했으므로 이 상점에서 일해 후일 갚기로 약속했다고 한다. 고로 소 25마리가 없으면 장가 갈 수가 없다는 결혼 풍습도 특이하였는데, 그런 그가 측은해서 도와주고 싶었다.

그 사마이족에게 귀국하면 즉시 두 내외 운동화와 가정 상비약을 소포로 보내 주겠다고 약속하니 감격스러운 얼굴로 어쩔 줄 몰라했던 그때의 모습을 난 잊을 수가 없다. 순박한 그 원주민은 진열되어 있는 마사이족의 전통의상을 갑자기

꺼내 남편과 내게 입히더니 아프리카 초원에서 맹수들과 싸울 때 사용하는 지팡이 같은 긴 창을 하나씩 손에 쥐어주곤 방패까지 연출시켜 얼떨떨해 하는 우리 부부에게 기념촬영까지 해주며 아주 즐거워했다.

민간외교라 생각하고 우리도 그의 따뜻한 마음에 보답코자 서울에 오자마자 즉시 운동화 두 켤레와 제놀 등 몇 가지 가정 상비약의 사용 설명서를 첨가하여 아이들의 주전부리인 과자까지 한 상자 가득 채워 소포로 보냈는데 그의 미소 띤 얼굴이 선하게 떠오른다.

마사이족은 맹수를 두려워하지 않으며, 창만 있으면 두세 명이 힘을 합해 사자도 잡은 일이 있다하여 그 용맹성에 다시 한번 놀래기도 하였다.

여행의 스케줄로 보아 매일 강행군이지만, 아프리카만의 독특한 향기 때문에 우리의 컨디션은 아주 거뜬하였다. 적도에 위치한 아프리카 최고봉(5,895m) 킬리만자로산은 만년설로 하얀 왕관을 쓰고 있는 듯 아름다웠고 그 만년설을 바라보며 원탁테이블에 동그랗게 모여 앉아 마시는 맥주잔에, 뉘엿뉘엿 지고 있는 일몰의 장관을 보면서 은하수의 별빛 가득 쏟아지는 암보셀리 롯지에서의 밤은 깊어 가히 낭만적이었다.

아프리카의 추억은 정녕 잊지 못할 것이다. 사정없이 물어대는 모기의 세례만 없다면 다시 가고 싶은 곳이다.

(1994. 2.)

태고의 의지 / 50 F · 116.7×91.0 cm

4

봄의 교향악

아지랑이 무늬 지는 소리
땅 밑에서 움트는 기지개 소리
갓 눈뜬 까만 꽃씨들의 숨소리
그 심장의 고동소리
봄은 지금 어디쯤 오고 있을까

풀잎마다 오르는 물줄기 소리
오는 싱싱함
봄빛이 와 닿는 가녀린 손짓
새로운 연둣빛 바램으로
봄은 어디쯤 머물고 있을까

카나리아 노란 어깨위에
잉꼬 봄의 노란 잔털위에
구슬로 떨어지는 봄의 소리
흐르는 교향악.

-저자의 시「봄의 소리」일부

고양이와 할머니

하루 종일 진찰실에 있다보면 다양한 패턴의 사람들과 만나게 된다. 창밖에 비가 오는지 바람이 부는지 전혀 모르고 지내다가, 진찰실 문을 열고 들어오는 환자의 머리 위에 하얗게 앉은 흰눈을 보고서야 나도 반사적으로 커튼을 젖혀본다.

순간, 놀라워라! 아련하게 떠오르는 추억의 나라로 나를 초대하는 저 눈송이들! 그 하이얀 마력에 마음을 빼앗긴 채 설레던 시절은 어디로 갔는가.

우와! 아무도 모르게 뽀얀 소식이 저렇게 쏟아지고 있었다니, 그만큼 계절의 감각에 둔감해졌을까. 점점 무디어져가는 내 스스로가 때론 딱하다 싶으면서도 알게 모르게 그렇게 흐르는 시간의 대열에 두둥실 떠가니 세월은 그 누구도 붙잡아 세워둘 수도 없다.

하여튼 요즘 날로 쏟아지는 건강정보의 홍수 속에서 일반인들의 건강상식도 어설프게나마 과거에 비해 많이 증진되었다고 본다. 그러나 사회 고령화와 함께 노인문제가 적지 않은 사회문제가 되고 있는 이때, 내게도 노인환자 때문에 요즘 진찰실이 공연히 술렁거렸다.

얼마 전 삼십대의 주부가 노인성 질염이 심한 시어머니를 모시고 방문한 것이다. 이삼 일 모시고 다녔는데 길이 익숙해지자 이제는 시어머니가 자신 있게 혼자서 병원 갔다 오겠다고 집을 나섰다. 그런데 귀가시간이 훨씬 지났는데도 소식이 없자 길을 잃었구나 여긴 며느리가 우리 병원에 언제 다녀갔는지 계속해서 물어대는 통에 종일토록 진찰실 전화벨이 울렸다.

그런데 그 할머니가 오늘 나타난 것이다. 어제종일 어디론가 헤매다가 밤 12시가 훨씬 넘어서야 겨우 집에 돌아왔다는 것이다.

중추신경계의 퇴행성 변화로 인한 치매, 또는 자식들의 무관심으로 어린아이만 길을 잃는 게 아니라, 최근엔 어른들도 기억력감퇴로 거리를 방황하는 노인들이 무척 많아졌다더니 실감이 났다.

그 노인은 우리 병원이 어딘지 전혀 기억할 수 없어 길을 잃고 종일 헤맸는데, 갑자기 죽은 고양이 한 마리를 보게 되자 웬 횡재냐 싶어 그 고양이를 안고 다녔다고 한다. 때로 다리가 아프면 방석(?) 삼아 깔고 길에 앉아 쉬기도 하면서, 택시로 큰길가 은행 옆에만 데려다 달라고 했다 한다. 서울에 은행이 어디 한두 군데인가, 우리 병원은 조흥은행 옆에 있기 때문이었다.

가끔 깜박깜박하는 시어머니인지라 며느리가 주머니에 주소와 전화번호를 적어 넣었다지만 그 쪽지조차 기억 못한 채 강북구와 도봉구를 종일 헤맨 모양이었다. 하여튼 늦게라도 돌아오셨으니 다행이라고 했더니 운 좋게 주운 고양이 한 마리를 종일 힘들게 안고 다녔는데 아들이 빼앗아 버렸다고 불만이 대단했다.

같이 모시고 온 그 며느리는 온 집안식구가 발칵 뒤집혀 손자까지 동원되어 다리가 온통 다 붓도록 종일 찾아 헤맸다고 노인모시는 고충을 털어놓았다.

고양이 방석은 나도 금시초문이니, 그 고양이 뼈인들 성할 리 있었을까마는 며느리도 어이없는 표정을 지으며 한숨지었다. 한편으론 코미디 같지만 이건 남의 일이 아닌 것 같았다.

언제 무슨 병으로 죽었는지 모를 그 고양이를 약으로 쓰겠다고 종일 안고 다녔으니 한심하다는 것이었다. 무지가 빚어낸 촌극이었지만 그 뒤론 그 환자가 오면 고양이 할머니라 부르게 되었다.

하여튼 그릇된 건강정보로 인해 정력제인 양 까마귀마저 멸종되는가 싶더니, 나중엔 관절염에 특효라고 고양이마저 동이 나게 되었으니 보통 일이 아닌 것 같다.

그러고 보니, 수일 전 아찔했던 기억이 새삼스럽게 떠올랐다. 서울시 의사회 신용협동조합 이사회에 참석코자 급히 외출할 일이 있었다. 시동을 걸자마자 차내엔 신나는 팝송이 흐르기 시작했다.

미아리고개는 워낙 교통체증이 심하기로 정평이 나있다. 허나 십여 일 전 확장공사 마무리가 끝나면서 미아삼거리에서 혜화동에 이르기까지 8차선으로 넓어져 십년 체증이 풀리기나 한 듯 그렇게 시원할 수가 없었다. 더구나 퇴근시간 시내로의 진입은 그 혼잡도가 정반대여서 도심 밖으로 나오는 차량에 비하면 아주 한산하였다.

한여름 소나기처럼 시원하게 넓어진 그 길을 1차선에서 시속 50km 유지 할 만큼 차도 적었다. 미아리고개를 슬그머니 우회전하듯이 돌아 내려가 계속 달리고 있었는데, 중앙선 넘어 반대쪽 차들은 쩜같이 붙어 있었고 우리 쪽엔 내 뒤를 바싹 따라오는 차도 없이 이쪽이 얼마나 부러울까 생각하고 있는데 순간 예감이 이상했다.

0.5초 찰나의 일이었다. 우측 2차선 쪽으로 나보다 더 빠른 속도로 승합차가 나란히 가고 있었는데, 바로 2m쯤 비스듬히 앞서가고 있어 나의 우측 시야를 가리고 있었다. 그 승합차가 어느 순간 수상하게도 다소 감속하고 있다는 것을 느낀 찰나 뭔가 비상사태임을 직감하였다. 나는 그만 아찔하였다. 비스듬히 우측에 무슨 물체(?)가 나타난 것이다.

나는 본능적으로 있는 힘을 다해 급브레이크를 힘껏 밟았다. 그리곤 하나님! 천주님!을 외치고 있었다. 아마 에어백이 있었다면 즉시 터졌을 것이다. 또한 내 뒤로 신나게 따라오던 차가 있었어도 영락없이 나를 받았을 것이다.

오! 무사고 15년에 내가 드디어 인적 사고를 내려나보다 하느님, 맙소사!

했다. 순간 앞이 캄캄했다. 내가 왜 이런 일을 당해야 되나 갑자기 비참해졌다. 불과 1초 정도의 순간이었지만 별생각이 다 스쳐가고 있었다.

눈을 떠보니 허리가 꾸부정한 그 멍청한 할머니는 봉고차 앞을 용케도 통과하여 어느 틈에 벌써 내 앞에 와 있었다. 놀랜 가슴을 진정하고 앞을 보니 그 자신도 놀랬는지 어정쩡한 채로 왼손으로 내 차의 우측 범퍼 상단을 붙잡고 서 있었다. 65세 정도로 보이는 할머니가 급정거 한 내 차 앞에 태연히 서 있었다. 주위의 모든 시선이 다 내게 집중되어 있는 듯했다.

난 까무러칠 뻔했는데 그 할머니는 아무런 일도 없었다는 듯 시침 뚝 떼어버린 채 내 차 앞으로 유유히 걸어가고 있었다. 이것이 꿈인가 현실인가 나도 내 정신이 아니었다. 정말로 난 다행이라고 생각하면서도 치매일 듯한 그 할머니가 야속하기 그지없었다. 털옷으로 잔뜩 휘감은 그 할머니는, 네 줄로 꽉 차게 밀려서 못 가고 있는 차의 숲을 건널 수 없자 중앙선에 멈춘 채 서 있었다. 그 뒷모습을 넋 나간 듯이 어이없는 표정으로 바라보자니 지극히 잠시 동안의 사건이었지만 내겐 지옥 같은 순간이었다.

어쩌자고 겁도 없이 8차선을 마구 무단횡단할 수 있는가 기가 막혀 가슴이 터질 것 같았다. 쇼킹했었던 그 순간을 다시는 기억하고 싶지 않지만, 거리는 어둑어둑해지고 노인의 시야는 희미한 데다가 차가 한산하게 드문드문 다니니 그냥 용감하게 무단 횡단한 모양이었다.

틀림없이 치매를 주증세로 하고 대뇌의 위축을 주된 병리현상으로 하는 알츠하이머병을 앓고 있는 환자일 거라고 생각했다.

두근거리는 가슴을 진정시키면서 나를 10년 감수시킨 그 할머니를 다시 생각했다. 오늘 나를 괴롭힌 저 할머니가 혹시 먼 후일 우리의 자화상이 아니라고 누가 부인할 수 있을까. 내가 제일 존경하였던 우리 아버님께서도 말년엔 사리판단력을 모두 잃은 채 알츠하이머병으로 언제 의사였던가 싶게 믿을 수 없는 행위를 수없이 저지르셨다. 슬픈 일이다.

연구와 통계에 따라서 차이는 있지만, 최근 평균 수명이 68세를 넘어서면서 우리 나라도 치매 증상을 보이는 노인들이 증가하고 있다한다. 약 20만 명의 노인이 중증 이상의 치매증상을 갖고 있으며, 지금과 같은 추세로 노인 인구가 늘어난다면 2000년경엔 약 30만을 육박한다 하니 심각하다 아니할 수 없다.

그런데, 일본은 엄연한 우리 영토인 독도를 죽도(다케시마)로, 동해를 일본해라 기록하고 초, 중, 고등학교 지리부도에 경계선까지 새로 그은 채 제작배포하여 영유권을 주장한다니 전 국민을 치매화하자는 걸까. 오히려 우리의 접안 시설 건설은 주권침해라고 망언을 일삼으니 어이없는 일이다.

남의 부인을 자기 부인이라고 주장하는 것과 무엇이 다르랴! 일년에 한차례씩 심심풀이로 자기 땅이라고 떠드는 일본총리, 외무성장관부터 노인성 치매인 알츠하이머병을 앓고 있는 건 아닐까.

꿍따리 샤바라 빠빠빠

시골의 한 동네에 사는 영구와 맹구가 마을 뒷산으로 나무를 하러 왔다가 마침 철길 위에 연기를 폭폭 뿜으며 달리고 있는 기차를 보더니, 영구가 먼저 이렇게 말했다.

"맹구야, 참 신기하다. 철길은 점점 좁아지는데 저 커다란 기차는 어떻게 저렇게 잘 갈까?"

영구의 말을 듣고 난 맹구가 잠깐 생각을 하더니, 영구의 머리를 한 대 쥐어박으며 하는 말,

"이 바보야! 기차도 점점 쪼그라들잖아?"

둘 다 만만찮게 주고받는 이야기에 나는 운전하면서 혼자 웃음을 금치 못한다. 오늘은 둘째 목요일, 매달 이 날이 되면 나는 오후 시간을 따로 비어 두어야 한다. 하던 일을 멈추고 왕십리에 있는 성동복지관을 향해 달려야 하기 때문이다. 왕복 약 한시간 남짓 소요되는 운전하는 동안 라디오 다이얼을 습관처럼 누른다. 이 시간엔 코미디언 MC들이 웃으면서 살자고 여기저기서 날 웃기는 시간이다.

오전 진료가 끝나자마자 곧장 출발해야 하므로 언제나 점심을 굶는 상태이다. 오늘은 차의 시동을 막 거는데 예전에 즐겨 듣던 「꿍따리 샤바라 빠빠빠 ~~」가 흘러나왔다. 옛친구 만난 듯이 반가운 마음에 나도 신나게 함께 따라 부르면서

마음이 한결 가벼워졌다.

"마음이 답답하고 속이 상할 때 산 위에 올라가 소리를 질러봐! …"

흥겹게 따라 부르면서 나는 연이어 쿨론이 부른 「꿍따리 샤바라」를 후렴으로 받아넘겼다. 우리 병원에서 성수대교를 향해 하염없이 직진하다가 마장동에서 우회전하면 좌측에 바로 목적지 성동복지관이 있지만 좌회전 불가구역이다. 한참 더 내려가다 U턴하여 다시 올라와야 하는데, 최근엔 증축공사 때문에 주차조차 제대로 하기 어렵다.

그곳엔 어려운 환경에 처해있는 저소득층 환자들이 많이 모인다. 무료로 자궁암 검사해준다는 산부인과 여의사, 그런 나를 기다리고 있기에 사명감으로 부지런히 간다.

나는 그들에게 무료로 정기적으로 암검진을 해주는 기쁨을 주고, 이를 통해서 내게는 내가 가진 달란트를 사회에 환원하는 기쁨과 즐거움이 있으니 보람을 느낀다.

성동복지관 봉사를 하면서 새삼 세월의 빠른 속도를 실감한다. 엊그제 다녀온 것 같은데 벌써 한 달이 되었다. 한 달이 이렇게 빠른가 적이 놀라기도 한다. 어느 땐 하필 무슨 일이 갑자기 겹쳐 아주 곤란할 때도 있지만 어느덧 7년이란 세월이 흘러 이젠 자동적으로 습관이 되어버렸다.

초창기엔 산부인과 전용 진찰대도 없어서 내과 진찰대를 같이 사용했었다. 그러나 시대적인 추세에 따라 내가 병원을 축소 운영함으로써 남아있는 여분의 진찰대와 질경과 롱휘셉, 기타 암검진용 부러쉬 등 의료장비일체를 성동복지관에 모두 기증하였다. 이제는 환자진료가 너무 편해졌고 이를 계기로 지난 개관 2주년 기념잔치에선 의료원장 수녀님으로부터 본의 아니게 공로패까지 받았다. 하여튼 병원서 내가 애용하던 우리 의료장비를 그대로 쓰니 우리 병원진료의 연속인 것처럼 착각되기도 한다.

그간 수녀님도 여러 번 로테이션 되어 빙글빙글 교대로 돌아가지만, 어느 날 내 생일을 용케 알고, 손수 오븐에서 구운 캔디를 들고 수녀님 세 분이 나란히 우리 진찰실에 돌연 방문하여 내게 생일축하의 성가를 3절까지 불러주던 일은 너무나 감명 깊었던 추억이다.

사실 귀찮을 때도 종종 있었지만, 복지관에 근무하는 수녀님들은 모두 온화하게 미소 띤 얼굴로써 환자를 대하니 천사 같은 그들에게 내가 많은 감명을 받곤 한다.

날씨가 춥든 덥든 관여치 않고 늘 일정한 제복을 입은 채 미소로써 봉사하는 수녀님들은 언제 누가 봐도 어여쁜 천사다. 그들의 헌신적인 봉사는 이기적인 나를 불현듯 깜짝깜짝 놀라게 한다.

그러한 그들에게 나는 무한한 존경심을 갖게 된다. 어디서 그렇도록 무궁무진하게 사랑이 샘솟는 걸까. 묵묵히 헌신적으로 사랑을 베푸는 수녀님들의 멋진 교육의 현장에서, 보잘것없는 나는 이를 거울삼아 전보다 더 열심히 봉사해야 한다.

성동복지관 여러분께 천주님의 은총이 가득하길 기원하면서…

(1998. 12.)

두드리지 않으면…

우리는 무르익은 정보화 시대에 살고 있다. 또한 촌각을 다투어 봇물처럼 쏟아지는 정보의 바다에서 이리저리 헤엄치다 보면 어느새 마음은 한 마리 푸른 새 되어 창공으로 훨훨 난다. 따라서 날로 발전하는 인터넷의 신비스럽고 오묘한 세계는 우리의 일상생활에 깊이 잠식하여 그 고마움을 피부로 느끼지 못하고 지낼 뿐이다.

그런데 요즈음 혜성같이 나타나 골프의 여왕으로 떠오른 박세리가 연일 신기록 행진을 하고 있다.

그녀는 살아 숨쉬는 컴퓨터일까? 걸어 다니는 컴퓨터일까. 골프교본 그대로 완벽에 가까운 그녀의 몸놀림에 온 세계는 감격의 찬사를 아낌없이 보내고 있으니 말이다. 최근까지만 해도 미국에 살고 있는 한국 교포뿐 아니라 우리 국민들은 한때 박찬호의 야구경기를 보는 재미로 살고 있다고 해도 과언이 아니었다. 그만큼 박 선수는 구제금융으로 축 처진 우리에게 엔돌핀을 솟게 한 공로가 지대하였다.

그런데 요즘은 대회마다 우승의 행진으로 군림하는 박세리가 온통 화제의 꽃을 피우고 있다. 그녀의 손끝은 컴퓨터 이상으로 정밀하였고 사물의 이면을 꿰뚫어 볼 수 있는 예리한 판단력과 과감한 공격으로 승리의 고지를 멋지게 점령하였다. 이로써 피나는 노력만이 성공할 수 있다는 진리를 몸소 실천한 하나의 인간 승리자가 된 것이다. 그렇다! 문은 두드리는 자에게만 활짝 열릴 것이다.

세리는 선두를 달리고 있어도 표정은 늘 한결같았다. 무표정의 침착한 얼굴로 상대를 제압하는 그는 척박한 골프의 불모지인 한국에서 태어나 어린나이에 악착같은 연습벌레로서 정신적 철저한 투혼으로 I.M.F.로 찌들은 우리의 자존심을 높이 세워주었다.

라스트 퍼팅 끝에 치켜든 그녀의 손은 우리의 움츠렸던 가슴에 꿈을 심었고, 우승컵에 입 맞추는 잔잔한 미소 역시 더욱 소담스러웠다. 세리양은 이제 국민적 히로인이자 국제적 스타로서 우리 모두의 가슴을 환희의 열풍으로 적셨다.

박세리로 인하여 골프의 '골'자도 모르던 문외한에게도 버디(birdie)와 보기(bogey)를 구별할 수 있게 될만큼 박양에 대한 국민의 관심과 지지는 대단하다.

그녀는 곧 우리시대의 영웅의 자리에 우뚝 선 것이다. 경제적 어려움으로 의기소침해진 국민들에게 짜릿한 감동을 안겨준 떠오르는 별, 히로인이 된 것이다.

대한의 딸인 그녀가 출전할 때마다 그의 쾌거에 동참한 온 국민은 하나 되어 조마조마한 마음으로 밤을 지새우며 열광의 박수를 아낌없이 보냈다. 그는 우리에게 I.M.F.시름을 떨쳐버릴 수 있을 것 같은 환상에 잡히도록 연일 우리들 마음을 사로잡았다.

특히 물속에 빠진 공을 쳐올리기 위해 양말까지 벗어가며 구릿빛 발목아래 드러난 창백할 정도의 하얀 두 발은 코끝을 찡하게 했고, 연장 18번홀 볼이 깊은 러프에 빠졌을 때도 결코 흔들리지 않는 불굴의 스포츠정신에 국민 모두가 높이 치하했다.

미국, 영국, 스웨덴, 일본, 호주 등 골프 선진국은 거의 경제 사회적으로 선진국이며, 적어도 경제나 사회가 불안한 나라는 세계적 골프스타를 배출한 적이 없는 이 현실에서 '코리안 박세리'는 IMF 등 부정적이고 불쌍한(?) 나라로 품위 하락된 한국의 최근 이미지를 개선시켰으니 정말 장하고 위대하다.

그는 21세의 어린 나이에도 공격적인 플레이로 메이저라는 가장 결정적인 대회에서 가장 결정적인 골프로 한국을 세계에 과시한 골프계의 여왕이 된 것이다.

이로써 올시즌 LPGA 챔피언쉽, US 여자오픈 등 두 개의 메이저대회 포함 4번이나 우승을 차지해 골프여왕의 면모를 다시 한번 과시했다. 또 상금 랭킹, 올해의 선수, 다승왕, 신인왕 등 1주일만에 주요 4개 부문에서 선두를 되찾거나 더욱 굳혔으니 대한의 딸로서 기특할 뿐이다.

뜻이 있는 곳에 길이 있다고 했다. 골프교본에나 나오는 완벽한 그의 드라이브 샷에 국민 모두의 가슴이 후련하였고, 선망의 대상이 되었으니 골프 붐을 일으킬 만한 것이다.

이로써 사치스러운 부유층의 운동으로 도외시되던 골프를 대중화시키는 견인차노릇을 했을 뿐 아니라, 튼튼한 스폰서의 집중투자로 선수 마케팅이 적절하게 조화되어 그녀의 환한 미래에 박차를 가했다.

그것은 수천 수만의 외교관보다 더 큰 힘이고 자동차 몇백만 대를 판 것보다 더 값진 소득이 되었으며 올림픽이나 월드컵을 들먹이지 않더라도 그녀가 이번에 거둬들인 순익은 숫자적 계산이 무의미할 정도로 투자액을 상회한다.

(1998.)

바위고개 가는 길

살랑살랑 불어오는 바람이 두 뺨을 부드럽게 간질이는 촉감으로 제법 봄을 느끼게 한다. 그런가 하면 매화가 채 지기 전에 개나리, 진달래, 목련 등이 앞을 다투어 피면서 눈송이 날리듯이 만개한 벚꽃까지 화사하게 어울려 무르익은 봄을 말해주고 있다.

사월의 셋째 일요일인 오늘 17일(1994)은, 일년 중 한두 번 있을까 말까 하는 금년 중 결혼하는 날로선 최고의 길일(吉日)이라고 하여, 경향의 예식 공간은 아침부터 밤까지 수십 분대의 간격으로 만원이요, 신혼여행지로 가는 항공기는 국내외 없이 수십 편씩 늘리고도 모자라 법석이라고 한다.

이렇듯 때마침 오합길일(五合吉日)이기도 한 날이라 그런지, 화창한 봄 날씨가 많은 시민들을 야외로 유도하기에 족했다. 기다리던 일요일이었기에 나도 가벼운 마음으로 봄나들이를 가기로 했다.

남편은 그린파크 정문 앞까지 나를 차로 데려다 주곤, 같이 등산 못 가게 됨을 무척 아쉬워했다. 필드에서 만나자고 한 친구와의 약속 때문에 선약을 어길 수가 없다면서 기회란 다시 안 올 텐데, 오늘 그 처녀림을 못 보게 됨을 나보다 더 애석히 생각하는 듯했다. 많은 기대를 갖고 도착한 그린파크 앞 너른 광장에는 원색의 물결로 인산인해를 이루었다.

그곳엔 북한산 국립공원 우이령 보전협의회 주최로 '우이령 보전 시민걷기대회'가 있었는데, 특별히 지난 26년 간 민간인의 출입이 통제되었던 우이동 고갯길을 오늘 하루만 무려 26년 만에 허가한다는 쇼킹한 뉴스가 있었기 때문이다.

그 긴 세월동안 사람의 손길이 닿지 않아 원시림으로서 변해 버렸을 것 같은 그 처녀림(處女林)의 매력이 이토록 많은 인파를 유혹한 게 아닐까.

도대체 어떤 곳일까—만사에 호기심이 많은 나에게 그 시동이 걸렸다. 서울의 그 넓은 도심지에서 게다가 불과 15분 거리에 있는 우이동 계곡에 그런 베일 속의 신비한 경관이 있음이 믿어지지 않았다.

시간이 경과됨에 따라 우이동 계곡으로 올라가는 등산로 입구는 매우 혼잡했다. 발 디딜 틈도 없이 인산인해의 인파 속에서 K원장 내외와 겨우 만났다. '우이령 관통도로 개설반대'의 서명운동이 있기에 사인을 하고 인파에 밀리는 듯 들어갔다.

각지에서 모여든 산악회에서 깃발을 들고 주최측에서도 마이크로 떠드니 배낭을 멘 원색의 물결 속에 화창한 봄 날씨가 한데 어울려 모두 호기심에 가득 찬 모습이었다. 즐거운 얘기 나누며 걷노라니 어깨에 멘 배낭이 있어도 발걸음은 가벼웠다. 공기는 무척 청량했고 불어오는 봄바람이 부드럽게 볼을 스쳐 기분이 상쾌했다. 서울 도심지 가까운 곳에 이렇듯 살림이 우거져 신선한 환경을 우리에게 부여할 수 있음은 신의 축복이라 할 수 있다.

사실 오대양 육대주 어디를 가도 도시의 가까운 이웃에 이렇듯 경관이 수려한 멋진 산이 있는 곳은 드문 편이다.

오랫동안 기계문명에 오염되지 않아서인지 쭉쭉 뻗은 이끼다송 소나무의 푸른 솔들이 더 투명하게 돋보이는 것 같았고 고개를 들어 멀리 시야를 넓히면 푸른 나무 숲 사이로 언뜻언뜻 보이는 기기묘묘하게 생긴 바위들이 한데 어울려 한 폭의 그림을 이루니 우리는 강원도 금강산도 뭐 이보다 수려할까 싶었고 깊이 도취되어 그저 감격의 탄성뿐이었다.

북한산 국립공원은 크게 북한산과 도봉산으로 나눠진다.

북한산은 백운대를 중심으로 만경대, 노적봉, 보현봉이 타원형을 이루었고, 도봉산은 자운봉, 만장봉, 우이암, 선인봉 그리고 최북단엔 사패산이 있다.

우이령은 우이암(450m) 가까이 있고 도봉산과 북한산 사이의 능선으로 북한산 국립공원의 허리에 속하는데 해발 350m의 야트막한 고갯길이다. 먼 곳에서 바라보는 우이암의 봉우리가 소의 귀처럼 보인다 하여 '소귀고개'라 불렸고, 옛날 나그네들은 이 고개를 넘어 한양서 황해도로 가는 지름길로도 이용했다.

빼어난 경관을 자랑하는 우이령 주위엔 산악미 또한 일품이라 산 위쪽은 경사가 급하고 노출된 암반으로 되어 있어 갖가지 기묘한 산들이 지극히 아름다운 풍치를 연출해낸다. 이러한 바위산들이 많아서 일명 '바위고개'라 부르기도 하고 하늘하늘한 진달래까지 흐드러지게 많이 피어 '진달래고개'로도 부른다하니, 이홍렬 작사 작곡의 바위고개 노래가 절로 콧노래로 불려지는 것은 당연하다.

"바위고개 언덕을/ 혼자 넘자니/ 옛 님이 그리워/ 눈물납니다…"라고 불렀더니 K원장도 이어서 노래를 부르면서 "김원장, 바위고개를 정말 혼자 넘고 있네요." 하기에 불현듯 필드로 나간 남편 생각이 떠올랐다. 빨간 잠바에 빨간 배낭을 멘 김원장 부인은 진달래 숲 속에서 더욱 돋보여 내가 파노라마 사진기로 작품사진을 한 장 찍기도 했다.

하여튼 황해도 한양으로 머슴살이 온 총각이 바위고개 언덕을 혼자 넘으며 10여 년간 머슴살이가 하도 설워 진달래꽃 꺾어들고 눈물 흘리는 그 발상이 바로 이 바위고개라 하니 가슴이 뭉클하기도 했다. 미아리 고개도 슬픈데 바위고개마저 슬픈 전설이 이렇듯 서려 있었다.

또 서울에서 가장 아름다운 진달래로 꼽힌다는 말이 무색하지 않을 정도로 연분홍, 진분홍의 무리지어 피어있는 진달래 계곡이 더욱 가냘프게 보이는가 하면, 누군가의 애달픈 마음이 저렇게 붉게 타고 있을까 싶어 애련했다.

바위고개를 넘으니 제1, 2전망대가 나타났다.

아주 오래 전(1968. 1. 21) 김신조 무장경비들이 이 길을 통해 청와대를 습격하였다니 놀랄 일이다. 그후 안보를 이유로 지금까지 폐쇄되던 군사도로가 된 셈인데, 전망대에서는 한눈에 북한산과 도봉산의 수려한 경관을 볼 수 있었다.

또한 인산인해를 이룬 수많은 등산객 중에는 어린아이를 무동 태워 봄나들이 나오기도 하였고 또는 망원경으로 더 멀리 자세히 관찰하는가 하면 사진기나 캠코더로 촬영하는 아마추어 사진작가뿐 아니라 자작나무 묘목을 나누어주며 여기저기 식목을 하는 애국자들의 모습도 보였다.

백두산, 금강산 그리고 한라산과 더불어 북한산은 우리나라의 4대 명산의 하나이다. 또 수도권에 뛰어난 산악미를 갖춘 이러한 멋진 공원이 있다는 것은 우리 서울시민들에겐 천혜의 자원이 아닐 수 없다.

인구만 많고 녹지공간이 적은 우리에게 북한산 국립공원은 자연공원으로서 스모그 속에서 생활하고 있는 우리에게 생명의 산소를 제공해주는 허파 역할을 할뿐 아니라 가끔 찾아가 휴식을 취하고 자연의 정기를 한껏 충전해 올 수 있는 서울 시민의 귀한 보물이다.

이토록 중요한 위치에 있는 산에, 그것도 경관이 빼어나게 수려한 우이령과 양주군 사이에 4차선 도로 계획이 추진 중이라 하니 우리 모두는 북한산 관통도로 건설을 철회하도록 강력히 반대해야 한다.

도로가 관통되면 자연 경관의 파괴는 물론 행락인파가 늘어나 그 지역의 생태계가 피폐될 뿐 아니라 북한산 도로 구간에서의 교통정체로 인한 자동차의 배기가스 또한 산성비를 뿌리게 되어 수목들이 다량 쓰러지고 말 것이다.

우리는 이 땅에 태어나 잠시 빌려서 소풍 왔다가 갈뿐, 우리 세대에 잘 보전했다가 다음 세대에 고스란히 물려줄 의무가 있다. 그런 의미에서 우이령은 더 이상 개발이라는 미명아래 상처 받아서는 안될 것이다. 그린파크 앞에서 출발하여 쉬지 않고 걸어 송추 쪽으로 향해 전경들이 지키고 있는 데까지 소요된 시간은 거의 1시간 반이나 되었다.

우리는 키 작은 밤나무 그늘아래 앉아 준비해 온 김밥에 잘 익은 총각김치를 곁들여 먹으면서 이 원시림이 그대로 보존되길 기원해 보았다. 산림욕을 하며 음미하는 총각김치의 맛이 그토록 별미일 줄이야!

장엄한 기상 / 10 F · 53.0×40.9 cm

꿀물인가 밧줄인가

어떤 사람이 길을 가다가 맹수를 피한다는 것이 그만 독사가 우글거리는 구멍으로 뛰어내리게 되었다. 떨어지는 순간 다행히 나무 뿌리를 붙잡아 목숨은 건졌는가 싶었는데 어디선가 사각사각하는 소리가 나서 위를 쳐다보니 쥐가 뿌리를 갉아먹고 있는 게 아닌가. 빠져나갈 방법이 없는가 사방을 둘러보니 눈앞의 한 곳에서 꿀물이 흘러내리고 있었다. 이를 핥아먹으며 잠시나마 죽음의 공포를 잊는다. 이것은 톨스토이 단편에 나온 이야기이다. 얼마나 절박한 상황인가.

어제 무심히 TV뉴스를 보다가 깜짝 놀랐다. 그 아내의 마음은 얼마나 아리고 아연실색했었을까. 그것은 사격연습장에서 발생했다. 감독관이 바로 뒤에서 지켜보는 가운데 어느 회사원이 총부리를 귀에 대고 자기 머리를 겨눠 자살하는 장면을 내보냈다. 그리고 쓰러지는 장면이 생생하게 보도되었다.

요즘 다 그렇겠지만 중소기업 벤처들이 어렵다고 한다. 사무실 한쪽에 침대를 놓고 라면을 끓여먹으며 동거동락하던 직원을 내보낸 뒤 회사문을 닫거나 자살하는 기업인들이 줄을 잇는다. 노숙자는 줄지 않고 있으며, 종일 굶다시피 지내다가 저녁이면 파고다공원에 모여 하루 한끼를 때우는 이가 우리를 슬프게 한다.

IMF의 계곡에서 겨우 벗어 나왔나 싶었는데 2001년 9월 11일 돌연 뉴욕에서 발생한 911항공기 자살테러 참사로 인한 세계의 경제심장부가 무너진 이후, 그 여파가 세계 각국으로 확산되면서 국내의 경기가 냉각되었기 때문이다. 내수 경기가 좀처럼 침체의 늪에서 헤어날 줄을 모르고 해외경기마저 말이 아니라고 연일 뉴스의 초점이 되고 있다.

아무튼 중소기업 문제를 해결하려면 정부건 기업이건 소비자건 이들이 개발한 우수제품을 많이 사줘야 하며 특히 발명 특허품이나 국산 신기술제품 등 최소한 공인된 제품만이라도 구매를 대폭 늘일 수 있도록 정부의 지원정책이 필요한 것이다. 이 지원정책이야말로 독사들이 우글거리는 곳에서 살기 위해 아등바등하는 사람들을 구하는 것은 꿀물이 아니라 그를 안전한 곳으로 옮길 수 있는 튼튼한 밧줄이다. 국산제품 구매확대운동이 바로 구명줄 운동이라 하니 우리 주부들도 자녀교육에서나 실제생활에서 단결하고 뭉쳐야할 것이다.

미국 뉴욕의 테러사건 이후 온 세계의 초점이 되고 있는 아프카니스탄은 여성이 가장 살기 힘든 나라로 손꼽힌다. 외출시는 머리에서 발끝까지 닿는 차도르를 뒤집어써야 하며 집밖에서 일하는 것이 금지되어있으며, 교육도 받아서는 안되며 남성의사에게 진찰과 치료를 받아서도 안 되는 억압 정책하에 있었는데, 이러한 이슬람 사회에도 변화의 조짐이 점차 일고 있다.

즉 대표적 이슬람국가인 사우디아라비아가 유엔 여성차별 철폐 협약에 가입했으며, 모로코 국영항공에서는 최신 보잉 747기를 모는 여성 조종사가 탄생했다고 한다. 방글라데시에서는 수출의 70%를 여성이 담당하고 있으며 이란은 우리보다 두 배가 넘는 35명의 여성 국회의원을 뽑았으며 대학생 중 여성비율이 60%, 과장급 이상의 여성공무원 비율도 5.5%에 달한다고 한다.

이럭저럭 2001년 올해도 다 저물어가고 있는 이즈음, 유엔이 발표한 여성권한 척도에서 우리 나라는 64개국 중 끝에서 네 번째인 61위를 차지했다니 너무나 부끄러운 일이다.

우리보다 뒤쳐졌던 나라는 방글라데시, 터키, 이집트와 같은 이슬람국가들이며 이슬람 국가 중에서도 말레이시아와 같은 나라는 38위로 여성지위가 이미 상당한 수준에 와 있다. 우리나라 순위 상승은 물론 더 이상 추월을 당하지 않기 위해서라도 여성의 권익이 신장되어야 한다.

그런데 정치인들은 대선을 앞두고 요즘 물고 뜯는 권력투쟁에만 몰입해있어 언론보도를 접하는 국민들로 하여금 이 나라가 어디로 가고 있는지 그저 놀라고 분통이 터지는 일뿐이다.

게다가 중국에 있는 우리 동포가 조국의 명예를 더럽히는 큰 잘못이야 저질렀지만, 재외국민 보호면에서 볼 때 모국인 우리나라는 우리 동포의 구명운동 한번 펴보지도 못하고 무참히도 사형이 집행된 사건이 뒤늦게 알려지자, 소위 중국과 벌어진 '망신 외교'의 파문으로 다시 세상이 시끄럽다. 이 사건은 한국 외교의 치욕중의 하나로서 정부의 임시 땜질식 처방만으로 해결될 일이 아닐 것이다. 어째 이런 일이 발생해야 하는가!

외교부는 이번 중국에서 일어난 일을 거울삼아 그 동안 소홀한 점이 있었던 분야를 과감히 시정해야 하며, 정권교체가 다가올수록 외교현안에 대한 국가이익을 지키는 일에 최선을 다해야 할 것이다.

고대신문이 창간을 기념하여 한국을 비롯한 세계각국의 젊은이들의 의식을 조사한 결과 프랑스와 러시아, 캐나다 등 서구권에 속한 대학생들의 75%이상이 다시 태어날 경우 자신의 모국을 선택할 것이라고 답변하였다 한다. 이에 반하여 고대생들은 30% 정도만이 모국에서 태어나길 바란다고 응답했다. 무려 70%가 다시 태어나기 싫은 나라로 인식하고 있음이다. 이처럼 조국에 대해 절망감을 느끼게 한 일차적인 원인은 수년째 계속되는 '취업 대란' 사태로 절망하고 있는 상황에서, 현실정치권은 지루한 권력투쟁으로 날을 지새우고 있으니 한심스러운 일이요, 그러한 지리멸렬한 추악함과 무능력의 표본이 되고 말았다.

미국의 아프카니스탄에 대한 보복 공격으로 한때는 3차대전의 위험을 가득

안은 채, 흰가루만 보면 탄저균인가 싶어 온 세계가 공포에 떨었다. 그리하여 미국엔 방독 마스크가 불티나게 팔리고 고층빌딩의 직원들은 낙하산을 준비하고 있어야되는 처절한 현실에 직면하였다.

그러나 이러한 상황에서 전쟁이 나면 조국을 위해 총을 들고 싸우겠다고 답한 대학생이 중국의 78.6%보다는 낮지만, 일본의 9.3%보다는 훨씬 높은 45%라는 것은 무척 희망적이다. 아마도 가난한 집에 효자 난다는 말이 있음과 일맥상통되는 것 같다.

젊은이에겐 희망을 가득 부여해주고 다시 태어나도 우리 대한민국에서 태어나고 싶은 마음이 넘치도록 국민 누구나 자기 위치에서 자기의 일을 충실히 수행하며 노력해야 할 것이다. 그런데 마지막 남은 달력 한 장과 함께 입동도 지나 다소 쓸쓸히 낙엽만 뒹구는 이 계절에, 오늘아침 출근길에 우리 아파트 앞의 대로변을 보니, 멀쩡했던 거리를 다시 파헤치기 시작했다.

연말만 되면 흔히 보는 일이니 남아 돌아가는 예산을 소모하기 위해 보도블록을 파헤치던 일도 작년 이맘때 일이거니와, 계획성 있게 하면 어디가 어떻게 덧나는지 도대체 알 수 없는 노릇이다.

(2001. 12.)

돌과 그림 이야기

"김 원장은 매일 구멍만 들여다보면서 그것도 모자라 또 구멍을 그리십니까? 하하… 그런데 여긴 어딥니까?"

진료시간 틈내 잠시 그림을 그리고 있는데, 나의 아틀리에를 방문한 A화백이 불쑥 한마디 던졌다.

"구멍이라니요? 바로 그 유명한 금강문인데…. 금강산 입구에 집채만한 큰 바위들이 그대로 내려앉아 천연돌문이 생겼더군요. 바로 금강문으로 이 문을 통과해야만 금강산으로 들어갈 수 있었지요. 특이하길래 화폭에 옮겨 보았어요."

"금강산 다녀온 화가는 많아도 금강문을 소재로 그린 화가는 아직 한 사람도 없는데, 이 금강문은 소재도 좋고 김원장이 국내선 처음으로 그렸으니, 이 정도라면 한독 미협 공모전에 한번 출품해 볼만 합니다."

이런 사연으로 최근 두 달간 공들여 그린 「금강문」(100호)을 공모전이 열리고 있는 인사동 공평아트센터에 마감 전날 부랴부랴 출품하였다.

후일 입선소식에 상쾌한 마음으로 돌아오면서 깊은 생각에 잠겼다. 언제부터 내가 돌과 인연을 맺고 그림에 유별난 집착이 있었던가 반추해 본다.

"내 벗이 몇인고 하니/ 수석(水石)과 송죽(松竹)이라/ 동산에 달(月)오르니/ 긔 더욱 반갑고야/ 두어라 이 다섯밖에 더하여 무엇하리…"로 시작하는 윤선도의 오우가(五友歌)가 인연이 되었을까.

자연을 그토록 애틋하게 사랑했던 고산 윤선도의 시조에 매료되어 시조시인을 선망하던 여고시절, 의대생인 오빠를 따라 시조를 메들리로 함께 암송하던 기억이 아련히 떠올랐다. 그중에도 돌의 묘사가 마음에 닿았다.

꽃은 무슨 일로 피면서 쉬이 지고
풀은 어이하여 푸르는 듯 누르나니
아마도 변치아니할손 바위(石)뿐인가 하노라.

부드럽게 술술 풀어지는 그 음률이라니! 이처럼 멋지게 읊은 오우가의 긴 여운이 오래도록 나를 휘감았다. 돌같이 단단하고 쉽게 변치 않는 굳은 의지가 인상적이고 깊은 감동을 준 것이다. 변치 않는 굳건한 기개로 나도 늘 하얀 가운을 입고 계셨던 아버지처럼 전문의가 되어 사회에 봉사하며 참된 삶을 펼쳐보리라 다짐하곤 했었다.

그 이후 이대의대 재학시절 박목월 시인의 추천으로 첫 시집을 출간하면서 나의 옛이름을 호적에서 지우고 돌 석 '石'자를 넣어 완전히 예명으로 개명하기에 이르렀다.

아무튼 나는 그 돌의 마력에 이끌려 최근엔 E-mail 주소도 아인슈타인(Einstein; 돌의 뜻)처럼 drstone@hanmail.net 로 만들고 나니 전생의 무슨 인연인지 왠지 흐뭇하였다.

이처럼 돌에 대한 집착 또한 유별나서 여하한 돌이라도 특이하기만 하면 수집하는 매니어가 되었다.

그런데 요즘은 대수롭지 않은 말 한마디 실수로 발생한 주부 윤여인 사건 이후, 금강산 여행이 잠시 중단되고 있다. 하지만 나는 남편과 함께 그런 사고 직전에 금강산 여행을 다녀온 바 있다. 무수히 많은 한국인들이 꿈속에서나마 얼마나 그리워했던 명산이던가. 신의 정원이 바로 거기에 있었고 실로 환상적이었다.

그래서인지 금강산 입구의 큰 돌문은 나의 그림의 소재가 되는데 주저함이 있을 수 없었고, 소재부터 좋아 입선의 예감마저 들었다.

돌이켜보면 올해엔 내게 유난히 상복이 쏟아졌다. 각종 공모전과 미술대전에서 (의미전 최우수상, 국제문화미술대전 최우수상, 한국여성미술 공모전 동상, 한독미협 공모전 입선, 세계평화미술대전 장려상, 국제문화미술대전 특선 등) 숨찬 듯이 골고루 수상하여 대한민국 미협회원 자격도 얻었으니 잊을 수 없는 뜻깊은 해가 될 것 같다.

새천 년이 시작되는 2000년(4월 26일) 새봄이 되면 인사동 조형 갤러리에서 제1회 서양화 개인전을 열게 된다. 나 스스로 생각해도 가슴 벅찬 일이거니와, 진료하랴 그림 그리랴 하루가 25시간이었으면 하고 아쉬워할 때도 얼마나 많았는지 모른다.

이렇듯 부엌일 서툰 며느리가 고추장 담그고 나면 치맛자락 등 옷 모서리마다 고추장 투성이인 것처럼, 이럭저럭 그림과 인연을 맺다보니 미숙한 탓에 옷마다 유화물감이 안 묻은 곳이 없고 심지어는 병원에서 내가 종일 입고 지내는 의사가운마저도 유화물감 스치고 지나간 흔적이 역력하였다.

이제는 입원실 하나를 아담한 아틀리에로 변형시키고 내 키보다 훨씬 높은 이젤도 두 개 세워놓고 늦도록 그림에 열중했더니, 밤이 늦도록 병원화실에 혼자 남아 있게 되어 그런 아내가 안심이 안 된다고 남편의 성화가 대단하였다.

잠시 뒤돌아보면 일요일마다 홍익화우회 회원으로서 홍대정문에서 출발, 서울 근교로 야외스케치 하던 일이 어느새 10여 년이 흘렀다. 그 당시는 아마추어 화가들과 함께 어울리는 것만으로도 꿈을 꾸듯 행복했었다.

하나 둘씩 소박하나마 내 작품이 완성되면 제왕절개술을 한 뒤 보호자로부터 찬사를 받을 때보다 차원 높은 성취감에 도취되곤 했다.

때론 그림에 관심이 많은 환자에겐 병원 복도와 층계에 줄지어 걸려있는 내 작품 앞에 서서 그림에 얽힌 사연도 즐겨 들려주고 환자가 화가일 땐 그림평도 듣곤 한다.

여기가 산부인과의원인지 무슨 갤러리인지 구별이 안 된다고, 다음날 남편까지 데리고 와서 같이 감상하며 넌지시 부러운 시선을 보내주는 그들의 미소 앞에서, 더 나아가 내 뒤에서 적극적으로 묵묵히 밀어주는 가슴이 마냥 넓은 남편에게 그저 마음 깊이 감사할 뿐이다.

통일의 첫걸음 / 100 F · 162×130.3 cm

그리운 목소리

꽃샘바람 헤치고 분홍 옷자락 나풀거리며 봄은 어느 틈에 다시 우리 곁에 왔다. 볼을 스치는 향기로운 봄기운을 전신으로 느끼면서 나는 오늘 한식을 수일 앞두고 미리 아버님 묘소엘 다녀왔다.

그곳엔 무척이나 우리를 사랑하셨던 아버님께서 잠들어 계시니 돌아가신 지 벌써 3년이 되었다. 오빠와 동생들과 여럿이 아버님 산소를 돌아보면서, 나는 아버님께 그간 들려드리고 싶었던 무수한 이야기로 가슴이 뜨거워졌다.

유난히 어린이를 사랑하셨고, 모든 사물을 긍정적으로만 바라보시어 항상 명랑하시니 입가엔 늘 미소가 떠날 수 없어 만인의 연인이셨을 뿐만 아니라 그림과 음악에도 조예가 깊으셨고, 노래는 특히 「박연폭포」를 풍부한 성량으로 잘 부르셔서 누구에게나 최고의 인기를 독차지하였다.

또한 모든 운동을 두루두루 잘하셨기에 세브란스 의대동창 테니스 대회에서도 자주 트로피를 타 오시곤 했다. 그러한 팔방미인형의 아버지를 동일시한 탓인지, 내 생애의 최초의 가장 가까운 매력 만점의 그런 아버지를 나는 못 견디게 좋아하였다.

그러므로 어린 시절엔 이비인후과 의사이신 아버지의 뒤를 따라 나도 의사가 되는 것이 유일한 꿈이었다. 때론 친구같이 아버지와 나는 때론 애인처럼 서로 제일 잘 통했고 취미까지 일치하여 의사들의 모임인 야외사진 촬영대회에는 비서처럼 소녀시절의 나를 자주 데리고 다니셨다.

그윽하고 포근한 가슴으로 그토록 자상하셨기에 여고시절엔 나의 친구들에게 까지도 인기가 가득하여 더욱 나를 으쓱하게 만드셨다.

마침내 긴 동면에서의 침묵을 깨고 나의 두 번째 시집이 세상 빛을 보게 되니, 이제는 저 먼 하늘나라에 계신 아버님이 더욱 그리워진다. 세상의 누구보다 먼저 그분께 인사 올리며 기쁨을 나누고 싶어, 때마침 한식일을 수일 앞두고 산소엘 다녀 왔다. 아버님이 계셨다면 얼마나 좋아 하셨을까 그 환한 모습이 눈에 선하다.

결국 나는 그분의 피를 받아 세상의 빛을 보았고, 그윽한 부정의 이슬로 가이없 는 시심의 밭을 경작하게 되었다. 어린 시절에 동심을 모태로 한 딸의 시(詩)를 퍽 대견해 하셨기에, 이화대학 의대재학중 이화문학회 주최 시 낭송 때엔 병원문 도 닫고 제일 먼저 오셔서 내 차례를 기다리시며 누구보다 더 기뻐하셨던 우리 아버지. 그 기쁨을 자신의 삶의 큰 행복으로 여기시며 매우 흡족해 하시곤 했다.

첫 시집 『五線紙의 연가』(1965)는 그렇게 해서 출간된 것이다.

청록파 시인 朴木月님이 머릿글을 맡아 주셨고, 문덕수(홍익대 대학원장) 교수 님의 발문이 실렸다. 그리고 그 당시 수원시 의사회 회장이셨던 아버님께선 수원 장안이 흔들리도록 성대한 출판기념회도 열어주며 행복해 하셨다.

그로부터 30년의 세월이 흐른 오늘, 나는 아버님의 뜻을 따라 의대를 졸업하고 산부인과 전문의가 되었으며 결혼하여 한 지아비의 아내가 되었고 또한 3남매의 어머니로 변신하면서 바쁘게 살아왔다.

그렇지만 어느 한시도 아버님의 일념과도 같은 시인(詩人)의 길은 외면한 적이 없었다. 비록 많은 시작품을 출산하진 못했지만, 또한 현실적인 명제인 시대와 삶의 아픔엔 집착하진 않았지만, 나로서는 진실하고 아름다운 詩를 위하여 언제나 매달려 있었고, 언제나 매 순간 최선을 다해 살아 왔다.

결코 많지도 못하고 다소 늦긴 했지만, 여기 나의 시(詩)들은 이제 내 인생의 흔적이며, 소망이며, 또한 나 혼자서 소중히 간직해온 감동의 결정체 인 것이다. 그러기에 하나의 언어예술로서의 성공보다도 더욱 값진 내 꿈의 확인으로써 간직하고 싶다.

그러므로 그런 나의 생활을 꿈으로 엮어 냈다고나 할까 꿈을 생활의 노래로 엮어 냈다고나 할까. 이 모든 것이 생활적 예술 혼과 삶의 시정이 충만한 아버지의 피가 아직도 내 가슴 깊은 골짜기에선 샘솟듯 용솟음 치고 있기 때문이리라.

그렇게 살고 있기에 『그리워하는 만큼 더욱 메아리치는』 아버님의 모습을 잊을 수 없어, 보고프고 그리운 마음으로 두 번째 시집의 표제로 삼았다.

끝으로 그동안 나의 시(詩)에 박수를 보내준 많은 선후배 의사들과 가족 친지들께 한 권의 시집을 선물할 수 있어 기쁘다는 말과 함께, 7남매 뒷바라지로 어느새 77세가 되신, 이 세상에서 가장 귀한 우리 어머님께 나의 뜨거운 사랑을 전하면서 나의 새 시집을 먼저 바친다.

(1994. 4.)

떠나라! 낯선 곳으로

이른 아침에 잠에서 깨어 너를 바라볼 수 있다면
물안개 피는 강가에 서서 작은 미소로 너를 부르리
하루를 살아도 행복할 수 있다면 나는 그 길을 택하고 싶어
세상이 우리를 힘들게 하여도 우리 둘은 변하지 않아.

너를 사랑하기에 저 하늘 끝에 마지막 남은 진실 하나로
오래 두어도 진정 변하지 않는 사랑으로 남게 해주오

내가 아플 때보다 니가 아파할 때가 내 가슴을 철들게 했고
너의 사랑 앞에 나는 옷을 벗었다 거짓의 옷을 벗어버렸다.
너를 사랑하기에 저 하늘 끝에 마지막 남은 진실 하나로
오래 두어도 진정 변하지 않는 사랑으로 남게 해주오
사랑으로 남게 해주오

이 노래는 요즘 인기리에 뜨고 있는 「사랑을 위하여」이다. 고요히 가사를
음미해 보면 쉰세대의 마음도 여지없이 꿰뚫듯 흔들고 만다.

노래를 부른 가수가 작사와 작곡까지 겸한 탓일까 그토록 절실하게 호소력이 넘치는 노랫말 위에, 애처로운 리듬이 한데 어울려 마음을 포근히 적셔주고, 구구절절 진하게 번지는 시적감동이 눈시울을 적시게 한다.

그러던 차에 친구의 권유로 마침 무박 2일의 짧은 봄나들이 기회를 접하게 되었다.

시시각각 변화하는 창밖의 풍경을 바라보며 틈틈이 「사랑을 위하여」를 연습하고자 카세트와 이어폰을 준비물 1호로 망설이지 않았다. 그것은 바로 초봄을 여는 제7회 국토 문화기행이었다.

우리 한반도의 지붕이며 영산인 지리산 자락과 아름다운 섬진강을 마음속에 그려보았다. 그 물줄기에 묻혀 살아온 사람들의 삶의 자취를 두루 훑어보리라. 그리고 위풍당당한 위용을 자랑하는 화엄사를, 보름달이 휘영청 밝은 달밤 아래 거닐어 볼 수 있다는 신비함 속에, 지리산 유황온천에서 푹 휴식도 취할 수 있다는 즐거움을 상상하니, 거기에 고로쇠 약수는 금상첨화요, 산동의 산수유 마을에선 간단하게 스케치도 할 수 있다면 잠을 제대로 잘 수 없는 무박2일의 여행일지라도 피로감이란 남의 사전에나 있을 것 같았다.

게다가 남한 3대 명당인 아흔아홉 칸 집 '운조루'와 광양의 매화마을에서 맘껏 봄향기에 도취하리라. 또한 화사한 매화꽃들 속에 봄빛을 가득 묻혀 오리라는 기대로 마음은 마냥 부푸는 듯했다.

연이어 절개와 사랑의 도시 남원에 들러 광한루에 기대앉아 옛 선조의 체취도 더듬어 볼 수 있다면, 그 누구보다 먼저 봄 나라에 나들이 다녀온 풍성한 추억으로 나의 심신은 탱탱해지리라 생각했다.

사실, 요즘 I.M.F.시대가 아니던가. 되도록 외화를 덜 소비하기 위해서라도 국내에 고루 분포되어있는 격조 높은 우리 고유의 문화유산과 접하면서 선조의 얼을 느껴보는 것도 풍요로운 마음의 양식이 될 것이다.

바야흐로 하루해가 뉘엿뉘엿 저물고 있는 밤8시 30분, 남녘엔 꽃소식이 들리는 이른 봄이라지만, 갑자기 꽃샘추위가 맹위를 떨치는 3월 13일이자 금요일 저녁, 넣어 두었던 겨울옷을 도로 꺼내 입어야할 정도로 진눈깨비까지 뿌리는 쌀쌀한 날씨였다.

출발지는 광화문 세종문화회관 앞, " 떠나라! 낯선 곳으로! 그대 하루하루의 낡은 반복으로부터!"라는 멋진 문구의 현수막이 세종대왕 동상 뒤 교보빌딩에서 펄럭이고 있었다. 마치 우리의 들뜬 마음을 대변해 주는 듯 기대에 부푼 가슴을 흔들어주었다.

비로소 남녘에 찾아온 봄기운도 마실 겸 초봄을 여는 국토 문화기행의 문은 열린 것이다. 나는 이어폰을 꽂고 「사랑을 위하여」를 반복적으로 들으면서 흐뭇한 마음으로 행복의 나라의 문을 두드렸다.

노래란 우리 인간에게만 주어진 특권이다. 새들도 노래를 부른다지만 짝을 부르는 신호일 뿐 노래란 인간에게만 가능한 신의 은총이리라. 그러므로 슬플 땐 단조의 애조 띤 슬픈 노래가 오히려 마음을 평온하게 가라앉히고, 기쁠 때엔 신나고 흥겨운 노래가 기쁨을 그 몇 배로 증폭시키기에 풍류적인 나는 계속 콧노래로 흥얼거렸다. 서울서 전라남도까지는 제법 긴 여정이니 이번 기회에 완벽하게 노래 한 곡 익혀둔다면 무료함도 없어 일석이조가 아닐까.

밤은 점점 깊어가고 차는 남으로 남으로 봄빛을 찾아 내려갔다. 창밖엔 진눈깨비도 여전히 뿌리니 꽃샘추위의 시샘이 대단한 모양이었다. 우리의 리더인 농업박물관 학예연구관 K선생은 역사적인 고찰에 조예가 깊어 그의 해박한 해설엔 절로 감격할 뿐이었다.

새벽 3시반경 예정대로 화엄사에 도착하였다. 밝은 달빛아래 경건한 마음으로 사찰 경내를 조용히 둘러보았다. 혹시 스님이 깰까 봐 한 발자국도 조심스러웠기 때문이다. 예상한 대로 화엄사는 우람한 대찰로서 지리산 노고단으로 오르는 지름길 초입에 있었다. 청아하게 빛나는 달빛아래 상큼한 새벽 공기가 가슴속까지 정화시키는 듯했다.

새벽의 고요를 흔드는 범종이 울리자, 출중한 자태로 서있는 대웅전으로 새벽 예불에 참석하기 위해 스님들이 모여들었고, 불자가 아닌 나까지 절로 경건해지는 것 같았다. 달빛이 제법 밝았지만, 우리는 손전등을 들고 108계단을 오르내리면서 간주석(竿柱石)이 섬세한 장구모양의 석등을 감상하였다. 세계에서 가장 크다는 이 석등(6,4m)은 각황전(覺皇展) 앞뜰 달빛 아래에서 신비스러운 모습으로 서있었다.

대웅전의 외관은 위엄과 기풍을 동시에 느끼게 하여 위풍당당해 보였다. 밤을 낮 삼아 달려왔지만 종교의 차이에서 오는 거부감 없이 눈빛도 초롱초롱 달빛에 빛났다.

비록 가톨릭 신자지만, 이른 새벽잠을 물리치고 일어나 목탁을 두드리며 불경을 외우면서 구도의 길을 걷는 스님들이 우러러 보였다. 아침잠이 많은 난 어림도 없는 일인데 불심이 얼마나 깊으면 저러할까.

또한 각기 다른 형상을 한 네 마리의 사자가 머리에 이고 섰는 석탑은 불국사 다보탑을 연상케 하였다. 4사자 3층 석탑으로 고요히 쌓이는 푸른 달빛에 과연 국보답게 수려하여 누구의 손길이 저토록 완벽했을까 놀랄 뿐이다.

6월 보름이면 수국이 만발하여 달빛과 어울려 더 환상적이라고 했다. 또한 내 키의 몇 배 높은 우람한 동백나무숲도 잊지 못할 것 같다.

화엄사 새벽 예불이 끝난 뒤 우리는 지리산 게르마늄 온천욕을 했다. 고로쇠 약수를 마시면서 들깨 가루와 조개로 구수하게 끓인 된장국은 봄 향내 그윽한 산나물과 어울려 시장기와 맞물려 아침식사로 일품이었다. 역시 고향색이 다른 음식을 타지방에 와서 골고루 맛본다는 것도 여행의 큰 즐거움이 아닐 수 없다.

연이어 산동 산수유 마을에서 온통 노랑 빛으로 물든 산수유 꽃을 눈이 시리도록 보았다. 자연이 주는 봄의 향기란 그대로 수채화를 대하는 듯, 캔버스에 옮기고 싶은 강한 충동을 느끼게 한다.

그리고 뽀얀 봄길을 달려 운조루에 도착했다. 조선조 후기 호남 지방 양반가의 생활상을 자세히 알 수 있는 운조루(雲鳥樓)는 풍수지리설에 의하면 금환 낙지(金環落地)라 하여 우리나라 3대 명당자리라 하였으나, 보수와 관리가 소홀해 다 쓰러져 폐허가 되어가고 있으니 아쉬울 뿐이었다.

　　우리의 귀중한 관광자원이 저렇게 소멸돼 가고 있음이 자못 안타까운 것이다. 우리 고유의 문화유산은 우리가 지켜야 한다. 우리의 조상이 대대로 숨쉬고 닦아놓은 터전을 고스란히 후손에게 넘겨 줘야하지 않겠는가.

　　나라사랑을 다시 느껴보는 운조루였다.

대부도의 꿈 / 10F · 53×45.5cm

봄 산행

5월은 신록의 계절이다. 그 신록과 연분홍 철쭉이 어우러져 요즘 정선의 두위봉 (1,466m)엔 천상의 화원을 이루고 있다 한다. 산정에 펼쳐진 연분홍 꽃바다가 이번 달이 피크라던데, 그곳까지 꽃 산행은 못해도 5월 마지막 일요일, 나도 봄나들이 산행을 하기로 했다.

긴 침묵 끝에 봄은 해마다 꽃으로 문을 연다. 3월이면 산수유, 매화에 이어 4월엔 개나리, 진달래, 배꽃으로 화사하고 연이어 복숭아꽃, 벚꽃으로 화려하게 만개했다가 5월엔 철쭉으로 문을 닫는다. 이런 봄꽃 산행은 생각만으로도 가슴 깊은 곳까지 그 향내로 물들 것 같다. 세파에 찌든 찌꺼기를 녹이고 새로운 활력소로 충전시키기에 충분하니 어린시절 소풍가는 날처럼 다소 들뜨게 마련이다.

그보다 앞서 지난 일요일엔 일산의 세계 꽃전시회에 갔었다. 눈이 시리도록 아름다운 꽃들의 향연은 그야말로 향기로운 꽃들의 잔치였다. 그 꽃들에게 도취되어 잠시나마 온갖 시름들을 다 날려 보내니 자연의 품만큼 더 큰 평화는 없을 것 같았다.

그런데 이제 한동안 우리 시야를 괴롭혔던 황사바람도 지나가고 봄비도 흡족히 내려 오늘 아침은 유난히 화창한 봄날이다.

요즘 보기 드물게 이렇듯 쾌청한 날씨에 모두 놀랐다. 서울 인왕산너머 개성의 송악산까지 손에 잡힐 듯 뚜렷이 보인다고 일간신문마다 요란하다. 이런 날씨는 1년 중 불과 열흘정도라고 하니 그렇듯 쾌청한 날씨에 모두 감탄하면서 일행은 서둘러 아침 인사를 나누었다.

하늘은 푸르고 산속의 오솔길은 아까시꽃으로 향기로웠다. 또한 여기저기서 뿜어대는 피톤치드로 초록빛 나뭇잎들마저 윤기를 더했다. 그러니 서울이 세계 제2의 공해도시라는 말이 오늘만은 도무지 믿어지지 않는다.

그렇게 화창한 봄날, 10여 명의 우리 회원들은 가벼운 발걸음으로 세 번이나 쉼터에 앉아 잠시나마 휴식을 취했다. 구슬땀 맺힌 이마 위로 솔솔 스쳐가는 봄바람이 그렇게 달콤할 수가 없었다.

또한 눈 아래 펼쳐진 도시의 군상들을 내려다보니 바로 이 맛이 산엔 오르는 매력이 아닐까 가늠해 본다. 게다가 10여 년이상 일간신문(조선일보)을 통해서 막연히 존경해오던 명칼럼니스트와 함께 등산하고 있다는 사실이 내겐 큰 기쁨으로 다가왔다. 그런 유명인사와 산등성이에 앉아 기념사진도 찍으면서 산엘 오르니 실로 신바람 나는 등산이 아닐 수 없다.

어느 시인은 말했다.

"때는 봄, 하늘엔 종달새, 신은 하늘에 계시고 존재하는 모든 것은 선하다."

모든 존재를 긍정하는 기쁨으로 노래했지만, 5월의 계절은 아름다워도 한보여파와 불경기로 시국은 어지럽기 그지없다. 하여튼 우리는 미아 삼거리 맥도날도 가게에 모였다가 다시 버스로 화계사까지 갔다. 북한산엘 올라 칼바위 능선을 따라 정능으로 내려오는 코스를 이용하기 위함이다. 그 정도라면 별로 버겁지 않은 짤짤한 코스다.

산엘 오를 때마다 난 생각하곤 한다. 산에서 만나는 사람들은 모두 선하다고. 처음 만남이라도 구면인 듯 친근감이 앞서고 다정하게 담소를 나누고 싶어지는가 하면 어느새 오랜 안면이 있는 친척 같은 느낌도 앞서는 것은 산이 주는 큰

포용력 때문이 아닐까.

게다가 내게 있어 오늘은 낯선 모임이었다. 특별한 행사가 없는 한 일요일에는 등산을 주로 하지만, 오늘은 나대로 '전일산악회'에 가담하기로 한 것이다. 바로 박달회 회장님인 L박사의 권유였다. 박달회란 수필문학에 일가견이 있는 의사 수필가들의 동인모임으로, 창간된 지 무려 30여 년이 넘는다.

조선일보 명칼럼니스트이자 시사평론가 이규태 논설고문이 바로 전일(전주고교 일회졸업생) 산악회 회원이라기에 사실 귀가 솔깃하였다. 누가 불공보다 잿밥에 마음을 두느냐고 말할지 모르지만 내가 전일산악회에 참석한 이유는 등산은 뒷전이요, 보다는 조선일보 「이규태 코너」의 명 집필자를 뵙는데 의미가 더 컸음을 고백한다. 난 그분의 일등 팬으로 십여 년 전부터 조선일보에서 그의 글을 스크랩해 오고 있었다.

만나 뵙고 보니 그분은 비교적 아담한 작은 키에 나와 눈높이가 비슷비슷해 일단 친근감이 있었다.

그러니까 15,6년 전부터 나는 조선일보에서 「이규태 코너」만을 고집하여 스크랩하는 습관이 있었다. 이른 아침마다 배달되는 그 신문을 보기만 하면 우선 가위부터 들고 오리기 시작했다. 내 조그만 서재엔 오랜 세월동안 모아둔 「이규태 코너」 스크랩북이 산더미처럼 쌓여 있다. 너무 오래 되었기에 먼지가 새하얗게 쌓인 곳도 있고 때론 누렇게 변색된 것도 있지만, 나는 늘 보물 다루듯이 소중히 아끼고 모아두고 있다. 그러기에 남편의 불만도 크다.

이규태 책을 사면 될 걸 왜 자기가 미처 읽기도 전에 먼저 오리느냐는 항의였다. 당연하다. 하지만 워낙 오랜 세월 젖은 내 습관 때문에 그저 이규태 열성 팬이라 으레 그러려니 하고 인제는 남편도 무심해졌다. 물론 그의 저서의 대부분도 내 책장에 꽂혀있다. 하여튼 혹시 해외에 오랫동안 나가 있을 때에도 「이규태 코너」만은 꼭 오려두도록 아이들에게 부탁할 정도로 난 '이규태 매니아'였다. 즉 이규태 논설고문의 No.1팬임을 온 가족이 다 알게 되었다. 그러니 그분과 더불어 산행을 하면서 이야기를 나눌 수 있다는 것은 내겐 대단한 행운이 아닐 수 없다.

어디서 그토록 무궁무진하게 지식의 샘이 끝없이 솟는지 난 그것이 신기할 따름이다. 어찌하여 그렇게 박학다식하신지 순간순간 놀래게 되고 살아 숨쉬는 컴퓨터라고 외치고 싶었다.

또한 탁월한 재능을 인정받아 전국 각지로 또는 바다건너 해외로 지구촌 구석구석까지 강연차 늘 바쁘시다니 미루어 짐작하고도 남는다.

따라서 그분이 가는 곳엔 모두가 이규태 코너가 된다. 우리는 목적지에 도착하자 각자 준비해온 음식을 펼쳤다. 어느새 진수성찬이 되었고 즐거운 점심시간이 된 것이다. 물론 이규태 논설고문은 아무도 앉지 않고 비워둔 자리 즉, 「이규태 코너」에 앉았다. 나는 이 코너 바로 옆에 자리잡고 앉아 5월의 싱그러운 하늘을 지그시 바라보았다. 또 다른 행복이 나를 감싸고 있었다.

다람쥐 노닐고 소쩍새도 휘파람새와 어울려 5월을 찬미하는 이 계절에 나는 신고식 해야 된다고 우기는 전일회 회원들의 성화에 못 이겨 결국 요즘 히트 치고 있는 노래 「애모」를 부르기도 했다. 살랑살랑 스쳐 가는 봄바람에 산울림까지 어우러져 멀리멀리 퍼져나갔다.

그분이 준비해온 도시락을 통해 이번 기회에 마른 누룽지와 붉은 메뚜기를 이규태 논설위원이 무척 즐기신다는 것도 새삼스럽게 알았지만, 하여튼 이 소중한 추억을 길이길이 간직하리라.

(1997. 5.)

무지개와 물방개

요즘엔 이틀이 멀다하고 초가을 가랑비가 잦다. 이것도 지구 온난화에 기인한 다지만, 하도 자주 비 소식이 있고 보니 이젠 지루한 바도 없지 않다.

그런데 수일 후엔(2003. 8. 27) 6만 년만에 화성과 지구가 가장 가까운 거리에 놓이는 대 접근의 놀라운 지구 쇼가 예상된다고 벌써부터 떠들썩하다. 육안으로도 붉은 색을 띤 미확인 비행물체(UFO) 정도의 밝기로 볼 수 있다니 제발 비나 오지 말았으면 한다.

화성과 지구가 가장 멀리 떨어졌을 때의 1/7 수준이라 하니(5575만 8000km), 놀라운 화성 축제라고 전 세계가 난리일 수밖에 없다. 세계 곳곳에서 망원경이 불타게 동이 나고, 도쿄 국립과학박물관은 줄지어 섰는 방문객에게 1인당 20초씩만 화성을 관측하도록 했다 한다.

그래서인지 최근엔 전보다 자주 밤하늘을 쳐다보게 된다. 삶에 찌든 도시인으로서 하늘을 바라볼 수 있는 마음의 여유도 사실 흔치 않은 일이거니와, 무심히 쳐다본 밤하늘엔 비온 뒤 더 맑아진 반달이 떠 있었다. 저 달이 동그랗게 부풀면 추석이 되고, 한가위 제사를 지내다보면 또 다시 생전의 친정아버님 모습이 문득 더 그리워지게 된다. 비가 오더라도 올 추석엔 아버님을 뵈러 산소로 꼭 가고 싶었기 때문이다.

이비인후과 의사이신 아버지께서는 다방면으로 재능을 겸비하셨던 만능 탤런트이셨다. 유머가 넘치고 어느 모임에서나 빠지면 당장 표가 날 정도로 인기를 한 몸에 가득 안으셨음을 우리 형제들은 이미 익히 알고 있다.

여름방학에 서울서 공부하던 형제들이 모두 모이면 7남매 1소대를 거느리시고 수원 한복판에 있는 팔달산엘 오르시면서 지인을 만날 때마다 줄지어 산에 오르는 우리들을 무척 자랑스럽게 소개하며 그렇게 흐뭇해 하셨다. 당신이 외아들이 아니셨다 해도 워낙 자상하신 성품이라 여고친구들마저 은근히 날 부러워하곤 했다.

그 7남매들이 일곱 빛 무지개가 되니, 이름하여 격월로 모이면서 우리들은 이구동성으로 이를 '무지개 모임'이라 명명하였다. 이러한 무지개모임에 대응하여 연못가에 맴도는 열여섯 명의 조카들은 스스로 에너지 넘치는 물방개가 되었으니 사랑스런 조카들의 끈끈한 '물방개 모임'은 그 결속이 부모인 우리보다 더 강인하였다.

이렇게 화목하기 이를 데 없는 우리 모두를 놔두고 아버님께선 안타깝게도 이미 고인이 되신 것이다. 아버님과 친분이 유난히 두터우셨던 동갑내기 이모부님께서는 아직도 정정하신데 무슨 연유로 일찍 타계하셨는지 슬픈 추억만이 가슴속에 맴돌고 있을 뿐이다.

드디어 추석연휴를 3일 앞둔 일요일(2003.9.7), 우리 무지개 회원은 아버님 산소에서 아침 9시에 함께 만나기로 했으니 아침 6시전부터 서둘러야만 했다.

아니나 다를까 주말만 골라서 비가 오더니 야속하게도 이른 새벽부터 또 비가 오고 있었다. 그러자 저 비를 맞고 가야 옳은지, 아니면 추석날로 연기해야 하는지 여러 동생들의 전화가 내게 빗발치기 시작했다. 난 오빠에게 최종 결정을 물었지만, 준비한 음식 때문에 결국 예정대로 그대로 이행하기로 했다.

두 남동생과 막내 여동생을 약속한 장소에서 픽업하여 화성군 쌍학리로 향하여 핸들을 잡았다. 오랜만에 만났으니 차내는 시끌 법석 반갑다고 난리다. 이야기가 어느 정도 무르익자, 잠깐 모두 조용하게 진정시킨 뒤 매달 마지막 목요일 연세대 동창회관에서 인기 절정인 김동길 교수의 시국강연 테이프에 귀 기울이게 하니 우리 모두 심각하게 나라 걱정도 했다.

중요한 안건도 있었다. 내년이 윤년이니 선산이라 할지라도 홀로 외롭지 않으시도록 내년엔 고향인 개성 사람들이 많이 잠들어 있는 이북 5도민들의 묘지로 이장함이 좋을 것 같다는 것과, 그렇게 되면 교통이 좋아져 우리 자매들끼리도 쉽게 아버님을 뵈러 갈 수 있지 않겠는가 의견을 모았고, 비는 그침 없이 계속 와도 기분이 상쾌해졌다.

아버님 산소 주위엔 아름드리 밤나무가 가득하였다. 생전에 당신 스스로 많이 심어 놓으셨다. 한데 벌써 누군가 거의 다 주워가고 눈에 띄는 밤은 별로 없었지만, 깔깔대는 우리들 목소리를 듣고 계실 아버님 생각에 우리들 이야기는 그칠 줄 모르고 이어졌다. 일곱 무지개는 우산을 받쳐주고 물방개들은 산소에 무성한 잡풀을 자르기 시작했다.

작년에 쓰던 잡초를 베던 자동기계가 고장 나서 일일이 잡초 베는 기구를 사용하여 자르자니 모두 땀을 뻘뻘 흘렸건만, 비 때문에 시원하기도 했다. 난 준비해간 라디오로 클래식 뮤직을 들려드리면서, 단 5분만이라도 아버님 목소리를 들어봤으면 하고 그리워하였다.

난 유난히 아버님과의 잊지 못할 추억거리를 많이 간직하고 있다. 같이 영어책 펴놓고 외우던 일, 학창시절 자주 상을 받을 때마다 특별히 기뻐하시던 모습이 눈에 선하다.

특히 이대 재학시엔 중강당에서 있었던 '이대 문학의 밤'에서 의대 대표로 나의 시 낭송이 있었는데, 병원 진료실 문을 닫고 수원서 서울 신촌으로 날 축하하러 오셨던 일은 잊혀지지 않는다. 또한 버스에서 혹시 시계를 날치기 당했어도 즉시 똑같은 새 시계를 사주시며 모든 고민거리는 훨훨 잽싸게 날려보내 주시니, 얼마나 가슴 뜨거운 사랑을 느꼈었는지 모른다.

가을비가 속절없이 뿌리는 가운데 우리는 하산하기 시작했다. 작은 징검다리를 건너자니 아슬아슬 물에 빠질 뻔하면서 우리들 이야기는 다시 이어졌다. 결국 우리들 구두가 빗물에 질펀하게 젖었다.

비만 안 왔다면 얼마나 더 즐거웠을까. 하지만 만물박사 오빠의 명강의는 언제 들어도 재미있고 비록 아버님은 가셨지만 비에 축축이 온몸이 젖었어도 우리 모두 즐거운 것은 따뜻한 형제애가 날로 깊어지기 때문이 아닐까.

(2003)

이야기 / 10 F · 53.0×45.5 cm

봄의 교향악

가끔 예기치 못했던 뜻밖의 일이 생겨 놀라움과 함께 이게 바로 사는 기쁨이려니 하고 행복감에 젖어 들게 된다.

그러니까 까마득한 아주 옛날(1967년도)로 타임머신을 타본다. 그 당시 같이 세브란스 병원에서 인턴으로 근무했던 닥터 차가 어느 날 나의 진료실로 불현듯 놀라운 전화를 준 것이다.

어린시절 초등학교 3학년 이후 고3에 이르기까지 긴 세월간 같은 학교를 다닌 동기동창이요 죽마고우인 그가 던져준 빅뉴스란 옛 초등학교 때의 담임선생님의 소식이었는데 그 선생님께서 아직도 날 기억하시고 안부를 묻더라는 것이다. 얼마나 감격스러웠는지 순간 난 가슴이 소녀처럼 뛰기 시작하였다. 거의 40여 년만에 옛 선생님을 뵐 수 있다니 꿈같은 일이 아닌가.

그러니까 6·25동란이 스치고 지나간 폐허가 된 운동장 한 구석에 낡은 판자벽으로 둘러싸인 5학년 5반 교실과 그때의 담임이셨던 전영은 선생님의 모습이 눈앞에 선하게 떠올랐다.

지금까지 나의 여러 스승님 중에서 가장 마음 깊이 남아있는 분이다. 어린시절 아름다운 추억(追憶)을 심어준 바로 그 선생님께서 길고 긴 세월이 흐른 지금 아직도 날 기억하시고 궁금해 하셨다니… 사실 무척 뵙고 싶던 분이었는데 그간 어디 계셨을까? 어떤 모습이실까? 강산이 서너 번이나 바뀌도록 세월은 무수히 흘러 당시 5학년이던 내가 지금은 그 또래의 막내를 둔 중년이 되었건만 선생님께선 또한 어떻게 변하셨을까? 스승의 날이 되면 으레 제일 먼저 떠오르던 선생님이셨다.

내 생애 처음으로 배운 명곡(名曲) 제1호인 박태준 작곡 「봄의 교향악」은 바로 5학년 때 전 선생님께서 교생선생님과 더불어 가르쳐 주신 수준 높은 아름다운 노래였다. 그 곡을 알고부터 동요밖에 모르던 옆반 친구들에게 얼마나 자랑스러워했었는지, 철없던 어린 시절 뜻도 잘 모르고 배운 그 노래가 이토록 성장한 후에까지도 내 마음속 깊이 길이 남아 그 노랫말은 감추어진 시심(詩心)을 불러일으키건만 선생님 소식은 영 알길 없더니 그저 놀랍고도 꿈만 같았다.

오랜만에 들어보는 그 옛날 선생님의 음성을 내가 알아차릴 수 있을까? 애인을 만나는 듯한 설렘 속에 밀린 환자를 부지런히 보면서 난 친구가 알려준 대로 급히 다이얼을 돌렸다. 초등학교 시절, 6·25한국전쟁이 끝나 초등학교 3학년부터 시작한 그 당시엔 교실도 제대로 없어 운동장 한구석이나 학교 뒷산 소나무 주위에 모여 앉아 공부한 일도 있었고 해외에서 구호품으로 도착한 큰 드럼통에 가득 담긴 우유가루를 운동장에 줄지어 서 있는 우리들에게 선생님께서 차례차례 조금씩 나누어 주셨을 때 꿀같이 맛있던 기억, 학예회 때 노래했던 일 등이 주마등처럼 꼬리를 물고 연상되었다.

특히 잊혀지지 않는 것은 우리 4학년 6반 담임이신 장선생님과 5학년 5반이 된 후의 담임이신 전 선생님께서 두 분이 연인 사이인 줄도 모르고, 키가 작아 교실의 맨 앞줄에 앉아 있던 나는 전 선생님의 눈빛 하나만으로 꼭꼭 접은 4字 모양의 메모지를 이 교실에서 저 교실로 날쌔게 전달하는 사랑의 집배원이 되어 하루에도 몇 차례씩 신나게 선생님의 심부름을 도맡아하곤 하였다.

지금 생각하면 남몰래 살짝 펴보는 스릴도 있었으련만 순진하기만 했던 그 당시는 그런 사이인 줄도 모르고 내게만 시키시는 선생님의 심부름이 영광스럽기만 하여 혼자 으쓱하였다. 삐삐나 휴대폰이 없었던 50여 년 전 초등학교 시절의 이야기인 셈이다.

그런데 친구인 닥터 차도 그 당시 우리 담임선생님과 자기 담임선생님 사이에서 그런 쪽지편지가 러브레터인 줄도 모르고 나처럼 열심히 날랐다하니 그와 나는 똑같은 경험에서 이젠 똑같이 중년의 전문의가 되어 까마득한 옛 추억을 상기하게 되었으니 묘한 인연이었다.

어느 땐 전 선생님의 따뜻한 도시락을 장 선생님께 전하고 오라고도 하셨고 어느땐 같이 우리 교실에서 정답게 나누어 드시곤 하였다.

뿐 아니라 5학년 여름방학엔 각반에서 가장 선생님의 총애를 많이 받는 우등생 어린이로 1명씩 대표로 뽑히어 담임선생님 6분과 학생 6명만이 안양유원지로 피서 갔던 일이 있었는데 반 친구들에게 들킬까 봐 난 그때 찍은 사진을 몰래 감추어 두곤 하였다.

지금도 그 사진을 보노라면 뒷줄엔 각반 담임선생님들이 웃고 계시고 앞줄 가운데엔 생전 처음, 모르는 남자애들과 내가 계곡 사이의 바위 위에 앉아 머리는 바람에 선녀같이 날리면서 함박꽃처럼 환하게 웃고 있는데 선생님께서도 나처럼 그 사진을 아직도 보관하고 계실까 두루두루 궁금하였다.

그토록 각별히 담임선생님으로부터 총애를 받았던 나는 전선생님께 대한 추억이 오랜 세월이 지난 이제까지도 뚜렷이 남아 있어 특별히 잊지 못하고 있을 뿐 아니라 내가 5학년이 끝나면서 드디어 두 선생님께서는 결혼에 골인하셨고, 그때 바로 내 막내 여동생이 신부가 되신 선생님의 결혼식에 꽃종이를 뿌리는 화동으로 들러리를 서게 되어 더욱 잊혀지지 않는 추억의 하나로 남게 되었다.

그와 같이 아름다운 일화를 남기고 화제가 되셨던 바로 그때의 옛 스승님께서 아직까지도 나를 기억하고 계시다니 얼마나 가슴 뜨겁고 감격스러운 사건인가.

결국 오래간만에 들어 본 수화기 속의 선생님의 음성은 예상외로 젊으시고 낭랑하셨는데, 언니같이 정다우셔서 당장 달려가 뵙고 그간 쌓인 무수한 이야기

꽃을 피우리라 생각하니 이런 기쁨은 다시는 없을 듯 싶었다.

그러던 어느 날, 만나뵈리라는 큰 기대를 안고 드디어 등촌초교 교장선생님이 되신 옛 담임선생님을 뵈러간 것이다.

장 선생님을 뵈니 그 옛날 연애시절의 전 선생님이 연상되어 전 선생님도 동시에 뵌 듯 흐뭇하였다. 또한 이 세상에 어느 누구보다 더 교육자만큼 훌륭한 분은 없을 것 같이 새삼스럽게 느껴지곤 했다. 또 선생님께서는 우리 애들의 이름과 학교명을 수첩에 적으시더니 먼 옛날 당신이 맡으셨던 교실의 한 조그마한 어린이가 이제는 의젓한 전문의로 변모하여 애들까지 데리고 옛 스승님을 찾아뵌 것이 기쁘신지 미소를 머금으신 채 학교내의 중요시절을 이곳 저곳 자랑스럽게 안내하셨다. 화장실은 모두 수세식이요, VTR 시스템이 교실마다 갖추어진데다가 학부모의 60~70%가 대졸 출신이라시며 높은 학교수준을 미루어 짐작하게 하셨다. 나는 이대의대를 졸업하고 모교병원에서 전문의 과정을 끝냈으며 3년간 도미했다가 현재는 미아동에서 산부인과의원을 개원하고 있다고 말씀드리니, 선생님의 큰 자제도 의대에 다니고 있다며 대견해하셔 모든 말씀에서 선생님의 높으신 품격을 역력히 읽을 수 있었다.

다시 또 뵈올 것을 믿으며 교장실을 나설 때 밖엔 아직도 늦장마비가 주룩주룩 아쉬움을 더했다.

선생님께선 마치 시집 간 딸을 시가로 보내는 듯한 아버지의 모습같이 서운하면서도 자상하신 눈길로 배웅해 주셨는데, 공손히 작별의 인사를 드린 후에, 우산을 받쳐들고 우리 애들과 학교운동장을 돌아 나오다 한참 후에 뒤를 돌아다보니, 선생님께선 칠판의 백묵만큼이나 멀리계신 작은 모습이셨지만, 계속 우리 뒷모습을 지켜보시면서 손을 흔들어 주고 계서 콧등이 시큰해 옴을 느끼지 않을 수 없었다.

물론 나도 우리 애들과 함께 힘껏 손을 흔들어 답례하였다.

어리던 그 옛날의 제자에게 쏟으시는 선생님의 따스한 정(情), 그리고 지금 옛 스승님을 찾아뵌 뒤의 가슴에 뿌듯하게 젖어 오는 이 행복감을 누가 알까.

차를 타고 집으로 돌아오면서 나는 나도 모르게 박태준 곡(曲)의 「봄의 교향악」을 흥얼거리며 다시 아득한 옛 추억에 깊이 젖어 보았다.

차창밖에 내리고 있는 빗소리를 반주 삼아 마음속으로 조용히 불러 보는 그 노래, 이것이 바로 내 가슴에 이는 「봄의 교향악」이 아닌가.

되도록 빠른 시일 내에 다시 장승배기로 교장선생님댁을 방문하여 원앙새같이 다정하게 살고 계실 두 담임선생님을 동시에 찾아 뵈야지….

지금 날개만 달면 훨훨 날아갈 듯한 이 행복감을 정말 누가 알까.

부부 등산

세월은 여류(如流)하다더니 시간은 한 치의 여유도 남기지 않고 쉼없이 흘러가 역사의 뒤안길로 숨어버린다.

어느새 3월도 가고 겨우내 비바람 속에 인내로 참고 견디어 온 나무마다 물이 오르고 새순이 움터 대지는 다시 활기를 찾게 되었다.

라이너 마리아 릴케의 4월은 어이하여 잔인하다 하였는가. 내겐 이렇게 느낌이 전혀 새로운데, 봄은 대자연의 웅장한 질서의 합창으로 내가 자주 오르는 북한산 기슭의 산허리에서부터 시작되나보다. 그리하여 봄은 침묵 속에 산수유를 선두로 하여 북한산을 찾는 등산객의 가슴마다 조용히 문 두드리면서 진달래와 개나리가 수줍은 듯 차례로 부푼 봉오리를 터트려 산골짜기 계곡마다 진분홍 봄 이야기로 가득 차게 한다.

여기에 새봄을 겨냥한 벚꽃까지 합세하여 화사하게 성장한 여인같이 눈부시더니 고고한 자태로 하얀 목련까지 어울려 봄의 정취가 무르익을 대로 익어 극에 달하였다. 그토록 우아하게 돋보이는 목련꽃들은 나로 하여금 넋을 잃게 하여 잠시 걸음을 멈추게 하거니와 봄은 정녕 여인의 마음을 흔드는 계절이 아닌가 생각된다.

이에 질세라 아늑하게 퍼지는 라일락의 은은한 향기로 이어져 4월의 대지는 각종 꽃향기로 다시 순식간에 별천지가 되고 말았다.

자연은 우리에게 이토록 어김없이 이어지는 무언의 질서와 변화로 시시때때로 경이로움을 안겨주므로 그 품속에 안기면 누구나 어질고 평온함을 갖게 한다.

이러한 봄의 서곡(序曲) 속에서 해마다 4월이 오면 지나온 세월의 흔적을 뒤돌아보며 내 생애에 새로운 전환점이 되어버린 추억에 젖어보는 결혼기념일이 있기에 가슴에 흥건히 쌓이는 아늑한 행복으로 더욱 마음이 출렁이게 됨을 숨길 수 없다.

돌이켜보건대, 남편과 나는 아버님 친구의 권유로 뒤늦게 만나 초스피드로 39일만에 초음속 비행기를 탄 듯 결혼에 골인하였다. 누구에게 쫓기는 듯 정신없이 둥지를 튼 셈이 된다. 왜 그렇게 서로 급했었는지 그때 일을 생각하면 우린 서로 마냥 웃음이 나오곤 한다. 서로 자기 탓이 아니라면서……

하여튼 이럴 줄 미리 알았다면 좀더 일찍 만났었더라면 어떻게 우린 변해 있을까… 무수히 많은 갖가지 추억과 함께 큰 토끼, 작은 토끼의 두 여대생과 대학 입시를 앞둔 어느새 제법 제 아버지만큼 큰 키로 성장한 막내아들을 둔 중년의 부부로 우리는 탈바꿈하였다.

세 아이들은 올해도 멋진 결혼기념일이 되게 하려고, 혹시 아빠가 잊을까 봐 10여 일 전부터 식탁에서나 TV앞에서나 우리 둘만의 오붓한 시간을 방해하지 않겠다는 듯이 기념일에 대한 인식을 일깨워 주곤 했다.

남편은 요즘 오를 줄 모르고 날로 폭락하기만 하는 증권 때문에 저기압이 된 듯하다가도, 오순도순 웃음소리 가득한 애들 때문에 도로 고기압이 되려는지 미소를 짓는다. 증권이 뭐 대순가, 잊을 건 빨리 잊을수록 좋고, 기쁨은 나눌수록 더 커진다 하였으니 만사에 긍정적인 나의 지론에 수긍이 간다는 듯, 그는 당일 코스로 어딘가 기분 전환겸 멋진 계획을 세워 보라고 내게 넌지시 말했다.

난 쉐라톤워커힐 쇼를 보며 낭만에 젖어볼까 하였으나, 작년(1990) 남미 여행시 브라질의 그 정열적인 삼바춤에 비하면 초라할 듯싶어 접어두고 레닌그라드

아이스발레 쇼를 보며 환상에 젖어볼까 했더니, 앞으로 10여 일까지 어느새 벌써 완전 매진이라 하였다.

꿩 대신 닭이라고 그럼 할 수 없이 세 아이들과 함께 이주일 쇼를 가볼까 생각해 보았다. 그러나 황금 같은 주말을 제일 빛나게 보내려면 역시 뭐니뭐니 해도 봄의 교향악이 울려 퍼지는 대자연의 장엄한 오케스트라에 흠뻑 젖어 신선한 공기도 마시며 북한산에 오름이 건강상 제일 도움이 될 뿐 아니라 기분 전화엔 역시 최상임에 의견의 일치를 보았다.

애들 모두 잠든 이른 아침 몰래 일어나, 시적 가사로 나를 매료시킨 애창곡 유심초의 「사랑이여」를 부르면서 김밥을 준비하기 시작했다. 오늘은 그이와 함께 신나는 일만 내 곁에 있을 것 같은 예감에 콧노래가 절로 불려졌다.

지난밤 TV 명화로 밤늦게 잠든 아이들은 모두 세상모르고 단잠에 빠져 있어 내가 부엌에서 아무리 노래를 크게 불러도 그들은 깰 염려가 없었다. 부엌 칠판엔 아침과 낮의 메뉴를 적어놓아 참고로 큰딸에게만 대표로 일러주고 등산 가려 했는데 세 아이 모두 어느새 알고 일어나 자다가 졸린 눈으로 배웅하는데, 그래도 가슴이 찡하게 대견하였다.

이것이 애들 키우는 재미라는 걸까. 공기도 좋고 봄이 한창 무르익어 산 경치도 수려하니 같이 가자고 한 명씩 유도해도 이젠 제법 컸다고 각자 자기 나름대로의 플랜이 있는지 바쁘다는 구실로 동참하려 하지 않을 뿐 아니라 일부러 안가는 척, 막내는 두 분만 오붓하게 데이트를 즐기라고 제법 어른 같은 소리를 했다.

그는 택시를 타자고 했으나 난 잽싸게 차에 시동을 걸었다. 자가운전한 지 겨우 7개월 된 내 차에 앉아주는 그가 고맙기도 하고, 더 잘해서 운전 실력을 보여줘야지 하고 긴장하니 핸들을 힘껏 쥐게 되었다.

옆모습을 살짝 보니 백련사 입구에 도착할 때까지 그는 나보다 더 불안해하는 표정이었다. 난 일부러 태연한 척 했지만, 아직은 내 차에 타는 사람 중에 그가 나를 제일 신경 쓰게 하는 편이다.

신호등 없는 작은 교차로에선 서둘지 말아라, 자전거나 오토바이를 조심해라, 애들이 언제 갑자기 튀어나올지 모르는 작은 골목길과 커브 길에선 무조건 서행하라, 큰차 가까이 바싹 따르지 말라 등 노파심에서 계속 설교를 하지만 우리 애들이 타면, 우리 엄마가 예상외로 너무 운전을 잘한다고 신기한 듯 무척 행복해 하니 남편과는 아주 대조적이다.

"오늘은 우리가 결혼한 기념일! 등산 가기 좋은 날인데 당신 내차 타면서 잔소리 안 하기!" 하고 다짐받는 듯이 쌩긋 미소 작전을 폈더니, 알았다는 듯 싱겁게 웃어넘기는 그가 맘에 들었다.

그는 간단한 빈손으로 가자고 했지만, 그이 몰래 정성껏 준비한 김밥, 냉장고에 있던 몇 가지 봄나물, 그리고 한창 맛나게 익은 총각김치와 그가 제일 좋아하는 찹쌀 시루떡 한 조각을 빠뜨릴 수가 없었다. 또 요쿠르트와 음료수도 넣고 조간신문도 챙겨 등산 가방에 담아 어깨에 메고 산에 오르기 시작했다.

벚꽃이 터널을 이룬 백련사(白蓮社) 입구는 화사하게 단장한 신부를 맞이하는 듯 향기로웠고 한창 만개한 진달래가 여기저기 자욱하여 우리도 꽃분홍 물이 몸에 배일 듯 하였다. 이름 모를 새들은 흉내조차 힘들게 휘파람 소리로 울어대니 휘파람새일까, 꾀꼬리일까 저토록 은방울 굴리듯 예쁘게 지저귀는 새들은 얼마나 귀여울까 우거진 나무 사이로 새를 찾아보다가 그만 돌부리에 걸려 넘어질 뻔 위기를 면하는 순간, 놀라 발 아래를 내려다보니, 눈 날리듯 흩날려 떨어진 진달래 꽃잎들이 대지를 붉게 수놓아 내 등산화마저 붉은 물이 들 것 같았다.

우리는 어디선가 들려오는 계곡의 물소리를 들으며 콧노래를 부르기 시작했는데 남편은 자칭 음치라고 하지만, 성량으로 보아 그만하면 상위권이니 계발만 잘하면 멋지게 부를 수 있을 거라고 높이 평가해 주었다.

노래는 우리의 마음을 순화시키고 잡다한 생각들을 잊게 해주는 청량제가 되기도 하려니와, 산에 올라 듣는 라디오 FM음악은 더욱 새로운 감동을 줄 때가 있다. 요즘 산에 오르면 부부 등산이 두드러지게 많아진 걸 느끼게 된다. 정답게 얘기하며 산에 오르는 그들 모두 내게 다 행복해 보인다.

바쁜 일상생활에 쫓기어 집에서 미처 못 다한 이야기들을 여유 있게 나눌 수도 있고, 신선한 공기 탓인지 두뇌회전이 잘되어 무궁무진하게 화제가 피어오르기도 한다. 애들 교육 이야기, 앞으로의 새로운 계획, 골프 이야기, 여행의 즐거웠던 추억들, 그리고 언젠가 다가올 우리들의 노후와 10년 후의 자화상도 그려보면서 서로의 건강체크의 계기도 마련하는 더없이 좋은 기회가 되기도 하니, 서로의 단점을 일깨워 보완하며 장점은 더욱 개발시키도록 신선한 자극을 주기도 하게 되므로 보다 가까운 부부관계를 만들어 주는 것 같다.

산에 오르며 난 가끔 의사로서 남편에게 건강강좌도 한다. 금연의 중요성을 얘기할 땐 절로 힘이 생겨 열을 올릴 때도 있고 때론 애들의 이성문제에 대하여도 의논한다.

이러한 우리는 사이좋게 중년의 오르막 고갯길을 오르는 영원한 친구가 되었다. 또한 변치 않는 인생의 동반자임을, 산에 올라 스모그 현상으로 자욱한 서울 거리를 내려다보며 함께 느껴보는 그 시간이 바로 행복이 아닐까 생각된다.

우리들의 찬가 / 8P · 45.5×33.3 cm

5

노느매기

산다는 일이 무언지
알기도 전에
자꾸만
자꾸만
세월만 간다

너른 대지 위
텅 빈 모퉁이
고적함을
첫 울음으로 경고하는

인생은
그저 사는 날까지
산다는 일의 의미도 모르는 채
무작정 살아가는 건 아닐까

- 저자의 시 「산다는 일이 무언지」 일부

향기로운 바람

- 결혼한 딸에게 -

결혼이란 뭘까? 그리고 행복이란 뭘까?

결혼 적령기 자녀를 둔 부모의 마음은 누구나 같겠지만 혹시나 혼기를 놓칠까 봐 노심초사 조마조마했었던 일을 너는 알 수 있겠니?

잠꾸러기였던 네가 결혼 후 어떻게 적응하고 지내는지 궁금하다. 늦잠 자다가 신랑 아침식사도 못하고 출근시키지나 않을까 걱정이 된다. 단풍이 아름답게 물들려하는 초가을, 많은 하객들의 축복을 받으며 우아한 자태로 식장에 도착한 너의 모습은 눈부시게 아름다웠단다. 웨딩드레스에 매달린 예쁜 장미들이 너의 결혼식을 더욱 향기롭게 했고, 네가 다녔던 바로 그 영락교회에서 결혼하게 된 것도 다 하느님의 축복이 아니겠니?

그런데 어느새 벌써 네가 결혼한 지 두 달이 되는구나. 행복감에 젖어있는 너의 모습을 상상만 해도 이 엄마는 그저 흐뭇하다. 오랜 세월 너의 체취가 묻어 있던 방엔 네가 쓰던 빈 장롱과 책장, 침대 그리고 아직 정리 못한 채 두고 간 편지들만이 남고 그 빈자리엔 너의 진한 내음이 질펀하게 배어있다. 이제는 내 곁을 훌쩍 떠나있음을 새로이 느낀다.

병원 일을 보다가도 얼핏얼핏 네 생각이 나고 식사 때마다 너는 무슨 메뉴로 지금 부엌에서 무얼 하고 있을까, 어디 아픈 곳은 없나, 뭐 부족해서 불편한

점이나 없을까 그저 염려스러울 뿐이다.

민아야, 클래식 오케스트라 지휘자인 바비 맥파렌이 부른 노래, 「던 워리, 비 해피(Don't worry, be happy!)」란 노래를 너도 잘 알지? 그 노래는 바로 너를 위한 노래인 것 같다. 또 당신은 사랑 받기 위해 태어난 사람이란 노래도 마치 널 위해 지어진 노래 같단다.

누구나 사노라면 걱정이란 늘 그림자처럼 붙어 다니게 마련이란다. 네 엄마처럼 모든 사물은 긍정적으로 바라보고 낙천적으로 생각하여라. 만사에 상대편의 입장이 되어 넓은 마음으로 이해한다면 어느 누구와도 오해는 없어지게 되고 두루두루 존경받게 될 것이다.

그리고 네가 받은 사랑의 몇 배로 남에게도 적선하여라. 베풀어야 행복하단다. 받는 기쁨보다 주는 기쁨의 농도는 더 크고 오래 지속하는 법이다. 항시 말조심하고 이제는 한씨네 식구가 되었으니 너의 노력 여하에 네 행복이 좌우된다는 걸 명심하여라. 서로 다른 환경에서 자란 이상 서로 맞추려는 노력 없이는 꿈을 이룰 수가 없는 법, 무엇이든지 미소로 대하면 화목해지지 않을 수 없다.

뒤돌아보면 엄마의 인생도 순식간에 지나간 것 같다. 인생이란 뜻밖에도 너무나 짧은 세월이다. 결혼 전 네가 내게 가르쳐준 컴퓨터가 내겐 둘도 없는 묘한 친구가 된 것처럼, 너도 늘 컴퓨터를 가까이하여 일기도 꼭 그곳에 쓰고 너 내 가계부 봤지? 가계부도 나처럼 컴퓨터에 정리하여라. 매일매일 자기의 생활을 일기에 차분하게 정리하다보면 새로운 발전의 계기가 되고, 하찮은 기록인 것 같아도 가계부에 빠짐없이 습관적으로 적다보면 짜임새 있는 생활로 꾸려나가는 지침서가 될 것이다.

우리 공놀이 많이 했었지. 퐁퐁 튀기는 배드민턴 공은 툭하면 나무 위에 걸리거나, 옆집 지붕 위에 올라앉기 마련이고, 공놀이를 하다보면 너무도 쉽게 이웃집 마당으로 떨어지고 때론 유리창이나 장독대도 건드리게 듯 내가 무심히 던진 말이 불행의 씨앗이 되는 수도 있음을 명심하거라.

한번 쏟아진 말은 아무리 후회해도 도로 담을 수 없지 않니? 항시 말조심하며 고운말만 골라 써서, 이 다음 태교에도 도움이 되게 하여라. 그리고 하루에 한 가지씩 신랑에게 칭찬해줄 이벤트를 만들어 새록새록 기쁨을 안겨줄 수 있는 현명한 아내가 되어라. 우리보다 시부모님께 잘하면 신랑의 사랑이 더 깊어지게 마련이다. 가끔은 깜짝 이벤트를 구상해보고, 아래 동서는 여하한 일에도 감싸줘야 네가 더욱 빛난다.

사랑하는 딸 민아야! 인생에 주어진 시간은 한정되어 있는 법, 절약해 쓰고 독서하며 덕망 있고 앞서가는 여성이 되어 인품을 쌓도록 노력하여라. 게으름같이 추한 모습은 없단다. 부지런한 모습이 가장 아름답다.

그뿐 아니라 시간은 돈주고도 살수 없지 않니? 이 세상 다하는 날까지 배워야할 분야가 끝도 없이 많단다. 내일 이 세상의 종말이 오더라도 스피노자는 오늘 사과나무를 심겠다고 하지 않았니? 배움만이 힘이 되기 때문이다.

힘들고 어려울 때면 너를 지극히 사랑하는 아버지 어머니, 그리고 자랑스럽고 미더운 언니와 믿음직한 남동생이 네 뒤에 있다는 걸 기억하고 힘찬 출발을 하여라. 새로운 도전과 성취하는 보람을 너는 알고 있겠지?

행복이란 늘 가까운 곳에 있어 부르는 이에겐 쾌히 달려가는 향기로운 바람이 란다. 생각하기 나름이지 사소한 작은 일에도 늘 감사하는 마음으로 지내면 365일 행복하지 않은 날이 없단다. 그리하여 영원한 동반자요, 짝꿍이요, 연인인 너의 낭군과 더불어 아름다운 꿈 찬란히 펼치면서, 늘 건강하고 행복하여라.

넬 끔찍하게 사랑하는 엄마 씀.

노느매기

요즘 화두는 IMF 때보다 더 힘들다는 것이다. 국민의 절반 이상이 희망을 잃고 살아가고 있다(69%)는 앙케트를 접하니 가슴 한구석이 쓰리지 않을 수 없다.

어찌하여 우리 경제가 이렇게 깊은 골짜기로 추락하게 되었는지…. 또한 '묻지 마 살인'의 공포에서 겨우 헤어나나 싶었는데, 두 경찰관 살해범을 체포하기 위한 정보제공자에게 5천만 원이라는 거금이 걸렸지만 계속 오리무중이더니 드디어 용감한 주부의 재치로 잡게 되어 한결 마음이 놓인다.

경제를 신속히 살릴 구상으로 번뜩이는 아이디어를 짜내도 부족한 이 난국에, 국가적 우선 순위를 외면한 채 수도이전, 국가보안법 폐기 등 이념적 이슈에 골몰하는 듯한 집권세력의 오기와 집착, 하향 평준화로 흐르는 교육과 함께 정권의 좌파적 취향이 짙어 경제고통지수가 오히려 '국민의 정부' 시절인 2002년보다 1.6배로 높아졌다고 한다.

그뿐인가 연일 35도를 웃도는 찜통더위에 난데없이 중국은 고구려가 자기네 역사인 양 억지를 부리고 있어, 두 강국에 사이에 낀 우리 나라가 부강치 못한 비애 또한 숨길 수 없다. 중국은 몽골족인 징키스칸도 중국 사람이라고 우긴다 하니 드라마 「이순신」처럼 우리 고구려의 「광개토대왕」 같은 역사드라마를 제작하면 어떨까 싶다. 한류 열풍이 강하니 「광개토대왕」이라는 드라마가 중국에 넓게 뿌려졌으면 무척 시원하겠다.

그런데 이즈음 나는 왜 자꾸 프랑스 루이 14세 왕비가 감자꽃을 머리에 꽂은 이야기가 머리를 스치는 걸까. 국민들이 기아에 허덕이니 감자먹기 추진운동차 왕비가 감자꽃 장식을 항시 머리에 꽂고 다녔다는 일화인데 오늘 나는 주말농장에 감자를 캐러갔다가 비지땀을 흘리고 돌아왔다.

나는 농사라곤 100% 문외한이다. 절대적인 무경험으로 도전해 보았지만 막상 부딪쳐 보니 결코 쉬운 일이 아니었다. 지난 이른 봄, 주말농장을 임대 받아 텃밭의 반쯤 하지감자를 많이 심었다. 다른 채소는 손이 많이 가지만, 감자는 한번 심어 놓기만 하면 가만히 놔 둬도 절로 잘 커서 나중에 캐러 오기만 하면 된다는 바람에 농사에 무식한 나는 귀가 솔깃했다.

감자는 맛좋은 알칼리성 식품이 아닌가. 남편은 아삭아삭하게 부친 감자전을, 우리 아이들은 감자 크로케를, 나는 오븐에 구운 감자를 너무나 좋아하니 온 가족이 감자 팬이라 안성맞춤이었다. 그리하여 감자를 생애 처음으로 혼자 심고 난 이후부터, 무공해 유기농 감자가 주렁주렁 열리는 상상만으로도 난 기대에 부풀어 슈퍼에서 감자와 눈이 마주치기만 해도 흐뭇했다.

그 옆에 심은 청경채 채소는 일찍부터 조금씩 따는 재미가 솔솔 하였고, 감자는 왜 그리 키가 잘 크는지 내 키 높이까지 육박하여 깜짝 놀랐다. 땅 밑에서 어떤 모습으로 역사가 이뤄지고 있을까 궁금했으나 흙 속이니 보이지 않아 호기심만 더했다.

어느날 병원 일을 잠시 멈추고, 목재소에서 주문해 온 나무 막대를 차에 싣고 주말농장으로 향했다. 망치로 박고 한 나무씩 따로따로 묶어주고 가뿐해진 마음으로 기분 좋게 돌아왔다. 일주일 후 밭에 나가보니, 진료도 잠시 쉬고 쏟은 노력이 허무하게도 도미노 현상으로 다 쓰러지고 말았다. 옆집 텃밭의 통로까지 막으면서 넘어지는 바람에 그 무덥던 여름날 도로 반듯하게 일으켜 세우느라

나 혼자 비지땀을 흘렸다.

8월말쯤 탐스럽게 포동포동 줄줄이 매달려 나올 감자를 상상하면서 감자를 캐러 가자고 여동생들을 불러모았다. 태극기 두 개를 X자(字)로 꽂아놓은 주말농장에 이르니, 농장주인은 이렇게 늦게 감자를 캐다니 말도 안 된다면서 우리를 겁주기 시작했다. 긴 장마에 감자가 떠내려갔을지도 모르며, 하지감자는 하지에 캐는 것인데 무려 두 달 가까이 지났으니 장마 중에 어쩌면 땅 속에서 모두 썩었을지도 모른다는 것이다. 하지감자인지 동지감자인지 의사인 내가 뭘 알아야지 통반장을 할 것이 아닌가. 일반적으로 수확이란 다 가을에 하는 것으로 착각한 내가 정말 문외한이니 창피스러웠다.

이왕 늦었으니 할 수 없는 일이고 좋은 경험이라 생각하면서, 드디어 우리 세 자매는 호미로 조심스럽게 대지를 노크했다. 8월의 햇볕이 너무나 따가워 난 검은 큰 우산으로 동생들을 햇볕으로부터 차단시켰다.

그런데 이게 웬일인가! 흥부가 박을 탈 때마다 금은보화가 쏟아지듯이, 동글동글한 감자가 떽떼구르르 계속 솟아오르니 모두 주워 담기 바빠 흐르는 땀방울이 안경을 적셔도 너무 신기하고 재미있어 땀도 미처 못 닦고 감탄사만 터트렸다. 농군 아낙네들의 소중한 땀의 결실은 바로 이런 쾌감이 아닐까⋯⋯. 모든 스트레스가 한순간에 사라지는 것 같았다.

양팔이 무겁게 비닐 가방에 담아 감자를 나누어 들고 차에 오르니 이런 행복을 뭐라고 이름지어야 할까. 나는 병원에 돌아와 다시 남동생과 어머니에게도 나누려고 분리했다. 퇴근하면서 연로하신 친정어머님(87세)께 수확한 감자를 한바탕 자랑하려고 방문했다.

"야! 너는 또 노느매기 잔치를 벌렸구나. 환자 보랴 살림하랴 글도 쓰랴 바빠서 쩔쩔매면서 이젠 한술 더 떠 농사까지 짓다니 원! 언젠가는 짠무 항아리를 헐었다고 짠무를 집집마다 나누더니, 이건 또 뭐냐? 좀 참아라. 병 날라! 난, 이런 거 하나도 안 반갑다. 니 몸 생각을 해야지. 좀 쉬라니깐!"

말씀은 그렇게 하시면서도 감자를 넙죽 받으며 반긴다. 딸이 손수 무공해로 키운 감자라니까 우선 뭔가 안심이 되나보다.

사실 요리에 취미가 많은 나는 고향음식을 즐겨 만들곤 했다. 시댁과 친정 양가가 모두 같은 고향 개성이기에 봄엔 개성식 장땡이를 만들고, 김장때는 짠무를, 겨울엔 시래기를 말리면서 개성식 순대와 무찜과 조랭이 떡을 이 집 저 집 나누기를 좋아했다. 특히 순대는 시아버님이 좋아하시고, 약식과 무찜은 시어머님이 유난히 즐기셨다. 빈대떡과 홍해삼, 그리고 개성 장땡이와 짠무는 남편이 좋아하고 친정어머님은 개성 보김치와 시래기를, 그리고 애들과 나는 우리 고향의 맛인 편수를 만들어 노느매기를 하곤 했다. 특히 개성순대는 자주 해서인지 우리 애들도 익숙하게 더 잘 만든다.

사실 10여 년 전 TV「김형곤의 요리는 즐거워」프로를 우리 집에서 녹화 촬영할 때, 요리 제목은「개성식 무찜」이었다.

고향 음식을 손수 만들어 내가 형제들과 골고루 나눌 때나, 정식으로 한국 화단에 화가로 데뷔한 이후(2000년) 내가 손수 그린 서양화로 매년 달력을 만들어 이웃 지인들에게 나누어 드릴 때도, 노느매기란 엔돌핀을 샘솟게 하는 촉매가 되곤 했다.

혹시는 어쩌다 신문이나 의사 동인지나 문학 잡지에 내 작품이 실릴 때마다 자랑삼아 책을 갖다드리면, 어머니는 여러 장르를 넘나들면서 활기차게 활약(?)하고 있는 큰딸이 자못 대견하신 모양이다.

"너는 어쩌면 그렇게도 너의 아버지를 쏙 빼어 닮았는지 나도 깜짝 놀랜다. 아버지도 하늘나라에서 싱글벙글 웃으시며 우리 김씨 가문의 영광이라고 반가워 하실 거다."라고 말씀하시곤 했다. 어머닌 연로하시지만(87세) 시력이 좋아 내 수필만은 낱낱이 읽고 평을 해 주신다.

어머니는 내가 여러 가지를 나눌 때마다 "야, 진아 어멈아! 오늘은 또 무슨 헬레잔치를 벌렸니?" 하고 놀래신다. 사전에도 없는 '헬레'가 무슨 뜻인지는 알 수 없지만, 아마도 순수 우리말인 노느매기에 해당될 것 같고, 물건을 여러 몫으로 골고루 나누는 깜짝 이벤트에 상응하지 않겠는가 짐작이 간다. '헬레잔치' 라는 말이 어디서 유래했는지 우리 고향 개성 사투리인지 국문학자에게 의뢰하여 그 어원을 한번 연구 분석해 봐야겠다.

너와 나의 대화 / 10 F · 53.0×45.5cm

뽀삐의 가출

우리 집엔 개도 많고 개띠도 많아 도둑이 감히 넘볼 수도 없으리라.

남편이 개띠요, 시누이, 시아버님, 게다가 우리 딸까지 모두 개띠인 것이다. 그뿐 아니라 주위 사람들이 모두 개를 좋아하여 시댁에 가나 친정쪽 어느 집엘 가도 개는 가족의 구성원이 되어 한몫을 단단히 하고 있다.

특히 동물에 대해 유난히 관심이 많은 나는 어린 시절부터 여러 가지 동물을 기른 경험이 많은 편이다. 특히 이비인후과 의사이셨던 선친께서는 환자들이 기다리고 있는 대기실이나 진찰실 안에 수십 종의 새들을 기르시면서 환자들이 예쁘다고 감격하면 언제든지 새장에 분양해 주시면서 잘 키우라고 거저 나눠주시곤 했다.

아버지의 유전자가 그대로 이어짐인지 나도 우리 병원 진찰실에 새들을 몇 종 길러본 일이 있었다. 허나 종합병원에서 산부인과 당직이 잦던 시절, 제때 먹이를 못준 탓인지 아니면 무슨 병치레인지 부화시키는 재미도 못본 채 수년만에 기르기를 포기한 일이 있었다. 새들은 이상해서 모이를 얌전하게 먹지 않고 주위에 산만하게 발길로 차듯 어지럽게 흩뿌려 무척 지저분하니 날마다 새장 청소해주는 일이 아기 키우는 것만큼 많은 손길을 필요로 했다. 그외에도 다람쥐, 토끼, 오골계, 메추리, 오리 등 길러보았지만 모두 실패한 탓에 가장 손쉬운

개만 기르게 되었다.

지난 봄, 아프리카 사파리를 보기 위해 케냐 나이로비 이웃에 어느 롯지에 묵었을 때의 일이다. 숙소 주위에 원숭이가 많다보니 우리 방에도 잠깐 열어 논 창문을 통해 먹이를 구하려고 몰래 잽싸게 침입한 콜롬버스원숭이가 있었다.

꾀가 많고 약은 원숭이가 순간에 핸드백을 채서 도망간다고 하기에 창밖으로 내쫓느라 일대 소동을 일으킨 일도 있었다. 그때 내가 미꾸라지처럼 민첩하게 피하는 그 원숭이를 붙잡아 그대로 한국으로 가지고 갈 수만 있다면 얼마나 재미있을까 말하니, 물론 농담이지만 남편은 지극히 놀래면서 '꿈 깨지…' 하며 날 놀렸었다.

하여튼 애완용 동물은 대부분 다 귀엽지만, 특히 개는 이런 저런 연유로 나와는 인연이 많아 내 주위엔 개가 없는 날이 별로 없다.

유난히 개를 좋아한 탓도 있지만 병원서 환자를 진료하다보면 나보다 더 몇 배 개를 좋아하던 산모가 있었다. 그녀는 산전 정기검진하러 올 때마다 애완견을 안고 오더니 결국 진통이 시작되어 분만을 앞두고 개 없이는 분만할 자신이 없다하여 보초인 양 그 개가 옆에서 지켜보는 가운데 내가 아기를 받은 일도 있었다.

비뇨기과 닥터인 남동생도 무척이나 개를 좋아하더니, 어느 날 아침에 병원으로 출근하려 운전 중인데 느낌이 좀 이상해 후사경으로 보니, 자기 집 개가 있는 힘을 다해 껑충껑충 차 뒤를 따라 달려 오더란다.

전에도 골목길까지는 가끔 주인 따라 나오다가 스스로 되돌아가곤 하기에 모르는 척 그냥 달리는데, 큰 대로까지 마냥 차의 속도에 맞춰 달려오고 있었다 한다. 중간에 U턴 할 수도 없고 출근시간도 빠듯하여 에라 모르겠다 하곤 계속 운전을 하고 보니, 그후 개가 안보여 집에까지 돌아가지 못하면 어쩌나 한편으로는 걱정을 크게 했단다. 동생은 몇 시간 후에야 그 개가 도로 자기 집에 잘 찾아갔음을 전화로 확인하였단다.

그런데 우리 집 개 뽀삐는 병원 개원한 이후 10년 동안 한 식구처럼 지내서 정들대로 들었는데 어느 순간 나갔는지, 지금쯤 어디서 무얼 하는지 뽀삐가 가출한 지 만 5일이 넘었다.

영하 10도 전후의 추운 일기에 추위도 많이 타는 그 뽀삐가 어디서 이 맹추위에 떨고 있지나 않을까, 혹시 누군가 유인해서 데려 갔을까, 아니면 우리 집 앞 8차선 도로를 혼자 건너가다가 길을 잃은 건 아닐까, 또는 교통사고가 난 건 아닐까 여러 생각이 줄을 잇는다.

뽀삐는 처녀 할머니다. 유별나게 개를 예뻐하는 남편은 저녁때 집에 돌아오면 첫마디 인사가 으레 "뽀삐 밥 잘 줬나?"할 정도로 남편의 살아있는 큰 장난감이었다. 10여 년간 함께 지내온 그 장난감이 없어졌으니 이거 큰일이다.

어릴 땐 물론 실내에서 자랐고 이 사람 저 사람 손에 옮겨지면서 자라다가 좀 커지자 마당으로 추방당했다. 그러나 자기를 모두 무척 예뻐해 주는 걸 너무나 잘 알고 있는 뽀삐는, 현관문만 열렸다 하면 눈치 슬슬 보며 흙발로 마루위로 올라와 멋쩍게 걸어 다니다 싫어하는 우리 표정을 읽곤 미안한 듯 도로 어슬렁어슬렁 마당으로 뒷걸음쳐 나가기도 했다.

몇 년 전 새끼를 갖게 하려고 뼈대(?)있는 족보를 찾아 맞선을 수차례 시도했으나, 어느 쪽이 까다로운지 서로 관심 밖이라 번번이 실패로 돌아가자 우리도 지치고 말았다. 그렇다고 시험관 강아지로 유입할 수도 없기에 이럭저럭 세월은 흘러 이젠 처녀 할머니가 된 셈이다. 그러한 연유로 노처녀 티를 내는지 식욕부진인지 밥그릇엔 사료가 그대로 있어 나보다 개를 몇 배나 강도 높게 예뻐하는 진아(딸)가 우유를 데우고 달걀후라이까지 갖다 먹이면서 사랑을 쏟곤 했다.

그런데 그 뽀삐가 어딜 갔을까. 미리 알았던들 이름표를 매달거나 삐삐라도 목에 걸어둘 걸, 요즘 같아선 휴대폰을 매달면 소재지가 파악된다지만 그럴 수도 없고 혹시 누가 붙잡아 갔을까 불길한 생각도 들었다.

우리 병원은 강북구에서 소문 난 족발집 골목 입구에 있다. 그래서인지 뽀삐는 차가 나가려고 시동만 걸면 잽싸게 눈치를 채고 대문이 열리기 무섭게 밖으로 튀어나가 신나게 집 주위를 제멋대로 산책하는데, 으레 족발집 뒷마당 쪽으로 향하기 일쑤였다. 어쩌다 외식 후 갈비뼈를 얻어다 주지만, 족발 냄새의 유혹이 더 향기로웠는지 모른다. 빨리 오라고 부르면 멋쩍은 표정을 짓곤 힐금힐금 쳐다보다가 고개를 숙인 채 미안한 얼굴로 돌아오곤 했다.

우리집 마당은 온통 자기만의 독무대요 1, 2, 3층 뿐 아니라 층계랑 옥상에까지 헤집고 다녀도 심기가 불편한지 혹시 옆집의 데이트 상대를 찾으러 나갔는지 하여튼 차 시동을 걸고 대문만 열리면 쏜살같이 어디론가 나가곤 했다.

눈 깜박할 새에 나가기 때문에 어느 땐 나간 줄 모르고 대문을 곧잘 잠그게 된다. 가끔 병원 집 개가 대문 앞에서 못 들어가고 끙끙거린다고 이웃집 사람들이 초인종을 눌러줄 때가 있다. 그렇게 몇 차례씩 혼이 나면 수일 동안은 잘 나가지도 않는다. 혹시 나가더라도 멀리 안 가 "뽀삐야!" 하고 이름만 부르면 금방 듣고 어디선가 달려 들어오곤 했다.

두 달 전쯤엔가 정말 잃어버린 줄 알았는데 만 3일만에 혼자 어디 갔었는지 완전히 지쳐 다친 몸으로 돌아온 일이 있다. 내가 정성껏 치료해 줘서 곧 나았다. 그런데 이젠 5일이 지났는데도 웬일일까. 정말 사랑의 미로를 찾아 정처 없이 떠났는가.

10여 년 지나는 동안 뽀삐는 갓 눈뜬 진돗개 새끼와 함께 한 마당에서 합숙하며 지냈는데 날로 몰라보게 커가는 진돗개와는 게임이 안 되게 힘이 부족하여 하극상 (?)이 벌어지는 바람에 개밥 줄 때마다 서로 으르렁거리게 되었다.

결국 한마당에서 같이 지내던 진돗개에게 크게 물려 응급으로 개 종합병원에 가서 치료를 받아야 되는 수난도 몇 차례나 겪었다. 두 마리가 서로 안 지려고 으르렁거리자, 가족회의 끝에 불쌍한 뽀삐를 선택하기로 하고, 수년간 정들었던 진돗개 순종은 남에게 주게 되었다.

그뒤 뽀삐는 우리가족의 사랑을 독차지하며 평화만이 계속되었는데, 이젠 할머니가 되자 노인성 치매가 온 탓일까 노망이 났는지 아주 가출해 버렸다. 지금 우리 **뽀삐**는 어디에 있을까.

인류는 최고도로 과학을 발달시켰음에도 우리의 생명을 구하는 가장 소중한 일을 개에게 의존할 때가 있다. 불과 십여 일 전, 일본 관서지방 대지진시 최초의 해외 원조대는 12마리의 스위스 수색견이라 하지 않았던가. 이 개들은 훈련된 고도의 후각으로 하루에 5명 꼴로 생매장된 인간을 구제하고 있다니 놀랍기만 하다.

그 중에는 84시간이나 묻혀있던 올림픽 여자 선수도 있었다니 만금의 원조보다 값진 개의 공덕이 아닐 수 없다. 이에 반하여 10여 년간 기른 공도 없이 무작정 나가버린 우리 **뽀삐**는 배은망덕이 아니고 무엇인가.

어느 불자는 이렇게도 말한다. 구정을 얼마 앞두고 참 잘 나갔다고 오히려 우리를 위로한다. 불교에서는 모든 재앙을 대신 지고 나갔으니 도리어 액땜을 한 것과 진배없단다. 그렇다면 전화위복이란 말인가.

그래서 모든 만남은 헤어짐의 시작인가보다. 뽀삐와의 정을 끊기가 이렇게도 가슴 찡할 줄이야……

토지 문학제

저물어 가는 늦가을 들녘을 고즈넉이 바라보면서 나의 가슴은 하얀 캔버스를 온통 주홍빛으로 물들게 하는 화가이고 싶었다. 산천초목은 마지막 정열을 이기지 못해 붉게 타오르는 단풍으로 절정을 이루었으니 그 유혹을 어찌 뿌리칠 수 있으랴.

한여름을 짙푸른 초록으로 완숙의 미를 향해 잔치를 벌리더니 이제는 다소곳이 자연으로 돌아가려는 그들의 교훈에 새삼 숙연해진다.

이제 산과 들은 그야말로 오색물감으로 흥건히 젖어있었다. 우리 서울의 문인들은 광화문에 삼삼오오 모이더니 대기중인 버스 여섯 대에 오르기 시작했다. 그렇게 세종문화회관 앞은 문인들의 반짝이는 눈망울로 무언가 큰 수확이 있을 것 같았다. 한국문인협회와 경남문인협회가 후원하며 하동문학회가 주관하는 제1회 토지 문학제가 있다하기에 가을을 보내는 아쉬움 속에 경북 하동 평사리로 나들이를 떠나기로 했다.

누가 문학상을 받게 되는지 전혀 관심밖의 일이다. 오로지 유네스코가 지정한 세계대표문학이자 한국인 필독도서인 『토지』의 소재가 된 하동군 평사리 최참판 댁에서 생명문학의 모체가 된 소설가 박경리씨의 세미나가 있기에 큰 진동으로 내 가슴을 흔들었기 때문이다.

대하소설 『토지』는 얼마 전 TV에서도 드라마로 방영되었지만, 지리산 깊은 골과 섬진강의 맑은 물살 그리고 가을 들녘을 가로지르는 솔바람을 타고, 토지 속에 흐르는 지리산 사람들의 민족적인 삶의 이야기는 우리 문학의 금자탑을 이루었다.

소설가 박경리씨는 고령에도 불구하고 강원도에서 건강한 모습으로 경상북도 하동군 악양면 평사리 최참판댁에 내려오셨는데, 낭랑한 목소리로 힘있고 활기차게 다음과 같이 축사를 하였다.

사고하는 것은 능동성의 근원이며 창조의 원천이다. 토지문학제가 능동적인 생명을 생명으로 잇게 하기 위하여 작은 불씨, 작은 씨앗이 되어주었으면 한다. 우리 문화예술인들이 한자리에 모여 문화와 예술, 자연과 삶의 문제들을 추구하고 미래를 모색하는 마당이 되었으면 한다. 진실에 도달할 수 있는 것은 오로지 언어가 지닌 마성이며, 진실이 피안(彼岸)에 있다면 언어만이 건널 수 있는 배다. 그 배가 피안에 갈 수 있느냐 하면 절대로 그렇지 못하다. 그렇지만 배만이 강을 건너 피안에 도달할 수 있는 가능성을 가졌기 때문에 우리는 포기할 수 없다. 그것이 곧 언어가 지닌 마성(魔性)이며, 생명과 교감할 수 있는 문학적 감성과 생명을 존중하는 문학으로의 길이다.

우리가 꽃을 가리켜 아름답다고 할 때, 종이꽃을 가지고는 아름답다는 말을 하지 않는다. 그 꽃이 생명이 통하고 능동적으로 살아 숨쉴 때 아름답다고 하지 생명이 없다면 그렇게 말하지 않는다. 그 아름다운 꽃의 생명도 언젠가는 지게 마련이다. 누군가에게 꺾이기도 하고 밟히기도 하고 없어지고 사라져 가는 생명에 대한 연민, 그것이 바로 문학이다.

평사리에서 제1회 토지문학제가 열리게 되었는데, 부끄러운 마음으로 축하를 드린다.

이어서 정공채 시인의 축시가 낭송되었는데 행사장 주위엔 수백 개의 청사초롱이 멀리서 보아도 화려함이 돋보였고, 행사장까지 시화전도 열려 볼거리 즐길거리와 함께 한쪽에선 백일장이 행해지면서 전야제는 무르익었다.

그날 밤은 수백 개의 별들이 한꺼번에 쏟아지는 몽양당 청학동 예절학교 수련관에서 잠을 자고 전통교육과 예절을 가르치는 삼성궁을 견학했다. 가족과 함께 다시 한번 꼭 오고 싶은 곳이라 생각되었다. 또한 악양골 대봉감은 감칠맛에 색깔, 모양이 아름다워 옛날 임금님 진상품으로도 유명한 이곳 특산물이라는데 온통 주렁주렁 가지가 휘어지게 매달려 보기만 해도 그림같이 탐스러웠다. 또 전국 밤 소비량의 40%를 이곳 하동에서 생산한다니 놀랠 수밖에 없었다. 지리산 자락의 청풍 수림에서 생산되어 품질이 단단하고 당도가 높고 영양이 풍부한 까닭이라 한다.

무수히 쏟아지는 청학동의 빛나는 별들만 봐도 오늘 내게 있어 대어를 낚은 기분이 드는 것은 가을 단풍 들놀이와 함께 20여 년에 걸쳐 이룩한 박경리님의 『토지』라는 문학적 높은 향기 속에 휘감겨 내게 스며오는 가슴 뿌듯한 충만감에서 일 게다.

노벨문학상 심사위원들은 어이하여 우리의 『토지』의 진가를 몰라주는지 답답할 뿐이다. 상은 우수한 문학을 찬양하는 뜻을 표명함으로써 우리 문인들에겐 보다 높은 문학성을 지향하려는 의지를 자극하는 기폭제가 될 것이요, 작품을 통해 사회를 조명하고 새로이 나아갈 지표를 제시해주는 마음의 양식이니 그 귀한 보석을 더욱 닦고 연마해야겠다.

전자 우편

저녁식사 후 남편의 모습이 갑자기 내 시야에서 사라졌다.

'운동 삼아 잠시 아파트 주위로 산책 나간 걸까. 아무 말 없이 갈 사람이 아니건만, 그럼 어디로 갔을까.'

이 방 저 방 있을 만한 곳에 기웃거려봐도 보이지 않았다.

남편이 아들 방에 있을 줄 전혀 예상 못했다. 컴퓨터 앞에 앉아있는 넓은 잔등으로 대신한 남편의 뒷모습은 내게 신선한 충격이었다.

요즘 인터넷 정보학원에서 다시 강의를 듣는 건 이미 알고 있었지만 어느 틈에 컴퓨터를 켤 생각을 했을까 신통했다. 살금살금 들어가서 그의 어깨너머 넘겨다본다. 이메일에 가입하느라 전전긍긍 몰입해 있었다. 학원에 가보니 모두들 E-mail 주소가 있는데 자기만 없으니 당장 시급했던 것 같다.

혼자서 안되니 딸을 불러들였다. 딸이 인도하는 대로 E메일 가입단추를 클릭하고 있는 그는, 내가 뒤에 서있는 줄은 아직도 모른다. 피아노 건반을 두드리듯 신나게 자판을 두드리는 그가 예전의 바로 내 모습이 아닌가.

빛의 속도로 하루가 다르게 발전하는 정보사회에서 그 동안 남편도 답답한 일이 많았으리라. 이제 그가 컴퓨터에 일가견을 갖게 된다면 우리는 컴퓨터가족이 된다. 세계 어디에 가 있어도 컴퓨터 하나로 즉시 대화가 가능해질 테니,

참으로 신비로운 세상에 와있다.

우리 나라는 컴퓨터 보유수가 일본을 앞서 세계 제1위라니 참으로 놀라운 발전이 아닐 수 없다. 통쾌한 일이다. 드디어 한국이 초고속 인터넷 최강국으로 발돋움했으니 그 옛날 세종대왕 시절엔 어찌 감히 상상이나 했었을까.

우리가 골프나 마라톤 같은 스포츠 외에 컴퓨터로도 세계 1위를 하다니…. 지난 4월 발표된 경제협력개발기구(OECD) 보고서에 따르면 한국의 초고속인 터넷 보급율이 OECD회원국 가운데 일백 명당 10명으로 세계 제1위(430만 명)이며, 캐나다는 4명, 미국이 3명, 그리고 오스트리아가 2명 순이라고 한다.

연말이면 한국의 초고속인터넷 이용자가 800만을 웃돌 거라니 세계가 한국을 주목할뿐더러 일본서도 잇단 견학이 계속되고 있다 한다. 교과서 왜곡보도로 괘씸하기 만한 일본을 우리가 이 시점에서 훨씬 앞섰다는 것이 대단히 기분 좋게 한다.

이제 대한민국 온 국민은 아예 발벗고 나서야겠다. 우리 모두 동시에 일본을 향해 한마디씩 떠들어야겠다. 지구촌 세계인들로부터 비난의 목소리가 거세고 자국민까지도 일본교과서 왜곡문제를 들고 나오는데 일본만은 오불관언, 오히려 적반하장 아무 반응이 없다.

거기다가 '한국 방문의 해'에 일본 관광객들이 단체계약을 취소하고 있다니 결국 양국이 어떻게 어디까지 가게 되는지 귀추가 주목된다.

일본은 어찌하여 우리나라 남쪽에 버티고 앉아 그 옛날 우리의 문화의 전수조 차도 일체 부인한 채 곧 로켓발사까지 서두르며 전투준비를 하는지, 또 독도소유 권까지 들먹이며 왜 그리 말썽인지 모르겠다.

수일 전 고속도로에서 운전 중 남편과 심하게 다투었다. 운전 중에 워낙 다투기 일쑤여서 그는 되도록 내게 핸들을 안 주려고 한다. 그날도 내가 운전대를 잡았는 데 큰 트럭이 달려오는데 겁도 없이 차선을 바꾼 데서 난리가 난 것이었다.

아주 멀리 트럭이 보이기에 차선을 바꾸었는데, 남편은 "멀리 보여도 먼 게 아니라며 하마터면 큰일 날 뻔했는데 뭘 모르니 한심하다"고 강력하게 우겼다.

조금 전까지만 해도 재미있는 이야기를 나누다가 그만 껄끄러운 입장이 되고 말았다. 사실은 내가 잘못했다.

운전은 내가 남편을 따를 수 없지만 컴퓨터만은 내가 앞선다. 그런데 이젠 남편도 누구 도움 없이 이 메일도 쉽게 주고받을 수 있게 될 것 같다. 그가 뒤늦게 컴퓨터 도사가 되고 있으니 사실 고마운 일이다.

우린 자칭 잉꼬부부지만, 칼로 물을 베려고도 애쓰듯 잘 다투는 부부다. 그럴 때마다 하나, 둘, 셋만 천천히 속으로 세면서 잠시만 참으면 조용한 것을 서로 안 지려고 하니 때론 껄끄러울 수밖에 없다.

대부분 장거리 운전하다보면 곧잘 싸운다. 다투지 말자고 약속하고도 싸우기 일쑤다. 그후엔 서로 계면쩍어 눈치만 살핀다. 그의 자존심은 강한 편이어서 이번엔 내가 먼저 사과편지를 써두고 병원으로 출근했다. 그랬더니 그도 답장하기를 영문으로 된 장문의 편지를 써서 식탁 위에 놓았다.

한글로 사과편지 쓰려 하니 아마도 닭살이 돋았나 보다. 우리는 점차 굳어지는 회화실력 때문에 전화로도 가끔 재미 삼아 영어로 말한다. 짤짤한 영어공부가 된다. 엉터리 영어로 내가 떠들면 그는 유창한 영어로 수정해주곤 하며 정을 도탑게 한다.

편지가 오간 후 우리가 언제 싸웠느냐싶게 다시 웃고 지내는 참 싱거운 부부가 바로 우리다. 서로 잘했다고 우기지만 피차 똑같이 잘못된 경우가 많다. 서로 사과할 일이 생길 경우 앞으론 E-mail로도 해결할 수 있으니 얼마나 좋을까.

지금, 그가 내게 사과편지를 쓰고 있다니 궁금하다. 애들이 내게 슬쩍 눈짓으로 암시를 했다. 무슨 내용으로 쓰는 걸까. 아주 기분이 좋아진다. 컴퓨터 앞에 앉아있는 그의 뒷모습이 너무나 멋져 보인다.

오늘만 해도 생선냄새, 김치 냄새 등 집이 이곳저곳 더러운데도 파출부 안 불렀다고 화를 냈었다. 아마 앞으로도 그가 사과문 쓰는 횟수가 나보다 몇 배나 더 많을 것이 분명하다.

때론 사랑의 편지도 기대해봐야지… 이메일로 인하여 앞으로 흥미진진한 일들이 전개될 것 같다. 추석이 다가와 앞산 봉우리 사이로 둥근 달이 떠오르면 멋진 사랑의 시 한 편 써서 보여준다고 했는데 과연 기다려도 될까. 언제쯤일까.

시의사회, 구의사회, 여의사회… 하면서 여러 장르의 문인회 또는 전시회, 동창회 등 각종 모임으로 종종 아내자리를 비우는 나도, 이제부터는 이메일로 즉각 미쁘게 반성하면서 앞으론 보다 충실히 아내로서 임무 수행해야겠다고 다짐해본다.

진실로 미안했습니다요.

당신과 함께 하는
남은 인생 너무나 짧은데
하나뿐인 Only You! …… 그대이기에.

(2001. 8.)

삿포로 눈 축제

우리는 눈만 뜨면 무수한 사람들과 갖가지 사연으로 만나고 헤어진다.

이른 아침엔 창밖에서 지저귀는 새소리와 만나고 헬스장에선 운동하는 친구들과 만나게 되며 부엌에선 향기로운 식단과 만난다. 또한 직업상 진찰실로 돌아오면 하나 둘씩 종일토록 아픈 사람들과 만나게 된다.

저녁이 되면 서로 그리워했던 가족들과 한 지붕 아래 구심점을 이루어 모여들게 되며, 하루동안 겪었던 잔잔한 감동을 서로 나누면 해는 저문다. 홍수처럼 쏟아지는 우편물 또는 전화로 만나는가하면, 때론 팩스로, 더 나아가 컴퓨터통신 천리안으로 무수히 많은 정보와 쉴 사이 없이 만나게 된다.

그러나 내겐 아들의 어린 시절 소꿉놀이 친구 엄마들의 병아리 모임이 하나 있다.

그 병아리가 자라 이젠 의젓한 닭이 되었지만, 먼 훗날 병아리시절 우정의 끈이 행여나 끊어질까 두려워 엄마들이 대신 만나게 된 것이 어느새 20년이란 세월이 흐른 것이다. 고로 영훈 초등학교 동기동창임을 고통분모로 하여 그 엄마인 우리는 일찍이 병아리모임인 '영우회'를 결성하였다.

초등학교를 졸업한 후 뿔뿔이 흩어져 하마터면 서로 못 만날 뻔한 위기를 그나마 8명의 엄마들이 그 고리를 연결시킨 것이 이제는 오히려 아들보다 엄마끼리 더 친한 사이가 되고 말았다.

불가에선 옷깃만 스쳐도 인연이라지만, 20년이란 긴 세월동안, 아들이 서로 소꿉친구라는 이유 하나로 빠짐없이 매달 만났으니 대단한 인연이 아닐 수 없다.

때론 애들 아버지까지 여덟 분 합세하니 그야말로 대가족이 되기도 한다. 언젠가 콘도를 미리 예약해서 밤을 지새며 24명이 끈끈하게 우의를 다지기도 하였다.

이렇도록 쌓여진 포근함 때문에 이번엔 국내를 벗어나 모처럼 화려한 첫나들이를 해외에서 갖기로 하였다. 결국 3박4일간의 설국을 다녀오기로 한 것이다.

독일 뮌헨의 '옥토버 페스트', 브라질 '삼바축제'와 더불어 세계3대 축제의 하나로 불리우는 삿포로 눈 축제인 '유키 마쯔리'로 만장일치 합의를 보니 내 마음은 동화 속의 나라로 들어가는 듯한 착각에 들떠 있었다.

지난 연말 2m50cm의 폭설로 세계적 화제가 되었던 눈의 고장 홋카이도는 큰 섬 4개와 4천 개의 작은 섬으로 된 일본열도의 최북단에 있다.

혹한으로 강추위가 계속되던 지난 2월초 우리 일행은 2시간35분만에 눈과 얼음의 도시 삿포로의 치토세 공항에 도착했다.

하늘이 뚫린 것처럼 퍼붓는 눈으로 시야는 온통 하이얀 은세계를 이루고 있었다.

홋카이도는 극소수의 원주민 아이누족이 인간 거주의 한계를 실감하며 살아온 불모의 동토라 불리었다. 그런 북방의 섬이 메이지 시대 개척민들에 의해 신대륙으로 개발되었다. 그런 만큼 홋카이도에는 여타 일본에서 볼 수 없는 독특한 정서가 있었다. 북방의 한적한 느낌이 선뜻 와 닿는 고즈넉한 해안, 산과 호수, 그리고 온천이 한데 어울린 계곡마을, 북유럽풍의 낙농산업, 더불어 눈과 얼음이 빚어내는 갖가지 풍물들은 우리를 매료시키기에 족했다.

눈 축제가 있기 하루 전, 우린 노보리 뱃츠에서 우선 온천축제를 관람하였다. 주위엔 차차 어둠이 내려앉은 밤 8시, 아무런 예측도 못한 채 영하10도가 넘는 혹한에 발이 시려워도 참으면서 난 무슨 진귀한 광경이 벌어지려나 호기심이 가득하였다. 비디오 카메라에 담으려고 맨 앞줄에 자리잡고 있는데, 갑자기 항문만 한 줄로 겨우 가린 채 거의 벌거벗은 청년 1백여 명이 "앗 쏘레! 아레!"를 합창하며 튀어나왔다.

두 팀으로 나뉘어져 행군하듯 함성을 지르며 튀어나오기 시작한 것이다. 나는 털코트로 완전 무장하여도 영하의 날씨이기에 비디오를 찍고 있는 손이 시려운데, 무슨 강심장으로 저렇게 다 벗고도 신바람 나게 뛰어 다니는지 그 이유를 알 수가 없었다.

저토록 지독한 국민성 때문에 과거 우리민족을 괴롭히지 않았을까 연상되었다.

그들은 맹추위를 이기고자 "엿샤! 엿샤!" "앗 쏘레! 아레!"로 계속 함성을 지르면서, 직경 30cm정도 길이 2m넘는 거대한 남성 심볼을 10여 명의 어깨 위에 다함께 걸머쥐고 계곡마을이 흔들리도록 우렁찬 목소리로 힘차게 뛰었다.

대형물통에 미리 담아둔 온천수로 더운 김이 무럭무럭 나서 시야는 온통 희미하였고, 한겨울에 벌거벗은 청년들은 온천물을 퍼서 자기도 끼얹으며 관중을 향하여 굵은 호스로 마구 뿌리는 바람에 우리들은 비명을 지르며 이리저리 피하느라 그야말로 북새통이었다.

높은 장대 끝에는 횃불이 훨훨 타고 있었고 이마에 빨간 띠와 청색 띠를 질끈 동여맨 채 온천수를 하는 높이 뿌려 먼저 불을 끄는 팀이 이기는 판정을 받게 되는 전통축제였다.

그 사이 막간을 이용하여 해학적인 웃음을 띤 가면을 쓴 무용수 한 쌍이 등장하더니 기모노를 입은 채 성행위를 풍자하는 코미디를 연출하여 관객들의 폭소를 자아내기도 했다.

한편 흥겨운 장단에 맞춰 거의 벌거벗은 청년 네 명이 나무절구에 찰떡을 찧으며 재미난 율동을 하였다. 그러자 방금 만들었는지 아직도 온기가 남아 있는 찹쌀떡을 흥미진진해 하는 관중들에게 모두 한 개씩 나누어주었다. 어찌

꿀맛이 아닌가!

그와 동시에 갑자기 하늘에서 난데없이 땅콩들이 후드득 쏟아지기 시작했다. 우박같이 비오듯 떨어지니 발 디딜 틈 없이 땅콩이 발등을 덮으려 했다. 겨울밤 한 아름씩 주워든 그 땅콩은 또 왜 그리 고소했던지!

하여튼 이 모든 페스티벌은 풍년을 바라는 그들만의 전통의식이었다.

여하튼 아타미, 벳푸와 함께 일본 3대 온천이라 불리는 노보리 벳츠온천은 22종의 다양한 온천수(45~98도)가 하루 1만 톤씩 용출돼 '온천 백화점'이라 불릴 정도란다.

온천가(街) 북쪽에 있는 지옥계곡(지코쿠다니)에서 온천 페스티벌을 관람한 뒤 근방에 있는 세계에서 제일 큰 불곰 사육장으로 갔다.

무려 1백80마리나 되는 불곰들이 나이별로 분류되어 사육되고 있었는데 저절로 자연사하기 전엔 절대로 죽이는 법이 없다고 하니 곰들의 천국이 아닐 수 없다. 곰의 지능이 은근히 높아선지 공 돌리기, 숫자판 들고 오기, 자전거 타기, 유모차 끌기 등 갖가지 재롱이 볼만하였고, 오리가 장애물 경주를 하다니 골고루 웃긴다고 생각했다.

서울을 떠나기 전 나는 필경 눈이 잔뜩 쌓인 어느 산간 마을에서 눈 축제가 이루어지리라 상상하였다. 그러나 나의 예측은 전혀 예상을 빗나갔음을 뒤늦게 알게 된 것이다.

그것은 바로 서울의 종로에 해당되는 도심지 한복판에 자리 잡고 있었다.

'유키마츠리'의 밤은 삿포로 시내를 동서로 가르는 도심 중앙의 녹지대 오도리 공원에서 휘황찬란하게 밝혀지고 있었다.

반투명한 얼음조각의 매끈한 피부 위로 형형색색 화려한 네온이 미끄러지고 오도리공원 가도엔 눈사람 모양의 수백 개의 가로등이 별세계를 연출하여, 홋카이도의 맹추위에 굳게 다물었던 우리들 입도 감탄사를 발하느라 그만 열리고 말았다. 그 화려함이 극치를 이루니 유키마츠리의 밤은 '크리스탈 나이트'라고 부르는데 손색이 없었다.

실물 크기에 가까운 스핑크스, 살짝 옆으로 기울어진 피사의 사탑, 자유의 여신상 등이 5층 높이로 서있는가 하면, 인기 어린이 영화 「미녀와 야수」의 한 장면이 투명한 얼음 그대로 재현되니 어린이들에게 가히 환상적이 아닐 수 없을 것 같았다.

모든 얼음 조각품은 마치 동화 속의 눈의 나라에 들어온 듯한 착각에 두 눈이 휘둥그레질 뿐 말로 표현할 수 없이 경탄을 자아내게 하였다.

기적이 때론 있을 수 있지만, 어찌하여 녹기도 쉽고 깨지기 쉬운 얼음덩이 하나로써 저렇게 빛나는 예술품을 창조해 낼 수 있었을까 도저히 상상도 못했던 일이었다.

얼음 건축물 위에 실제와 거의 유사한 조각품이 연출되고 있으니 가히 환상적이었고 유난히 아름다운 바티칸성당은 잠시 내가 이태리 로마에 와 있는 것이 아닌가 의심하리만치 정교한 솜씨라 그처럼 완벽한 예술품에선 누구나 멍청해지는 것 같았다.

그러다가 나의 시선은 우리나라 국보인 '다보탑' '석가탑' 그리고 더불어 조각한 불국사 앞에 멈추게 되자 가슴이 찡하기도 했다.

그 아름다움이란 보석같이 투명하고 찬란하여 그 옛날 신라인의 혼이 삿포로 하늘아래서도 살아 숨쉬는 듯 느껴졌다. 또한 제주도 '하루방'은 설레이는 가슴으로 바라보는 우리의 마음을 엿보는 듯했다. 그외에도 교토에 있는 연역사(寺)의 대웅전은 5층 높이로 대단한 규모였다.

자그마치 6백여 명 조각가들의 공동작품이라는데 어느 누구도 이런 대작을 상상할 수 있었을까. 서까래까지 일일이 정교하게 조각되어 놀라게 하였다.

이처럼 12블럭에 이르는 드넓은 오도리공원에 크리스털처럼 진열되어 있는 얼음조각품들이 매년 300~360점이나 전시된다는데 벌써 47회라니 부럽기만 할 뿐이다. 눈과 얼음의 도시, 청량한 무공해 공기 속에 영원히 어린이로 살

수 있는 동화의 나라!

투명도 제1위인 토야호(湖)와 스코츠호(湖)가 있고 곳곳에 온천수가 솟아올라 지금도 가스와 김이 새어나오고 활화산의 엄청난 에너지를 실감할 수 있는 곳, 게다가 불곰이 산수공부를 하고, 오리가 뒤뚱거리며 장애물경주를 하는 곳, 더불어 삿포로의 얼큰한 생라면과 가슴속 깊은 곳까지 시원한 삿포로 맥주의 맛과 함께 달콤한 화이트 초콜릿은 오래도록 내 가슴속에 짙은 향기로 남을 것이다.

가족 나들이 / 6 F · 40.9×31.8 cm

사이판 여행기

　새파란 드높은 하늘에 평화로이 떠도는 하이얀 뭉게구름이 서울의 가을하늘은 연상케 하였다. 아스라이 펼쳐진 망망한 서태평양 한 가운데 적도 가까이 놓여있는 조그마한 섬, 야자유가 뚝뚝 흐를 것 같은 진초록의 야자수 잎들이 햇살에 반짝이는 휴양지 사이판, 우리의 세 아이들과 첫 해외 나들이를 하였다.

　겨울철 해외여행지로는 태평양의 섬들이 적격이다. 그 중에서도 사이판은 겨울 관광지의 최적지라는 여행사의 추천이 아니더라도 어쩐지 베일에 싸여있는 듯한 이 밀월 여행지가 우리의 마음을 끌었다.

　부드러운 열대성기후, 해변 따라 끝없이 펼쳐진 고운 모래사장, 적도 위를 비추는 태양광선의 각도에 따라 초록색과 푸른 색, 비치색 등 갖가지 빛깔로 바뀌는 투명한 바닷물, 물안경을 쓰고 맑고 깨끗하여 바다 속을 들여다보니 크고 작은 열대성 물고기들이 유유히 꼬리를 흔들며 유영하고, 예쁜 산호들이 산재해 있었다. 바다 속은 볼수록 장관이었다.

　세계 어느 휴양지에서도 이처럼 해변가와 바다 속 경치가 투명하고 깨끗한 곳은 없었던 것 같았다. 물결에 온몸을 맡긴 채 바다 밑을 들여다보면서 잔물결에 이리저리 살랑살랑 흔들리는 산호를 줍는 재미도 여간 솔솔한 게 아니었다. 저 멀리 떠내려가는 것도 모르고 산호를 손안에 모으는 재미에 빠진 나를 애들은

'우리 엄마가 물결 따라 내려가는 것도 모르고 물 속에서 안 나온다'고 오히려 거꾸로 날 걱정해주는 진풍경들이 벌어지기도 했다.

해변에서 200m쯤 떨어진 해변에는 자연 방파제 구실을 하는 산호초군이 섬 전체를 감싸고 있는 탓에 하얀 반원을 그리며 파도가 멀리서만 아스라이 일렁일 뿐, 해변에는 파도가 거의 없이 잔잔한 맑은 물이 옥빛 치마를 펼쳐놓은 듯 비취색 그대로였다. 수심도 어른 가슴밖에 닿지 않아 마음놓고 수영도 즐길 수 있으니 금상첨화가 아닌가. 비취색과 감청색으로 투명한 바닷빛에 홀려 무작정 뛰어들고 싶은 충동을 느끼게 하는 곳이었다.

사실 우리 부부는 결혼 20주년기념으로 가족여행지를 물색 중이었다. 때마침 1989년부터 해외여행 완전 자유화가 이루어졌고 우리는 고3인 둘째아이 대입고사 시험이 끝나기를 기다렸다. 지도에선 점 하나로 잘 보이지도 않는 섬, 서태평양 마리아나(Marianas) 제도 남부에 위치한 천혜의 관광자원으로 지상의 낙원이라는 사이판을 의아심 반 호기심 반으로 결정했다.

3남매 데리고 해외의 아름다운 해변가 모래사장에 나란히 앉아 밀려오는 옥빛 물결을 한가로이 바라보고 또 산호를 주워 모으면서 얘기꽃을 피우니, 난 꿈을 꾸는 듯 마냥 행복했다. 가슴엔 향기로운 봄바람에 팝콘 터지듯 활짝 핀 목련꽃처럼 웃음꽃이 만발했다.

우리가 사이판에 도착한 것은 일본 경유 없이(89. 1. 28) 250명의 관광객과 함께 전세비행기로 김포공항을 이륙한 지 3시간 40분만이었고 시차는 서울보다 1시간 더 빨랐다.

구정을 수일 앞둔 적도에서 바라보는 그믐달은 서울에서와는 달리 뒤집어진 눈썹달이어서 애들이 더 신기해하였다.

사이판은 16세기 초 스페인에 의해 처음 발견되어 스페인 영으로 있다가 독일에게 팔렸는데 1차대전 이후 일본의 위임통치하에 있었으며 2차 세계대전 말기엔 미국과 일본의 치열한 격전지로서, 그 당시 일제시대 때 강제로 징용되어 사이판에 온 1만여 명의 한국인들이 사이판에서 전투를 치렀으며 그중 5천여 명이 사망했다고 한다. 당시 징용 입대자들의 후손을 포함해 현재도 우리 교포가 4,600명 정도 살고 있는데 그중 2천여 명은 수출 쿼타 제한을 피하기 위해 이곳에 진출해 있는 한국 봉제업체들의 종업원들이며 나머지는 교민이다.

1983년만 해도 6,700명에 불과했지만 신탁통치령에서 정식 미국 영토(87년 7월)로 편입되는 것을 계기로 한국인들이 대거 이주해 왔다고 한다. 현재도 일제 시대 때 징용입대한 사람들의 2세, 3세들이 400여 명 살고 있고, 70살이 넘은 징용입대 생존자도 두 분(강씨와 전씨)이 있다고 했다. 이들은 미군 진주 후 포로수용소에서 미국식 창씨개명을 요구 당해 朴씨는 '보키'로, 申씨는 '싱', 金은 '킹'으로, 崔는 '초이'로 각각 성을 바꾸었다.

사이판은 우리 제주도의 1/10(185km²)에 해당하고 인구 4만여 명, 앉아있는 곰의 형상을 한 작은 섬이다. 우리와는 각별한 역사적 인연이 있는 곳이다. 미국과 일본의 치열한 전쟁터에서 무참하게 희생된 우리 민족 5천여 명이 잠든 위령탑 앞에 섰을 땐 식민지의 아픔을 되새기며 모두 숙연해지지 않을 수 없었다.

1945년 8월 6일 이곳 마리아나 군도중의 하나인 데니안섬 비행장에서 원자탄을 싣고 일본에 투하시켜 결국 일본이 항복할 수밖에 없었다. 그때 사이판에 투입된 2만여 명의 일본군인들이 가파른 절벽에 모두 모여 항복하기보다는 차라리 자살 하는 게 낫다면서 일본천황 만세를 부르면서 바다로 뛰어내려 스스로 목숨을 던진 반자이(萬歲) 절벽(Banjai cliff)을 필두로 관광이 시작되었다.

그들이 자살한 이유가 어떻든 간에, 징병으로 끌려간 우리 한국 군인까지 수천 명을 뒤에서 총부리를 대어 함께 뛰어내리게 했다니 그들의 잔악성에 경악했 다. 그 당시 일본군 최후의 사령부가 있었던 곳에는 그들이 사용했던 녹슨 전차와 부서진 대포, 일본인이 만들어 놓은 감옥 등 전쟁의 상흔은 사이판 도처에서 볼 수 있었다.

저녁엔 원주민 챠모로(Chamorro)인들의 음악과 춤이 곁들인 낭만의 선셋크루

즈(Sunset cruise)가 있었다. 유람선을 타고 멀리 나가니 보이는 것은 모두 바다뿐, 아스라한 수평선에서 연출해내는 일몰의 장엄한 오렌지빛 야경을 내다보며 그들의 문화에 흠뻑 취하였다. 까무잡잡한 차모로인들이 춤추면서 그들의 머리와 목에 감았던 화환을 우리에게 씌워주곤 즉석에서 원주민들의 민속춤을 흥겨운 밴드음악에 맞춰 가르쳐주었는데 찍은 사진에 대한 감사표시로 1불만 줘도 무척 고마워했다.

마리아나 군도의 크고 작은 14개의 섬 중에서 8개는 무인도로서 가장 아름다운 곳은 마나가하섬이라 한다. 사이판에서 3.2km 떨어진 북서쪽으로 달려 20분만에 도착했다. 마나가하(Managaha; 쥐의 뜻)는 섬 전체가 모래로 이루어진 직경 200m의 타원형으로 갖가지 열대수목들이 숲을 이루고 있었다. 이곳도 곳곳에 2차대전 시 대포들이 그대로 남아 있어 그림같이 아름다운 해변과 묘한 대조를 이루었다.

사이판 해변처럼 이 섬의 해변 역시 200m 떨어진 해안에 방파제가 된 산호초군이 섬을 에워싸고 있어 파도가 거의 없고 수심도 얕아 마음놓고 바다 밑을 구경할 수 있었다.

바다 속은 말 그대로 산호정원이었다. 나는 또 산호를 줍느라 정신없이 바다 속을 헤맸다. 우리는 강렬한 적도의 태양열에 순식간에 타고 말았다.

윈드서핑, 스쿠버 다이빙, 그리고 스킨 스쿠버 등 레슨을 받는 이들과, 고무옷을 입고 긴 창을 들고 큰 고기를 낚는 연습이 한창인가 하면, 일본에서 온 배우들은 촬영하느라 법석이고, 우리 애들은 KAL로 같이 온 앙드레 김 패션쇼에 출연하는 늘씬한 모델들을 보면서 은근히 재미있어 했다.

마나가하섬과 사이판을 왕복하는 유람선에는 특별히 바다 밑이 훤히 보이도록 사각형으로 넓게 뚫어놓은 유리바닥이 두 개 있었다. 그 유리창을 통해 큰 산호초나 열대어들을 볼 수도 있었는데 2차대전 때 격추된 미국과 일본의 군함조각, 타이어, 부서진 비행기 날개와 동체들이 여기저기 흩어져 있었는데 그 당시 치열했을 전쟁이 연상되어 섬뜩했다.

섬에서 돌아오니 우리가 묵은 다이아몬드호텔 메인홀은 차모로 (Chamoro) 민속무용과 뷔페준비로 부산하였다. 긴 막대기와 창을 들고 괴성을 지르며 기저 귀같이 부착한 원색의 바지를 입은 원주민 차모로 남자들의 춤은, 뉴질랜드와 피지섬의 그것과 너무나 흡사했다.

옵션 투어로는 잠수함, 헬기, 스쿠버 다이빙, 윈드서핑, 제트스키, 골프, 그리고 열대 식물원관람이 있었는데, 이렇게 좋은 곳에 와서 골프(연회비 2,000불, 그린 휘 100불)를 못 치고 가면 몸살난다는 남편을 제외하고, 우리는 식물원으로 향했다. 버스로 약 20분만에 도착한 열대정원의 방대한 규모(30만㎡)가 우리를 압도했다.

열대식물뿐 아니라, 멕시코, 브라질, 인도 등 세계 전역의 갖가지 나무와 식물, 관목들이 자라고 있었다. 입구엔 500여 개의 야자수 열매로 피라미드 모양의 아치문이 세워져 있었고 그 문을 통과하는 멋 또한 색다른 즐거움이었다.

10만여 평중 1시간 동안 2만 평정도 견학했는데 이곳 식물들은 해외반출이 금지되어 있다고 한다. 야자수는 한 나무당 1000여 개의 꽃중 5%만 열매를 맺으며 소철(Cycas)은 은행나무처럼 암수가 있는데 암나무엔 독이 있단다. 아이스크림의 바닐라 향을 내는 나무도 있어 반가웠다. 그외 코카콜라의 톡 쏘는 맛을 내는 나무도 2천 그루나 있는데, 이 나무에서는 마약성분이 나와 요즘은 독일인이 재배를 중지하고 있다 한다.

인도에서 온 카레라이스 원료인 커리추리도 처음 보았는데 인상적이었고 별모 양의 꽈리 같은 주머니가 매달린 스타 후룻 추리와 크리스마스 추리 장식용으로 잘 어울릴 것 같은 캔들넛 추리는 만지고 싶을 정도로 예뻤다. 슈베르트의 보리수 앞에서 애들과 기념 촬영도 했다.

마나가하섬은 미국이 올해부터 55년간 일본에게 섬 전체를 임대해 줘 개발중이라는데, 거리의 간판엔 일본말이 눈에 많이 띄었고 그들의 약삭빠른 두뇌에 놀라고 말았다.

사이판 시내엔 신호등이 전혀 없고 사람이 우선이므로 차는 알아서 느긋하게 사람을 비켜 다녔으며 시내버스가 없다. 거리엔 개들이 많아 가끔 물릴 때도 있다고 했다. 하파다이(Hafa-adai)라 하여 관광객을 위해 차모로어(語)로 Hello나 Welcome의 인사말이 눈에 많이 띄었다.

국민들의 교육열은 낮은편이어서 고등학교까지 아침은 물론 점심도 무료로 급식을 주며 교육비도 없지만, 학교에 안 나오는 학생이 많다 하며 공립대학 역시 수업료가 의외로 저렴해도 교수진이 안 좋아 미국 본토로 나간다고 했다.

오후엔 필드에서 싱글벙글 기분 좋게 돌아온 남편과 잠수함을 타기로 했다. 해저관광용 잠수함은 구조나 전체적 인상이 제주도의 것과 흡사했다. 행여나 환상적인 아름다운 풍물이 전개되지나 않을까 하는 기대감으로 조바심 반 호기심 반 바다 한가운데에 이르렀다.

때마침 거센 파도로 배가 출렁거렸다. 잠수함 지붕 위로 옮겨 타야 하는데 아이들 셋을 조심스럽게 손을 잡아주면서 잠수함의 열려진 천장 뚜껑을 통해 껑충 뛰어 천천히 사다리로 내려갔다. 내부는 시내버스 크기와 대동소이했고 물밖 수중 풍물들이 잘 보이도록 둥근 유리창이 줄지어 있었다.

기관실 앞엔 모니터장치가 있어 차차 해저로 내려가는 모습이 화면으로 나타나자 우리 애들이 퍽 흥미롭게 주시했다. 이를 관리하는 총책임자가 일본인이 아닌 우리 교민이라니 은근히 기분이 좋았지만 탑승비가 좀 비쌌다. 2차대전 말기 격추된 비행기와 군함의 잔해들이 녹슬고 이끼 낀 채 산재되어 있는 주위로 맴돌고 있는 열대어들이 왠지 어울리지 않아 대조적이었다.

관광 마지막 날에는 우리 아이들의 기대 속에 앙드레김의 패션 쇼가 있었다. 신나는 음악에 맞추어 아름다운 의상을 걸치고 경쾌하게 걷는 모델들의 몸매가 너무 고와 나도 잠시 넋을 잃고 몰두한 가운데 100여 점의 작품을 쉬지 않고 감상하고 나니, 모두 기분이 상승되었다. 숙소로 돌아와 애들 앞에서 나도 멋지게 걸어본다고 어깨를 약간 뒤로 젖힌 채 목에 힘주고 턱을 들어 정면을 바라보면서 두 팔을 휘둘러 신나게 걸으며 시선을 집중시켰더니, 애들 아빠 제발 그만 웃기라고 말리니 3남매 모두 깔깔 웃고 말았다.

초등학생인 세 아이들과 첫 번째 해외여행의 추억 속에 여운을 남긴 채 우리 가족은 언젠가 다시 한번 오고 싶은 아름다운 사이판을 뒤로 두고 비행기 트랩에 올랐다.

(1989.1.)

가을바람의 그림자 / 15F · 65.1×53.0cm

스케치 여행

지금 나는 가곡 「님이 오시는지」를 나직하게 속으로 부르면서 가을빛 흥건한 황금들녘을 바라보며 흐뭇한 마음으로 차창가에 앉아 있다. 극도의 성취감에 도취되어 있을 땐 나도 모르게 저절로 불러지는 그윽한 노래가 있다.

물망초 꿈꾸는 강가를 돌아 달빛 머언 길 님이 오시는가
갈 숲에 이는 바람 그대 발자췰까 흐르는 물소리 임의 노래인가
내 맘은 외로워 한없이 떠돌고 새벽이 오려는지 바람만 차오네.

백합화 꿈꾸는 들녘을 지나 달빛 머언 길 님이 오시는가
들풀에 베인 치마 끌고 오는 소리 꽃향기 헤치고 님이 오시는가
내 맘은 떨리어 끝없이 헤매고 새벽이 오려는지 바람이 이네.

난 어느 결에 2절까지 연달아 부르면서 계절이 주는 정취에 흠뻑 젖어보려고 코스모스 하늘거리는 신작로를 지긋이 바라보며 가을 길을 달리고 있다. 조금 열어놓은 창틈으로 쏟아져 들어오는 산들바람에 머리카락이 깃발처럼 휘날린다. 가을 들판에서 오곡백과가 무르익는 소리에 귀 기울이며 하얀 캔버스에 가을

풍경을 가득 담아 내 조그마한 화실에 그 주홍색 가을향기까지 한 아름 묻혀 오리라 생각했다. 그래서 만사 제쳐놓고 선뜻 가을맞이 단풍 나들이를 나섰다.

내가 언제부터 그림과 인연을 맺어 왔다고 건방지게 야외 스케치인가 스스로도 놀래면서 가벼운 흥분 속에 가을 들녘에서 불어오는 소슬바람에 흔들리는 갈대 같은 마음 떨림으로 일요일 아침 집을 나선 것이다.

그 옛날 여고시절에도 그림을 좋아했지만 마음은 좀더 지고(至高)한 곳을 향하여 오로지 의사가 되는 것만이 큰 꿈이었기에, 그림 잘 그리는 친구를 보게 되면 멀리서 속으로만 부러워 할뿐 내 영역 밖의 일로만 여겨왔었다.

대학에 와선 미술관을 가끔 들러보며 그때마다 나와는 별세계의 사람들만의 전유물인 양 더욱 멀리서 선망의 대상으로만 보았다. 병원을 개원한 이후엔 시간의 여유가 생기게 되자 한국일보 문화센터에 등록하여 서양화반을 기웃거리다가 도자기 공예로 바꾸어, 시간을 쪼개어 내가 만든 도자기를 굽느라 노량진으로 향해 한동안 다닌 일도 있었지만, 그림을 본격적으로 그리기 시작한 것은 불과 2년 남짓하다.

처음엔 중대미대 교수의 개인 아틀리에에 나가 정물화(유화)로 계속 그려보았는데 실내에서만 그리니 다소 답답한 기분도 없지 않았다. 문을 두드리면 열린다고 하더니 우연한 기회에 친구의 도움으로 홍익 화우회(弘益畵友會)에 가입하게 되었고, 다음달 10월이면 벌써 세 번째 야외로 스케치 나가게 되니 내 마음은 들뜰 수밖에 없다.

홍익화우회는 홍대미대 교수님과 그 제자들을 주축으로 실력이 쟁쟁하면서도 경력 또한 만만치 않은 예비 화가들의 모임인데, 전 홍대 총장이셨던 민경천 홍익화우회 회장님을 중심으로 정기적으로 여름과 겨울방학을 제외한 매주 일요일마다 전국을 돌며 야외로 스케치 여행을 하고 있었다.

교통 편의상 주로 서울 근교에서 이루어지고 가끔 지방에도 내려가나 1년에 한번쯤은 해외스케치도 있다하니, 불현듯 몽마르뜨 언덕에서 보았던 아마추어 화가들의 이색적인 모습들이 연상되어 꿈을 꾸는 듯 환상적이기도 했다.

그러나 일요일이면 필드에 나가 한바탕 신선한 공기를 마셔야 기분 전환엔 최고라는 지론을 펴왔던 남편은 야외스케치 준비로 신바람 나는 내 속도 모르고, 오늘따라 돌연 계획을 바꾸어 부부동반으로 북한산 등산이 있다면서 골프는 취소했으니 야외스케치는 다음 기회로 미루고 등산을 같이 하자고 제의하였다.

백련사(白蓮寺) 입구로 올라가 용바위를 지나 대동문을 통과하여 도선사로 내려오는 그만하면 무리 없이 멋진 코스라고 남편은 내게 같이 가자고 유도하였으나, 그이가 양보하기로 하고 난 예정대로 아마추어 화가들과 함께 비중 있는 작가들 틈에 깍두기로 끼어 스케치 여행을 떠나기로 마음을 굳혔다. 그이에겐 너무나 미안했다.

높아진 하늘, 아름다운 단풍으로 치장한 산야, 시원한 산들바람을 가르며 가을 단풍 나들이를 즐기기엔 안성맞춤인 이 아름다운 계절에 스케치 여행이란 얼마나 낭만적이며 가슴을 설레게 하는가. 또 나 혼자 이렇게 행복해도 되는가 싶었다.

여행의 참맛이 미지의 세계를 체험하면서 인생을 살찌우는데 있다면, 스케치 여행이란 그 진수가 아니겠는가 생각했다.

첫째, 일상의 변화 없는 생활에서 훌훌 털고 일어나 서울을 벗어난다는 그 기쁨 하나로도 생활에 큰 활력소가 되어 기분전환엔 으뜸일 뿐 아니라 둘째, 오곡백과가 한창 무르익는 가을 들판에서 신선한 공기를 마시며 때론 피톤치드가 충만한 산림욕까지 즐기면서, 그림그리기에 적당한 명소를 찾아 시골길을 걸어가 노라면 정신건강뿐 아니라 1일 만보 걷기에도 도움이 되니 체력 단련에도 그만이고 셋째, 보이는 시골의 평화로운 정경들이 다 사진예술의 소재가 되니 갈대숲도 환상적이요, 한가로이 논두렁에 앉아서 되새김 중인 소들의 모습도 정겹고, 오색 단풍이 병풍처럼 에워싼 만추의 정취가 가득 담긴 시골 풍경으로 예술사진이라도 몇 점 얻게 되면 그 뿌듯함은 더욱 금상첨화가 될 것이며 넷째, 경치가 수려한 곳에 자리를 잡고 앉아 한 폭의 동양화 같은 확 트인 황금벌판을 바라보면서 눈을 지그시 감은 듯 가늘게 뜨고 마리아 칼라스의 노래나 가을 냄새가 물씬 풍기는 한국 가곡(아 가을인가, 산들바람, 저 구름 흘러가는 곳, 코스모스를 노래함 등)의 카세트 라디오를 은은하게 틀어놓고 그림을 그리고 앉아 있노라면 설령 그림이 내 맘에 흡족하게 그려지지 않는다 해도 그 자체만으로도 난 얼마나 행복한 여인이 되는가.

한동안 몰입하다보면 내 그림에 내가 도취되어 자연과 은밀한 속삭임도 화폭에 담겨지는 것 같고 향긋한 들국화 향기도 그대로 스며드는 것 같다.

그리하여 서투나마 정성들여 그려진 한 폭의 미완성 풍경화를 조심스럽게 들고 돌아올 때면, 난 고기를 잔뜩 싣고 만선으로 돌아오는 선장의 뿌듯한 마음을 알 수 있을 것 같았다.

하나 덧붙인다면 다섯째, 고추잠자리가 머리 위로 한가롭게 날고 개울물 위론 단풍잎이 두둥실 떠내려가는 만추에, 시골 아낙네들이 들고 나온 좌판의 채소가 눈길을 끌어 갓 따온 싱싱한 오이 고추 호박 등을 사면서 저녁 식탁을 그려보니 야외스케치는 일석이조가 아니고 몇 조가 되는가.

지난 일요일, 전남 영암에 있는 도갑사로 가는 길, 난 산들바람에 파도치듯 서걱이는 잿빛 물결을 보았다. 그 넘실대는 억새풀밭의 환상적인 아름다움을 난 결코 잊지 못한다. 내 생애 처음으로 그렇게 많은 억새풀을 본 일이 없었기에 적이 놀랐다.

끝없이 펼쳐진 너른 들판에 무리 지어 바람에 하늘거리는 수많은 억새풀의 향연을 즐기며, 난 은빛 물결에 흠뻑 취해 시간 가는 줄 모르고 멍하니 서 있었다. 그 물결에 나도 흔들리는 듯 일상의 번잡에 찌든 가슴을 말끔히 쓸어 내리는 것 같아 그 황홀함이 오래도록 가슴속에서 지워지지 않는다.

갈대와 억새는 그 모습이 비슷해서 혼돈이 쉬우나, 연못이나 수로 또는 바닷가에서 자라는 것은 갈대요, 산에서 자라는 것은 모두 억새풀이다.

시골길을 걷노라면 아득한 어린 시절에 놀던 고향냄새가 난다, 너른 잎 사이로 호박이 제멋대로 뒹굴고 있고 들깨나무 사이로 빨간 고추잠자리가 가을 햇살에 반짝이는가 하면 오랜만에 보는 분꽃, 채송화, 나팔꽃 그리고 맨드라미가 먼 향수를 불러일으키기도 한다.

들녘엔 탐스런 알밤이 활짝 입을 열고, 청명한 하늘에 자태를 드러내는 가을이 절정이요, 잎은 어느새 거의 다 떨어져 가지마다 주렁주렁 매달려 있는 감이 파란 하늘에 그림같이 잘 어울리는 시골 풍경이 또한 추억에 젖게 하거니와, 한가롭게 앉아 쉬고 있는 어미 소와 어린 송아지는 무슨 이야기로 마주 보고 있는지, 아무도 돌보지 않는 들길에 소담스럽게 피어 있는 들국화 향기가 더욱 짙게 풍기는 듯했다.

10월 첫주엔 송추에서 멀리 해운대와 인수봉을 바라보며 오봉산을 끼고 확 트인 황금벌판을 캔버스에 담았고, 둘째주엔 서해안 대부도를 바라보며 낟가리를 쌓아놓은 전원의 풍경을 화폭에 담아 왔지만, 이번엔 광주군 퇴촌면 강하리로 가게 되었다. 돌아오는 일요일엔 오색 단풍이 절정을 이룬 설악산에서 1박 2일 코스로 스케치 여행이 있다하니 생각만 해도 설악 단풍을 가슴에 다 품어 올 듯 풍요로워짐은 웬일일까.

이제 가을도 깊어 무서리가 내리는 만추요, 산간 계곡을 불태우는 단풍과 낙엽의 계절이요, 사색과 시정(詩情)을 느끼게 하는 11월이 되고 있다.

"시몬/ 너는 좋으냐/ 낙엽 밟는 소리가/ 가까이 오라/ 우리도 언젠가는 / 가련한 낙엽이리라"고 읊조렸던 구르몽의 「낙엽」이 새삼 가슴에 와 닿는다.

서울의 멋과 풍류를 이제 나도 '낙엽의 거리'를 거닐며 느껴봐야겠다. 서울시는 11월 한달 동안 보도 위에 떨어진 낙엽을 쓸지 않기로 했다니 얼마나 멋지고 낭만적인 발상인가.

남산의 소월 길을 거닐어 볼까, 아니면 고궁에서 황금빛으로 물든 은행나무들의 노란잎을 밟으며 내가 좋아하는 박인희의 노래 「세월이 가면」을 속으로 음미하면서 추억에 잠겨 볼까.

살며 생각하며

늘 그렇듯이 바쁘게 돌아가는 일상의 테두리 안에서 우리는 때론 부딪히며 밀리고 당기면서 온갖 스트레스를 받고 지낸다.

병원, 가사, 의사회, 그림 그리기와 그밖의 의료봉사활동으로도 바쁜 내가 그런데도 뭐가 부족하다고 나는 스스로 벌려놓은 또 다른 일들의 바다에 풍덩 빠져 헤어나지 못하고 있다. 그러기에 남편마저도 아무도 못 말려 하면서 그만 좀 쉬며하라고 충고를 한다.

누군가 묻곤 한다. 사서 고생이지 왜 일을 만들어 고생인가 하고. 결국 가만히 생각해도 명답이 떠오르지 않은 것은 남은 삶에 대한 하나의 도전이요, 중년의 마지막 열기를 아낌없이 불태우고 싶은 작은 욕망 때문이리라.

모두가 잠든 고요로운 시간, 불현듯 빠른 속도로 밀려오는 파도에 두둥실 실려 가는 중년의 나의 모습을 바라보게 된다.

세월은 실로 쏜살같이 흐르고 그럴 때마다 신비하게 솟구치는 내면의 힘을 나도 모르게 느끼면서 언젠가 이 세상 끝자락에 서 있을 내 모습을 상상해 본다. 그 때 지나온 세월을 뒤돌아보며 과연 후회 없는 삶을 보내었는가 스스로를 자성할 때 정말로 떳떳할 수 있을지 예견해보는 것이다.

주위의 친구들은 내게 묻는다. 어디서 그토록 뜨거운 열정이 식지도 않고 분출되느냐고 고개를 갸우뚱한다. 하지만 풀잎에 맺힌 물방울처럼 증발해 버릴지도 모를 우리 삶이거늘 어찌 가는 세월을 가만히 바라보고만 있을 수 있는가. 그래서 나는 아직도 의욕에 불타있다. 노트북을 몇 년째 쓰다보니, 인터넷에도 들어가 다양한 정보의 바다에서 자유로이 헤엄도 치고 싶다.

또 누가 봐도 아련히 매료되는 아름답고 환상적인 수채화도 그리고 싶고, 최첨단 컴퓨터가 새록새록 등장할 때마다 놓치지 않고 도전할 수 있는 신세대 대열에도 끼고 싶다.

아참, 하나 빼놓을 수 없는 게 있다. 그것은 보석같이 반짝이는 감명 깊은 시, 그리하여 여고생들의 가슴을 절실하게 울릴 수 있는 영롱한 시 한 편 남길 수 있다면 더욱 후회 없을 것이다. 조금 더 욕심을 낸다면 동요도 몇 곡 작사 작곡해서 아동문학으로도 분야를 넓히고 파파 할머니가 되기 전에 자전거와 수상 스키도 타면서 머리를 바람결에 마구 휘날리고 싶다.

그래서인지 무엇엔가 늘 쫓기듯이 분주해서 식사도 잊은 채 후라이팬에 콩 튀기듯이 통통 뛰어다닐 때도 많다. 그 때마다 온갖 취미생활을 누릴 수 있도록 튼튼한 몸을 지켜주는 천주님께 너무 감사한 것이다. 내 사전엔 일찍이 생활의 무료함이란 있을 수도 없기 때문이다.

그런데 나이는 못 속인다더니 긴 여행에서 돌아온 지 수일이 지났건만 아직도 시차 적응이 안 되어 밤이 깊어도 초저녁인 양 눈이 말똥말똥하고 아침해가 밝았어도 한밤인 양 헤어나지 못하니 탈이다.

허나 의사란 직업이 천직인지 병원 진찰실에만 들어가면 쏟아지던 졸음도 사라지고 피로감은 말끔히 숨어버리니 얼마나 다행인지 모른다.

우연히 TV를 보면 들리느니 여기저기 사고사도 많고 요즘은 연일 '박초롱초롱 빛나리' 양의 인질사건으로 시끄럽다. 게다가 KAL이 괌도에서 떨어지질 않나 인부가 대포처럼 튀어나가 공중분해 되기도 하고 오늘이 바로 추석 한가위인데 놀이터에선 두 시간이나 30여 명이 거꾸로 매달린 채 구조의 손길을 기다려도 소식이 없었다니 불행한 사람도 부지기수로 많이 발생된다.

이런 상황에서 나는 얼마나 행복한 부류에 속하는가 고마운 것이다. 비교적 순조로운 환경에서 고요한 바다로 노를 젓고 있는 나를 돌아보면 오늘도 그저 감사의 기도뿐이다.

지금까지 살아오는 동안 무수히 많은 은혜를 입었으니 조금이나마 베풀지 않을 수 없다. 어제는 추석 전이라 종일 부엌에서 전유어만 부쳤다. 시댁의 어머님께서는 내게 말씀하셨다.

"그래 다들 별일 없냐? 막내 제대는 언제쯤이구?"

장손이라 그런지 나만 보면 군복무중인 손자 걱정이 절로 연상되나 보다.

"아주 잘 있대요. 전 수일 전 우리 모교인 이대 산부인과 교실에 발전 기금을 보냈거든요?"

"애야, 너 참 잘 생각했다. 그래 죽으면 뭐 갖고 간대냐? 아무렴! 다 놓고 간단다. 그냥 가는 거지. 잘했다. 잘했어" 하셨다. 혹시나 했는데 역시 훨씬 세련되셨다. 시어머님을 뵈면 남편 얼굴이 떠오른다.

그와 난 전생에 지극히 오묘한 인연으로 만났다. 나의 영원한 동반자인데 그이에겐 늘 마음이 편하도록 노력해야겠다.

그동안 싸우기도 얼마나 많이 싸웠는지 매일 한 가지씩 칭찬만 해줘도 모자라는 남은 시간이 아닌가. 별것도 아닌 걸로 왜 기분이 상했었는지 내가 좀 너그러울걸… 하고 후회도 해본다.

하루에 한 가지씩 칭찬해 주기로 다짐하고도 늘 그렇게 잊고 산다. 그렇다. 서운하고 섭섭했던 일 모두 훨훨 떨쳐버리고 너그러운 아량으로 모두를 사랑하리라. 조금씩 조금씩 더 뉘우치고 되도록 많이 베풀면서 나의 길을 바르게 걸어가리라 다짐해 본다.

위대한 기적

하찮은 미물도 자기 새끼에 대한 사랑은 지극하여, 야생의 동물세계에서 보면 알을 낳은 후 자기 몸을 먹이로 제공키 위해 스스로 죽는가 하면, 연어의 산란기가 되면, 암수가 짝지어 상류로 거슬러와 어미가 알을 낳은 곳에 숫놈은 부화를 돕고자 밤낮으로 그 주위를 맴돌며 애틋하게 보살핀다고 한다.

하물며, 인간에게 있어선 오죽하랴! 오늘 아침 조간신문에 실린 한 장의 사진에서 난 세상의 어느 꽃보다 비할 수 없는 아름답고 흐뭇한 사랑이 깃든 정경을 보았다. 얼마나 놀랄만한 기적이던가.

반드시 살아서 돌아오리라는 확신아래 실종자 명단에도 신고하지 않았다 한다. 수없이 많은 날 동안 노천에서 새우잠을 자며 자원봉사로서 아들의 생환을 기다렸던 어머니는 결국 그 기다림이 꿈같은 생환을 맞이하였다. 왼손은 아들의 어깨를 감싸고 다른 한 손은 아들의 오른손을 꼭 잡은 채 꿈인 듯 생시인 듯 믿기지 않는다는 어머니의 얼굴은 세상을 다 얻은 듯 행복하였다. 그리고 오른손은 아들의 머리를 감싸듯이 포옹하며 왼손으로 꿈을 꾸듯 돌아온 아들의 턱을 어루만지면서 살아 돌아왔음을 체온으로 느끼는 듯 아들의 이마에 그의 뺨을 대고 어린이처럼 천진난만하게 웃고 있는 환한 아버지의 얼굴도 보였다.

어느 탤런트인들 이렇게 절실하게 가슴속 가득 넘치는 환희를 연기할 수 있을까, 아마도 불가능할 것이다. 현실로 직접 체험하지 않고는 그만큼 절실하지 못하기 때문이다. 처절한 삶의 투쟁 끝에 한 젊은 청년이 기적적으로 구출된 것이다. 230시간 동안이나 긴 암흑의 지하공간에서 죽음의 공포와 싸우다 건물잔해 제거작업을 하던 구조대에 의해 천운으로 발견되었다. 하늘의 은총을 받았으니 온 국민은 그의 생환에 아낌없는 박수갈채를 보낸 것이다.

양말을 벗어 빗물에 적셔 코를 막아 유독가스를 피했고, 빗물만으로 버티며 종이상자를 먹으면서 죽음의 공포와 싸우다가 붕괴 230시간 만에 구조대의 손길과 극적으로 만난 것이다. 그것은 삼풍백화점의 붕괴 11일째 되는 날이요, 사지에서 극적으로 돌아온 최명석 군의 믿을 수 없는 드라마였다. 참으로 갸륵하였다.

가슴이 저절로 뜨거워지고 나의 동생인 듯 아이인 듯 콧잔등이 시큰해졌다. 저승의 문 앞까지 갔다가 천운의 복을 받아 U-턴하여 부모의 품안에 안긴 그 행복을 어느 누가 앗으려 했을까.

그러자 더욱 놀란 것은 참사현장에서 기적의 꽃이 연이어 두 송이 더 피어났다는 사실이다. 사고 후 무려 제13일과 17일째 되는 날, 불과 40cm뿐인 비좁은 콘크리트 더미의 차갑고 비좁은 생명공간에서 긴 암흑을 헤치고 물 한 모금 없이 누운 채로 버티다가 환생의 기쁨을 누린 위대한 기적이었다.

초조한 기도로 전국민이 지켜보는 가운데 가냘픈 10대의 몸으로 여성의 강인함을 세계만방에 유감없이 보여준 인간승리의 주인공이 되니, 누군가 영웅시하기도 했다. 그들은 온 국민을 다시 한번 감동시킨 것이다.

세계를 감동시킨 믿기 어려운 이 기적은 우리에게 세 가지 교훈을 남기고 있다. 첫째, 그들은 이 나라의 중추가 될 쾌활한 젊은 X세대이다. 10여 일간의 사투 끝에 V자를 그리며 극적으로 살아난 그들에겐 X세대 특유의 튀는 모습을 보여줌으로써 당혹감과 함께 신선한 충격을 주었다.

콜라와 냉커피를 마시고 싶다면서 나를 구조해준 구조대원과 데이트를 하고 싶다는 등 건강하고 낙관적이며 예상외로 너무나 의연한 모습이었다.

경제적 풍요를 바탕으로 자신의 미래에 대해 무조건적인 낙관성을 지니고 있는 X세대의 특성이 정신적인 큰힘이 되지 않았을까. 그러한 낙천성과 단순성, 신체적 건강, 대중매체를 통한 개방성이 그들을 사지에서 살려낸 것 같다.

역시 세계를 뒤흔들만한 무궁한 추진력을 가진 신세대인 것이다. 이번 사건이 지금까지 부정적으로만 비추이던 X세대의 장점을 발견하는 기회가 된 것 같다. 그들의 인간승리는 극한상황 속에서 인간이 버틸 수 있는 끈질긴 집념과 생명력의 의지를 극명하게 보여준 산 교본이 되었다.

둘째, 그들은 어려운 환경 속에서 아르바이트를 하며 생업에 직접 뛰어들어 일하고 있었다. 또한 효도보험까지 가입한 효심이 지극한 효녀요, 효자였다. 살아있다는 확신을 가지고 매몰현장의 자원봉사대로 온갖 궂은 일은 마다하지 않은 최명석 군의 일가 20여 명은 부모, 형제, 친지 등 대가족의 눈물겨운 합심과 헌신적으로 일치단결하여 땀 흘리며 미화원 24명의 구조에도 더 앞장을 섰다고 한다. 그러한 대가족의 정성으로 혈육을 살린 쾌거 또한 특이하다.

사랑이라는 끈끈한 정으로 연결된 화목한 가정의 소중함을 다시 느끼게 하였다. 그들은 구조 순간 가족의 안부를 먼저 물었고, 절망의 골짜기에서 헤매일 때 삶을 포기한 뒤, 남은 가족들의 가슴 아파하는 모습이 어른거려 끝까지 버티었다고 한다. 가족간의 불같이 뜨거운 사랑이 강인한 인내의 밑거름이 된 기적의 드라마였다.

셋째, 평소부터 낙천적이며 모두 쾌활한 성격의 소유자였다. 그러므로 사물에 대한 긍정적이고 낙관적인 사고가 얼마나 중요함을 일깨워 준다. 구조대에서 실려 나올 때, 긴 절망 속에서 그토록 그리워했던 햇빛이 궁금하다고 살짝 수건을 반쯤 열고 빛의 세계를 내다보는 여유와 미소가 우리를 놀라게 한다.

그러나 이러한 대형사고는 정말 마지막이어야 하겠다. 외국인 대하기도 사실 민망스러운 것이, 최첨단 정보화시대인 만큼 세계 3대 통신사가 중요뉴스로 세계 방방곡곡에 즉시 긴급 보도했다니 사건공화국으로 낙인찍힌 이 수치감을 어찌 씻을 것인가. 그 동안 외국에서 땀흘려 이룩한 우리 건축회사들의 큰 공적을 쉽게 무너뜨릴 수는 없는 것이다.

또한 삼풍백화점 붕괴사고의 원인이 부실시공 및 부실 증·개축에 의해 빚어졌고, 이 같은 부실이 업자와 공무원간의 고질적 비리 때문에 가능했으므로 성역없이 수사하여 그 고리를 엄격히 차단해야 한다.

그리고 이번 사건을 전화위복의 계기로 삼아, 우리 국민의 특성인 '빨리빨리병' 즉 '조급증'과 설마하는 '위험 불감증'의 뿌리를 송두리째 뽑아야 할 것이다.

우리는 단 1%의 사고발생 가능성에도 철저히 대비해가는 선진국의 '안전중시 문화'를 배워야 한다. 수백 년 정성들여 짓는 외국의 건축물에 눈길을 돌려야하지 않을까? 파리 노틀르담 사원은 착공해서 건축양식이 여러 차례 달라질 만큼 무려 480년이 걸렸고 런던브리지는 착공해서 110년이란 건축기간이 걸렸다 한다.

성수대교나 삼풍백화점의 시공기간은 겨우 1년에 불과하다니, 어찌 두부모 자르듯 댕강 끊어지지 않을 수 있었으며, 폭삭 주저앉지 않을 수 있었으랴. 단기간에 빨리 업적을 올려 정치적으로 이용하려는 정치가와, 자재를 조금 들여 빨리 지어 빨리 수익을 보려는 사업주의 속임수에 많은 인재들이 희생되었다.

따라서 법을 어긴 부실공사에 책임 있는 사람은 엄하게 다스려야 한다. 경제적으로나 사회적으로나 발들여 놓을 수 없도록 영원히 파면시켜야 한다. 외국처럼 평생 동안 그 빚을 갚아도 못 갚을 만큼 수백 년 구형하든가, 이번 교훈을 계기로 날림처벌 특별법을 제정하든가 어느 정도 극약처방이 필요하리라고 본다.

사람이 죽은 뒤 입는 마지막 옷, 수의에는 주머니가 없다. 누구나 모두 두고 떠나게 되어 있다. 그래서 모든 종교와 현인들은 살아있을 때 많이 베풀고 좋은 일을 많이 하라고 가르친다.

이슬람교에선 희사가, 기독교에선 헌금, 불교에선 보시가 있다. 남을 위해 기쁜 마음으로 베푸는 사랑의 실천, 즉 자비행 이상으로 사회를 밝고 건전하게 만드는 묘약은 없다고 한다.

"불의로 거두어들이기만 하고 보시하지 않으면 반드시 환이 온다"는 명언이 있다. 이는 그들을 두고 하는 말 같다.

무수한 생명을 매몰시키고 수많은 가정을 불행하게 만든 그들은 마지막 옷, 수의조차 입을 자격이 없지 않은가.

(1995.)

허수아비 꿈꾸는 가을 들녘에 / 8 F · 45.5×33.3 cm

유언장 문화

어느 가계이고 간에 미처 발현이 안 되었을 뿐, DNA를 통해 대대로 이어 내려오는 유전적 질환이 숨어있기 마련인데, 우리 집의 경우 친가엔 고혈압이, 외가엔 당뇨병이 호시탐탐 기회를 엿보고 있다.

클레오파트라 시절엔 25세에 불과했던 평균 수명이 20세기에 들어와서 의학의 발달과 함께 급격히 상승하여 52.4세(1960년대)에서 63.8세(1975년도)로, 다시 76.5세(2001년도)로 늘었다. 따라서 이대로 가면 머지않아 120세에 이를 수도 있으며, 2050년도엔 150세까지 살게 될지도 모른다 하니 갑자기 바이블 창세기에 나와있는 이야기가 떠오르기도 한다.

하여튼 불로장생이란 유사이래 인류의 변치 않는 꿈이었다. 그러나 차갑기만 한 불경기에 맞물려 사오정(45세 정년), 오륙도(56세 현직 도둑) 시절이 계속되고 있는 현실에서, 2004년에는 시대를 반영하는 많은 신조어가 더 나타나 우리에게 쓴웃음을 안겨주기도 했다.

낙타가 바늘구멍을 통과하는 것처럼 아주 어려운 취업에 성공한 사람은 '낙바생', '3.1절'은 31세면 절망이라는 뜻으로 경쟁에서 살아남기 어려운 직장인을 비유하는 말이며, '청백전'은 청년백수 전성시대의 준말이라 하니 불황과 취업난, 한류열풍과 컴퓨터 통신 등 이들과 관련된 신조어가 600여 개나 생겼다하므로 이루 다 따라가기도 참으로 숨찬 것 같다.

우리 같은 쉰 세대에서는 도무지 외래어처럼 생소한데 혼테크(결혼을 잘 활용함으로써 제테크처럼 최대한의 이익을 내는 일), 빗장도시(집값도 비싸고 학력수준도 높아 바깥에서 새로 이주해 들어오기 어려운 지역), 택숙자(택시를 거리나 공항 따위에 세워둔 채 잠을 자며 손님을 기다리는 기사), 금동이(저출산으로 금쪽 같은 사랑을 받는 아이), 또는 신데렐라 콤플렉스와 대비되는 개념으로 남성이 일시에 자신의 인생을 화려하게 변모시켜줄 여자를 기다리는 심리적 의존상태를 나타내는 '온달 콤플렉스'도 있다. 뿐 아니라 휴대전화와 같은 디지털 기기에 지나치게 의존한 나머지 기억력이나 계산능력이 크게 떨어진 상태를 '디지털 치매'로 부른다.

여하튼 한치 앞을 모르는 삶이요, 예고 없이 오는 불운은 아무도 막을 수 없어 유서의 필요성을 느끼게 된다.

이비인후과 의사이시면서 다재 다능하셨던 나의 선친은, 수십 년간 즐기시던 테니스를 끝내고 귀가하자마자 어느 겨울날 돌연 뇌졸중이 발생하여 9년 동안 실어증으로 고생하다 돌아가셨다. 그 긴 세월동안 하고 싶은 말씀이 너무나 많았을 텐데 유서 한 줄 없이 가시다니 애처롭기만 하였다. 그래서 더욱 그 중요성이 절실해진다.

인간의 불로 장생법 개발을 위해 세계 각국의 경쟁이 치열한 가운데 국내 연구팀이 동물의 수명을 최대 10배까지 늘릴 수 있는 노화조절 페르몬을 세계 최초로 발견했다는 놀라운 뉴스를 요즘 접하게 되었다. 너무나 자랑스럽다.

연세대 생화학과 교수팀(백융기, 정만길)이 선충의 몸속에 존재하는 페르몬의 일종인 '다우몬'의 생체 노화조절기능을 규명했다는 것이다. 선충은 성장 과정에서 뭔가 부적절한 상태가 되면 휴면기(장수유충)에 들어갔다가 환경이 좋아지면 깨어나 평균수명보다 훨씬 긴 기간동안 생존하는데 착안하였다 한다. 다우몬이 바로 그 비결이라는데, 다우몬 수용체를 찾아낸 다음 사람에게서 그것을 발견할 수만 있다면 노화와 비만 방지에 유효하리라고 한다.

그런데 끝없이 오래 산다는 것도 축복이 아니라 때론 저주일 수도 있다. 긴 병에 효자 없고, 병든 채 하고픈 일도 할수 없이 길게 산다는 것은 아무 의미가 없을뿐더러 오히려 주위 가족에게 폐가 됨은 누구나 잘 알고 있다. 마음대로 되는 일이 아니다.

대문호 셰익스피어는 그의 희곡 「베니스의 상인」에서 아버지의 유언에 따라 금, 은, 납상자 중 하나에 자신의 초상화를 넣어두고 결국 납상자를 고른 구혼자가 아름답고 현명한 신부를 얻는데 성공하였다. 그러나 정작 자기는 "집에서 두 번째로 좋은 침대 하나를 8세 연상의 아내에게 주라"는 좀 야박스런 유서를 남겼다고 한다.

살아서 이룬 것에 대한 감사와 이루지 못한 것에 대한 회한이 교차되는 유서는 자기의 삶을 평가하고 결론짓는 일생 일대의 글로써 아직 우리에게는 유언장 문화가 낯설기는 하지만 자손에게나 본인에게나 꼭 필요하다고 본다.

법적으로 효력을 인정받는 유언방식은 다섯 가지가 있다고 한다.

자필증서와 녹음이 있고 대필로 남기는 공증증서, 비밀증서, 구술증서가 바로 그것이다.

지난 세월을 통찰하면서 유서를 한번 써 놓는다면 안 쓴 사람보다는 남은 여생을 덤으로 사는 것 같아 더 충실히 행복한 마음으로 살게 될 것 같다. 뒤돌아보면 지나온 세월보다 남은 세월이 훨씬 적다고 생각되기에, 동문회에 나가서도 우리는 벌써 유서의 필요성을 강조하게 될 만큼 어느덧 6학년 어르신이 되었으니 세월의 무상함이 절실하게 느껴지기도 한다.

생활 속의 명상

이른 아침마다 괘종시계에 놀라 눈을 뜨면서 나의 하루는 시작된다. 자기가 대신 깨워주겠다고 남편은 안심하고 자라 하나 혹시나 그냥 지나칠까봐 걱정스러운 마음은 조그만 시계에나마 의지한다.

아침에 눈을 뜨자 적당히 요가를 하면서 부스럭거리기 시작하면 그이도 저절로 함께 하게 되니 자연적으로 즐거운 하루의 문이 열린다. 커튼을 좌우로 기분 좋게 열어젖히고 3층 유리창을 통해 지나는 행인의 모습도 슬슬 내려다보면서 아침의 싱그러운 공기 사이로 흐르는 팝뮤직도 들을 겸 보다 나은 영어 청취력을 위해 이른 아침 6시 KBS FM의 굿모닝 팝스를 듣고자 오디오 앞으로 발을 옮기는 것이 벌써 5년째 기계적인 습관이 되고 말았다.

조금 더 꿀잠을 자면 무엇하리. 잠이란 것이 요상한지라 잘수록 느는 것 같다. 무언가 이루기 위해선 한곳에 미친 듯이 혼을 쏟아야 하겠기에, 또 굿모닝 팝스 진행자의 순박하고도 편안한 진행 때문에 아침 6시 시보가 울리기가 무섭게 녹음하면서 듣는 그 시간은 하루를 25시간으로 늘려 쓰는 기분이 된다.

언젠가 굿모닝 팝스의 다섯 글자를 넣어
"굿/굿모닝 팝스를 알리는, 머/머리맡의 시계소리에 깨어서, 닝/ 닝 -하고 하고 메아리치는 아침 인사로, 팝/팝송도 부르고 생활 영어도 익히니, 스/스스로 생각해도 굿모닝 팝스 듣길 참 잘했네."라고 5행시를 적어 보냈더니(91. 8. 8) 오성식씨가 전국에 방송하는 바람에 남편 왈, 별걸 다 보냈다고 역시 당신이나 할 일이지… 하며 싱긋 웃던 일이 생각난다.

그의 말대로 오늘은 또 무슨 새롭고 즐거운 일이 일어나지 않을까 하고 나도 늘 그런 마음으로 아침을 맞이한다. 그러니 팝뮤직뿐이 아니라 음악 자체가 우리 마음을 순화시키는 최고의 조미료가 되는 것이다.

어떻게 하면 짧은 삶을 굵고 보람 있게 보낼 수 있을까. 난 우선 음악을 늘 벗하며 살라고 권하고 싶다. 기쁠 땐 신나고 경쾌한 음악을, 그와 반대로 어쩐지 울적할 땐 좀 가라앉은 듯한 단조의 음악을 들으면 마음이 훨씬 편안해진다. 둘째, 주위의 사소한 일에서도 작으나마 즐거움을 찾는 일이다. 친구들은 내게 말하길 언제 봐도 의욕적으로 즐겁게 해준다면서 세월의 흐름과 관계없이 어디서 그런 정열이 식을 줄 모르고 나오느냐고 말하곤 한다.

나를 보면 왜 그렇게 생각되는지 모르겠다. 그러나 난 만사를 즐거운 마음으로 바라보려고 노력한다. 남에게 빌려준 것은 아주 귀중한 것을 제외하곤 기억에서 떨쳐버리고, 시장에 가서 반찬거리를 사거나 옷, 또는 물건을 사더라도 얼마에 샀는지 외우려고도 안할 뿐 아니라 즉시 잊어버리게 되어 맘이 편하고, 가깝거나 멀거나 나를 찾아온 환자에겐 되도록 묻는 대로 모두 다 대답해 주려고 노력한다. 때론 올 때마다 똑같은 질문을 반복하여 물어보므로 짜증이 날 때도 많지만 가능한 한 입장을 바꾸어 생각해 보려고 하니, 환자들이 신뢰감을 갖고 나를 좋아하게 되는 것 같다.

그리고 내가 알고 있는 어린시절의 옛 친구나 친지들에겐 생일이나 결혼 기념일 등을 메모해 두었다가 축전이나 카드 한 장 또는 E-mail로 띄워 보내면, 내겐 별것도 아닌데 상대방은 크게 놀라 나로 하여금 보다 큰 행복의 문으로 들어서게 한다.

특히 시부모님께선 영광스럽게도 올해 회혼식(回婚式)을 맞이하셨지만 매년 시어머님의 결혼기념일에 아름다운 꽃바구니를 만들어 선물로 들고 갔더니 그렇게 좋아하셨다.

조그마한 노력만으로도 제3자에게 크나큰 즐거움을 안겨줄 수 있다는 것은 베푸는 내게 몇 배나 더 큰 기쁨이 쌓이게 마련이다. 이비인후과 의사이셨던 우리 아버님께선 남을 기쁘게 할 수 있도록 노력하는 삶을 설계하라고 하셨다.

삶을 멋있게 사는 사람은 그 삶을 스스로 요리하고 무늬를 짠다. 인생의 가장 행복한 시간은 일에 몰두하고 있을 때라고 철학자 칼 힐티(Carl Hilthey)는 말했다.

자기의 정열을 맘껏 쏟을 수 있는 일을 가진 사람은 분명히 인생의 행복을 아는 사람이다. 변화 없는 생활은 지루한 권태를 줄 뿐 저마다 각기 주어진 삶을 뜻대로 살수 있도록 삶의 기대를 포기하지 말고 삶의 변화를 끊임없이 추구해야 한다.

같은 음식은 쉽게 물리게 마련이라 다양하고 변화 있는 성실한 삶을 구축하도록 노력해야겠다. 불쾌한 일은 곧 잊어버리고 유쾌한 일일수록 오래 간직하도록 한다. 불쾌한 일은 몸과 마음을 상하게 할뿐 아니라 질병에 대한 저항력을 감퇴시켜 엔돌핀의 감소로 얼굴엔 주름만 늘게 될 것이다.

반면에 유쾌한 일은 우리의 마음을 상큼하고 신선하게 만들어 세월이 거꾸로 가도록 촉진시키니 젊음을 오래 지속하도록 도울 것이다. 이를 위하여 나는 잘못하는 노래이지만 그럴수록 자주 즐겨 부르는 편이다.

내가 좋아하는 노래 40여 곡은 따로 녹음해서 운전하면서 따라 부르기도 하고 또는 내 목소리로 녹음해 두었다가 흥얼거리며 남편과 함께 이중창으로 함께 부르니 피로감도 사라지고 운전이 절로 즐거울 수밖에 없다.

삶을 즐겁게 누리려면 스스로 자기의 삶을 개척하고 그 보람을 자신의 뜻에 따라 새길 때 가능할 것이다. 10세에는 과자에 움직이고, 20세에는 연인에 움직이고, 30세에는 쾌락에 움직이며, 40세에는 야심에 움직이고, 50세엔 탐욕의 지배를 받아 소위 노욕(老慾)이 생긴다고 하니 언제 인간은 밝은 예지와 총명한 이성(理性)만을 추구하게 될 것인가 하고 룻소는 한탄하였다.

인생의 나무에 진정한 지혜의 열매가 달리는 때는 사랑과 쾌락과 야심과 탐욕의 불길이 다 가라앉은 노년기에 들어서야 가능하다고 말한 것 같다. 그러니 자신의 위치를 알고 마음의 수양을 쌓아 현명한 어머니의 품위를 지키기 위해 우리는 2세에게 좋은 표본이 되어야 할 것이다.

별것 아닌 사소한 일에도 아늑한 기쁨을 느끼고, 욕심은 조금씩 떼어버리고 내것을 같이 나누면서 베풀 때의 기쁨은 받을 때보다 몇 배로 더 커질 것이다. 기쁨과 즐거움은 늘 자기 마음속에 있다. 우리의 마음속에 잠들고 있는 기쁨과 행복의 주머니를 흔들어 깨워야 한다. 즐거움이란 나 스스로 마음먹기에 따라 가능한 것이기 때문이다.

언젠가 여의사 모임에서 초빙된 이시형 교수는 자기 집 옆 공터에 고층 아파트가 준공된다고 연일 망치소리, 모타 엔진소리, 레미콘 소리가 흙먼지와 어울려 그 소음이 극도에 달하여 도대체 저 공사가 언제쯤 끝이 나려나 하고 아주 불쾌하기 짝이 없었는데, 운 좋게 다행이도 그 아파트의 입주권을 약속받고 난 후부터는 그 시끄럽던 잡다한 소리들이 모두 어린시절 어머니의 자장가요, 아름다운 음악소리로 들리더라고 말했다.

그렇다. 무엇이고 생각하기 나름이다. 인생을 어떻게 보낼 것인가 고심할 것이 아니라, 내게 한번 주어진 삶을 어떻게 요리할 것인가 깊이 생각해 봐야겠다.

조금 여유 있을 때 큰 맘 먹고 뚝 떼어 봉사 단체에 가입도 해보고 나를 키워준 모교에도 다시 연락하여 어려운 처지의 여고생을 한 명 더 추가로 받아 대학 진학의 꿈을 활짝 펼 수 있도록 도와주어야겠다.

내겐 지나칠 정도로 끈질긴 집념에서 헤어나지 못할 때가 있다. 약 2년 전쯤이었다. 탐 존스 (Tom Johns)의 「딜라일라 (Delilah)」 가사를 완전히 알고 싶던 차에 친구의 권유로 우연히 여의도에 있는 여성법률상담소에 「조용남의 노래교실」이 있음을 알게 되었다. 3개월간 다니면서 노래 연습을 하곤 했지만 그의 히트곡인 「딜라일라」 가사를 따로 물을 수가 없었다. 수업이 끝나는 마지막 날, 궁금하던 차에 원어로 물어보았다. 그러나 기대와는 달리 본인의 노래인데도 불러본 지 오래되어 기억이 잘 안 난다면서 아주 민망스러운 표정을 지어 도리어 미안했다.

그런 상황에서 무리하게 묻기도 조심스러워 서울 시내 레코드 가게마다 샅샅이 찾아다녔지만 CD뿐 가사를 아무도 모른다고 했다. 지금처럼 인터넷이 있던 시절이 아니어서인지 알 길이 막연했다. 그러던 어느 날, 종로에 있는 새나라 백화점 레코드 가게엘 들어서자 "안녕히 가세요" 대신 "행복하세요" 하면서 진심 어린 미소 가득한 얼굴로 어느 점원이 친절하게 내게 인사를 보냈다. 난 정신이 번쩍 들었다. 얼마나 고운 우리나라 말인가. 그 인사말이 너무도 인상적이 었기에 오래도록 기억에서 사라지지 않았다. 이렇듯 남을 기쁘게 하는 데는 돈이 들지 않을 때가 의외로 많다.

남을 즐겁게 해주는 일은 자기에겐 그 몇 배로 더 큰 기쁨이 오게 됨을 다시 느껴보는 것이다.

또한 TV의 오락 프로 중에서 가끔 위트 넘치는 난센스 퀴즈를 본 일이 있다. 어떤 프로는 저속함이 지나쳐 시간 낭비로 여겨지기도 하나, 때로는 해학과 웃음이 너무 지혜로워 남에게 웃음을 선사하는 개그맨들은 대단한 재주꾼인데 나는 어디서 그런 지혜의 샘을 퍼올릴 수 있을까 부럽게 느껴지기도 한다.

편안한 마음은 즐거움의 샘물이다. 욕심은 적을수록 즐거움이 불어나고 반면 에 욕심이 많을수록 즐거움은 줄어든다. 그래서 노자(老子)는 만족할 줄 아는 사람이 가장 부자라고 말했다. 그리고 작은 일에도 사랑의 마음으로 대하도록 인내심을 길러야겠다.

어질게 대한다면 그 어느 누가 미소로 대하지 않을 수 있을까. 더욱 멋진 삶을 누리기 위해 사소한 일에도 감사와 즐거움을 느끼면서 욕심은 조금씩 떨어버 리고 따스한 사랑을 베풀 때 우리 사회는 어머니 품속같이 포근해질 것이다.

밤이 깊은 시간, 조용한 음악을 들으며 하루 일을 반성하면서 뉘우친 모든 것을 일기에 기록할 것이다. 그리고 보람된 일은 스스로 기뻐하며 한 잔의 따스한 차를 마시는 심정으로 삶을 어루만지는 사람이, 삶의 즐거움과 만나고 있는 멋진 인생이 아닐까 생각해 보았다.

김석희의 아름다운 수필

김우종(문학평론가)

김석희는 의료계에서 전문적으로 학문과 기술을 쌓으며 매우 긴 세월 동안 이 분야에 열정을 쏟아 왔다. 그러면서도 한편으로 시인으로 등단하고 그림도 그리고 마라톤 경기에도 나가서 뛰고 이렇게 산문도 써 왔다.

활동 범위가 넓으면 다재다능하다는 장점으로 칭찬도 받지만 적어도 의료활동을 제외한 다른 분야에서는 전문성이 떨어진다는 말이 나오게 된다. 특히 문학은 그 분야에서 남다른 능력을 인정받은 엘리트들의 활동 분야라는 원칙론 때문에 김석희가 수필가로서도 이 분야에서 작품집을 내더라도 이분이 여기서 충분한 시간과 정력을 쏟아 오지는 않았으리라는 평가를 받기 쉽다.

그러나 우리는 다음과 같은 점을 고려해야 할 것이다.

첫째로 활동 시간으로 보는 전문성과 그 작품의 성과는 다른 경우도 많다는 사실이다.

어떤 이는 일평생 한 분야에만 시간과 정력을 쏟고서도 훌륭한 경지에 도달하지 못하는 불우한 문인들도 있다. 그리고 이와는 반대로 다른 여러 분야로 시간을 분산시키고서도 거기서 뛰어난 성과를 내는 사람도 있다. 그러므로 한 가지 분야에만 전념해야 남보다 뛰어날 수 있다는 주장은 사실과 다른 경우가 많다.

김석희는 다른 여러 분야에서 얼마나 우수한 성과를 나타내고 있느냐는 문제를 떠나서 그만큼 쉬지 않고 여러 분야에도 시간을 할애하며 최선을 다해서 쉬지 않고 달려 왔다는 것이 중요하다. 누구나 재능과 함께 최선을 다해서 정력적인 삶을 갖는다면 그것은 오히려 한 가지 분야에만 속한 사람만큼 여러 분야에서도 뛰어날 가능성이 있기 때문이다.

다음으로 김석희의 수필을 보면 이 장르는 문학개론의 교과서적인 설명과 다른 특성을 고려해야 한다는 사실을 알게 된다.

수필도 문학이며 예술인 이상 모든 시간과 정력을 여기에 집중시키고 끊임없이 작가적 역량을 격상시켜 나갈 필요가 있는 것이 사실이다.

그러나 우리나라에는 수필의 창작활동만을 전문적인 업으로 살아가는 사람은 아무도 없다. 다른 나라에서도 그런 수필가가 있다는 말을 들어 보지 못했다. 누구나 생계를 위한 작업을 해야 하지만 수필은 그런 생계 수단이 되지 못하기 때문이다. 그리고 생계 걱정이 전연 없더라도 수필에만 전념하며 일평생을 사는 사람은 아무도 없다. 이것은 수필이 소설과 다른 특성을 지니고 발달해 왔기 때문이다.

수필가들은 작가적 역량으로서의 상하 서열은 있어도 모든 시간과 정력을 여기에만 쏟는 전문적인 수필가는 매우 드물다고 봐야 한다.

그 뿐만 아니라 특히 수필은 일상적으로 다른 전문적인 직업을 가진 사람들이 여가를 이용해서 그의 재능과 취미를 살려 나가는 형태로 발달해 왔다. 즉 여가를 이용해서 삶의 주변을 되돌아보며 사색하고 문화적인 교양을 쌓아 나가는 형태로 발달해 왔다. 그러므로 소설가처럼 애초부터 이를 전문업으로 삼는 사람들이 있는 경우와는 다르다.

김석희의 수필도 이런 범주 안에서 이해하고 평가해야 할 것이다.

이 분도 의료인으로서의 활동을 전문으로 해 왔으므로 수필 창작을 위한 충분한 시간을 가졌다고 보기는 어렵다. 그렇지만 수필가들 대다수가 그렇듯이 이것은 수필의 단점도 되지만 장점도 된다. 그것은 다양한 특수 소재를 통해서 우리들의 삶을 관찰하게 해주기 때문이다.

김석희의 수필은 이런 의미에서 의료인 출신으로서의 수필가라는 특수성을 지니게 된다. 「자스민의 향기」「샴쌍둥이」「고양이와 할머니」「이천 할머니」 「고추가게 아줌마」 등이 모두 흰 가운을 입고 의료계 진찰실의 창문을 통해서 내다 본 세상 이야기다. 그 중에서 「자스민의 향기」는 여성적 체취와 함께 서정적 감각이 잘 드러난 작품으로서 특히 돋보인다.

제목으로 쓰인 소재도 그렇지만 내용 자체가 자스민처럼 매우 향기롭다. 수녀들이 운영하는 성동 복지회관에 가서 의료 봉사를 해 주고 또 그들과 함께 멀리 시골로 무료진료를 떠나는 모습 등이 흐뭇한 감동을 준다. 이런 것이 없다면 우리들의 일상적인 삶에서 향기를 찾기는 어려울 것이다.

작자는 이런 삶의 향기를 그려 나가면서 의료 봉사로서의 소재만이 아니라 이 향기의 농도를 더욱 짙게 하고 미적 감각을 높일 수 있는 몇 가지 다른 소재들을 함께 적절히 배합시켜서 한껏 시각적인 아름다움과 함께 향기의 효과를 살리고 있다.

첫째는 가을 풍경이다. 지면에 흩어지는 울긋불긋한 낙엽들과 황금빛 은행잎들이 우선 시각적으로 아름다운 그림이 되어 나타난다. 그리고 수녀가 선물로 갖다 준 자스민 차 향기에 취한 듯한 모습도 나타난다. 그래서 그 향기로운 삶의 주제에다 아름다운 장식과 향수까지 뿌린 듯한 효과를 연출해 내고 있다.

우수수 떨어져 제 멋대로 뒹굴고 있는 만추의 낙엽은 우리의 삶을 헛되지 않게 마무리 짓도록 무언의 교훈으로 암시를 준다. 또 지나온 세월을 다시 뒤돌아보게 한다. 끝도 없이 노랗게 물들어 가는 은행나무 길엔 아련하게 떠오르는 추억의 향기가 묻어 있어 좋다. 길가에 연이어지는 플라타너스도 성숙의 끝자락에서 이제는 그의 뿌리로 되돌아가려는 자연의 변신이 시작되고, 산벚나무로 붉게 뒤덮인 오솔길엔 작은 그리움이 물안개처럼 피어올라, 가슴을 촉촉이 젖게 하는 것 같다.

이것은 이 작품의 도입부에 해당된다. 아름다운 가을 풍경이 서정적 감각으로 아주 잘 나타나 있어서 독자를 매혹시키는 도입부의 역할을 잘 해내고 있다. '작은 그리움이 물안개처럼 피어오르고 있다'는 비유법도 훌륭하다. 수필은 소설과 같은 사건의 흥미를 만들어 내지 않는 대신 이 같은 비유법에 의해서 관념을 형상화하고 상상의 세계로 독자를 이끌어 문학성을 높이게 된다.

이런 섬세한 감각적 비유법은 「고양이와 할머니」에서도 나타난다.

우와! 아무도 모르게 뽀얀 소식이 저렇게 쏟아지고 있었다니, 그만큼 계절에 둔감해졌을까?

여기서 '뽀얀 소식'은 특수한 비유법이다. '소식'은 시각적으로 나타나지 않는 관념적인 용어이므로 색깔을 나타내는 '뽀얗다'라는 수식어는 파격적인 것이다. 정지용이 「향수」에서 '얼룩백이 황소가 금빛 게으른 울음을 우는 곳'이라고 '울음'에 '금빛' 또는 '게으른'이라는 수식어를 사용한 경우와 같다. 김석희는 이 수필에서 이렇게 추상적 관념을 시각적으로 형상화 하는 수식어를 사용하며 뽀얀 색깔의 눈빛에 비유하는 효과를 나타내고 있다. 물론 이 작품이 전체적으로 이런 표현 기법을 잘 구사해 나간 것은 아니지만 비교적 잘 정돈된 문장으로 치매증 환자인 노인과 그 가족의 아픔을 우리들에 충분히 전해 주고 있다.

「이천 할머니」도 역시 병원 진찰실의 창문을 통해서 바라보게 된 소재인데 멀리 이천에서부터 서울 시내로 찾아오는 할머니 환자의 모습이 매우 인상적이다. 세상은 늘 각박하다고 말하지만 작자는 이 할머니를 통해서 따뜻한 정으로 사는 사람들의 아름다운 모습을 잘 나타내고 있다. 「고추가게 아줌마」도 역시 환자와 의사 사이에서 나타나는 아름다운 삶의 모습을 흐뭇하게 전달해주고 있다.

이와 달리 작자는 때때로 의료실 바깥 풍경을 바라보며 비판적인 표현을 아끼지 않는다. 「샴쌍둥이」도 의료를 소재로 한 것이지만 그것을 통해서 국제사회에서의 한국 의료계의 위상과 함께 국가정책을 비판적 시각으로 논하고 있다.

외부 세계에 대한 비판적 관심은 「내삐 둬」에서도 잘 나타난다. 여기서는 '너덜너덜거리는 긴 청바지를 접어 올리지도 않은 채 끌고 다니는' 아이의 모습을 보며 자신의 학창시절과는 너무도 달라진 세태에 당황한다. 그러면서 그들이 엄마들에게 하는 말투를 제목으로 단 것이 재미있다.

"엄마는 몰라요, 그게 유행인 걸, 내삐 두세요."

작자는 의료실의 창밖을 내다보면서 너무도 별나게 변해가는 많은 사회상을 이 글에 담고 있다. 역대 대통령의 아들마다 저지르는 부정부패를 비롯해서 특히 젊은 세대들이 바른 궤도를 이탈하고 제멋대로 달리는 모습들을 곱지 않은 시선으로 바라보고 있다. 그리고 남들이 그런 일을 따져도 "내삐 둬"하며 간섭을 거부하는 세상 풍경을 가볍게 풍자적으로 표현해 나가고 있다.

그런데 그런 비판적인 수필도 좋지만 이런 것은 좀더 전문적인 지식과 심층적인 분석이 필요한 경우가 많다. 그런 탓인지 시사적 칼럼니스트들이 많이 쓰는 소재는 많지 않은 편이다. 그보다는 「개화성」이나 「아줌마 마라톤」 같은 작품이 더 관심을 끌게 된다.

수필 창작을 위해서 일상적으로 남보다 많은 시간을 할애할 입장이 아니고 다른 전문 분야에 대부분의 시간을 쏟아야 할 입장의 수필가라면 그 글은 여가 시간을 이용해서 자신의 생활 주변을 되돌아보고 가치 있는 삶을 찾기 위해 글을 쓰는 것으로 삼는 것이 더 좋다. 왜냐면 누구나 자신의 직업적인 전문 분야에 매달릴수록 자기 자신의 소중한 개인적인 삶은 포기하게 되기 때문이다.

이런 의미에서 보면 연꽃 축제를 소재로 한 「개화성」 같은 수필은 좋은 편에 속한다.

이 글은 연꽃에 대한 호기심을 유발시킨다. 그만큼 작자가 예리한 관찰력으로 연꽃이 흙탕물 속에서 자라고 꽃이 피고 연밥이 만들어지고 또 겨울을 맞이하게 되는 모습을 구체적으로 잘 묘사하고 그 신비하고 아름다운 생명에 대한 설명이 설득력을 얻고 있기 때문이다.

　이와 함께 「아줌마 마라톤」도 매우 호기심을 자아내는 이야기가 소재가 되고 있다. 다른 작품에서 보면 이미 35년 이상 의료계에 종사했으니 젊은 아줌마도 아닐 터인데 10년 전에도 그랬듯이 다시 그 나이에 또 마라톤 대회에 나가서 뛰는 모습이 놀랍고 재미있는 수필감이 된다. 그리고 이것은 「개화성」과는 전연 다른 소재지만 여기에는 공통성이 있다. 자신을 되돌아보며 그동안 바쁜 생활에서 잃어버린 자신의 소중한 삶을 찾는 작업이라는 점에서 공통적이다. 그리고 「개화성」에도 나타나듯이 이젤과 30호 유화 캔버스를 들고 야외로 나가 연꽃을 그리는 모습도 마찬가지로 잃어버린 자기의 삶을 찾기 위한 작업이다.

　우리가 다른 일에 늘 바쁘게 전념하고 사회에 봉사하면서 일상생활을 반복해 나간다면 수필쓰기에서 지나친 전문성을 찾는 것은 무리다. 그리고 수필은 그렇게 다른 전문분야에 종사하는 사람들이 때때로 여가를 이용해서 자신의 삶을 되돌아보고 보다 가치 있는 삶이 무엇인지를 반성해 나가는 문학으로 적절하다. 물론 수필도 문학의 한 장르로서 본격적 위상을 유지하려면 더 많은 시간과 정력을 쏟고 사회적 역사적 과제 등 중후한 문제에도 접근하고 깊은 사상성도 담아 나가야 하지만 그렇지 않다면 수필은 아침에 잠시 이용하는 거울보기로서도 충분히 소중한 문학적 가치를 발휘한다.

　하루 온 종일 자신의 병원에서 환자들을 돌보고 때로는 어려운 환자에 대한 봉사활동으로 출장을 나가는 것은 물론 중요하지만 누구나 자기 혼자만의 행복을 누릴 권리도 있다. 그러기 위해서 잠시 의료실 밖으로 나가 그림도 그리고 대중 속에 묻혀서 달리기도 하듯이 수필쓰기도 그런 소중한 시간에 속한다. 그리고 이런 면에서 본다면 작자는 매우 훌륭한 필력으로 좋은 수필가의 역할을 하고 있다.

끼가 넘치는 닥터 김

한광수(韓光秀, 전 서울시의사회 회장)

초등학교 5학년 때 6·25전쟁으로 인하여 고향인 개성을 떠나 나는 충청도 성환의 타향살이를 거쳐 대구에 정착하여 희도초등학교를 졸업하였다. 고로 초등학교 친구는 거의 없다. 세브란스 출신인 닥터 김종근(개원의 협의회 회장) 만이 유일한 동창인 셈이 된다.

거의 20여 년 전 서울시 의사회 부회장으로 일할 때, 자그마한 키에 늘 미소가 떠날 줄 모르는 여의사 임원(홍보이사)으로 첫 대면한 김석희 선생은 결국 나의 유일한 초등학교 친구이며 고향 개성의 초등학교 후배인 셈이다.

2년 아래지만 깊고 넓은 정신연령은 만만한 후배로 치부하기에는 넘치는 후배 이므로 나는 늘 친구로 대한다. 게다가 10여 년 전부터는 의사들의 수필 동인회인 『박달회』 문인 모임에서 매달 만나니 여느 친구들보다 더 가까운 사이다. 또한 현재 그는 우리 박달회 회장이다.

그는 이대 의대 재학 중 박목월 시인의 추천을 받아 처녀시집 『5선지의 연가』 를 상재함으로써 한국의 여의사 역사상 최초로 대학 재학중 시인으로 문단에 데뷔한 재원이다. 동시에 의료계의 여러 신문에 수필과 시를 종종 발표하여 대부분의 의사들은 그가 문인으로 맹활약하고 있음을 이미 알고 있다.

내가 서울시 의사회 임원시절, Dr. 김이 계간지 포스트모던의 추천을 받아 수필가로서(1995년) 신인상과 동시에 한국 문학 예술상을 수상했을 때 서울시

의사회 모든 임원진들이 대대적으로 축하해준 게 엊그제 같은데, 또 이렇게 큰일을 저지르니 참으로 Dr. 김의 '끼'에는 끝이 없다. 그뿐만 아니라 SBS 모닝와이드시간(2005. 5.5) 전국의사들 중에서 가장 출중한 끼가 돋보이는 의사 5명중에 홍일점으로 한 사람 뽑히어 벨리댄스(Belly dance)를 선보임으로써 세인을 깜짝 놀라게 하였으니 모두들 정말 의사가 맞느냐고 난리가 났었다.

나 어렸을 때 개성서 치료를 받았던 이비인후과 원장님을 아버님으로 두셨고, 오라버님(이비인후과)과 남동생(비뇨기과) 뿐 아니라 작은 아버님(소아과), 외삼촌(산부인과), 그외 사촌들도 모두 의사이신 가정에서 "김석희는 진짜 산부인과 의사"가 아니냐고 했더니, 두 눈을 동그랗게 뜨곤 한다.

특히 금실 좋은 부군(내 형님의 단짝 친구이시니 내게도 고향 형님이 되신다)과 다복한 가정을 꾸려가면서 역시 끼를 물려받은 따님과 번지점프도 하고 신비의 탐험여행을 즐기다보면 도저히 시간이 안 날 텐데도 15년 전부터 의사미술 전시회에 서양화를 계속 출품하여 최우수상까지 받게 되는 영광도 얻었다. 뿐 아니라 해마다 각종 전시회에 꾸준히 작품을 내어 지금도 대한 의사협회의 대회의실에 그의 작품을 영구 전시하고 있고 서울시 의사회와 자매결연하고 있는 일본 오사카 의사회의 대강당에도 Dr.김 작품이 걸려있다는 것은 우리의 자랑이 아닐 수 없다.

그뿐인가, 2000년도엔 겁도 없이 인사동 조형 갤러리에서 『바람소리 물소리전』이라는 서양화 전시회를 독자적으로 개인전까지 열었고, 우리 의사 수필 동인지인 박달회 수필집의 표지 그림에는 벌써 여러 해째 Dr. 김이 몸소 꾸며주고 있다.

하느님은 모두에게 공평하게 재능을 나눠주신다고 하는데, 나는 Dr. Kim을 곁에서 오래 동안 지켜보면서 가끔 실수로 컵의 물을 쏟는 것처럼 때론 하느님도 한 사람에게 많이 내려주실 때가 있다는 걸 알게 되었다. 하기야 옛 선비들은 시(詩), 화(畵)를 겸비해야 완전한 문사(文士)로 대접을 했다지 않던가.

또한 아파트 잔디 한구석에서 봉숭아를 키워 손톱에 물을 들이고, 때론 주말농장에도 가면서, 병원 뒤뜰 담장에 능소화를 키운다고 기뻐하는 한 떨기 고운 꽃 같은 마음씨를 갖고 있는 소중한 동료요, 후배에게 큰 축하를 드린다.

여름철 점심반찬으로 개성사람이라면 사족을 못 쓰는 '장땡이'를 손수 만들어 박달회 임원들에게 전통 개성음식이라면서 조금씩 나눠주는 그의 예쁜 마음에 감동하면서 올 여름에도 틀림없이 그 장땡이를 맛보게 해주리라 기대를 하고 있다. 그에게 빛나는 문운을 빌어본다.

소당 김석희(素塘 金石姬) 연보

1942년 2월 14일 경기도 개성 출생
1948년 개성동현초등 3년 6·25전쟁돌발
1956년 수원 신풍초등학교 졸업
1961년 수원여고 졸업
1967년 이화여자대학교 의과대학 졸업
1968년 연세대학교 세브란스병원, 인턴 수료.
   - 도미 -
1974년 9월 이대 산부인과 전공의 시작
1978년 산부인과 전문의 획득.
1978-1980 최차해병원 산부인과 과장
1981년 김석희 산부인과의원 개원 중
2001년 이대 여성최고지도자 과정 제 13기 수료

경력

대한산부인과학회 부회장(1997 – 1999) 서울시 의사회 홍보이사(1995)
서울시 의사회 신용협동조합 감사(1994) 도봉구 의사회 의무이사(1989)
도봉구 의사회 부회장(1991-1997) 이대 병원 외래 부교수(1991)
포스트모던 문학회 이사 (1995)
도봉구 여의사회 회장(1985) 강북구 여의사회 회장(1994년 이후)
대한 산부인과의사회 부회장(1997-1999) 및 회보 편집장(1997~2001)
YWCA 소비자 연합회 자문의원(1991) 강북구 의사회 부회장(1993~2001)
서울 지방검찰청 자문의원(1995)
무궁화 로터리클럽 이사(1990) 및 부회장(1992)
이대산부인과동문회 부회장(1990) 이대여성최고지도자 과정수료(13기)

대한 의사협회 공보위원(2001) 어린이 요들송 합창단 단장(1999)
메디칼 와이즈맨즈 클럽 홍보이사& 자문위원, 서울시 의사회 강북구 대의원
이대 문인회 재무이사(1995) 및 감사. 이화문학상 운영위원(1998~2002)
이대 산부인과 총동문회 회장(1997)
이화여대 동창의 날 <올해의 이화인> 피선(1998)
88올림픽유치 1주년기념 마라톤 대회 출전(1989)
제1회 아줌마 마라톤대회출전(2001), 의사 마라톤대회출전(2006)

현 재

김석희 산부인과의원 원장, 이대 동창문인회 이사,
국제펜클럽 한국본부 회원, 이대 산부인과 외래교수
대한 산부인과의사회 상임고문, 대한 의사 미술회 회원
한국 미술협회 회원, 신미술대전 추천작가
한국 시인협회 회원. 한국 수필가 협회 회원
한국 여성 작가회 회원, 박달회 (의사 수필가 동인회) 회장.
대한의사협회 신문 객원논설위원(2004), 의사평론가협회 총무이사

수 상

한국시인협회주최 제1회 시인의날기념 백일장 차상(MBC협찬, 1987)
한국문학예술 수필부문 신인상(1992, 계간 포스트모던)
한국문학예술상(1995)
이대 동창 문인회 공로상(1999)
도봉구 의사회 모범 의사상 (1990)
강북구의사회 공로패(1993)
의사 평론가상(1995)
엄마가 찍은 아기 사진 콘테스트 전국 2위
전국 의사 탁구대회 단식 동상, 복식 금상(1997)
성동 장애인복지관 공로패(1998)

미 술 분 야

개인전 (2004. 4. 26 조형갤러리)

단체전

1991   제7회 의인(醫人) 미전 입선 (조선일보 미술관)

1991   사생 단체 연합전 (서울 시립미술관)

1993   제8회 의인 미전 입선 (서울교육문화회관)

1995   수림회(樹林會) 회원전

1996   제9회 의인 미전 입선 (힐튼호텔 특별 전시관)

1997   한국·이태리 작가 오늘의 상황 로마 초대전 (로마)

        아름다운 서울 그림전 (서울시립미술관)

1998   제21회 한국 문화미술대전 (세종문화회관)

1999   1999 미의식의 표상전 (서울시립미술관)

        한중(韓中) 정예작가 초대전 (서울역 문화관별관)

        서울 아시아 미술 초대전 (세종문화회관)

        신미술 뉴삼색전 (서울 시립미술관)

        세계 평화미술대전 (세종문화회관)

        제9회 한국 여성 미술 공모전 (세종문화회관)

        현대미술작가 초대전 (디자인포장 센타)

        제33회 국제문화미술 대전 (세종문화회관)

        1999 갤러리 회화제 (조형 갤러리)

제2회   한독 미협 공모전 (공평아트센타)

제17회 신미술대전 (서울시립미술관)

2002   한중우정작품전 (2001. 9. 연변대 예술대학 미술관)

2005   한국 의사 미술회 창립전 (조영갤러리)

미술작품 소장

1993   대한의사협회 대 회의실.

1997   일본 오사카 시의사회 회관 회의실

작가연보

제7회 의미전 입선(조선일보 미술관 1991. 11. 29)

제8회 의미전 입선(서울교육문화회관 1993. 4. 20)

재9회 의미전 입선(힐튼호텔 특별전시관 1996. 4. 20)

제10회 의미전 최우수상(힐튼호텔 1999. 4. 22)

제21회 한국문화미술대전 입선(세종문화회관 별관 1999. 2.)

제9회 한국여성공모전 동상(세종문화회관 1999. 5. 27)

'99 세계평화 미술대전 장려상(세종문화회관 1999. 5. 28)

현대미술작가 초대전 입선(디자인포장 센터 1999. 5. 28)

제33회 국제문화미술대전 특선(세종문화회관 1999. 6. 27)

제2회 한독 미협 공모전 입선(공평아트센터 1999. 8. 11)

제17회 신 미술대전 입선(서울시립미술관)

현재

한국 미술협회, 한국 미술 창작협회, 한국 여성 작가회

홍익 화우회, 국제 화우회, 예림회 회원

의미전 초대작가, 신미술대전 추천 작가.

〈문단〉의대 재학중 처녀시집 출간과함께『시문학』으로 문단에 데뷔

〈화단〉서양화 개인전「물소리 바람소리전」과 함께 미협 회원

〈수상〉한국문학예술상, 수필 신인상

〈저서〉시집『오선지의 연가』『 금강 초롱』

　　　　박달회 수필집 17권 공저

　　　　수필집　 1권『내 삶의 초록 비타민』

　　　　　　　　2권『내 삶의 푸른 비타민』

　　　　　　　　3권『내 삶의 보라 비타민』

주소 : 강북구 미아8동 317-30, 김석희 산부인과의원

E-mail : drstone@hanmail.net. allviolet@freechael.com valentina777@korea.com

Homepage ; www.powerkim.co.kr

김석희 수필집 ①

내 삶의 초록 비타민

1판 1쇄 인쇄 | 2006년 7월 15일
1판 1쇄 발행 | 2006년 7월 20일

지은이 | 김석희
펴낸이 | 이선우
펴낸곳 | 도서출판 선우미디어

등록 | 1997. 8. 7   제2-2416호
100-846 서울 중구 을지로3가 104-10
신성빌딩 403 ☎ 02-2272-3351, 3352 팩스 2272-5540
E-mail: sunwoome@hanmail.net
Printed in Korea ⓒ 2006. 김석희

값 10,000원

ISBN 89-5658-115-0 03810